Über dieses Buch

In ihrem Debüt-Roman ›Goldkind‹ erzählt Eva Demski die Geschichte eines Großbürgerkindes, eingewoben in die Entwicklungsgeschichte der Bundesrepublik. Das vaterlose Einzelkind N., für die Großmutter immer nur »mein Gold«, wächst im großväterlichen Handelshaus im Schatten seiner permanent nur mit sich selbst beschäftigten Mutter auf. Gleich nach dem Krieg ist die Welt in der bayerischen Mittelstadt (vermutlich Regensburg) noch ganz in Ordnung. Mühe- und übergangslos knüpft der reputierliche Großvater an die vermeintlich unbefleckte Vor-Nazizeit an, als seien Hitler und die Folgen nur ein kleiner Betriebsunfall in der Geschichte gewesen. Zielstrebig erzieht der Patriarch seinen Enkel als künftigen Nachfolger in der Firma. Aber auch das ehrpusselige Restaurationsklima in der Adenauer-Ära verhindert nicht, daß der Handelsmann in der Wucher- und Schacherperiode der frühen Wirtschaftswunderzeit auf der Strecke bleibt. Die Firma geht bankrott, das Familienoberhaupt stirbt darüber. Plötzlich ist das zum »jungen Chef« auserschen gewesene Goldkind ein Niemand, nichts Besonderes ist mehr an ihm. Es folgen freudlose Schul-, Internats- und Studienjahre, in denen N. (immer nur beim Initial genannt) nichts, aber auch gar nichts begreift. Unfähig (gemacht) zu mitmenschlichen Beziehungen oder Regungen, affektiv verkrüppelt, stolpert Goldkind N. bei einer Studentendemonstration der sechziger Jahre mit und wird versehentlich von einem Taxi auf den Kühler genommen, als er die Demonstration, die nicht die seine ist, schleunigst wieder verlassen will. Dieser (Nicht-)Entwicklungsroman beschreibt ruhig und facettenreich die Geschichte der bundesdeutschen Nachkriegsgeneration. Viele der heutigen Nachkriegs-Westdeutschen dürften viele ›Goldkind‹-Facetten in ihrem eigenen Leben wiedererkennen.

Die Autorin

Eva Demski, 1944 in Regensburg geboren, studierte Germanistik und Philosophie in Mainz und Freiburg. Seit 1970 Fernsehjournalistin und Autorin von TV-Kulturfeatures (u. a. ›Joseph Roth – Auf der Suche nach einem Dichter‹). Lebt in Frankfurt am Main.

EVA DEMSKI

GOLDKIND

ROMAN

FISCHER TASCHENBUCH VERLAG

Ungekürzte Ausgabe
Fischer Taschenbuch Verlag
März 1981
Umschlagentwurf: Jan Buchholz / Reni Hinsch
Fischer Taschenbuch Verlag GmbH, Frankfurt am Main
Lizenzausgabe mit freundlicher Genehmigung
der Hermann Luchterhand Verlags GmbH & Co. KG,
Darmstadt und Neuwied
© 1979 by Hermann Luchterhand Verlags GmbH & Co. KG,
Darmstadt und Neuwied
Gesamtherstellung: Hanseatische Druckanstalt GmbH, Hamburg
Printed in Germany
880-ISBN-3-596-22111-0

Seine früheste Erinnerung in bewegten, also sich bewegenden Bildern: vom Küchenfenster der großelterlichen Wohnung im vierten Stock die Regenrinne des gegenüberliegenden Hauses wie zum Greifen nah anzuschauen. In ihr brütete jedes Jahr zwei-, dreimal eine graue Türkentaube, wie ihm schien immer dieselbe. Ihr unordentlich zusammengewischtes Nest, er sah ja immer zu, wie sie es machte, hielt keinem Regen stand. Manchmal floß es ihr schon ganz zu Anfang der Brutzeit unter dem weichen Bauch weg in das Regenrohr, manchmal blieben die Tage schön, bis die nackten, jungen Vögel ihm die aufgerissenen Schnäbel zuwandten. Irgendwann machte dann auch ihnen ein Gewitterregen ein Ende, ganz selten nur wurde eine Brut flügge.
Aber immer wieder kam die Taube auf genau dieselbe Stelle und schien auch gleichmütig die immer eintretende Katastrophe zu erwarten.
Wenn es dann passiert war, weinte N. jedesmal. Aber er wartete auch darauf und dachte an sein Regenrinnenerlebnis, wenn er an heißen Tagen unten aus den Gassen das schläfrige Gegurre hörte.
Die Mittage aus dieser frühen Erinnerung waren immer heiß und still. Sie begannen, wenn das gewaschene Geschirr klirrend in die Schränke verstaut war, wenn Herdringe in die Öffnungen gesetzt und die Wasserschiffe frisch gefüllt, die Krümel vom Boden aufgefegt und Spülstein, Tisch und Tropfbrett abgewischt waren. Dann wurden verwaschene Tücher über alles gebreitet, und von dem Mädchen Elfriede, die das alles jeden Tag tun mußte, blieb nur die Schürze übrig, die immer am gleichen Haken hing, bis es Nachmittag wurde.
Er saß in der Küche, weil ihn da niemand störte, vor allem im Sommer. Das Kind ißt ja nichts, hatten alle am Familientisch gesagt, aber nun aß er, große, ovale Scheiben Bauernbrot mit dünnen, gesalzenen Speckscheiben drauf, alte Semmeln, nach

denen keiner mehr suchen würde, mit Butterschmalz und Pfeffer, eingelegte Gurken, die man nicht nachgezählt hatte, Marmelade und das beste von allem: amerikanisches Vanilleeiscremepulver, das keiner je benutzte, weil es so ordinär schmeckte.
Er wußte sich durch genaue Kenntnis des Haushalts jeder Kontrolle zu entziehen. Gelegentliche Pannen wie die auffällige Verkürzung einer Salami nahm er in Kauf.
Seiner Erinnerung nach waren das seine zufriedensten Stunden. Essend träumte er. Er aß gegen die Angst vor irgendwelchen Veränderungen an, denn die waren, so selten sie geschahen, immer unangenehm gewesen.
Die Familie blieb jeden Mittag einige Stunden in der Tiefe der großen dunklen Wohnung verborgen, kam erst wieder hervor, wenn's draußen dämmriger wurde und er satt war. Das Kind ißt ja nichts! würden sie wieder sagen, wenn es für alle Nachmittagskaffee gab.
Um vier, halb fünf mußten sie eigentlich herauskommen aus den dunklen Zimmern, wo sie für ihn geheimnisvolle Dinge taten, wahrscheinlich aber einfach schliefen. Der Großvater erschien immer als erster, drohend die Hosenträger über dem prallen Bauch schnickend, angriffslustig: Was gibt's zum Kaffee? Manchmal hatte die Großmutter Migräne, und N. mochte dieses Wort, weil es so schön klang. Außerdem sah seine Großmutter dann immer so nachgiebig aus, so als könne sie sich gegen nichts zur Wehr setzen. Seine Mutter kam immer als letzte, fragte, was es zum Kaffee gebe, ob der Reißverschluß in ihr Kleid genäht sei, ob jemand noch Zigaretten habe und sagte dann, sie sei nervös.
Für ihn waren diese Nachmittage nicht leicht zu ertragen. Mit den Erwachsenen zusammensein, konnte immer Überraschungen bedeuten, unerwartete Angriffe, unverständliche Fragen. Es ermüdete ihn, sich dauernd unsichtbar zu machen und gleichzeitig ständig aufmerksam den Augenblick zu erwarten, in dem sie sich »mit ihm beschäftigen« würden.
Seine Großmutter umgab ihn mit einer tatzenhaften Zärtlichkeit, ohne je zu ermüden oder sich zu langweilen, einer Zärtlichkeit, die nach Verdienst oder Antwort nicht fragte, die morgens begann und abends nicht endete: Ich denke immer an dich, mein Gold.
Auch die ganze Nacht?

Auch die ganze Nacht.
Der Großvater liebte es, kleine Prüfungen mit ihm abzuhalten, fragte und fragte, und antwortete dann selbst, dröhnend und schnaufend, und gestattete niemals Ruhe.
Alle saßen im Eßzimmer um den runden Biedermeiertisch auf den geschweiften Stühlen. Über die knotige Filetdecke (Aus den Fransen natürlich viele Zöpfe flechten. Laß das doch!) wurde erst ein Moltontuch gebreitet, darüber ein Damasttuch mit eingewobenen Blüten, darauf wurde dann das Kaffeegeschirr gestellt. Nehmen Sie doch das Zwiebelmuster, Elfriede!
Da mußte er durch, Sommer und Winter, jeden Nachmittag, bis er sich zur Nacht vorgearbeitet hatte und aus seinem Zimmer hören konnte, wie die Gäste kamen. Gemurmel und manchmal hohes, kreischendes Lachen, das später häufiger wurde. Irgendwann schwamm er dann in den Schlaf hinüber, in seinem schönen weißen Schleiflackbett.
Kino machen: Wenn man sich auf den Bauch legte und die Fäuste fest auf die geschlossenen Augen preßte, bis wilde Kreise und Muster entstanden und man ganz schwindlig wurde, obwohl man still lag. Er tat das nicht oft, konnte sich tagelang darauf freuen, wartete immer, bis es farbig würde. Aber die Bilder blieben schwarzweiß.
Sein Zimmer war hinter allen anderen Zimmern, man mußte erst durch das Wohnzimmer und das Eßzimmer gehen. Im Winter hörte er morgens, wenn in den vorderen Zimmern die Öfen geheizt wurden, das trockene Rutschgeräusch der Kohlen, das Papierreißen und schließlich das kurze Knistern und das Schütteln des Aschenrostes. Durch die braunweiß geblümten Gardinen kam milchiges Winterlicht.
Später merkte er, daß es Vorteile bringt, sich auf die Erwachsenen einzulassen. Man bat ihn, ein Stück Brot zu holen. Er ließ sich von Elfriede ein riesiges Stück vom breiten Brotlaib abschneiden und trug es feierlich wie ein Tablett vor sich her ins Eßzimmer. Er fand es albern, erwartete aber, daß die anderen lachten. Sie lachten auch, neigten sich lachend zueinander und nickten sich zu: Ist er nicht reizend?
Man konnte sie hintergehen. Man konnte eine Rolle bei ihnen spielen, er war ein reizendes Kind. Was ihm wichtig war, das stille Essen in der Küche und die Betrachtung der Erwachsenenbücher in der Bibliothek, ließ sich ohne weiteres verein-

baren mit dem, was die andern von ihm erwarteten. Wenn man ihn in der Küche antraf, sagte er: Ich schau die Täubchen an. Als sein Großvater ihn in der Bibliothek in einen Band Nuditäten vertieft sah, sagte N. lächelnd: Guck, die Badebücher! was die ganze Familie noch jahrelang entzückte. Sie fielen also auf ihn herein.
Was sie taten, wußte er nicht. Womit sie sich beschäftigten, interessierte ihn nur soweit, als in diesen Spielen auch eine Rolle für ihn war. Das »Bureau« seines Großvaters lag im unteren Stock des Hauses. Ganz unten war der Laden. Der Alte machte seine Rundgänge hosenträgerschnickend, immer gewärtig, jemanden bei etwas zu ertappen. Wobei?
Guten Morgen Herr Doktor, sagte man zu ihm.
Oder: Mahlzeit Herr Doktor.
Als N. vier oder fünf war, wurde er das erste Mal mitgenommen, der Nachfolger, der kleine Chef.
Hast du mich lieb?
Ich hab dich ganz lieb.
Ein findiger Kassierer sagte eines Tages dienernd nach seinem: Guten Morgen Herr Doktor! noch: Und der kleine Herr natürlich auch!
Er war der kleine Herr, das stimmte. Er war ein dickes, stämmiges Kind geworden, gewöhnte sich eine ähnliche Haltung an wie sein Großvater, bedauerte, daß er noch keine Hosenträger zum Schnicken hatte. Mit Nachsicht betrachteten Mutter und Großmutter seine Anpassungsversuche, schon weil sie gerade in dieser Zeit nach dem Kriege in nicht endenwollende Geschäfte verstrickt waren, listig den Haushalt funktionsfähig erhielten und nebenbei handelten und schacherten. Offenbar durchschaute die Mutter sein Spiel. Manchmal sah er auf ihrem Gesicht eine Trauer, die er sich nicht erklären konnte. Er tat doch, was sie wollten.
Ganz sicher war er nur bei Elfriede. Sie, die Seele seiner Küche, selbstbewußt und winzig, ließ ihn in Ruhe, motzte ihn nur an, wenn er sich aufspielte. Manchmal nahm sie ihn, an Sonntagen, mit zu ihren Leuten auf dem Land. Er wußte nie, wann das sein würde, hatte immer Angst davor und freute sich gleichzeitig darauf.
Morgens wurde eingekauft, das war die Stunde der Großmutter. Bei ihr war er wieder ein anderes Kind, ein hilfloses und ungelenk vor sich hinstolperndes dickes Bübchen. Aber

das kam ihm nicht beschämend vor, sondern wie eine Erholung von der anderen Rolle. Er empfand seine Großmutter nicht als alte Frau. Sie war rundlich und elegant, zerstreut und immer so schnell, als liefe sie vor etwas davon. Sie mißtraute allen Menschen, nur nicht ihren gackernden Freundinnen, die jeden Vormittag kamen und mit ihr Wein tranken.

Ihn liebte sie. Sie zog ihn mit sich, mit ihrem flinken, klappernden Stöckelschritt durch die holprigen Gassen der Stadt. Auf jedem dieser vormittäglichen Gänge kaufte die »Frau Doktor« Seifen und Parfums, Cremes und Toilettewässer, von denen sie eine riesige Sammlung in einem geheimen Schrank aufbewahrte. N. bekam Knackwurstscheiben und kleine rosa Kuchen.

Davon sagen wir aber den andern nichts, gell, mein Gold?
Nein, Tutti, ich sag nichts.
Bist du mein einziges Gold?
Ja, Tutti!
Hast du mich lieber als die anderen?
Ja, Tuttilein.

Nach diesen Gesprächen machte er meist seine kleine Faust von der zartmanikürten Großmutterhand los und lief ein Stück voraus.

Die Läden liebte er, den scharfen Rauch- und Käsegeruch in den niedrigen Gewölben des sogenannten »Italieners«, bei dem den Erwachsenen die Schinken und Würste in die Augen hingen. Aber N. ging unter ihnen durch wie unter einem nahrhaften Himmel. Die Apotheke »Zum Erzengel Gabriel« (das waren Verwandte) mit dunklen Mahagonischubladen und den vielen bunten Töpfen und metallenen Schildchen, in der es so streng und abweisend sauber roch. Das Milchgeschäft des Herrn Karpf (der schale, laue Geruch nach verschütteter Milch), in das die anderen Kinder aus der Gasse immer mit einer Aluminiumkanne gingen, allein und an niemandes Hand.

Nach diesem Laden (da bekam er immer Pfefferminzbruch, aber er mochte Herrn Karpf nicht) öffnete sich die Gasse, und um die ein wenig erhöht stehende Kirche wimmelte der Wochenmarkt. Es waren nicht die Farben, nicht die in der zugigen Luft zerflatternden Gerüche, derentwegen er den Markt liebte. Es war die kreischend lustige Bösartigkeit der Marktwei-

ber. Sie saßen in ihren dicken Röcken da, mit ihren festgebundenen Schürzen und Kopftüchern wie in einer Rüstung, die Füße auf einen Rost mit heißen Steinen gestemmt. So saßen sie da, runde, graubraune Hügel, jede von einem bunten Wall Obst, Gemüse oder Blumen umgeben, und keiften die Damen an, die dort kauften. Gemma, gemma, wos hätt ma nachad gean, oda schaugns Eana bloß de Augn aussa?
Geh weida, oids Luada, ogstrichas!
Wos woins zoin, ha? Da schmeissad i meine Schwammerl liawa ind Donau, schaugns bloß, dass's weidakemma!
Er bewunderte sie und fürchtete sich sehr vor ihnen. Ihm taten sie noch nichts. Manchmal schenkte ihm eine einen Apfel oder ein paar Nüsse, und er nahm es nie an, ohne vorher seine Großmutter zu fragen. Dann grinsten die Marktfrauen und sagten: Mir wern an scho ned vagiftn, Eanara Prinzn, Eanara fettn! und lachten laut, wenn die Großmutter ihn weiterzog.
Das sind eben einfache Frauen, sagte sie. Aber sie zitterte.
Man ließ ihn so gut wie nie allein. Aber das war er gewöhnt, fand es sogar in Ordnung. Manchmal bat er Elfriede, mit ihm um das Haus herumzugehen, damit er noch einmal sehen konnte, wie groß es war. Da seine Wünsche meistens vernünftig erschienen, wurden sie ihm fast immer erfüllt. Elfriede und er gingen also um das Haus, durch die vier Gassen, die es umgaben, Schustergasse, Storchengasse, Grüne-Fisch-Gasse, und schließlich zum Eingang, der schweren schwarzen Tür in der Vier-Glocken-Gasse. Im Viereck dieser Gassen steckte das große Haus wie ein Pflock, und er konnte vom Wohnzimmerfenster aus auf das Kirchendach schauen.
Das Haus hatte vier Stockwerke, einen großen Speicher und drei Keller untereinander, der tiefste sei noch aus der Römerzeit, sagte man. Um die Jahrhundertwende war es erbaut worden, mit einem pompösen Granitsockel, aber man hatte das Treppenhaus vergessen und mußte es nachträglich noch mühsam drankleben. Diese Tatsache wurde in der Familie sehr belacht. N. war es immer eher gruslig vorgekommen.
Ihm gefiel die Anstrengung, wenn er die schwarze Tür unten aufzog, seinen ganzen stämmigen kleinen Leib an die Klinke hängte, sich mit den Füßen von der steinernen Schwelle abstieß. Ihm gefiel auch der Geruch aus Eisen, altem Stein und Staub, der ihm im kühlen Treppenhaus entgegenkroch,

ihn ganz langsam umgab und bis in den vierten Stock nicht mehr verließ. Sein Großvater wollte ihn einmal bis ganz oben tragen. Aber im zweiten Stock setzte er ihn ab und keuchte.
Du wirst zu schwer, mein Gold!
Im Erdgeschoß war der Laden, man nannte ihn aber »das Geschäft« – ein offenes Ladenlokal zu haben, galt als nicht ganz fein. Der Laden war hoch und dunkel, es gab lange Reihen von Öfen und Kochherden, Drahtrollen in verschiedener Stärke, die diesen scharfen Eisengeruch hatten, Töpfe und Bleche, Tiegel, Kessel und hohe Regale aus dunklem Holz, auf deren kleine Schubladen immer ein Exemplar der Schrauben oder Nägel gesteckt war, die drin aufbewahrt wurden. Hunderte von Schrauben und Nägeln, Dichtungen und Muttern in allen Größen und Farben. Daran standen Leitern, auf denen die Angestellten den ganzen Tag rauf- und runterkletterten, die schweren Schübe in der einen Hand balancierend, morgens flink und übermütig, abends müder und müder.
Er hatte nie den Wunsch, auf diese Leitern zu steigen. Wenn er mit seinem Großvater »ins Geschäft« ging, ließ er sich begrüßen. Das genügte. Die »Leute«, wie sein Großvater sagte, es waren ungefähr zehn, Männer und Frauen, trugen glänzende schwarze Baumwollkittel mit Gummizügen an den Ärmeln, die Frauen ebensolche Hauben. Wie große schwarze Vögel flatterten sie durch den dunklen Laden und sagten viele Male: Was darf's denn sein? und: Beehren's uns bald wieder, der Herr, die Dame. Wenn Bäuerinnen vom Land Sensen oder Rechen kauften, sagten die Schwarzen: Was brauch ma denn, Frauerl? und nach dem umständlichen Kauf: Schaun's nur wieder eina.
Er durfte nie allein in den Laden gehen, wollte es auch nicht, weil er sich dann schutzlos fühlte. Einmal sah er, als sein Großvater gerade dröhnend mit dem Kassierer verhandelte, wie sich zwei hinter einer Leiter umarmten und küßten. Er konnte nur die glänzende schwarze Haube der Frau sehen und die Hände des Mannes auf ihrem Hintern. Aber er sagte nichts.
Zehn-, zwanzigmal am Tage die Holztreppen rauf und runter, auf einem Bein hüpfend, auf allen vieren kriechend, zwei Stufen auf einmal, rückwärts. Mach keine Fisimatenten, hieß es dann.

Im ersten Stock war das Büro, mit dem Laden durch eine enge Treppe verbunden, die jeden Tag glattgebohnert wurde. Die Schreibmädchen und Buchhalter fielen oft, verstauchten sich die Knöchel. Als N. eines Tages kopfüber hinuntergeschossen war, wurde die freundliche dicke Putzfrau streng zur Rede gestellt. Dabei hatte er sich bloß die Knie aufgeschrammt. Sein Großvater sah wieder einmal einen Grund, Gericht zu halten. Niemand widersprach, und in der darauffolgenden Woche wurde die Treppe mit Kokosläufern belegt.
In die Büroräume selbst durfte er selten. Er fühlte sich dort unsicher. Wenn sie zu ihm freundlich waren, die Mädchen und Männer, die hier zu fünft und zu siebt in den kalten Zimmern saßen und schrieben, geschah es mit vorsichtiger Verachtung. Ihnen gefiel er nicht, sie waren gefeit gegen sein bezauberndes Lächeln und seine Zutraulichkeit. Ein paarmal schenkten sie ihm Resteblöcke, auch Buntstifte und ausgeschnittene Briefmarken. Aber das freute ihn nicht.
Nur Frau Wolf, die Vorzimmerdame seines Großvaters, liebte ihn so verzweifelt, wie sie den Großvater liebte. Sie war dünn, blond und spitznasig, und wenn er oder der Großvater mit ihr sprachen, verfärbte sich ihre Nasenspitze zu einem schwächlichen Rot. Wie er's nur wieder rausbringt, der Kleine, sagte sie auf jeden zweiten seiner Sätze. Darfst auch in meine Taschen schaun! Dann griff er in ihre Rocktasche, fühlte den sperrigen Hüftknochen und fand Schokolade, ein Zelluloidpüppchen oder ein kleines Blechauto. Diese Überraschungen gefielen ihm, obwohl es ihn vor dem stoffüberzogenen Knochen und vor ihrer weinerlichen Stimme etwas grauste. Aber von ihr wollte er nicht bewundert werden, sie hatte was mit seinem Großvater vor, es ging nicht um ihn, das spürte er ganz genau.
In den hinteren Räumen des Büros saßen unter der grämlichen Aufsicht eines dürren, grauen Buchhalters ein paar Mädchen, die N. mochte. Er hatte sie bei Dienstschluß schon ein paarmal die Treppen heruntertänzeln sehen, sie hatten Locken und rote Backen und lachten viel. Wenn der Großvater vorbeikam, schauten sie nicht auf den Boden.
Seien Sie nur nicht so frech!
Aber zehn Meter weiter fingen die Mädchen an zu lachen, und der Großvater wurde wütend. Ihn, das Kind, beachteten

sie überhaupt nicht, schenkten ihm auch nichts, strichen ihm nicht über die Haare.

Einmal kam der Großvater zum Mittagessen, bleich und zornig, und die Mutter und die Großmutter sprachen leise. Jetzt hab ich sie hinausgeschmissen, die freche Person, schrie er. Aber N. hörte später von Elfriede, daß alle Mädchen gekündigt hätten und man große Mühe habe, die Stellen neu zu besetzen. Monatelang saß der graue Buchhalter allein und krumm in dem kalten Büro.

Dann wurden zwei dicke Landmädchen eingestellt, die immer flüsterten und zu weinen anfingen, wenn der Großvater sie ansprach. Das schien ihm zu gefallen. N. gefiel es nicht.

Das Büro des Großvaters selbst war schön. Hinter der großen, rotgepolsterten Tür waren die Wände mit Holz getäfelt, von einem Erkerfenster aus konnte man zur Kirche hinübersehen. In einer Ecke standen mächtige braune Ledersessel um einen Rauchtisch, die Sessel waren glatt und kühl und N. saß immer ein wenig hilflos drin, weil er rutschte. Auf dem Rauchtisch lag eine wunderbar gestickte Decke, dick wie ein Teppich, mit großen Rosen und langen Fransen.

An der Stirnseite des Zimmers saß, in einem Lederstuhl, von allen anderen durch einen breiten Schreibtisch getrennt, der Großvater. Damals rauchte er noch Zigarren.

Über seinem Kopf saß er nochmal, auf einem Ölbild, und es war nicht er, sondern sein Vater, aber der sah ganz genauso aus.

Auch dieser Urgroßvater rauchte eine Zigarre und hielt die Hände so in Brusthöhe, als wolle er mit den Hosenträgern schnicken. Der Mann auf dem Bild hatte einen großen Schnauzbart. Das machte ihn noch würdevoller. So schauten N. diese beiden an. Er hatte aber keine Angst vor ihnen, denn der eine war schon tot und für den andern war er der kleine Herr, dem niemand etwas tun durfte. Der Großvater klingelte nach Frau Wolf und bestellte Saft für den kleinen Herrn und für sich einen Cognac, und ein bißchen schnell, bitte!

Aber oft gab es diese Einladungen nicht.

Das soll doch was Besonderes sein, mein Gold!

Über dem Büro war noch eine Wohnung, die er erst einmal gesehen hatte. Ein dickes, munteres Fräulein hatte sie gemietet, später kamen noch andere Leute dazu, über die schimpften sie oft im Treppenhaus und nannten sie »Einquartierung«. Ihm gefiel sie, sie hatte große Brüste und trippelte wie eine Taube. Ihre Haare sahen aus wie schwarzlackiert und saßen in zwei großen, ordentlichen Würsten über der Stirn. Sie hatte ihn eins der wenigen Male, wo er allein die Treppe hinaufrannte, abgepaßt. Weil er auf die Wohnung, auf ihre Sachen, auch auf die »Einquartierung« neugierig war, ging er mit.

Wollen wir was essen? fragte sie.

Die Küche war in einem anderen Raum als bei ihnen oben, sie stand voller Schränke und Kästen, in denen sie ihre »Vorräte« aufbewahrte.

Das Zimmer, in dem sie dann saßen, war ganz zugehäkelt mit Kissen, Deckchen, Überwürfen und auf allem war ein Schoner und darüber noch ein Schoner. Ein Zimmer wie eine Zwiebel. Er fand es sehr angenehm, in all dem Gehäkelten zu sitzen und mit ihr zu essen. Sie aß ähnlich wie er. Er bekam gute amerikanische Sachen, Dosenwürstchen, Cornedbeef, Erdnußbutter und weißes, wunderbar pappiges Toastbrot. Sie stopften sich beide bedächtig voll, und das Fräuein lief öfter hinaus in die Küche, um neue Dosen und Schachteln zu holen. Dabei streichelte sie ihm jedesmal fest über Bauch und Schenkel, legte ihm auch einmal die Hand zwischen die Beine. Wir sind ja schon ein richtiger kleiner Mann! sagte sie.

In all dem Essen und dem Gehäkelten war es ein sehr angenehmes Gefühl, das er sofort wieder vergaß.

Du bist doch auch noch nicht satt? Ihr bekommt ja nicht alles, was man so braucht. Ich habe da eben meine Verbindungen.

Er hatte ihre »Verbindungen« schon öfter auf der Treppe gesehen, großärschige, prall in ihren Khakiuniformen stekkende amerikanische Soldaten, über die sich sein Großvater immer von neuem aufregte: Dieses Gesindel in meinem Haus! und die ihm immer etwas anboten, Kaugummi oder Schokolade.

Er nahm es nie.

Das Fräulein schien es zu nehmen und er beschloß, das beim nächsten Mal auch zu tun. Er glaubte fest, sie bekäme all die Dosen, Schachteln und Gläser auch auf der Treppe zugesteckt. Einen von diesen Soldaten in dem gehäkelten Zimmer konnte er sich nicht vorstellen.

Man rief ihn.
Deutlich konnte er die helle Stimme von Elfriede, die brüchige der Großmutter und die dröhnende des Großvaters unterscheiden.
Plötzlich wußte er: Es war falsch gewesen, zu dem Fräulein zu gehen, die Großen würden das verurteilen. Man ist freundlich zu jedermann, würden sie sagen, aber man hält doch auf Abstand! Er hatte nicht auf Abstand gehalten, das war ihm jetzt klar, er hatte sich füttern und anfassen lassen und es hatte ihm gefallen.
Das Fräulein schaute ihn spöttisch an und hörte auf zu kauen.
Ich muß gehen, sagte er aufgeregt. Vielleicht würde sie ihn nicht weglassen? Geh nur, antwortete sie und lachte. Kommst du wieder?
Er hatte schon jetzt, während er noch drinstand, Sehnsucht nach dem gehäkelten Zimmer, nach dem staubigen Wollgeruch, der sich in den Duft von weichem Brot und Erdnußbutter mischte. Er hatte schon jetzt Sehnsucht nach dem Fräulein, nach ihrer weichen, hellen Haut und nach ihrem großen Busen, den er gern anschaute, wenn der sich bewegte.
Er würde nie mehr hierherdürfen. Es gab auch keine kleine Geschichte, die er hätte erzählen können, die kleinen Albernheiten, mit denen sie sich so gut hinters Licht führen ließen. Denn hier waren sie getroffen. Er war untreu geworden, das spürte er.
Sie riefen wieder. Ihre Stimmen kamen näher, er hörte sie auch miteinander reden.
Er rannte hinaus. Besser, es gleich hinter sich zu bringen. Wo kommst du denn her, mein Goldkind? jammerten sie, und der Großvater sagte streng: Das kommt mir nicht noch einmal vor!
Ich war beim Fräulein.
Sie hat ihm sicher mit ihrem Ami-Essen imponiert, sagte Elfriede, um ihm zu helfen.
Zu der Person gehst du mir nie wieder! Die Großmutter war aufgeregt und weinte. Die verdirbt mir ja den Buben, die Amischlange.
Die Amis schienen in der Geschichte die wichtigste Rolle zu spielen, die, die ihr immer die schönen Sachen zusteckten.
Die ganze jammernde Truppe erreichte die Wohnung im oberen Stock. Vor der Wohnungstür stand seine Mutter und

rauchte. Hat sie dir irgendwas gezeigt oder irgendwas mit dir gemacht, Bübchen?
Was meinst du denn? sagte er und wußte ganz genau, was sie meinte.
Na, lassen wir's. Regt euch nicht so auf! Sie hat ihn ja nicht gefressen. Geh da nie wieder hin, hörst du? Tutti und Opa wollen das nicht haben. Elfriede, wenn Sie mit ihm weggehen, lassen Sie ihn nicht von der Hand, bitte. Man kann gar nicht genug aufpassen, heutzutage.
Alle schwiegen. Er wehrte sich nicht.

In dieser Zeit war es dann wohl, daß er das erstemal allein auf den Speicher ging. Natürlich ließ er sich das erlauben, er wolle nach Bilderbüchern suchen, sagte er. Von seinen Beschützern hatte keiner Lust, auf dem staubigen Dachboden herumzukriechen, andererseits sah man seinen Wunsch nach den Büchern ein. (Die von meiner Mutter! sagte die Großmutter gerührt.) Der Sorge arbeitet doch immer da oben rum, meinte Elfriede, ich sage ihm Bescheid, er soll ein bißchen auf den Kleinen aufpassen.
Zum Speicher führten rauhe, hölzerne Stufen, man bohnerte sie nicht, denn es ging ja sowieso nur der Lagerarbeiter hinauf und Elfriede, um die Wäsche aufzuhängen. Oben war es dämmrig und warm, es roch gut. Seine Augen mußten sich erst an das staubige Licht gewöhnen, er blieb in der Brettertür stehen und schaute sich um. In der Mitte war ein großer Platz, dunkel verlor sich der Dachfirst im Balkengewirr, rundum waren kleinere Räume mit Latten abgeteilt und mit Vorhängeschlössern verriegelt. Er sah die Umrisse geheimnisvoller Gegenstände, Schachteln und Koffer, aber auch Möbel, Wiegen und aufgerollte Teppiche. Das einzige Fenster war in einer Nische und reichte bis zum Boden. Es stand weit offen, und ein leichter warmer Wind wehte den Staub in grauen Wolken über den Holzboden.
Er wollte wissen, wie tief es da hinunterging, lief zum Fenster und legte sich flach auf den Boden. Weit unten lag der Hof im Schacht der vier grauen Mauern, er konnte die Ladenarbeiter wie Fliegen hin- und herlaufen sehen, und schräg unter ihm putzte Elfriede den kleinen Balkon. N. fühlte sich gut und stark, über allen im Haus zu sein, alles sehen zu können. Der Hof müßte gläserne Wände haben, dachte er. Er könnte dann

Tag für Tag hier oben auf dem Bauch liegen und alles beobachten, so etwa stellte er sich die Gegenwart Gottes vor, der durch alles durchsehen konnte und sich alles merkte. Er würde sich auch alles merken, niemand wäre höher als er.

Da spürte er eine harte Hand im Genick, jemand zog ihn vom Speicherfenster zurück wie ein Karnickel und stellte ihn auf die Füße. Er erschrak nicht, denn er war nicht gewohnt, allein zu sein.

Bist du verrückt geworden? schrie der dünne Mann im grauen Kittel, der da vor ihm stand. Das ist hundsgefährlich, du kleines Mistvieh.

Er war zutiefst erschrocken. Solange er sich erinnern konnte, hatte noch nie jemand so zu ihm gesprochen. Was der Mann da sagte, waren »Wörter«, und die sagte man nicht. N. war Ermahnungen gewöhnt, in gepflegter Sprache und eingehüllt in die ihm zustehende Fürsorglichkeit. Aber dieser Mann im grauen Kittel war einfach zornig, und das war N. nicht gewöhnt.

Ich sag's meinem Großvater, sagte er vorsichtig.

Er wußte nicht, wie diese Drohung auf den grauen Mann wirken würde, er hatte Angst, daß es überhaupt keine Wirkung haben würde, und etwas Stärkeres wußte er nicht. Kannst ihm ruhig sagen, daß du bald aus dem Speicherfenster gefallen wärst. Dann bist du eben das letzte Mal hier oben gewesen.

Im gleichen Moment wußte N., daß er das nicht wollte, niemals, er hatte ein fremdes Land betreten, er wollte es auch erobern. Er wußte, daß er den grauen Mann brauchen würde, um den Speicher kennenzulernen.

Ich soll wohl auf dich aufpassen, meinte der Mann mürrisch, hat die Elfriede jedenfalls gesagt. Die wollen sich wohl alle die Röcke nicht dreckig machen. Aber wenn du Blödsinn machst so wie eben, schicke ich dich sofort wieder runter. Ich hab hier anderes zu tun, als so fette kleine Kröten wie dich zu bewachen.

N. nahm es hin. Er schwieg und wußte genau, daß der graue Mann stärker war als er. Für ihn war er nicht der kleine Herr. Vielleicht lag es am Speicher, auf dem der Mann alle Tage arbeitete, allein und stumm, und niemand paßte auf ihn auf. Er verbrachte jeden Tag mit diesen vielen Gegenständen, die

sich in den Jahren hier angesammelt hatten. Was er da oben genau tat, erfuhr N. nie, auch später nicht.
Ich möchte Bücher suchen, sagte er leise.
Die sind da hinten in dem Verschlag. Es sind zwei große Kisten. Ich schließ dir auf.
In der Mitte des Speichers ragte der große, viereckige Kamin bis in den Dachfirst. Daneben stand eine hohe Holzleiter, die zu einer verschlossenen Luke reichte.
Geht's da aufs Dach? fragte N.
Wohin denn sonst, sagte der graue Mann.
Er holte einen dicken, rostigen Bund mit winzigen Schlüsseln aus seiner Kitteltasche und schloß einen der Lattenverschläge auf, in dessen Dämmerlicht die Sonne ein paar helle Streifen zeichnete. Wieder der Geruch nach Staub und Holz, nur stärker, als habe er sich in der engen Gitterkammer zusammengedrängt. Eine Puppenwiege mit zerrissenen Vorhängen stand da, Stapel alter Zeitungen, fast unkenntlich vor dunklem Staub und Ruß, viele Schachteln, zuletzt sah er in einem Winkel die beiden Bücherkisten. Sie waren verschlossen, auch für sie hatte der Mann Schlüssel in seiner Tasche. Er mußte nicht erst probieren, die schweren Schlösser der beiden Kisten öffneten sich sofort. Sie waren randvoll mit Büchern, großen und kleinen, glänzende, schwere Bände mit dickem, gelbem Papier und vielfarbigen Einbänden. Tiefes Rot, braunmarmorierte Pappe, dünnes, grünes Leder um schmiegsame kleine Bändchen. Das Kind wagte nicht, sie zu berühren. Hier oben war alles anders. Diese Bücher schienen nicht ihm zu gehören, sondern dem Mann. Nicht N., dem doch alles gehörte, für den sie ja alle da waren, die Großen und auch ihr Haus.
Das ist alles deins, mein Gold.
Aber das kam ihm vor wie schon lange her und er hörte es nur aus der Ferne, wie vor Jahren gesagt. Nur noch flüchtig überlegte er, ob die Alten wußten, wer da über ihren Köpfen hauste und herrschte. Er dachte gar nicht daran, wie lang sie ihm Frist gegeben hatten, allein auf dem Speicher zu bleiben, hier gab es nur noch die wandernden Sonnenstreifen und den Mann in Grau.
Darf ich sie anfassen?
Das ist mir egal. Du wirst es schon müssen, wenn du sie lesen willst.

Ich kann noch nicht lesen.
Aber der Mann wandte sich weg, als hätte er nichts gehört.
N. nahm allen Mut zusammen.
Wie heißen Sie? fragte er.
Sorge, sagte der Mann in den Raum hinein.
Danke, antwortete N.
Dann setzte er sich auf einen Kistendeckel und wendete langsam die steifen Seiten eines großen Buches um. Manchmal kamen Bilder, in dünnen, schwarzen Strichen gezeichnet, darauf waren Häuser, Mühlen und Gärten. Ganz zufrieden saß er da, und wenn er ein Buch durchgeblättert hatte, nahm er das nächste. In einem waren speckige bunte Bilder von seltsamen Vögeln, das sah er sich zweimal an. Den Mann konnte er nicht mehr sehen, auch nicht mehr hören. Nur die harten, kleinen Füße der Tauben kratzten auf den blechernen Fensterumrandungen, und er hörte das Geräusch, wenn sie ihr Gefieder schüttelten.
Plötzlich sagte der Mann ganz in seiner Nähe:
Sie rufen dich!
N. hatte nichts gehört, nur die Taubenflügel und die Buchseiten und das war zum Schluß ein und dasselbe Geräusch.
Sie rufen dich, du mußt hinunter, sagte Sorge noch einmal.
Aber ich komme morgen wieder. In N.'s Stimme war etwas Trotz.
Der graue Mann antwortete nicht und verschwand in den Tiefen des Dachbodens hinter der mächtigen Säule des Kamins.
Da ging N. die ungebohnerten Treppenstufen hinunter, langsam und traurig, ohne zu wissen warum, und hörte auf halber Höhe, wie die Speichertür zuschlug.
Elfriede kam ihm entgegen, einen großen Korb mit nasser Wäsche auf die Hüfte gestemmt.
Sie haben dich schon gesucht, meinte sie. Ist er noch oben, der Spinner? Er gab keine Antwort. Was hatte sie auf dem Speicher verloren?
Hat's dir die Rede verschlagen? Ich frag dich, ob der Sorge noch oben ist!
Ja.
Ich glaub fast, der schläft da oben. Gefällt er dir, der Rudi?
Aber N. lief die Treppe hinunter, ohne sich noch einmal umzuschauen. Elfriede blieb mit ihrem Korb auf der Trep-

pe stehen und schaute ihm hinterher. Sie hatte es wohl begriffen, denn sie sagte nichts mehr.
Unten stand die Tür ein wenig offen. Er drückte sich leise in den Spalt und ging in die Küche. Er überlegte, sie schien ihm nicht sicher genug. Er ging weiter, in die große Speisekammer hinter der Küche. Da war es warm und dunkel und roch nach Apfelgelee und altem Brot. Durch die Luke der Speisekammer fiel schwächeres Licht. Es war schon später Nachmittag. Seit dem Mittag war er allein gewesen, er fühlte sich kräftig und fast froh, die Traurigkeit des Abschieds vom Speicher hatte er vergessen. Er würde wieder hinaufgehen, morgen und alle Tage.
Die Speisekammertür wurde geöffnet.
Was ist mit meinem Gold? sagte seine Großmutter, kniete sich vor ihn und umarmte ihn.
Ich hab dich lang nicht gesehen. Haben dir die Bücher gefallen?
Es war schön da oben, sagte N. und fing an zu weinen.
Sie fragte ihn nichts. Beide saßen lange auf dem Obstkorb, sie hielt ihn in den Armen und die glänzende graue Seide ihres Blusenärmels wurde dunkel von Rotz und Tränen.
Wollen wir ein bißchen spazierengehen, fragte sie ihn dann.
Es gibt doch bald Essen, sagte er.
Nun schien sie traurig zu sein und er war es nicht mehr.
Am Abend kamen wieder Gäste. Jetzt sah er sie schon manchmal, früher hatte er nur das Gemurmel und das schrille Lachen in seinem Zimmer gehört. Er war neugierig auf diese Leute, die er nur zum Teil von den nachmittäglichen Besuchen seiner Großmutter kannte. Manche Stimmen hatte er unterscheiden können, die knurrende der Tante Irmgard, das kollernde Lachen des dicken Onkel Hans, mit dem man ihm manchmal Angst einjagte, die Vogelstimme der Tante Else, die zu vorgerückter Stunde immer so laut girrte.
Jetzt war er älter und konnte den Erwachsenen schon etwas erzählen. Er durfte sie mit den andern zusammen begrüßen, wenn sie redend und lachend an der Garderobe mit dem großen Spiegel standen, sich die Haare an den Seiten hochbauschten und schmale Lippen und Augen zu ihrem Spiegelbild hin machten. Die Pelze nahm Elfriede entgegen und sagte manchmal ganz leise: alte Ziege.

Von Onkel Hans ließ sie sich die Backe tätscheln und kicherte.
Der Großvater, die Großmutter und die Mutter küßten jeden der kam, und die Neuangekommenen wurden von denen geküßt, die schon da waren. Bis alle alle geküßt hatten und alle von allen geküßt waren, verging eine ganze Zeit, in der N. zusah und von niemandem beachtet wurde. Zum Schluß aber wandten sich alle ihm zu. Die Tanten in ihren langen Kleidern und sanften Schals wurden gerührt: Wie er wieder gewachsen ist!
Sieh mal, diese wunderbaren Haare, die er hat! Die hat er von dir, Tutti.
Stämmig ist er! sagte die fette Stimme von Onkel Hans. Der kommt mal auf mich raus!
Alle lachten laut, nur der Großvater nicht. Er lachte selten, und auch abends erst, wenn es sehr spät geworden war.
Er ist mein ein und alles, sagte die Großmutter.
Und dann wurde auch er von allen geküßt.
Währenddessen trug Elfriede behutsam und mit sichtlicher Anstrengung den mächtigen Zinntopf ins Wohnzimmer.
Deine Bowle, Tutti! riefen sie alle. Es ist die beste, die es in der ganzen Stadt gibt! Und alle liefen Elfriede und dem Bowlentopf nach und verschwanden hinter der zweiflügeligen weißen Tür zum Wohnzimmer.
Elfriede kam zurück, erzählte ihm nichts von drinnen, sondern brachte ihn unerbittlich ins Bett.
Sein Zimmer war rechteckig und nicht groß. Mit dem Kopfende zum Fenster stand sein Bett, und er konnte den Mond sehen. Nie war es ganz dunkel, er sah vor dem Einschlafen immer die Schatten der vertrauten Gegenstände an der Wand, seine Spieltruhe, das Karussell, die Tiere in schwarzen Umrissen. Das Einschlafen war kompliziert und langwierig, und es war sehr gefährlich, wenn man die Vorbereitungen abbrach oder verkürzte. Er glaubte, sich mit seinem selbsterfundenen »Kino« gegen die Träume zu schützen, also mit dem Drücken der beiden Fäuste gegen die geschlossenen Augen. Außerdem liebte er die helldunklen Muster und das Gefühl, immer schneller in eine kreiselnde Tiefe zu fallen. Nach dem »Kino« legte er sich nacheinander die genau gleiche Zeit auf jede seiner vier Seiten, um schließlich auf dem Bauch liegenzubleiben und

mit verschiedenen Beschwörungsformeln dem lieben Gott den Schutz von Großmutter, Großvater, Mutter, Elfriede, und seit neuestem auch Rudi Sorge anzuempfehlen. Daß Gott ihn selbst schützen würde (er wußte nicht genau, wovor), nahm er als selbstverständlich an. Er bat niemals extra darum.

Danach mußte er unbeweglich auf dem Bauch liegenbleiben. Er horchte angestrengt auf die fernen Stimmen der Gäste im Wohnzimmer, dabei, irgendwann, schlief er wohl immer ein. Es ärgerte ihn, daß er nie den genauen Moment des Einschlafens merkte, dieses Hinüberrutschen. Er wachte nur immer am Morgen wieder auf, hatte also geschlafen.

Dennoch, er träumte. Trotz »Kino« und peinlich genauer Beachtung seiner Maßnahmen gegen die Träume, träumte er, lange, schreckliche Geschichten, die er nie jemandem erzählte, weil er nicht wußte, wie er sie hätte sagen sollen.

Diese Nacht: Er stand vor der Wohnungstür und sah durch die gemusterten Milchglasscheiben viele Schatten, die sich munter durcheinander bewegten. Er läutete, und Elfriede öffnete. Sie hatte keine Hände mehr, sondern nur noch blutige Stümpfe, mit denen sie ihm freundlich zuwinkte. In der Wohnung waren viele, die er nicht kannte, aber auch seine Großeltern und andere Verwandte. Die meisten hatten nur noch blutige Stümpfe, manche, wie seine Mutter, waren gerade redend und lachend dabei, sich die Hände abzuhacken. Man rief ihm zu, daß man schon auf ihn gewartet habe und er sich doch anschließen möge. Die ganze Wohnung, fremd und gleichzeitig sehr vertraut, lag voll Blut. Erleichtert wachte er auf.

Natürlich wußte er nicht, daß Träume deutbar sind. Er nahm es buchstäblich, das Abhacken und daß die Erwachsenen dabei gar nichts empfanden, voller Furcht und Wut. Aber am Morgen war der Traum verblaßt.

Die Bilder wurden komplizierter. Bald träumte er Nacht für Nacht, daß er kein Kind mehr sei, sondern nur kleiner als die Erwachsenen und stummer.

Eines Nachts ging er mit seiner Mutter durch einen feuchten, grünen Hohlweg. Auf der Erde glänzten ruhige, dunkle Pfützen, sie kämpften sich beide durch den Schlamm und sprachen nicht miteinander. Er fühlte im Traum, daß sie nicht miteinander sprechen konnten. Am Ende des Hohlwegs warteten zwei Männer. Als sie sie erreicht hatten, blieb seine Mutter bei ihnen stehen. Einer der Männer umarmte sie heftig und fiel mit ihr eng umschlungen zu Boden. N. mußte allein weitergehen. Aber der Hohlweg war verschlossen, war wirklich spitz zugelaufen, so wie die Straßen auf einer Zeichnung. Er konnte nicht durch, denn vor ihm standen in einem Winkel die moosigen Wände. Er wachte von seinem Geschrei auf. Man kam, um ihn zu beruhigen. Nachts kam seine Mutter, die er tagsüber, von den Großeltern dicht umgeben, kaum sah. Nachts gehörte er ihr, sie sprach mit ihm, mit einer ruhigen, ein wenig spöttischen Stimme.

Sie war schön. Groß und und schlank gewachsen, mit einem merkwürdig gebeugten, schiebenden, schleichenden Gang, der etwas Zögerndes hatte, aber dem, zu dem sie ging, das Gefühl gab, daß er sie nicht interessierte. Ihre Haut war matt und dunkel, ihr Haar sehr schwarz, blauschwarz, wie die anderen sagten, und sie stand oft vor dem Spiegel und kämmte sich mit langen, ruhigen Strichen. Dabei schloß sie halb die Augen und schob die Lippen vor. Bei all dem schien ihm, als schliefe sie oder zöge es zumindest vor, zu schlafen.

Manchmal hatte sie Anfälle. Dann rollte sie steif und verkrampft aus dem Bett, stöhnte angstvoll, und ihre schmalen Finger krümmten sich zu Klauen. Die Großmutter machte kein Aufhebens. Sie rief lediglich Elfriede, die beiden redeten halblaut miteinander, dann hoben sie den verbogenen Körper seiner Mutter zurück ins Bett. Wenn es nicht vorbeiging, wurde der Arzt geholt. Aber meist löste sich der Krampf von allein, als sei ihr Körper es müde, auf sich aufmerksam zu machen. Dann lag sie stumm, mit geschlossenen Augen im Bett und Elfriede brachte ihr Suppe.

Er wußte nie recht, wie er sich seiner Mutter gegenüber zu verhalten hatte. Sie betrachteten sich beide mit einer Art von gegenseitigem Erstaunen und versuchten, sich nicht ins Gehege zu kommen. Manchmal sah sie ihn unter ihren üppigen Lidern hervor an: Du wirst schon auch noch dahinter kommen! Der Großvater war streng zu ihr und schrie sie oft an, auch wenn N. dabei war.

Das Kind! sagte dann die Großmutter.

Die Mutter schaute, als wollte sie sagen: Laß doch, das kenn ich doch alles schon!

Aber sie blieb stumm, bis der Großvater blau anlief und die Großmutter rief: Denk an dein Herz!
Dann ging die Mutter in ihr Zimmer und sperrte sich ein. Manchmal, ganz selten, hörte N. sie weinen.
Er bezog niemals Partei, das war unter seiner Würde. Außerdem wollte er von allen geliebt werden. Später fand er heraus, daß es wunderbare Wirkung hatte, wenn er bei Streitereien in Tränen ausbrach. Die Erwachsenen begannen sich zu schämen und einigten sich, indem sie ihn gemeinsam trösteten.
Du kannst das noch nicht verstehen, mein Gold! sagte die Großmutter. Große Leute tun oft, als wenn sie sich böse wären. Aber wir haben uns alle lieb, und am allermeisten dich.
Hast du mich auch am meisten lieb? fragte er seine Mutter.
Natürlich.
Aber er blieb mißtrauisch und beobachtete genau, wie sie sich zu ihm verhielt. Tagsüber schien ihm oft, als ginge sie ihm aus dem Weg. Aber nachts, wenn er träumte oder einfach aus Langeweile ein bißchen stöhnte, kam sie in ihrem dunkelrosa Morgenrock und unterhielt sich ernsthaft mit ihm.
In diesen Tagen dachte er viel an Rudi Sorge auf dem Speicher. Er plante seine nächsten Begegnungen mit ihm ungewohnt vorsichtig, er ahnte, daß er da ein ganz wichtiges Prinzip durchbrach, wollte nicht auf die Stunden da oben verzichten. Aber sicher würden sie früher oder später fragen, was er da anschaute. Also ließ er beiläufig beim Mittagessen fallen, es seien noch so viele Sachen auf dem Speicher, die er alle untersuchen müsse, altes Spielzeug, Zeitungen. Er wolle da oben stöbern. Seine Spielsachen kenne er alle schon.
Als ich so klein wie du war, habe ich das auch gern getan, meinte der Großvater wohlwollend. Er stellte gern Ähnlichkeiten zwischen ihm und sich her. Ich war ein großer Forscher, mein Kleiner!
Dann erzählte er eine lange Geschichte vom Keller des Hauses und seinen ungewöhnlichen Funden vor fünfundvierzig Jahren. N. fing nicht nochmal vom Speicher an. Nach dieser Ansprache würde es ihm sowieso niemand mehr verbieten, und wenn er es nicht übertrieb, würde er es bald in den Tagesablauf hineinbringen können, als normalen Bestandteil seines Zeitvertreibs. So war es dann auch. Alle zwei, drei Tage ließ er sich von Elfriede ein paar Marmeladenbrote

machen, bekam gesagt, er solle nicht wieder so im Dreck herumwühlen, und rief munter, als ging er zu einem Ausflug: Ich geh jetzt auf den Speicher! Manchmal brachte er auch etwas mit, ließ es sich mit großem Aufwand saubermachen und stellte den Fund in seinem Zimmer aus, damit er auch Ergebnisse seiner Exkursionen vorzuweisen habe. Ein paar stockfleckige Bilder mit gruseligen Szenen drauf, ein Blechauto, zwei mottig aussehende Stofftiere. Auf dem einen Bild wurde ein Mann geköpft, das faszinierte N. Der Henker hatte eine Kapuze auf und stand mit geschwungenem Beil hinter dem Opfer. Er hatte wohl schon einmal zugehauen und holte gerade aus zum nächsten Streich. Das Opfer kniete mit auf den Rücken gebundenen Händen vor ihm, der Kopf hing nur noch an einem Faden und aus dem Halsstumpf schauten Röhrchen, von denen das Blut aufspritzte. Der Kopf machte einen Mund wie ein O, und N. überlegte lange, ob ein abgehauener Kopf noch schreien kann. Dieses Bild gefiel ihm und er betrachtete es immer wieder.

Den Namen Rudi Sorge erwähnte er fast nie. Niemand wäre auf die Idee gekommen, daß er nur seinetwegen auf den Speicher ging. Langsam und zäh versuchte er, den Lagerarbeiter kennenzulernen. Seine Großmutter erkundigte sich manchmal bei Elfriede, ob ihm da oben auch nichts passieren könne, mit dem tiefen Fenster und der Leiter zum Dach? Aber Elfriede sagte: Der Sorge ist doch oben, der paßt schon auf! und man schien Vertrauen zu ihm zu haben. Die Speicherbesuche waren zu einer Gewohnheit geworden, die er niemandem mehr erklären mußte.

Aber seine Bekanntschaft mit Rudi Sorge machte nur wenig Fortschritte. Der Mann blieb schweigsam, fast mürrisch, und vor allem respektlos. Wenn N. irgendwo herumschnüffelte, wo Sorge es als störend empfand, scheuchte er ihn ohne weiteres weg wie einen kleinen Hund. Meistens trieb N. sich in den vorderen Verschlägen herum, betrachtete staubige Modekupfer und eine Laterna Magica, die er gefunden hatte. Stundenlang konnte er die farbigen Platten mit all den großen Katastrophen der Weltgeschichte anschauen.

Orangerot loderte der Brand von Rom, man sah die Sklaven in ihren kurzen Hemdchen schreiend flüchten, und oben in seinem Schloß saß Nero in einem purpurroten Nachthemd und spielte Harfe. Der Untergang Pompejis, aus dem Hinter-

grund kam die Lava als rotgelber Brei auf die schönen, säulengeschmückten Häuser zugeflossen, und Frauen mit Weinkrügen versuchten zu fliehen. Es gab auch eine Platte mit dem Untergang der Titanic, auf der man kleine Menschen in der brodelnden See ertrinken sah, einen Vulkanausbruch und das Erdbeben von San Francisco. Die erbaulicheren Szenen, Schlösser und Ruinen, schaute er sich selten an. Ihn interessierte nur der Moment, in dem etwas geschah.
Er hatte Rudi Sorge angeboten, die Bilder mit ihm zu betrachten, und schilderte die dargestellten Schrecknisse in den leuchtendsten Farben. Er solle ihn mit dem Schmarren in Ruhe lassen, sagte der brummig und verschwand wieder im Dunkel des Speichers. Nur die Bücher betrachtete er manchmal und blätterte in ihnen herum, meist in denen ohne Bilder.
Einmal krempelte er den Ärmel hoch und zeigte N. eine blau eintätowierte Nummer auf dem Arm.
Ich war bei der Waffen-SS, siehst du? Wir haben nicht solche Schweinereien gemacht wie die andern, sagte er stolz, und trotzdem lassen sie uns jetzt so rumhängen. N. hatte keine Ahnung, wovon die Rede war. Die eingegrabene Nummer beschäftigte ihn, auf sie war er neidisch. Aber er wagte niemanden von der Familie zu fragen, was das sei, Waffen-SS, er wußte, daß so eine Frage Folgen haben würde.
Auch Elfriede, die er vorsichtig um Auskunft bat, reagierte merkwürdig. Wo hast du das her?
Ich hab's auf der Straße gehört.
Die Leute haben auch nichts besseres zu tun, als über den alten Mist zu reden.
Ja, aber was ist nun Waffen-SS?
Das waren tapfere Kerle, aber da redet man jetzt nicht mehr drüber, hörst du? Sag ja nichts Tutti und Opa!
Kannst du's mir nicht erklären?
Laß mich jetzt in Ruhe mit dem Unsinn, siehst du nicht, daß ich die Hände im Teig habe? Ich weiß es auch nicht so genau, hat was mit dem Krieg zu tun. Und jetzt mach, daß du aus der Küche kommst!
Das war ihm schon oft aufgefallen, bei vielen Gelegenheiten. Alle Leute sprachen unablässig vom Krieg, sagten: »Vor dem Krieg« oder »im Krieg« oder »da war nur der Krieg dran

schuld« oder »er hat seine ganze Zeit ja nur durch den Krieg verloren« oder »jetzt, in der Nachkriegszeit«. Aber keiner hatte ihm vom Krieg selber erzählt. Wenn er danach fragte, dann wurden die Erwachsenen kurz angebunden: Das haben wir ja nun Gott sei Dank hinter uns.

Dieser Krieg also, das war etwas, das alle kannten, es war über sie gekommen und hatte eine unangenehme Zeit verursacht. Soviel war ihm jetzt klar. Wieso es den Krieg aber gab, und wieso es ihn jetzt nicht mehr gab, wußte er nicht. Und erst recht nicht, wie er gewesen war. Es war wie eine Art Zeitrechnung, nicht mehr. Manchmal war jemand im Krieg »gefallen«. Er begriff nicht, daß das was mit Tod zu tun hatte. Fallen war nicht dasselbe wie sterben. Wenn man fiel, konnte man ja wieder aufstehen. Wenn man starb, nicht, oder erst am Jüngsten Tag, was immer das sein mochte. Onkel Edi war gefallen. Aber bisher war er noch nicht wieder aufgestanden, denn Tante Jenny und die beiden Kinder waren allein.

Die blaue Nummer von Rudi Sorge schien ziemlich viel damit zu tun zu haben. Er wollte es rauskriegen.

Was nur mit dem Jungen los ist? meinte die Großmutter. Ob das normal ist, daß er sich dafür so interessiert?

Erklär's ihm ruhig, wie du's für richtig hältst, Mutti, sagte seine Mutter, du kannst sowas am besten.

Aber die Großmutter schob die Erklärung vor sich her. Irgendwann, beim Einkaufen, quälte er sie mit seinen Fragen.

Da war vor ein paar Jahren ein böser Mann, mein Gold. Der hat den Leuten Versprechungen gemacht, und es ging den meisten auch so schlecht, daß sie an ihn geglaubt haben. Und in der ersten Zeit war er ja auch sehr gut, Liebes, er hat Straßen bauen lassen und den Leuten Arbeit gegeben, daß sie keine dummen Gedanken kriegen. Aber wir haben natürlich kommen sehen, daß das nicht gut gehen konnte, Opa und ich und noch ein paar andere.

Wie hieß er?

Hitler hieß er, mein Gold, und war ein richtig Hergelaufener, so einer von ganz unten.

Hast du ihn mal gesehen?

Sicher, Liebes.

Und was ist Krieg?

Er wollte halt mehr Platz für Deutschland haben. Und da hat

er die Leute losgeschickt und auf die andern schießen lassen. Das waren schreckliche Zeiten!
Sie seufzte, und N. hätte gern gewußt, wie das mit dem Schießen genau war. Er stellte sich die Leute in zwei Reihen gegenüber vor, stillstehend und mit großen Gewehren aufeinander schießend. Er hatte oft das Wort »Front« gehört, und sich dieses Gerade, Starre darunter vorgestellt.
Was hat Opa gemacht? Hat er auch dort gestanden und geschossen?
Nein, mein Gold, in der Heimat mußte ja auch jemand bleiben und aufpassen, daß nicht alles drunter und drüber geht.
Hat Opa aufgepaßt?
Aber sie wollte nicht mehr so recht antworten, versuchte das Thema zu wechseln, indem sie ihn auf die bunten Läden und die Leute aufmerksam machte. Er spielte das Spiel mit, lachte, wenn sie es zu erwarten schien, lief auf dem Bürgersteig hin und her, drückte sich an Schaufenstern, die ihn gar nicht interessierten, die Nase platt. So, wie sie vom Krieg sprach, schien es ihm langweilig. Er dachte an das Bild vom Speicher, mit den Röhrchen, die aus dem abgeschlagenen Kopf schauten, an die Laterna-Bilder vom Brand von Rom und an Rudi Sorge. Er wollte ihn danach fragen, traute sich aber nicht recht. Seine Familie schien nicht viel Ahnung vom wahren Leben zu haben. Sein Großvater hatte nur zu Hause aufgepaßt, daß nicht alles drunter und drüber ging. Er tat ja immer noch nichts anderes, und dabei ging vieles drunter und drüber, das er nicht sah.
N. spürte, während er die rauhen Rücken der andern Einkaufenden in Augenhöhe vor sich hatte und sich durch Beine und Taschen schob, geborgen in der Menge, an der Hand seiner Großmutter, daß es Unordnungen gab, das Drunter und Drüber, daß auch er im Begriff war, sich daran zu beteiligen. Sein Großvater wußte nicht alles. Er wollte anscheinend auch nicht alles wissen, nicht, wenn die Büromädchen kicherten und sich hinter der Leiter ein Paar küßten, nicht, wenn die Großmutter mit ihren Freundinnen seufzte und lächelte, nicht, wenn seine Mutter müde und aufmerksam mit ihm schwieg. Der Großvater wollte es nicht wissen, es waren Unordnungen. Ich habe meine eigenen! dachte er im Schutz der vielen Menschen. Niemand weiß davon.

Er legte den Krieg für eine Zeitlang beiseite. Mit Rudi Sorge würde so leicht nicht zu reden sein, das wußte er. Bei Elfriede in der Küche hatte er von der Speisekammer aus mitangehört, wie sie der Putzfrau von ihrer Kusine aus Thüringen erzählte, die die Russen mit der Zunge auf den Tisch genagelt hätten. Das erinnerte ihn an die Bilder auf dem Speicher und er hätte gern mehr gehört. Aber Elfriede war nicht zu fragen, sie sah nie ein, wie verständig er schon war und behandelte ihn als kleines Kind. Übrigens lauschte er nicht heimlich. Während sich die beiden Frauen fast mit dem Kinn auf dem Küchentisch zueinandergebeugt unterhielten, kam er langsam aus der Speisekammer und hatte ein Marmeladenbrot in der Hand. Nicht einmal zur Tarnung, er wollte wirklich essen. Horchen hatte er nicht nötig.

Elfriede und Frau Huber fuhren auseinander. Aber Elfriede war nicht erschrocken. Sie erschrak nie über ihn.

Was der Bub nur zusammenfrißt, sagte sie. Er beschloß, das seinem Großvater zu sagen, ganz harmlos, nicht um sie zu verpetzen, aber aus Gründen der Ordnung.

Er kann sich immer noch nicht allein anziehen, aber Brote schmieren kann er prima.

Lassen's ihn doch fest essen, sagte die Huber schmeichlerisch.

Aber er durchschaute sie und ging mit seinem Marmeladenbrot wortlos ins Wohnzimmer.

Es war ein dunkler, großer Raum, in dem ein riesiger schwarzer Ofen stand, der keine Wärme zu geben schien. Das Zimmer gefiel ihm. Alles was drinstand war gemustert, persische Teppiche lagen auf dem gewachsten Parkettboden, auf dem runden Tisch in der Mitte lag eine Decke mit Blumen (an Weihnachten mit gestickten Tannenzweigen) und in die eine Ecke war eine rotgemusterte Bank gebaut, vor der ein Mosaiktisch stand.

Die blaue Stunde, sagte seine Großmutter, wenn es dunkel wurde, und zündete die drei Kerzen in einem Zinnleuchter an.

Ist es nicht gemütlich? Sie saß dann oft allein am Mosaiktisch, las oder schrieb oder unterhielt sich mit ihm, erzählte ihm von ihrer Pensionatszeit und den Festen der Jungmädchenzeit.

Gott, waren wir vergnügt! sagte sie traurig und liebte es,

wenn er Fragen stellte: Was sie angehabt hätten, was sie gespielt hätten.
Wir haben auch Streiche gemacht, sagte sie, aber er bekam nie irgend etwas wirklich Aufregendes heraus.
Du mit deinen Erinnerungen, dröhnte der Großvater, wenn er aus dem Büro kam. Ich kann mich natürlich nicht so gehen lassen, mitten im Geschäftsleben. Aber er setzte sich oft dazu an den Mosaiktisch und begann zu erzählen, wie sie damals als junge Männer die Münchner Spartakisten zu Paaren getrieben hätten. Wir haben sie nicht mal aufs Klo gehen lassen allein, auch die Frauen nicht! erzählte er und lachte.
Karl, das Kind, seufzte dann die Großmutter.
N. hatte bemerkt, daß sie beide traurig wurden, wenn er nicht richtig zuhörte und nichts fragte. Einander hörten sie nie zu, sie erzählten es ihm, er sollte wissen, wie sie damals gewesen waren, wie munter und wie mutig.
Wenn er im langsam tiefer werdenden Dämmer in der Ecke des großen Zimmers eifrig und aufmerksam gefragt hatte, gelacht und zugehört, dann tranken seine Großeltern manchmal ein Fläschchen Wein zusammen.
Ist es nicht gemütlich bei uns? sagte die Großmutter.
Es wurde Winter und die blauen Stunden kamen früher und früher. Er fühlte sich eingeengt, mußte wieder mehr in der Wohnung bleiben. Irgendwann im Spätherbst, als es kalt geworden war, war Rudi Sorge nicht mehr auf dem Speicher oben, die Holztür blieb verschlossen, die staubige Treppe lag in stummem Dunkel. N. wußte genau, daß es keinen Sinn haben würde, zu fragen, ob er hinaufgehen könne.
Du holst dir ja den Tod! würde seine Großmutter sagen, und seiner Mutter würden unangenehme Fragen einfallen, was er eigentlich da oben so interessant fände. Aber er sah seine Mutter selten. Gott sei Dank, daß wieder gefeiert wird, sagte sie, und nahm an den allwöchentlichen Bowlen nicht mehr teil. Sie »ging aus«.
Nimm mich mit, sagte er manchmal.
Du gehst auf den Federball, antwortete seine Mutter. Er wurde aufgeregt, stellte sich einen weiten, weißen Raum vor mit einem flaumigen Himmel und viel Licht und Musik. Als er merkte, daß es ein Witz hatte sein sollen, daß nichts anderes als sein Bett mit diesem »Federball« gemeint war, packte ihn ein ungeheurer Zorn, eine lähmende Mischung aus Wut und

Trauer. Er sagte nichts. Er wußte von vornherein, daß man über ihn lachen würde, daß er den Erwachsenen keine Angst machen könnte. Auf Anfälle war er damals noch nicht gekommen. Aber seine träge, schweigende Mutter schien zu merken, was sie mit ihrem Wort ausgelöst hatte. Sie gebrauchte es nie wieder.

Ich muß mich auslüften, sagte sie oft, wenn sie nach einem Fest an einem weißen Wintermittag aufstand und in ihrem rosa Chenille-Morgenmantel frühstückte. Elfriede brachte ihr das Frühstück ins Zimmer, er durfte dabeisitzen, und Elfriede war gar nicht mürrisch wie sonst, sondern ließ sich erzählen, wie das Fest gewesen sei, wie viele Leute da waren und mit wem die Mutter getanzt hatte. Manchmal gab sie Kommentare.

Mit dem sollten's sich nicht einlassen, meinte sie dann und flüsterte der Mutter lange ins Ohr.

Vielleicht haben Sie recht, antwortete die.

Zum »Auslüften« nahm sie ihn mit. Er wurde warm angezogen und sie gingen durch die Stadt und die verschneiten Straßen, wo an jedem kleinen Hügel die Kinder unermüdlich ihre Schlitten hinaufzogen. Magst du mitfahren? fragte sie ihn dann. Aber er hatte Angst.

Ich hab ja keinen Schlitten.

Dann frag halt irgendein anderes Kind.

Manchmal erschien es ihr wohl so, als sei er zu einsam. Dann geschah das Entsetzlichste, was er kannte – sie gab ein Fest für ihn. Nicht einmal sein Geburtstag war ein Grund, sie meinte nur, er sei zu allein mit zu vielen alten Leuten. Seine Großmutter begriff seltsamerweise, warum ihn der Gedanke an diese verkrampften Feiern mit fremden Kindern, die er haßte und die ihn auch noch in den Hintergrund drängten, so verzweifeln ließ. Er konnte es ja nicht erklären. Er ließ es über sich ergehen, zwei- oder dreimal im Jahr, und bemühte sich, es sofort wieder zu vergessen. Während sie so im blauer werdenden Schneelicht standen, er fror und von einem Fuß auf den andern trat (es kam ihm immer Schnee in die Schuhe) und sie den bunten Kindern am Schlittenhügel zusahen, spürte er, wie ein weiteres dieser entsetzlichen Feste auf ihn zukam. Seine Mutter fragte ihn gar nicht. Sie stand nur da, ein wenig gebeugt in ihrem langhaarigen Pelzmantel, und schob die Schultern zurück.

Mit ihm selber unterhielt sie sich nicht. Sie sagte ihm nur den Abschluß ihrer Gedankengänge: Elfriede kann backen. Gott sei Dank gibt es ja wieder alles. Aber nicht einmal das tröstete ihn. Kuchen und Saft, er kannte das schon. Immer war einer dabei, der noch mehr aß als er selber, bei diesen Gelegenheiten war ihm sowieso der Hals wie zugeschnürt, er aß nur gern allein, und es blieb selten was übrig.

Wir könnten den Alois einladen, meinte er, um auch etwas zu sagen. Wenn seine Mutter nämlich Bockigkeit spürte, wurde sie sehr böse. Alois war der Sohn der Frau Huber, älter als er, still und etwas verschlagen. Er hatte noch nie mit ihm gesprochen, fand ihn aber spannend.

Das ist doch wohl nicht ganz das richtige, meinte seine Mutter. Ich glaube nicht, daß es Frau Huber recht wäre. Außerdem ist er zu alt für dich.

N. wußte aus Erfahrung, daß welche kommen würden, die viel älter waren als Alois, die dann Spiele machen würden, die er nicht verstand, und die über ihn lachten. Aber es nutzte nichts, sich zu wehren, sie wollte ihr Kinderfest machen, dann würde sie wieder eine Zeitlang nicht an sein Alleinsein denken müssen.

Er ist eben ein ungeselliges Kind, hatte sie nach irgendeinem dieser Feste zu seiner Großmutter gesagt.

Während sie durch den frühen Winterabend nach Hause gingen, an den alten Häusern der Vorstadt vorbei, in denen schon die Lichter brannten, über die breite Brücke, unter der unbewegt und schwarz der Fluß lag, durch das enge Stadttor und die trüb erleuchteten Gassen der Innenstadt, am Dom vorbei und auf ihr Haus zu, hoffte er, sie würde ihren Plan vergessen. Manchmal wurden ihre Pläne mit ihm nämlich von irgendwelchen anderen Ereignissen weggeschoben, und sie kam nicht mehr darauf zurück.

Wir können es zu Nikolaus machen, sagte sie, als sie die Treppe hinaufgingen. Sie würde es also nicht vergessen.

Die Großeltern waren begeistert. Nikolaus ergab die Möglichkeit, ein richtiges Programm zu machen, den Kindern und Enkeln der Freunde und Bekannten wirklich etwas zu bieten, mit echtem Nikolaus und Ruprecht und einer kleinen Bescherung, zu der auch die Kinder der Büroangestellten, einige wenigstens, zugelassen würden. Es ging ihnen ja wieder einigermaßen gut, und, meinte die Großmutter, man

müsse auch nicht selbstsüchtig sein und sei doch verpflichtet, andere an den Köstlichkeiten dieser Zeit teilhaben zu lassen. Er, das Kind, war ungewohnt ruhig. Er wurde kaum beansprucht von dem Fest, die Erwachsenen machten alle Vorbereitungen und schienen aufgeregter als vor ihren eigenen Feiern.
Kinder von Bekannten sollten eingeladen werden, dazu später, zur Bescherung, drei Kinder verdienter Büroangestellter und, vielleicht, Alois, der Sohn der Frau Huber, der zu alt für ihn war und insgesamt ein wenig verschlagen.
Es war der fünfte Dezember. Elfriede hatte gebacken, die Kinder waren eingeladen, auch die der Angestellten. N. hatte sich fast den ganzen Tag in der Speisekammer aufgehalten und mechanisch aus den Schüsseln mit dem Gebäck gegessen. Abends war ihm schlecht. Elfriede wußte warum, sagte aber nichts, aus Trägheit oder Verständnis, es war ihm auch egal.
Freust du dich, mein Gold?
Sicher freut er sich, rief der Großvater, es ist ja alles nur seinetwegen.
An diesem fünften Dezember ging er gern zu Bett, ohne das von allen geliebte Betteln um noch zehn Minuten, nur noch zehn Minuten, noch fünf Minuten, das jeden Abend durchgespielt wurde. Er ging freiwillig ins Bett.
Wie jeden Abend das Gebet am Bett:
Lieber Gott
mach mich fromm
daß ich in den Himmel komm
wär so gern
gut und rein
wie die lieben Engelein.
Amen.
Der Großvater fehlte nie bei diesem Tagesabschluß, den er für überaus notwendig hielt, die innere Ordnung der Tage, die pünktlichen Mahlzeiten, die immer gleichen Abläufe immer gleicher Vorgänge waren ihm wichtig. Von seinen seltenen Reisen rief er abends an und vergaß nie zu fragen, ob schon gebetet worden sei.
Normalerweise versuchte N. die Zeremonie an seinem Bett hinauszuzögern, an diesem Abend vor Nikolaus tat er das nicht. Der Großvater war enttäuscht. Freude hatte laut zu

sein, dankbar und wortreich. Das Kind war zu still, fiel ihm nicht um den Hals, keine Küßchen, kein Jauchzen.
Er ist eben aufgeregt, sagte die Großmutter. So viele Menschen, die da kommen, das macht dir Angst, mein Gold? Nicht?
Ich hab nie Angst! sagte er großspurig.
Siehst du? rief der Großvater triumphierend.
Dann gingen sie alle aus seinem Zimmer und machten die Tür zu. Von draußen kam ein schwaches Licht, aus dem sich langsam die Umrisse der Gegenstände in seinem Zimmer lösten. Er konnte das Zirkuswandfries in Umrissen erkennen, jetzt waren alle bunten Dinge blau, der nächtliche, geheimnisvolle Zirkus gefiel ihm. Er stand leise auf und schob die Vorhänge zurück. Woher kam das Licht? Er blieb am Fenster stehen, schaute über die verschneiten Dachgiebel, in deren blinden Fensterhöhlen unbeweglich wie kleine schwarze Säcke die schlafenden Tauben hockten. Der Dom war ein wenig erleuchtet, nicht hell, nur so, daß man die Umrisse seiner zartgezackten Doppeltürme erkennen konnte.
Er war traurig. Er wußte, daß seine Einschlafrituale, das »Kino« mit den schwarz-weißen Kreisen, die ausgedachten Geschichten, heute nicht helfen würden. Er schaute auf die Dächer und wünschte sich, daß irgend etwas sich bewegen möge. Aber es bewegte sich nichts, alles blieb fest an seinem Platz, er konnte nichts dagegen tun. Ganz leise öffnete er die Doppelfenster. Das war schwierig, er mußte einen Stuhl holen, denn die Riegel saßen hoch, verschnörkelte, altmodische Gußeisengriffe, die schwer aufgingen. Er schob seinen Kinderstuhl vorsichtig über den Teppich zum Fenster, damit man nichts hören konnte. Der Riegel des inneren Fensters drehte sich langsam in seiner Angel. Im Zwischenraum zwischen den Fenstern stand kalte Winterluft. Er beugte sich vor, um den Riegel des Außenfensters zu öffnen, der in seinem Rost fester saß und knarrte. Er vergaß alle Vorsicht. Laut ächzte das alte Holz der Rahmen, als er da mit seinem ganzen Gewicht dranhing, zog und zerrte. Er wollte das Fenster öffnen, seine Hand in das unberührte Schneekissen auf dem Fenstersims legen, er wollte die Tauben gegenüber erschrecken, damit sie aufwachten und flatterten. Aber da wurde er zurückgerissen von seinem Stuhl, seine Mutter hielt

ihn fest und war ganz blaß. Sie sagte nichts, warf ihn fast in sein Bett, verriegelte das Doppelfenster und schob eine Stange durch die Riegel.
Das wirst du nie wieder tun, hörst du? sagte sie leise. Ich sage den anderen nichts, Tutti würde sich entsetzlich aufregen. Ausgerechnet heute nacht!
Er antwortete nicht, tat, als sei er schlaftrunken, als wisse er nicht, wo er gewesen sei. Sie würde es ja doch nicht verstehen. Weiter fragte sie nichts. Nach einer Weile kam sie nochmal, um zu sehen, ob er eingeschlafen war.

Am nächsten Tag, an Nikolaus, kam Rudi Sorge, den er fast vergessen hatte in diesem Winter, und spannte Maschendraht vor das Fenster seines Zimmers.
Noch tagelang nach dem Fest blieb N. still, sah nachts durch das Hasengitter über die winterlichen Dächer.
Die drei Töchter des Rechtsanwalts waren dagewesen, der Arztsohn Sigi mit den langen blonden Locken und die Kinder des Apothekers, Peter und Carola. Aber den einzigen, den N. wirklich hätte einladen mögen, Alois, hatten sie vergessen. Absichtlich, dachte N. und war wütend auf die Erwachsenen.
Die drei Anwaltstöchter unterhielten sich mit niemandem beim Kakao. Sie kicherten über Elfriede und zogen Sigi auf, dem sie seine Locken streichelten: Du bist aber ein süßes kleines Mädchen.
Sie waren älter, die älteste, Kathrin, dürr, dunkel und spitznasig, sogar schon vierzehn. Sie sah immer aus, als hätte sie Fieber. N. mochte sie nicht. Sie bohrte ihm jedesmal, wenn sie ihn sah, ihren spitzigen Zeigefinger ins Kreuz: Du wirst ja immer fetter, grinste sie. Er traute sich nicht, »dürre Ziege« zu ihr zu sagen. Einmal hatte er es getan, sie hatte es erzählt, und die Großmutter hatte ihm lang und ausführlich erklärt, Kathrin sei krank, und er müsse doch ein kleiner Kavalier sein. Er hielt sich, so gut es ging, von ihr fern. Ihre Schwester Greta war rund und blond und sehr träge. Sie interessierte ihn nicht, er war sogar ganz dankbar für ihre Anwesenheit, denn dann achtete niemand darauf, ob er viel aß. Sie konnte nämlich noch mehr essen, und Kuchen, wie an diesem Nachmittag, war zu der Zeit noch immer eine Seltenheit.
Eine echte Butterkrem! hatte Elfriede gejammert, als ob das keine Verschwendung nicht wär für die Bamsen.

Die dritte Anwaltstochter, Inge, war sehr schön, sie war neun Jahre, hatte ein rundes Gesicht und runde braune Augen. Über ihre Backen baumelten Affenschaukeln mit großen Seidenschleifen. Sie lachte viel, und N. verehrte sie. Im Sommer hatte sie ihn auf dem Balkon schon einmal gefragt, ob er sie anschauen wolle, sie sehe ganz anders aus als er. Aber er war in die Küche gelaufen und sie hatte hinter ihm hergelacht. Jetzt lachte sie immer so, als denke sie an diesen Sommernachmittag, und er brachte keinen Bissen hinunter, wenn sie ihn anschaute.

Die wird einmal ein wahrer Teufel! sagte die Großmutter, aber sie sagte es fast neidisch.

Gehst du nachher mit mir aufs Klo? flüsterte Inge ihm zu und lachte. Er traute sich nicht, ja zu sagen.

Ist sie nicht ein entzückendes Kind? flüsterte die Mutter der Großmutter zu, als sie eine neue Kanne Kakao hereinbrachte. Er hörte es ganz genau. Er hörte überhaupt immer, was die Erwachsenen untereinander sprachen. Man konnte gar nicht genug aufpassen.

Er wollte gern mit ihr aufs Klo gehen, ihr zeigen, wie er im Bogen Pipi machte. Die Mädchen hockten sich hin, das wußte er. Aber er hätte es gern auch gesehen. Das Fest war keine gute Gelegenheit. Man konnte es bei ihr zu Hause besser, da war das Klo im Zwischenstock, und keiner der Erwachsenen kam, wie bei ihm, auf die Idee zu fragen, warum er da so lange drin sei und ob ihm etwas fehle. Außerdem durfte er die Tür nicht zuschließen. Das war streng verboten.

Es könnte dir ja mal was sein, mein Gold!

Der Mädchenknabe Sigi fing, von allen an seinen Locken gezogen, endlich an zu heulen. N. verachtete ihn auch, Sigis Mutter zog ihn manchmal als Mädchen an.

Schade, daß die zwei nicht heiraten können, sagte sie lächelnd zu seiner Mutter.

Sie war eine üppige, dunkle Frau mit roten Flecken im Gesicht und einem riesigen Busen. Außerdem schrieb sie Gedichte. Es wurde immer viel über sie gelacht, wenn sie nicht dabei war. Ihr Sohn Sigi konnte aber trotz seiner Mädchenhaftigkeit sehr wütend werden. Er war schon mal mit einem Küchenmesser auf seine Mutter losgegangen, erzählte man. Jetzt heulte er, weil Peter und Carola ihm

Schleifen ins Haar banden. Sie waren schweigsame Kinder, die sich nur miteinander unterhielten.
N. mochte den Peter gern, er konnte Flugzeuge bauen und Kurzschlüsse machen. Aber Peter war nicht gern mit ihm zusammen, er, dunkel und drahtig, mochte wohl sein Dicksein nicht. N. litt sonst nie darunter. »Babyspeck« hieß das zärtlich. Vor Peter aber schämte er sich. Der war ein Mann. Die Tafel stand im vorderen Eßzimmer, die Erwachsenen umstrichen sie unablässig wie Leithunde eine Herde und überfütterten alle, das Tischtuch sah aus wie ein Schlachtfeld, die Platten wurden leerer, die Kinder waren jetzt ganz ruhig vor Sattheit. Man dachte an die Bescherung, fragte listig, wann denn wohl der Nikolaus kommen werde. Ihm war längst aufgefallen, daß sein Großvater sich noch nicht hatte blicken lassen und er wußte, daß er der Nikolaus sein würde. Es war ihm schrecklich. Sein Großvater ging die andern nichts an. Er hatte eine qualvolle Angst davor, daß sie über ihn lachen würden. Die nach dem Kakao eingeladenen Kinder der Angestellten hatte man fast vergessen. Erst das Läuten brachte die Erwachsenen auf ihr Versäumnis, sie beeilten sich, die Kinder zu empfangen.
Da standen sie vor der Tür, zu dritt. (Mehr laden wir nicht ein, sonst fühlen sich die anderen benachteiligt! meinte die Großmutter. Nur die von den leitenden Herren. Da kann man doch mit Manieren rechnen.)
Blaß waren sie vor Anstrengung, Schreckliches hatten sie durchgemacht, seit die Einladung ausgesprochen worden war.
Was hieß das im Geschäft des Großvaters schon, die leitenden Herren? Ein Prokurist, der Ladengeschäftsführer, der Hauptkassierer? Er war der leitende Herr, der Großvater, und kein anderer. Schleichig lächelnd der Prokurist, der immer Vertreterwitze machte, grau und mürrisch der Kassierer, bayrisch grob und verlegen der Ladengeschäftsführer. Ihre Kinder, die altersmäßig passenden waren ausgewählt worden, zwei Buben und ein Mädchen, hatten sie in den wenigen Tagen ganz ähnlich gemacht, blaß und stumm, böse und wütend, gedemütigt, daß man es riechen konnte, irgendwie säuerlich, fand N. Sie standen im Flur, die Großmutter zog ihnen die Mäntel aus. Drunter kamen steife, neue Sachen zum Vorschein, am Rock des Mädchens

bemerkte N. noch einen Heftfaden. Alle drei schauten auf den Boden.

Gaffts net aso umananda, hatte man ihnen gesagt. Und irgendeine Mutter hatte sicher verbessert: Schaugts nicht so herum, hoaßt des.

Denn den Dialekt hatten sie alle, sie merkten ihn gar nicht, weil ihre ganze Welt ihn sprach, auch der Pfarrer. Der Geschäftsführer hatte in einer Aufwallung gesagt: Hoit's Mei, lass's redn, wia eahna da Schnabl gwachsn is.

Man konnte sie aber zum Schweigen bringen: Red's nur, wenn eich oana was fragt.

Man konnte sie bis zur Unkenntlichkeit striegeln und waschen, bis ihnen die Haut weh tat, man konnte sie in mit heißer Nadel genähte neue Sachen aus billigen Stoffen stecken, in denen sie sich so unbehaglich fühlten, daß sie nicht frech werden würden.

Wie heißt denn du? wurden sie gefragt.

Sie konnten sich nicht so schnell an ihre richtigen Namen erinnern.

Der Kari, der Dimpfl und die Stutzi dachten lang nach und sagten dann erst wie im Kindergottesdienst:

Federkiel, Karl.

Eichenbichler, Ludwig.

Hartl, Maria.

Die Erwachsenen vergaßen das sofort und sagten für den Rest des Tages:

Du da, der Kleine vom Eichenbichler...

Die andern Kinder grinsten nicht offen über die Namen. Diese Kinder hießen immer so, das wußten sie, keiner von ihnen hieß Karl oder Maria. Man hieß Inge oder Hella oder Sigi. Aber sie waren höflich und satt.

Der Bescherung stand nun nichts mehr im Wege, und die Großmutter hatte sich mit den Geschenkpäckchen viel Mühe gegeben. Es ist doch das Schönste, was es gibt, andern eine Freude zu machen, mein Gold!

Und die wollenen Strümpfe, die Schießerhosen, die Seifenstücke wurden in buntes Seidenpapier eingepackt, mit rotem Bändchen verschnürt und mit kleinen, glitzernden Anhängern versehen, auf denen der Name des Empfängers stand.

Die Päckchen für die Kinder der Bekannten waren kleiner und unscheinbarer auf den ersten Blick.

Verwöhnt sie nicht so! hatten die Freunde und Freundinnen gesagt.
In den Päckchen für die Mädchen waren also kleine Anhänger aus bunten Rheinkieseln. Die Buben, auch der mädchenartige Sigi, bekamen Taschenmesser. (Am Tag nach der Nikolausfeier schnitzte er ein Eck aus dem Biedermeiertisch seiner Mutter.)
Rudi Sorge war um einen Jutesack geschickt worden, den er brachte und der noch immer nach Kohlenstaub roch. Nun standen also der Nikolaussack und die Kinder herum und warteten auf den Nikolaus.
Es war schon dunkel geworden und die Kinder »unserer Leute«, wie die Großmutter sagte, hatten mit den Kuchenresten aufräumen dürfen und das stumm und gänzlich getan, als ein Gepolter auf der Treppe den Nikolaus ankündigte. N. hörte zu seinem Entsetzen auch das vertraute dreimalige Klicken des Eherings an der gläsernen Flurtür. Keinen Moment kam es ihm in den Sinn, daß die andern Kinder ja nicht wissen konnten, daß nur der Großvater dieses Geräusch als Zeichen benutzte. N. spürte nur noch stärker, noch lähmender, die schreckliche Angst vor der Lächerlichkeit. Der Großvater kam herein, im roten Bademantel und mit einem weißen Wattebart. Jeder hätte ihn erkennen können. Auf seinem runden Kopf mit den nie ergrauenden dünnen Haaren saß eine rote Strickmütze mit langer Spitze. Über die Augenbrauen hatte er sich Wülste aus weißer Badezimmerwatte geklebt, und daraus bestand auch der Bart, zweigeteilt nach der Art des alten Kaisers. Der rote Frotteemantel war ihm etwas zu eng, über seinem rundlichen Bauch klaffte er etwas und ließ das weiße Hemd sehen.
Katholische Bischöfe gefielen ihm, obwohl er Protestant, Freigeist und noch einiges andere war. Er trug also einen Krummstab, der mit Goldpapier umwickelt war. Noch lange danach hätte N. diese heiligmäßige Verkleidung seines Großvaters in allen Einzelheiten beschreiben können, die gestreiften Anzughosen, die unter dem roten Mantel hervorsahen und die braunen, pelzgefütterten Hausschuhe, auf die auch die Kinder Kari, Stutzi und Dimpfl wie gebannt starrten. N. sah diesem Nikolaus kein einziges Mal ins Gesicht.
Hinter dem tauchte eine Überraschung auf: ein Knecht Ruprecht, grimmig anzusehen im rauhen, braunen Rock, mit

Pelzmütze und Knotenstock. Stramm stand er in seinen hohen Fellstiefeln und schaute unter sehr buschigen Augenbrauen hervor. Er packte auch den Sack, und N. spürte nun doch ein leises Gruseln. Die Leutekinder waren ganz blaß, und es war still im Zimmer. Von der Tür her schauten Großmutter, Elfriede und die Mutter zu.
Die zwei Grüppchen der Kinder und die beiden Erwachsenen standen einander stumm gegenüber.
Grüß Gott, Nikolaus, sagte Inge als erste und N. bewunderte ihre Frechheit. Die andern schlossen sich sofort mit ersticktem Gemurmel an. Keins der Kinder nahm das alles ernst, aber sie waren alle ängstlich.
Grüß Gott, Kinder, sagte der Großvater sehr laut.
Seid ihr alle brav?
Keiner antwortete, denn das gehörte irgendwie ins Kasperltheater und paßte nicht. Es war gar kein Platz für das fröhlich geschriene »Ja«, das darauf eigentlich die Antwort zu sein hatte.
Ruprecht knurrte etwas von einer Rute, N. erkannte durch das Knurren erleichtert die Stimme vom Fräulein aus dem zweiten Stock.
Man hatte sich vorher von den Eltern ein paar Sünden sagen lassen, weil es dazu gehörte, Naschen, Widersprechen, vorlaut sein. N. selbst wurde wegen seiner Speisekammerbesuche ermahnt, aber er hörte gar nicht zu. Anders die Leutekinder: Ihre Väter hatten dem Großvater mehr erzählt und nun packte der Nikolaus aus, die drei standen bleich und trotzig vor diesem Jüngsten Gericht. Kari zum Beispiel hatte beim Metzger Dechant eine Hartwurst gestohlen, er war erst ertappt worden, als schon ein großes Stück fehlte, und sein Vater hatte sie bezahlen müssen.
Als der Nikolaus diesen ersten ungeheuerlichen Fall nannte über dem gesenkten Kopf des Kari, der abwechselnd sich und der rächenden Macht auf die Schuhe schaute, wurden die Kinder sehr still. N. und die Gleichartigen verstanden die Tat gar nicht. Hartwurst hatte man doch im Kühlschrank, warum hätte man sie beim Metzger Dechant stehlen sollen, der einem immer ein Radel Wurst schenkte und zur jeweiligen Begleitperson »Beehrn's mich bald wieder« sagte. Dabei war der Nikolaus von heiliger Milde, kein

Rachegewitter, nur ein ernstes Zureden, Kari wolle doch nicht als Dieb enden, dann bekam er ein Päckchen, in dem Unterhosen waren und ein Marzipanbrot.
Da waren sie jetzt Publikum, Gitti und Inge und die andern, atemlos, und es gruselte sie alle.
Der Dimpfl war der Nächste.
Kannst du dir denken, was ich mit dir zu reden habe? fragte mit tiefer Stimme der Nikolaus.
Längst hatte N. die Angst vor der Lächerlichkeit verloren, sein Großvater war zwar der Nikolaus, aber nicht verkleidet, nicht schwach und albern, nein, er war der rächende Heilige, der doch Wohltaten austeilte und die Kinder von ihren Sünden reinigte.
Der Dimpfl war still und murmelte nach einiger Zeit etwas, das keiner verstand.
Daß i's Bier aussauf! flüsterte er heiser.
Wir verstehen dich nicht! meinte freundlich der Heilige.
Wenn i a Bier holn soll, na trink i epps oba, meinte der Dimpfl lauter.
Du hast Wasser ins Bierkrügel nachlaufen lassen!
Sonst hätts mei Voda ja gmerkt! meinte der Dimpfl trotzig.
Du hast also deinen Vater belogen, der sich nach der ganzen Arbeit auf sein Bier freut!
Ha? sagte der Dimpfl und verstand gar nichts mehr. Das begriffen die anderen auch nicht, daß man Bier trinkt, denn das schmeckte doch gar nicht, und den staubigen Weg von der Beizn in der Eimergasse durch die ganzen Spezis hindurch, die an der Ecke auf die gefüllten Krügeln lauerten, kannten sie nicht. Aber auch der Dimpfl bekam ein Päckchen, in dem waren Hefte und Stifte, denn er sollte in die Schule kommen, und so war das ein nützliches Geschenk.
Maria, auch Stutzi genannt, kam als letzte dran. Klein, bleich und knochig stand sie da, mit ihren Mausaugen und ihren spülwasserfarbenen Rattenschwänzen, die wie Holz von ihrem hageren Kopf wegstanden. Sie schaute dem Nikolaus ins Gesicht.
Kaum mag ich's sagen, was du gemacht hast, fing der an.
Aber sie schaute, als warte sie genau wie er selber.
Du hast dein Schwesterchen in der Regentonne ertränken wollen.

Da lachte die Stutzi und ihr dünnes Kinderlachen ließ alle zusammenzucken.
Wenns oiwei plärrt, sagte sie. Außerdem is's ned dasoffn. Sie sah es nicht ein, und Angst hatte sie auch keine. Das war nichts Schlechtes für sie, die die dreijährige Schwester herumschleppen mußte wie einen Kropf. Es war ihr nicht einzureden. Außerdem war ja gar nichts passiert.
Alle schwiegen, auch der heilige Mann im roten Bademantel, und die Stutzi schaute fröhlich um sich. Sie wartete auf ihr Packl. (Zwei Frottierwaschlappen waren drin!)
Als die kleine Schwester, von ihr an den Füßen gehalten, kopfüber in der Regentonne gehangen hatte, war sie hinterher sowieso grausam verprügelt worden. Damit hatte sie gerechnet, aber diese Geschichte war doch lang abgegolten. Was sollte die Fragerei. Es gab eh so viel kleine Kinder auf der Welt, man mußte sie dauernd herumschleppen, sie fraßen und brüllten und waren jedermann lästig. Nein, sie sah die Fragerei nicht ein.
Es war ziemlich still geworden, der Knabe Sigi weinte leise vor sich hin. In seinem Päckchen war ein wunderbares Taschenmesser, wie für einen richtigen Buben, und er wußte nicht, wie er es bis zum Ende der Nikolausfeier vor den glühenden Blicken des Dimpfl retten sollte, der für seine Schießerunterhosen nur Verachtung hatte und darauf wartete, daß die Erwachsenen endlich den Raum verlassen würden. Sie taten es nicht.
Die Leutekinder begannen jetzt, mit langgestielten Blicken die Inhalte der Päckchen miteinander zu vergleichen. Am schlimmsten hatte es die Stutzi erwischt, die in dem winzigen Päckchen, das Inge gehörte, den Rheinkieselanhänger erspäht hatte. Der war bunt und glitzerte. Man hätte ihn immer bei sich tragen können, wie eine Königin. Sie hätte für seinen Besitz gehungert oder gefroren.
Das Fest ging allmählich zu Ende. Dem Großvater-Nikolaus waren die Kinder längst langweilig geworden und er sah sich nach Rückzug um. Der Knecht Ruprecht hatte die ganze Zeit nichts gesagt, weil man sonst erkannt hätte, daß es sich um ein Fräulein handelte. Die Großmutter strahlte wie die Sonne, weil die Kinder so lieb gewesen waren, die Mutter war inzwischen unsichtbar geworden, und Elfriede stand mürrisch an der Zimmertür und hatte noch was zu essen.

Es gab Würstchen, Zitronenwasser und Semmeln, die ersten weißen Semmeln nach den knatschigen, schwarzen Klumpen vor der Währungsreform. Alle schlangen stumm und möglichst viel hinunter, N. auch, er traute sich in dieser Anonymität der Verfressenheit nun endlich, seiner Freßlust nachzugeben.

Die ersten Eltern kamen, um die Kinder abzuholen, auch die drei Väter der Leutekinder, die mit drohenden Blicken im Flur nach Zerbrochenem oder Verbranntem schauten. Aber es war nichts passiert.

Alle drei Väter sagten: Mir bedankn uns aa schee, und packten ihre Kinder, als hätten sie sie aus einer Gefahr befreit. Es hatte sich nicht machen lassen, daß die Stutzi den Rheinkiesel noch einstecken konnte. Inge hatte ihn achtlos in ihre Tasche am Kleid geschoben, damit war er weg.

N. sah, wie Stutzi sich noch einmal umdrehte und vom Flur aus ins Zimmer zurückschaute, in dem jetzt die Kerzen am Adventskranz angezündet worden waren. Er merkte, daß sie noch immer an den Rheinkiesel dachte. Ihr Kinn zitterte ein bißchen. Dann ging sie.

Nach und nach hatten sich auch die Eltern der anderen Kinder eingefunden und setzten sich dazu, an den braunen Kacheltisch, in dem sich die Kerzen spiegelten. Elfriede wurde nach Wein geschickt, die Kinder saßen still und zufrieden dabei und waren müde. Der Großvater hatte sich wieder eingefunden, im korrekten blauen Anzug, und ließ sich feiern.

Er hat eine enorme Begabung mit Kindern umzugehen, sagte die Großmutter. Er ist immer so ruhig und bestimmt, das macht gerade auf Kinder großen Eindruck.

War es schön, mein Gold? fragte sie N. liebevoll.

Ein Dutzend Gesichter wandte sich ihm plötzlich zu, ihm, der doch den ganzen Nachmittag im wohltuenden Halbdunkel geblieben war und kaum etwas hatte sagen müssen. Die Erwachsenen hätten ihn ja nicht gestört. Aber diese Kinder, die aufmerksam und blank und lachbereit aussahen! So brach er eben in Tränen aus und sagte gar nichts, steckte seinen Kopf unter die Ärmel seiner Großmutter und wußte, was sie sagen würde.

Das Kind ist erschöpft. Er ist ja noch so klein.

Da er selten weinte, wurden seine Tränen immer ernst

genommen. Man beachtete ihn weiter nicht mehr, verzichtete sogar darauf, ihn von Elfriede ins Bett bringen zu lassen.
Er hatte sich in die toscaduftenden seidenen Fittiche seiner Großmutter zurückgezogen. Die Erwachsenen redeten durcheinander und lachten viel, er hörte immer dazwischen das Wort »Proletenkinder« und stellte sich unter Proleten so etwas wie Seeräuber vor. Der Wein schimmerte gelb in den Gläsern, ab und zu durften die Kinder mal nippen. Nur Sigis Mutter schrie, man mache aus den unschuldigen Seelen Säufer, und sie wollte da ihre Hand nicht dazu hergeben. Es war bekannt, daß sie selber gern ein wenig trank. Alle lachten über ihre Sorge um ihren Sohn, die Kinder kicherten.
Er selber fühlte sich diesem Sigi teils sehr verwandt, teils überlegen, und das war ihm angenehm. Sie lächelten sich zu, aus ihren Nestern heraus, die von den mütterlichen und großmütterlichen Seidenärmeln gebildet waren. Beide kamen sich sehr einsam, sehr beschützt vor. Und nun auch ziemlich weise. Die Welt war gefährlicher als die Erwachsenen dachten.
An das Ende des Tages erinnerte er sich nicht mehr so genau, als er in der kühlen nächtlichen Dunkelheit noch einmal darüber nachdachte. Der drahtige Peter, den er insgeheim bewunderte, hatte nicht viel mit ihm gesprochen. Er spazierte mit seinen Blicken mehr über die Gesichter der Erwachsenen und hatte ihm nur einmal zugeflüstert: Der Nikolaus – das ist doch dein Opa?
Und N. hatte ganz männlich geantwortet, so als könnten sie beide doch nicht hinters Licht geführt werden. Peter schien sich überhaupt nicht zu fürchten und ließ sich von den drei Anwaltstöchtern anschwärmen. Mit den Leutekindern hatte er kein Wort gewechselt. Habt ihr die einladen müssen? meinte er mißbilligend.

Weihnachten wurde in diesem Jahr zum erstenmal wieder richtig gefeiert, ohne Bescheidenheit. Zwar, einen Baum hatte man natürlich immer gehabt, denn gerade in der schweren Zeit, wie das bei ihm zuhause genannt wurde, achtete man auf die Einhaltung der Traditionen. Aber nun war der Spuk vorbei. So hieß es auch: »der Spuk«, und die, die der Spuk weggezaubert hatte, kamen langsam wieder zurück, all seine Vettern und Onkel, junge, dünne Männer mit grauen Gesichtern, die er nie vorher gesehen hatte und vor denen er sich fürchtete. So geisterhaft waren sie! Ein Spuk hatte sie weggenommen. Ein Spuk brachte sie wieder, wenn auch nicht alle. Manche hatte der Spuk ganz behalten, manchen fehlten Arme oder Beine und vor ihnen fürchtete er sich am meisten.

Die befremdlichen Begrüßungsszenen im halbdunklen Flur rissen gar nicht mehr ab. Die Namen all dieser Onkel rollten in seinem Kopf durcheinander, die Großmutter und die Mutter umarmten sie unter Tränen, es wurde viel gesprochen und Wein getrunken, sogar Elfriede lächelte. Die Männer waren wieder da.

Ihm war das nicht recht. Darauf war er nicht vorbereitet gewesen, die Frauen und sein Großvater hatten ihm genügt, er war doch der einzige Mann der Familie, niemand hatte vorher über ihn gelacht, aber diese Onkel kniffen ihn einfach in die Backen und sagten: Na, du bist ja ganz gut durch den Krieg gekommen!

Auch Weihnachten sollte er mit ihnen teilen, mit diesen fremden Männern, die seine Rechte bedrohten.

Schon am Morgen hatten die Arbeiter eine riesige Tanne gebracht, die bis an die Decke des hohen Raumes reichte und von Rudi Sorge mit Lametta und bunten Glaskugeln geschmückt wurde. Faden für Faden hängte er an die Zweige wie Wäsche auf eine Leine, und alle zwanzig Zentimeter kam, sorgfältig nach Farben geordnet, eine Kugel. In einer Schachtel fanden sich auch alte Dinge. Von meinen Großeltern noch! sagte die Großmutter gerührt. Daß Sie mir die Sachen ganz vorsichtig behandeln, lieber Sorge, die sind noch aus meiner Jungmädchenzeit!

Kleine, glasgeblasene Vögelchen in schillernden Farben und mit Schwänzen aus Engelshaar, umsponnene Silbertrompeten, die einen ganz zarten Ton gaben, wenn man hineinblies, vergoldete Nußhälften mit staubigen, etwas angeschmolzenen Jesuskindern drin, kleine hölzerne Engel mit zerbrechlichen Flügeln. Rudi Sorge nahm die Winzigkeiten Stück für Stück in seine großen grauen Hände und es konnte nichts geschehen. Nur N. zerdrückte einen der Glasvögel, als er ihn anschauen wollte. Sie waren so dünn! Der Vogel betrübte ihn, er liebte alles in Tierform und fühlte sich an seinem Tod schuldig. Damit er nicht mehr leiden mußte, nahm er ihn und zertrat ihn im Klo sorgfältig zu Staub, tat ihn in eine Schachtel und legte die in seinen Schrank zu all den andern toten Tieren, dem augenlosen Eichhörnchen aus rauhem Pappmaché, dem Bären, dem die Holzwolle aus dem Bauch hing, dem zerdrückten Schokoladenmaikäfer und den grauen Plätzchen in Entenform, die er Jahr für Jahr vor dem Verzehrtwerden rettete.

Der Weihnachtsbaum, dessen Spitze jetzt ein etwas zerknitterter Rauschgoldengel mit schmutzigem Wachsgesicht krönte, gefiel ihm nicht sehr. Andere Kinder – das wußte er – durften den ganzen Tag nicht in das Zimmer, in dem »das Christkind« den Baum schmückte. Aber er durfte, weil es das Christkind bei ihnen nicht so recht gab. »Du bist doch schon ein großer Junge.« So drückten sie sich vor der Aufgabe, Ordnung im Zauberwald der Hasen und Hexen, Nikoläuse und Störche, Jesuskinder und Sandmänner zu machen, und er selber glaubte daher, wie es ihm gerade paßte. Das Christkind jedenfalls kam bei ihm nicht vor, es flog nicht, wie bei andern, am Fenster vorbei und es nützte auch nichts, ihm Briefe zu schreiben. Der Baum sah aus wie der vor der Drogerie am Marktplatz, so ordentlich und kalt, und es gab auch nichts zu essen an den Zweigen, vor allem vermißte er die Fondantkringel, aber die galten als schlecht für die Zähne.

Am Weihnachtsabend war man dann »endlich wieder in Frieden zusammen«. Die Großeltern, die Mutter, Onkel Hans mit seinem Sohn, Onkel Theo, der nur noch eine Hand hatte, Elfriede. Sie standen im Licht des Baumes und er durfte sein Weihnachtsgedicht aufsagen, etwas Ernstes, Feierliches, der Großvater hatte es mit ihm eingeübt.

Das Lernen fällt ihm ja so leicht! hatte der Großvater vor der gesamten Familie geprahlt. Wir werden noch viel Freude haben an unserem Goldkind.

N. lernte gern auswendig. Ein Lied, ein Gedicht, die Sinnsprüche seines Großvaters brauchte er nur einmal, höchstens zweimal zu hören, dann konnte er sie nachplappern. Er hatte oft die Erwachsenen durch seine fehlerfreie Aussprache von Fremdwörtern entzückt.

Werden Engelchen auch entnazifiziert? Tausendmal war danach seine Frage kolportiert worden, genüßlich nachgeschmeckt, begeistert erläutert.

Und denk dir, das fragt er ausgerechnet den alten Hartl, der so lang als hoher PG...!

Nun stand N. da unterm Christbaum, mit seinem sauber gedämpften Bleyleanzug und mit weißem Kragen. Der Anzug kratzte. N. hatte nichts dagegen, das gab ihm so ein Gefühl von Wichtigkeit und Disziplin. In den Augen der drei Männer, dunkel und hager, in gefärbter Uniform der eine und die andern in sauber gewendeten Vorkriegsanzügen, schimmerten Tränen. Alle konzentrierten sich auf ihn. Es ist doch kein Weihnachten, wenn man nicht so ein Kind dabei beobachten kann, die Lichter in seinen Augen, sagte die Großmutter leise zu Onkel Hans, der zwei tiefe Falten an den Mundwinkeln hatte. Was mochte der erlebt haben? N. dachte an die Geschichte von Rudi Sorge, die SS und das Bild mit dem Geköpften auf dem Speicher, und es gruselte ihn angenehm. -

Nach allem, der Bescherung und dem Klavierspiel des jüngsten Onkels, der schluchzenden Elfriede (das erschreckte N. am meisten), nach all der warmen Feierlichkeit bekam er ein Glas Sekt, und die Erwachsenen lachten, als er blaß wurde und sich übergeben mußte. Das war alles wieder zu viel für mein Gold! meinte die Großmutter. Er war danach froh, als er in seinem kühlen Zimmer lag und von seinem Bett aus in die Nacht schauen konnte.

»Zwischen den Jahren« hieß die Zeit zwischen Weihnachten und Silvester. Zwischen den Jahren hängt man keine Wäsche auf den Speicher. Als er seinen Großvater einmal fragte, warum die murrende Elfriede alles anfallende Weißzeug, das sonst geordnet und unauffällig zu verschwinden und streng gebügelt wieder aufzutauchen pflegte, nun sammeln mußte, warum sie in dieser Woche nicht hinunter in die Waschküche stieg, nicht die nassen Körbe auf den Speicher trug: Warum darf sie nicht waschen? wurde der Großvater etwas grantig. Das ist so ein alter Brauch. Das verstehst du noch nicht. Meine Eltern haben das auch so gemacht.

In der kalten Silvesternacht wurde er irgendwann kurz vor Mitternacht aus dem Bett geholt. In eine Decke gewickelt saß er auf dem Arm seiner Mutter und schaute in den dunklen Himmel hinter dem Dom. In den Fenstern gegenüber brannten Kerzen, irgendwann donnerten ein paar Böllerschüsse. Schrecklich, sagte die Großmutter, daß sie die

Knallerei nicht lassen können! Davon haben wir doch nun genug gehabt.
Aber die Glocken der ganzen Stadt begannen zu dröhnen, alle fielen sich um den Hals, die Bekannten und die Großeltern, die blassen Onkel, die erst seit kurzem wieder da waren, küßten die Damen, und der Tante Anni war ein rosa Träger über die Schulter gerutscht, ihr rotes Gesicht glänzte von Schweiß und sie kreischte vor Lachen.
Seid nur recht vergnügt, rief der Großvater. Es geht wieder aufwärts! N.'s Mutter sagte nichts, stand mit ihm am Fenster in der Frostluft. Willst du wieder ins Bett? Aber er wollte nicht. Irgend etwas mußte noch passieren, nicht daß er gewußt hätte was, eine Explosion, Musik, irgend etwas, das anders war als sonst. Aber es war wie immer, die Wärme und der Geruch, das Gemurmel von vielen Leuten, er suchte nach neuen Gesichtern. Ihm fiel auf, daß Elfriede nicht da war. Er fragte nach ihr. Aber Goldkind, sie ist jetzt doch sicher mit ihren Leuten zusammen, das ist doch nur normal! sagte die Mutter gereizt, und er wagte nicht, nach Rudi Sorge zu fragen, denn er mußte an seine Angst vor den Leutekindern denken. Die Erwachsenen hatten vielleicht vor Rudi Sorge Angst und vielleicht auch vor Elfriede. Der Gedanke freute ihn.
Er bekam ein kleines Glas Süßwein, von dem ihm warm im Magen wurde.
Er kroch in seinem langen Nachthemd unter dem Tisch herum, spielte Hund, machte sich wichtig. Aber da standen in der Dämmerung unter dem Tisch all die fremden Beine, seidene in hellen oder silbernen Schuhen, Männerbeine in weiten Hosen. Er schaute die runden Knie und die Rocksäume an. Ein Paar Schenkel mit runden Wülsten an den Knien gefielen ihm besonders. Er konnte die Strapse sehen, über deren Ränder weißes Fleisch quoll. Es roch ganz stark und scharf. Der Fuß, der zu diesem üppigen Bein gehörte, hatte sich um ein Männerbein geschlungen. N. erkannte die kleinen schwarzglänzenden Schuhe seines Großvaters. Jetzt wußte er etwas Wichtiges. Er hatte keine Ahnung, was es war, aber es war ihm klar, daß er es fürs erste niemandem erzählen würde. Es gab ihm ein Gefühl, als hätte er einen kleinen, heißen Stein verschluckt. Es war ein angenehmes Gefühl. Die dämmrige Welt unter dem großen Tisch, wo im

Schutz der langen Spitzendecke die Beine ein ganz eigenes Leben hatten, sich eineinander verschlangen, bei unvorhergesehenen Berührungen wegzuckten, zögerten, sich wieder hintasteten: Eine ganz andere Welt war das als über dem Tisch, wo im hellen Licht sich die Gesichter einander zuwandten, sprachen und lächelten, in ganz anderen Beziehungen als die Beine unter dem Tisch.
Geh da raus, Kind! sagte seine Mutter, du machst mich nervös. Er war müde. Er hatte genug von all den Festen, den Geschenken, der Hitze. Das lenkte von den wichtigen Dingen ab, veränderte sein Leben. Ihm war, als sei er nicht so wichtig, wie er gedacht hatte, als sei den Erwachsenen nicht klar, daß er alles, was sie taten und sprachen, verstand. Man nahm ihn nicht ernst genug. Er hatte den Winter satt, die Kälte und den Schnee, das Zusammengesperrtsein in der Wohnung.

Der Jahresbeginn erschien ihm immer als eine mürrische Zeit. Es stand alles still, die Tage hatten keinen anderen Sinn als vorbeizugehen. Er wußte nicht, wohin mit sich. Kein Versteck, nichts, was man entdecken konnte, und die Erwachsenen hatte viel mit sich zu tun. Wörter gab es, die er noch nie gehört hatte, und die immer mächtiger und gewichtiger über dem Tisch hingen, wenn die Erwachsenen sprachen. Währungsreform, Investition, Anlagekapital, Grundstücke. Die Eisenhandlung des Großvaters schien nicht den gewünschten Erfolg zu haben. Der Eisenhändler Weiß in der Vier-Eimer-Gasse kaufte die danebenliegende Bäckerei dazu, ließ große Schaufenster aus den alten Mauern brechen und richtete ein Ofenlager ein. Früher waren Zwirn und Semmeln, Zigarren und Hüte hinter Fenstern ausgebreitet gewesen, die fast wie Stubenfenster aussahen und mit kleinen, gelben Lämpchen erleuchtet waren, die man um neun Uhr abends löschte. Aber nun machte sich die Ware in breiteren Auslagen gefällig, es wurde wieder dekoriert, mit Tannenzweigen, Blüten, Obst und bunten Blättern gingen die Jahreszeiten einher, bunte Lampen brachten das Angebot bis fast um Mitternacht zum Leuchten. Auch der Großvater hatte eine Neonschrift machen lassen, die sich über die Granitblöcke des alten Hauses blau und frivol hinschlängelte, »Eisengroßhandlung« stand in leuchtenden Schriftzügen da. Auch ein Ofenlager wollte man bauen, die Arbeiter hatten

schon in den mächtigen Kellergewölben herumgeschaut. Aber alles half nichts. Der Laden des Eisenhändlers Weiß sah immer bunter und einladender aus, und die Mutter wies beim gemeinsamen Essen oft darauf hin, mit sanfter Stimme, als sei sie selbst darüber verwundert. Dann lief der Großvater rot an, und die Großmutter sagte: Warum mußt du denn wieder damit anfangen? Du weißt doch, daß es ihn ärgert!
Nach solchen Mittagessen legte sich der Großvater nicht wie sonst hin, sondern ging mit sich selbst murmelnd an den großen Schreibtisch im Herrenzimmer und begann Zahlen auf kleine Notizzettel zu schreiben. Es geht nun mal noch nicht, sagte er dann, ich bin kein Abenteurer und Spekulant, wie gewisse Leute, die halt der Krieg hochgespült hat. Pack und Parvenüs. Man wird ja sehen, wie das endet.
Und dann überlegte er wieder, ob er nicht in die Politik gehen sollte.
Sie laufen mir ja das Haus ein, man drängt mich ja förmlich, ich weiß nicht, ob ich mich da auf die Dauer noch verweigern kann! Aber ich habe es meinem sterbenden Vater auf dem Totenbett in die Hand versprechen müssen, das Geschäft weiterzuführen. Alles für dich, mein Gold! Damit du einmal keine Sorgen hast.
Dann verkroch N. sich in die Speisekammer und überlegte, ob er überhaupt zu den Erwachsenen gehören wollte. Es war so eigentlich einfacher, außerdem wollte er lieber die Dinge weiter glauben, die sie ihm erzählten. Wie sonnig war alles, wenn er lieb war, wenn er sie zum Lachen brachte, wenn er die komplizierten Ausdrücke so schnell und leicht lernte!
Die Tage wurden länger. Wenn er mittags schlafen sollte, schaute er still von seinem Bett auf das gegenüberliegende Ziegeldach, auf dem der Schnee schütter und schmutzig wurde, die Eiszapfen ihre gläserne Härte verloren und traurig vertropften. Das dunkle Ziegelbunt hatte sich gegen das Weiß durchgesetzt, und die unglückliche Taube, die er auch vom Küchenfenster aus beobachten konnte, inspizierte schon die Dachrinne, ihren aussichtslosen Nistplatz. Wenn er aus dem Bett stieg und sich ans Fenster stellte, brauchte er sich kaum mehr zu recken, um hinaussehen zu können. Er war noch immer dick, und die Großmutter sagte jetzt seltener »Das streckt sich«, wenn die Mutter sich über seinen »Babyspeck« bekümmerte. Zu den Mahlzeiten aß er nicht viel.

Immer noch mochte er am liebsten große, dicke Brote, den ganzen Laib entlang geschnitten, mit Schweineschmalz dick eingeschmiert und mit viel Salz darüber. Ob ein bißchen Brot und Schmalz fehlte, fiel in diesem großen Haushalt kaum auf. Nur Elfriede wußte es genau, und wenn sie ihn mit zu ihren Verwandten aufs Land nahm, schaute sie spöttisch zu, wenn er ohne Scham (vor den Bauern schämte er sich nicht) Berge von Fettbroten hinunterschlang.

Die Bauersfrauen freuten sich: Dua nur fest essn, sagten sie und gaben ihm immer neue Scheiben. Sonst wußte er nie, was er dort reden sollte, er verstand auch nicht alles, was sie sagten. Aber die niedrigen Stuben gefielen ihm, die großen Schüsseln mit Wasser unter den Betten, in denen die Butterlaibe schwammen, der gesandelte Tisch mit dem Herrgottswinkel, von dem aus ein grämlicher Gipsjesus auf die Leute schaute. Immer war er mit Blumen besteckt, Kätzchenbüschel und Strohblumen, im Sommer manchmal Rosen. Den Christus fand N. schön und etwas gruslig, wenn der ihm beim Essen zuschaute. Oft kam er ja nicht dorthin. Seine Mutter hatte es nicht gern, wenn er mit Elfriede allein den langen Weg machte, den ganzen Tag mit »diesen Leuten, die ja sicher sehr nett sind« zusammen war und abends dann nichts erzählte.

Wenn du dort aufs Klo mußt, setz dich auf keinen Fall auf die Brille! Aber er ging dort sowieso nicht aufs Klo, denn das war aus Holz und stank, und er hatte dort auch Würmer gesehen. Aber er sprach nicht davon.

An einem zufälligen Tag, in einem bestimmten Moment, hatte er auf seine Gedanken nicht wie sonst aufgepaßt, und nun war die Überlegung da und ließ sich nicht mehr vertreiben.

Er hatte einen Großvater.
Er hatte eine Großmutter.
Er hatte eine Mutter.
Wo war sein Vater?

Er saß wie schon so viele Nachmittage am Küchenfenster und schaute zur Regenrinne hinüber, in der die Taube ihr unordentliches Nest zusammenwarf. Aber er dachte nicht an sie. Er überlegte, wen von dieser Familie, die ihm bis vor kurzem als die kompletteste, die unangreifbarste, die sicherste vorgekommen war – wen er fragen könnte, wer bereit sein könnte, ihm diesen Widerspruch, diesen Mangel wirklich zu erklären. Elfriede fiel aus. Sie hatte zwar ihre eigene stumme aber sichtbare Kritik an allem, was sich in dieser Familie vollzog, man sah es an ihren Mundwinkeln, ihren Augenbrauen, manchmal sogar an ihrem Rücken. Aber sie sagte nichts, und wenn sie in einem Laden ausgehorcht werden sollte oder wenn jemand versuchte, mit unverschämten Reden über ihre Herrschaft sich in ihr Vertrauen zu schleichen, dann wurde sie hochmütig. Mit ihr war also nichts anzufangen. Der Großvater? Unmöglich. Er würde denken, sein Bübchen vermisse etwas, einen Vater, er hätte ihm das und alles andere und Gott selbst doppelt und dreifach ersetzt. Er würde traurig sein, seine Backen würden weich und zitternd neben seinen Mundwinkeln hängen. Das wußte N. genau. Also nahm er sich vor, die Großmutter zu fragen. Er wartete den ganzen Tag auf eine Gelegenheit.

Die Sonne zeigte, daß die Doppelfenster geputzt werden mußten. Zwanzig riesige Fenster mit jeweils zwei äußeren und zwei inneren Flügeln. Elfriede und die Großmutter würden, unterstützt von zwei kräftigen Frauen aus dem Laden, einen guten Tag zu tun haben. N. wollte so lang dabei bleiben, bis die Großmutter eins ihrer »Päuschen« machte, ein Glas Wein trank und ausnahmsweise (»Geh vor die Tür, mein Gold, ob niemand kommt!«) eine Zigarette rauchte. Sie sah immer so forsch aus, wenn sie das tat, gar nicht wie sonst.

Die Zinkeimer waren schwer, und das Spirituswasser schwappte über, wenn Elfriede die Eimer von Fenster zu Fenster schleppte. Berge von alten Zeitungen, Lappen und weiche Lederfetzen überall und der scharfe Spiritusduft hatten das Chaos angekündigt. Der Großvater ging in den Ratskeller zum Essen: Ich habe sowieso einige Herren da! und die Mutter ließ sich den ganzen Tag nicht blicken. Sie haßte Putztage, Unordnung der Ordnung halber, feuchte Flecke unter den Achseln und die erzwungene Kumpanei mit den Hilfskräften bei solchen Gelegenheiten. Sie wurde nie gesehen bei den jahreszeitlichen Putzorgien, auch blieb ihr Zimmer stillschweigend davon verschont.

Gegen elf machten sie dann ein »Päuschen«, aber das war eigentlich eher eine ausgewachsene Pause in der Küche, am großen Tisch mit Frau Huber und Frau Dorn, dick und lächelnd in ihren Kittelschürzen. Es gab Wurstbrote und Bier, die vier Frauen redeten viel und alle zugleich, als sie gegessen und getrunken hatten, rauchten sie, und die Großmutter schickte ihn nicht hinaus, um nachzusehen ob jemand käme. Du hilfst uns aber schön, mein Gold! Was sollten wir nur ohne dich anfangen? Aber das mochte er nicht hören vor den andern, er hatte nur Zeitungspapier zusammengeknüllt und die nassen Ledertücher ausgewunden.

Wieder hatte er nicht mit ihr reden können, er wartete ungeduldig auf den Nachmittag, denn er mußte allein mit ihr sein, wenn er ihr die Frage stellen wollte, ob er auch einen Vater habe und wo der sei.

Es war schon die »blaue Stunde«, als die Großmutter sich endlich gewaschen und umgezogen hatte und im Dämmerlicht an ihrem kleinen Sekretär saß, wieder fremd, ganz anders als die lustige Frau in der weißen Schürze. Jetzt konnte er sie fragen. Aber er bekam es nicht heraus. Ob sie weinen würde?

Im Licht des späten Nachmittags sah er den Rauch über ihrer Silhouette am Fenster verschwinden und es war sehr still.

Habe ich einen Vater?

Das Großmutterprofil drehte sich ihm zu, statt der scharfgeschnittenen Gesichtsform sah er nun einen dunklen Fleck.

Wir wissen nicht, wo er ist.

Ist er gefallen? N. benutzte das oft gehörte Wort zögernd.

Ich glaube nicht.

Habt ihr ihn vergessen?

Es ist schon sehr lange her.

Ist er alt?

Nein, er ist jung, ganz jung.

War Mama mit ihm verheiratet?

Was meinst du damit? fragte die Großmutter argwöhnisch.

Er war Mamas Mann, also ist er mein Vater und Mamas Mann?

Ihr seid alle noch sehr jung, meinte die Großmutter streng. Frag Mama selber! Wenn sie mag, wird sie dir was erzählen. Aber sag dem Opa nichts, mein Gold, du weißt, daß er sehr traurig wäre. Vermißt du denn irgendwas?

Er vermißte etwas, jetzt zum erstenmal, etwas Frisches, das er spürte, wenn die Großmutter sagte: Er war jung, sehr jung. Es wäre ihm nicht in den Sinn gekommen, aber er fühlte es wie einen winzigen Schmerz, daß er nämlich selbst nicht jung war, es nie sein würde. Frag nur Mama. Sie war ja ganz verrückt mit ihm. Als die Großmutter das sagte, hatte er sich wieder gegen das Fenster gedreht, und er konnte ihr Gesicht nicht mehr sehen. Du solltest in den Kindergarten. Du brauchst ein bißchen was Gleichaltriges zum Spielen, sonst wirst du ja ganz verdreht.

Kindergarten war ein gefährliches Thema. Den konnte er sich nicht vorstellen, hatte auch keine Lust dazu. Ein ganzer Garten voller Kinder, was hatte er darin verloren, er würde da untergehen. Das war seine größte, heimliche Angst, sich eines Tages von andern nicht mehr zu unterscheiden, so sagte er schnell: Ich geh jetzt Opa vom Büro abholen, und sie antwortete erwartungsgemäß: Da wird er sich aber freuen.

N. dachte nun jeden Tag an diesen Vater und sagte sich manchmal leise vor: Er war jung, sehr jung! wie etwas Verbotenes.

Er vergaß ihn nicht, und wartete geduldig, bis seine Mutter einmal so bereitwillig und offen schien, daß er ihr die Frage nach ihrem Mann stellen konnte. Aber morgens schlief sie und verließ dann bald das Haus, nie nahm sie ihn mit auf ihren Wegen durch die Stadt.

Als er eines Tages im Flur spielte, brachten sie seine Mutter auf einem weißbezogenen Brett, zwei Männer trugen es, sie war darauf festgebunden mit langen Gurten und ihr bräunliches Gesicht war ganz gelb. Sie hatte die Augen geschlossen und den Kopf auf die Seite gelegt, als ekle sie sich vor etwas und wolle niemanden sehen. Niemand kümmerte sich um ihn, und so saß er da mit offenem Mund um besser zu hören und verhielt sich ganz still mit seiner Negerpuppe und seinen Bauklötzen. Die Großmutter und Elfriede waren aufgeregt, aber eigentlich nicht sehr, sie holten Cognac, Tücher und Schüsseln mit Wasser. Dann gingen die Männer. Die Mutter lag in ihrem Zimmer, das er so selten sah und in dem es ganz anders roch als in der übrigen Wohnung. Sie hatte jetzt die Augen offen, aber den Kopf immer noch so angeekelt zur Seite gedreht, und die Großmutter sagte: Du hättest doch was sagen können, ich hätte dich doch abgeholt!

Elfriede legte ihr ein Tuch auf die verklebten schwarzen

Haare, und er fragte: Ist die Mama gefallen? Sie jagten ihn sofort aus dem Zimmer, weil seine Mutter zu lachen anfing und seine Großmutter sagte: Das Kind macht mich noch ganz wahnsinnig mit seinen Fragen! Aber während sie ihn aus der Tür schob, flüsterte sie: Mama ist einfach krank!
Sie lag viele Tage auf ihrem flachen Bett, mit diesem gelben Gesicht, und man ließ sie allein. Dreimal am Tag steckte die Großmutter den Kopf durch die Tür, rief munter: Wie geht's dir denn, Kind? und verschwand schleunigst, noch bevor die Mutter hätte eine Antwort geben können. Elfriede brachte pünktlich Frühstück, Mittagessen, Nachmittagskaffee und Abendessen, man hatte sich Mühe gegeben, ihr gute Sachen hinzustellen, aber sie aß kaum etwas. Mit Elfriede sprach sie manchmal, gar nicht besonders leidend oder leise, aber so, als sei sie ein für allemal ruhig und trocken geworden und könne nie mehr ein lautes Wort sagen, lachen oder weinen.
Er hielt sich oft in ihrem Zimmer auf, sprach nicht und schaute sie auch nicht dauernd an. Er hatte viele leise Spielsachen, mit denen er sich allein beschäftigen konnte, Stofftiere mit schlaffen Sägemehlgliedern, Holzautos, die lautlos auf dem weichen Schaffellteppich vor ihrem Bett entlangrollten, kleine bunte Blechschiffe, die darin versanken. Nicht, daß er sich zur Ruhe gezwungen hätte. Er konnte sich unsichtbar machen durch die Stille. Wenn er sich lang genug zusammennahm, konnten ihn die anderen nicht mehr sehen.
In den ersten Tagen lag sie nur so da, las nicht, stützte sich nicht hoch, lag platt und still wie die grauen Grabfiguren in der Emmeramskirche lag sie auf ihrem Bett, und die grüne Decke machte über ihrem Körper gar keinen Hügel mehr. In diesen Tagen fürchtete er sich vor ihr, sie sprach ihn nicht an, schickte ihn aber auch nicht hinaus.
Langweilst du dich nicht? fragte sie am dritten Tag plötzlich mit ganz normaler Stimme.
Er wußte nicht, was er antworten sollte. Er langweilte sich nämlich nie.
Nein, Mama, sagte er. Aber sie hatte sich schon wieder zur Seite gedreht und schaute unter ihren halbgeschlossenen Lidern hervor starr auf ein Bild, auf dem grüne Nymphen und Schilf gemalt waren und das ihm nicht gefiel.
Als Elfriede dann zu Mittag mit einer Suppentasse erschien:

Brühe mit Ei, damit Sie wieder zu Kräften kommen! und ihn mit hinausnehmen wollte, sagte die Mutter: Lassen Sie ihn nur noch ein bißchen da, er stört mich nicht. Der Großvater kam nicht ein einziges Mal. Es war, als habe er sie vergessen. Beim Essen hatten er und die Großmutter einen Wortwechsel, der Großvater wurde laut und schrie, daß sich die dumme Person ja hätte in acht nehmen können und was das für einen Eindruck machen würde, wenn es herauskäme. In seinem Hause sei so etwas noch nie vorgekommen, man habe Würde zu zeigen und Haltung und müsse die Suppe auslöffeln, die man sich eingebrockt habe. N. verstand nichts von diesen Worten, außer, daß der Großvater offenbar vor der Mutter Angst hatte, denn er mied sie und sagte ihr nie direkt, was er über sie dachte.
An einem dieser Nachmittage saß N. auf dem weißen Teppich vor dem Bett seiner Mutter. Sie hatte sich auf die Ellenbogen gestützt und er schaute sie an.
Wo ist mein Vater?
Eine bessere Gelegenheit zu fragen würde er so schnell nicht finden, als diesen ruhigen Nachmittag mit den Sonnenflecken auf ihrer Bettdecke.
Ich weiß es nicht, antwortete sie nach einem Nachdenken und mit einem Blick zur Tür. Was haben sie dir gesagt?
Er war jung, sehr jung! sagte er die Worte seiner Großmutter nach.
Das sei er immer noch, sagte die Mutter zögernd, aber was immer ihm geschehen sei, es könne nicht schlimmer sein, als wenn er daheimgeblieben wäre. Sie schaute wieder auf das Bild mit den grünen Nymphen.
Ich hab ihn eigentlich kaum gekannt. Aber dir kann er doch gar nicht fehlen, du hast ihn doch nie gesehen! Darauf fing er an zu weinen, aber er wollte es nicht, wagte nicht, seine Mutter zu umarmen, und sehnte sich nach den Seidenärmeln seiner Großmutter und nach ihrem tröstlichen Geruch.

Irgendwann wurde die Mutter wieder gesund, stand auf und erschien am Familientisch, als sei nichts geschehen, lautlos und müde wie immer. Manchmal ging sie jetzt mit N. spazieren, in schweigendem, aber irrtümlichem Einverständnis. Er war zwar stolz darauf, aber er blieb dem feindlichen Lager, den Großeltern, treu.

Nie waren die Frühlingstage schöner als in den Jahren nach dem Krieg, als die Forsythien und Pflaumenbäume wild über den Trümmern blühten. N. sah das immer nur von weitem: da spielten Kinder in diesen steinernen, regellosen Burgen, trieben Handel mit allerlei gefundenen Dingen, kletterten mit zerrissenen Kleidern mutig in die höchsten Stockwerke der Häuser, die ihr Inneres noch nach außen gekehrt trugen, farbige Tapetenkaros markierten die ehemaligen Zimmer, und manchmal war eine Badewanne in schwindelnder Höhe hängengeblieben. Nichts auf der Welt war ihm strenger verboten, wäre er überhaupt irgendwann unbewacht gewesen, als auf so ein Trümmergrundstück zu gehen. Es war das schlimmste Vergehen und wurde mit dem Tode bestraft, denn man stürzte ab oder etwas fiel einem auf den Kopf. Und dann gab es natürlich auch noch die Minen. Man hatte sie ihm als eine Art Paket erklärt, das ganz harmlos aussah und einen, wenn man gar nicht daran dachte, in Stücke riß. Offenbar waren sie »in dieser schrecklichen Zeit« versteckt worden wie Ostereier und hielten sich in Wind und Wetter frisch. Denn Blindgängerunfälle standen jeden Tag in der Zeitung, und wieder dachte er an das Bild vom Speicher, auf dem der geköpfte Mann zu sehen war, dem die Röhrchen aus dem Halsstumpf hingen.

Wie mutig waren diese Kinder, an denen er jeden Tag vorbeiging, fest an der Hand eines der Erwachsenen. Die Kinder, die ihn an Nikolaus so erschreckt hatten, waren auch dabei, oder wenigstens viele, die ihnen ähnlich sahen.

Darf ich nicht auch einmal dort spielen? fragte er, nur um gefragt zu haben.

Du weißt, wie gefährlich das ist, mein Gold, sagte die Großmutter, diese armen Kinder wären froh, wenn sie nur halb so viele Spielsachen hätten wie du. Die müssen ja da im Schmutz herumspielen, wo sollen sie denn hin.

Vor den tapezierten Innenmauern eines bedenklich geneigten halben Hauses stand ein blühender alter Fliederbaum, auf ihm turnte die Stutz herum. Sie hatte sich am Hauptast eben nach hinten kippen lassen und sah N., während sie die Knie nach oben und mit baumelnden Zöpfen dahing, umgekehrt, einen feinen, fetten Frosch mit den Füßen in der Luft. Sie mußte furchtbar lachen. Es fielen ihr nämlich ein paar Sachen ein, die man ihm nachschreien könnte, und sie hatte schon

angefangen mit: Schiaglter Maikäfa, als ihr kam, daß da zwischen ihrem Vater und dieser fetten kleinen Kröte irgendwelche Verbindungen bestanden. Wenn sie ihren wunderbaren Wortschatz auf den vollgefresssenen kleinen Deppen da herabregnen ließ, würde sie Ärger mit ihrem Vater bekommen. Der verdrosch seine zahlreichen Kinder sowieso immer der Reihe nach. So also schwieg sie, schaute grantig herunter von ihrem Baum und sagte nichts weiter als: S'Good!
Er hatte genau gesehen, was sie dachte. Er hatte Angst vor ihrer Scharfzüngigkeit, vor ihrer flinken, überlegenen Magerkeit. Aber auch ihr Vater konnte nichts gegen ihn machen und sie selbst schon gar nicht. Irgendwann würde er ihr das auch ein für allemal sagen, und dann würde auch die Angst verschwinden, die ihn jedesmal packte, wenn er an diesen Kindern vorbei mußte.
Fall nur nicht, rief die Großmutter in den Baum hinauf, und zu ihm gewandt: Warum das Mädchen nur immer so mault?
So gingen sie nun wieder nach Hause, und noch immer war ihm nicht eingefallen, wo er spielen könnte und mit wem. Die Regeln, die ihm vorher so behaglich waren, sein bequemes, umzäuntes Leben freuten ihn nicht mehr. Er hütete sich aber, etwas von seinen Zweifeln zu erzählen. Denn die Erwachsenen wären sicher gleich mit dem Kindergarten bei der Hand gewesen oder hätten gesagt: Geh doch mal mit Elfriede aufs Land, da darfst du Schweinchen und Gänschen anschauen, aber mach dich nicht schmutzig! Und dann: Elfriede, tun Sie das Kind ins Bad, es riecht ja so furchtbar nach Stall!
Es wurde früh Sommer in diesem Jahr, schon der Maihimmel war von dickem gleichbleibendem Blau gewesen und die Blumen blühten und verwelkten schneller als sonst. N. ging jetzt ziemlich oft mit Elfriede aufs Land, machte sich nützlich, indem er bei der Kirschen- und Beerenernte half. Immer wollte er das elegant machen, anders als die Dorfkinder, geruhsam Frucht auf Frucht in ein zierliches Körbchen legen. Aber er schwitzte wie die andern, die Blattläuse kribbelten auf seinen bloßen Armen und er dachte gar nicht mehr daran, die roten Früchte mit grünen Blättern zu schmücken. Außerdem waren die Körbe schwer, sein Mund wurde trocken und er spürte, wie ungeschickt er an den rauhen Baumstämmen

hing. Man brauchte das Obst zum Einkochen, und die großen Krautköpfe schleppte Elfriede trotz ihrer Winzigkeit den weiten Weg vom Dorf bis in die Stadt, um Bayrisch Kraut daraus zu machen. Der Herr Doktor aß es so gern.
Wir haben Kirschen gepflückt, erzählte er dann zu Hause, so als sei er gelenkig wie die Dorfkinder in den Ästen herumgeklettert.
Brav, mein Gold, sagte die Großmutter zerstreut und beriet dann lange mit Elfriede, ob man Kompott machen solle oder Marmelade.
Jenseits dieser langen Sommertage würde sich sein Leben ändern.
Man bereitete ihn jetzt schon manchmal darauf vor, daß er in die Schule käme. Es werden noch viele Kinder da sein! Das wußte er längst und versuchte, nicht daran zu denken. Er wollte diese Sommertage genießen, einen um den anderen. Aber die Ernte auf dem Dorf gefiel ihm nicht mehr, da beachtete ihn keiner.
Und so erinnerte er sich an den Speicher. Er redete mit sich selbst, während er nachmittags am Wohnzimmerfenster stand. Das Zimmer war leer. Alle schliefen. Er war ein Kapitän auf einem Geisterschiff, drüben hockten im Dämmerlicht der Luken die Geister, und wenn er sich auf die Zehenspitzen stellte, sah er andere, schwarze Geister um die Masten schweben. Ihre Stimmen drangen durch die flimmernde Stille bis zu ihm. Aber es gab keine Geister. Trotz aller Anstrengung sah er nichts weiter als schlafende Tauben und kreisende Dohlen, sah er nur Dachluken und Domtürme. Er konnte keine Geschichten erfinden. Er liebte Tatsachen. Erwachsenentatsachen, richtige Abenteuer. Vor Träumen fürchtete er sich.
Er ging in die Küche, um sich für den Speicher auszurüsten. Wenn jemand käme, Elfriede oder die Großmutter, würde er sagen, er sei jetzt ein Entdeckungsreisender. Das hatte ihnen schon im vorigen Jahr imponiert, dieses Spiel, und es war ihnen auch nicht aufgefallen, daß er ein Glas Heidelbeeren und einige Scheiben Anisbrot als Proviant eingesteckt hatte. Aber diesmal kam niemand. In aller Ruhe konnte er sich seine Brote schmieren. Zusammen mit einer fast vollen Flasche Kochmadeira steckte er sie in seinen Beutel. Das würden sie merken. Das war nicht wie beim Brot oder beim Schmalz.

Das war Diebstahl, offener Diebstahl von Alkohol. Die vielen Fest seiner Großeltern hatten ihm durchaus klargemacht, was Alkohol war. Fröhlich und heiter wurde man davon, ein wenig ließ man sich auch gehen und die Stimmen und Bewegungen veränderten sich. Sie waren so merkwürdig leicht zu durchschauen, die Erwachsenen, wenn sie getrunken hatten. Und sie wurden auch so weich und nachgiebig.
Laßt das Kind doch noch ein bißchen bei uns!
Der Wein sollte ein Geschenk sein für Rudi Sorge, der den Speicher bewohnte und sich über ihn lustig gemacht hatte. N. würde ihm auch erzählen, woher die Flasche war, und daß er sie für ihn gestohlen hatte.
Noch immer kam niemand in die Küche. Er nahm den großen Speicherschlüssel und stieg über die staubige Treppe hinauf. Wenn ihn jemand rief, würde er es ja hören. Die Speichertür stand weit offen. Das enttäuschte ihn. Einfach eine offene Speichertür, die nicht einmal in ihren Angeln ächzte, denn es ging kein Lüftchen und noch schwerer als auf der Treppe stand hier die Hitze. Er war lange nicht mehr hier oben gewesen, aber es hatte sich nichts verändert. Die schrägen Sonnenstreifen, die staubigen Stapel von Gegenständen. Aber es war nicht so still wie sonst. Aus dem Dämmer der rückwärtigen Speicherverschläge hörte er ein Fiepen und Schnaufen, schnell und rhythmisch, und manchmal eine Art Brummen. In diesem Augenblick hoffte er, daß Rudi Sorge in dem entfernten, dämmrigen Raum etwas töte. Während er sich vorsichtig dem Verschlag näherte, hatte er ein schwächliches, angenehmes Gefühl zwischen den Beinen, so als zerflössen ihm die Knochen. Er dachte an das Bild des Geköpften und an ein Bild aus seinem Zigarettenalbum, auf dem Neger gezeigt wurden, die einen nackten Neger im Topf kochten.
In dieser entfernten Ecke war eine dichte Dunkelheit und nur schwach zeichnete die Sonne Streifen über das staubige Bett, auf dem Rudi Sorge nackt lag, über sich hockend das dicke Fräulein aus dem zweiten Stock. Sie hatte ihre lackierten Haarwürste geöffnet, wie Stricke lagen die Flechten über ihren Schultern, auch sie war nackt und hatte die Augen zu. Sie war es, aus der dieses regelmäßige Fiepen herauskam, während sie auf Rudi Sorge herumsprang und ihm ihre

großen sackartigen Brüste ins Gesicht schwang. N. stand ganz still.
Zwei Dinge passierten jetzt fast gleichzeitig, nämlich daß das dicke Fräulein mit einem langen Fiepton und einem feucht klatschenden Geräusch auf Rudi Sorge zusammenfiel, und daß Rudi Sorge die Augen öffnete und ihn von unten her direkt ansah. Wie beschwörend hielt N. die Flasche mit dem Kochmadeira vor sich hin, als hätte er nichts gesehen und nichts gedacht als die Flasche, als könne Rudi Sorge ruhig hier nackt liegen mit dem hüpfenden Fräulein auf dem Bauch, als verstünde N. nicht, was er sah. Hau ab, sagte Rudi Sorge zu ihm.
Das Fräulein riß es hoch, sie schaute in die gleiche Richtung wie Sorge und rief: Um Gottes willen, das Kind!
Hau ab, sagte Rudi Sorge noch einmal, mit anderer Stimme, langte neben sich auf den Boden und schleuderte seinen schweren Arbeitsschuh nach ihm. Er traf die Flasche Kochmadeira, die N. wie einen Schild vor sich hielt. Sie zerbrach auf dem Bretterboden und verströmte sofort einen fauligsüßen Duft. Der dunkle Wein lief N. um die Schuhe, während er noch immer wie genagelt dastand, und die beiden anstarrte. Hau ab, sagte Rudi Sorge zum drittenmal, der Feind, der Widersacher, der sich über den ahnungslosen Köpfen der Familie, mitten im Eigentum, an der Spitze des Eigentums sozusagen, eingerichtet hat. N. drehte sich um, lief durch den Speicher ins Treppenhaus, und seine weinbesudelten kleinen Schuhe ließen klebrige dunkle Spuren im Staub zurück, die aussahen wie Blut. Unten machte ihm Elfriede auf. Warst du auf dem Speicher spielen? Du bist ja gar nicht dreckig, sagte sie argwöhnisch. Er drückte sich an ihr vorbei aufs Klo, damit sie seine klebrigen Schuhe nicht sah. Wonach riechst du denn? rief sie ihm noch hinterher.
Das Klo war schon oft seine Zuflucht gewesen, tief an der Tür war ein altmodischer Riegel angebracht, den er zwar nicht zumachen durfte, aber der wie für ihn gemacht schien. Er schob ihn manchmal vor, wenn er allein sein wollte, um mit den zerschnittenen Zeitungen zu spielen, das wohlige Gefühl des Sich-Entleerens auszukosten. Es war lästig, immer gefragt zu werden, ob auch alles in Ordnung sei, ob er Durchfall habe oder am Ende Verstopfung, warum er so lang brauche: Das macht man nicht.

Die Erwachsenen konnten das aber immer nur halbherzig verbieten, denn der Großvater pflegte mit sämtlichen Zeitungen im Klo zu verschwinden, die Großmutter hörte man stöhnen und nachher ausführlich erklären, wie es gewesen sei, und nur die Mutter ging nie dorthin, soviel er wußte. Dieser kleine Raum mit den blaublumigen Kacheln und dem gelblich marmorierten Wachstuchvorhang, hinter dem die Putzsachen aufbewahrt wurden, war für jeden eine Burg, abschließbar, überschaubar. Was man darin tat, war zwar irgendwie unangenehm, aber schien auch den Erwachsenen auf verstohlene Weise Freude zu machen. Jetzt jedenfalls blieb er ungestört, während er mit den Zeitungsstücken ungeschickt versuchte, seine klebrigen Schuhe zu säubern.
Er überlegte sich seine Rache. Der Speicher gehörte seinem Großvater, das war klar. Mit unbegreiflicher Großzügigkeit, geradezu fürstlicher Nachlässigkeit hatte der Großvater dem Mann im grauen Kittel erlaubt, sich da oben einzunisten. Und der hatte mit seinem Schuh nach ihm geworfen, nach ihm, dem kleinen Chef.
Bis zum Abendessen am gemeinsamen Familientisch blieb N. ruhig und unsichtbar, auch der Beginn der Mahlzeit vollzog sich in Stille. Es gab Sagosuppe, die er haßte. Er löffelte sie langsam, betont lustlos und sagte nichts.
Hast du schön gespielt, mein Gold? fragte seine Großmutter, der allzuviel Ruhe immer auf die Nerven ging.
Welche Entdeckungen hat er denn gemacht, unser Kolumbus? Weißt du, wer Kolumbus war? fragte der Großvater zwischen zwei Löffeln Sagosuppe, die er leidenschaftlich gern aß, wie alles Glibbrige und Weiche.
Ich war auf dem Speicher, sagte N.
Wir müßten da wirklich mal gründlich drangehen, sagte seine Großmutter, denn das sagte sie immer, wenn bei irgendeiner Gelegenheit vom Speicher die Rede war. Es ist ja bestimmt seit dreißig Jahren da oben nichts gemacht worden. Sie würde nie hinaufgehen, denn sie fürchtete sich vor Spinnen und dem Staub. Außerdem gehörte das meiste sowieso zum Materiallager, und da hatte doch wohl das Geschäft oben für Ordnung zu sorgen.
Hast du was Schönes gefunden? fragte der Großvater noch einmal. N. sah, daß er an etwas ganz anderes dachte.

Ich hab ja nicht suchen können, sagte er.
Nun wurden sie aufmerksam, nicht sehr, aber sie schienen bereit, noch ein bißchen mit ihm über den sonderbaren Speicher zu reden.
Was hat dich denn an deiner Forschertätigkeit gehindert, mein Kleiner? sagte der Großvater behaglich.
Der Mann vom Lager war oben und hat mich weggeschickt, sagte N. leise. Keine Lüge jetzt, nur nichts erzählen, das nicht stimmte. Es kam darauf an, den Erwachsenen die richtigen Wahrheiten zu sagen, hilflos. Sie sollten nicht merken, daß er beschlossen hatte, den Arbeiter Rudi Sorge zu töten.
Wie kommt Sorge dazu? fragte seine Mutter verwundert in die Runde. Hat er denn irgendwas Gefährliches da oben gemacht? wandte sie sich an ihn.
Ich weiß nicht. Er war da mit dem Fräulein aus dem zweiten Stock. Sie haben (Was sollte er sagen? Alle am Tisch waren jetzt sehr aufmerksam) sie haben gespielt und waren nackig.
Das Stimmengewirr setzte ein, stärker als er gedacht hatte, wie ein schöner, scharfer Peitschenknall. Er gab sich gar keine Mühe, die Worte zu verstehen:
Unerhört... hat er doch gar nicht begriffen... sofort rausschmeißen... macht um Gottes willen kein Aufsehen... schadet ihm nur... das Kind... Fragen stellen... Amiweiber... hat man davon... immer ein guter Mann... so verschlagen... geht zu weit... in diesen Zeiten Gott sei Dank keine Rücksicht mehr nehmen... vorsichtig sein...
Ebensoschnell wie die Wörter in den Raum prasselten, verstummte alles und die Großmutter fragte ihn mit gequältem Lächeln, daß er dann doch wohl ganz schnell wieder gegangen sei, nicht, mein Gold? Aber die Mutter schaute jetzt gar nicht mehr in ihren Suppenteller und sagte kalt, sie sei dafür, das alles später zu besprechen, so wichtig sei es nun doch nicht. Das war deutlich auf den Großvater gemünzt, der blaurot angelaufen war und immer lauter wurde, abgerissen schrie er Worte gegen das Arbeiterpack, das verdammte, und daß man keine anständigen Leute mehr bekäme, die wüßten, wohin sie gehörten.
Das Gespräch hatte sich von N. abgewandt, bewegte sich in anderen Bahnen, wurde fast absichtlich von ihm weggezogen, wie so oft, wenn es um Dinge ging, die ihn interessier-

ten. Man schonte ihn auch jetzt noch, wo es nur um ihn ging.
Sie haben mich auch angefaßt, sagte er.
Für eine Weile war es ruhig um den runden Eßtisch. Der Großvater war jetzt ganz blaß, und unter den schweren Lidern seiner Mutter sah er einen Blick auf sich gerichtet, der ihn ein wenig ängstlich machte. Wußte sie immer alles? Aber er konnte doch nichts dafür? Sie sah ihn immer noch an. Sie war auch der Feind, wurde ihm klar. Sie stand ruhig auf, nahm ihn bei der Hand und führte ihn in die Küche. Geben Sie ihm ein bißchen Götterspeise, Elfriede, wir wollen allein zu Ende essen. Und zu ihm gewandt sagte sie: Wie hat er dich angefaßt? Hat er dir weh getan?
Aber er wollte nichts mehr sagen. Sie hatte ihn gestört, sie hatte alles verdorben. Rudi Sorge würde nicht getötet werden, es gab über ihren Köpfen nichts weiter als einen staubigen Speicher mit altem Gerümpel. Sie hatte alles zerstört, sie war es, sie war der Feind. Er begann zu weinen und rief schluchzend nach seinem Großvater. Da wandte sich seine Mutter ab, ihr Gesicht wurde wieder so gelb vor Ekel wie damals, als sie krank geworden war, und sie überließ ihn dem keuchenden Großvater, der in die Küche gestürzt kam und ihn in seine rauhwollenen Arme nahm, die nach teuren Zigaretten und Rasierwasser rochen. N. weinte bestimmt eine Viertelstunde und konnte gar nicht mehr aufhören.
Das Gericht fand dann ohne ihn statt. Am nächsten Tag ging der Großvater persönlich mit seinem Gefolge hinauf in das geheimnisvolle Reich, das er sich von Rudi Sorge hatte abnehmen lassen. Aber nun war Schluß, seine Truppen waren gesammelt, der Feind wurde verjagt. N. wollte an der Flurtür zuhören, wurde aber von Elfriede unerbittlich weggeschickt. Das geht dich gar nichts an! sagte sie böse.
Alle waren plötzlich anders zu ihm, sogar die Großmutter. Am Ende dieser Woche sah er Rudi Sorge eine große Kiste die Speichertreppe herunterschleppen. In seiner Begleitung war der Prokurist, der gebückte Mensch, der jetzt ein fast gespaltenes Gesicht hatte, so grinste er.
I hob da's jo glei gsagt, dass 'd da ned ois aussanehma derfst, sagte er zu dem stummen Rudi Sorge, als er des »kleinen Chefs« ansichtig wurde.

Mia ham a guade Herrschaft, gellns, junga Herr. Da miaß man ihs scho zammanehma.
N. verstand nur, daß Rudi Sorge jetzt gehen mußte, daß er den Speicher, das geraubte Land verließ. Er wurde bewacht, damit er nichts mitnahm, was nicht ihm gehörte. Er war gedemütigt. Aber als er auf der Treppe an N. vorbeikam, hob er den Kopf, sah ihm ins Gesicht und sagte laut: Fettes kleines Luder!
Der Prokurist schaute sich ängstlich um, sah, daß niemand in der Nähe war, und lachte laut auf. Dann haute er dem Sorge auf die Schulter und sie gingen zusammen die Treppe hinunter.
N. war unzufrieden. Die Ordnung war nicht so, wie er dachte. Die hatten doch gar nicht zu lachen, die da lachten. Warum hatten sie ihn nicht gern? Nirgendwo war man ganz sicher, selbst Elfriede und die Mutter waren gefährlich. Er wußte, daß er sein Leben nicht mit den Großeltern allein würde verbringen können, jetzt, wo die Schule drohte, vor der er nur deshalb Angst hatte, weil dort so viele Kinder sein würden.
Das Fräulein aus dem zweiten Stock sah er noch oft, danach. Sein Großvater ging, um sie zu »verwarnen«, das hatte N. beim Mittagessen gehört. Er blieb längere Zeit bei dem Fräulein und die Großmutter lief vor der Flurtür auf und ab und hatte den Mund zusammengekniffen. Aber das Fräulein blieb wohnen. Ich will nichts mehr hören! sagte der Großvater.
Elfriede redete ein paar Tage nicht mit ihm. Aber dazu hatte sie nicht das Recht, fand er. Sie würde sich in acht nehmen müssen, sonst ginge es ihr wie Rudi Sorge. Der kam später noch einmal zurück, um seine restlichen Sachen zu holen. Elfriede, der er doch immer unheimlich gewesen war, half ihm. Durch die Glastür der Wohnung konnte N. sehen, wie die beiden lange und ernst miteinander redeten, der graue Sorge hatte seinen Kopf tief über die winzige Elfriede gebeugt, und nun standen sie da auf der Treppe, ganz nah beieinander.
Als sie nach einer halben Stunde wieder in die Küche kam, wo er am Tisch saß und aus Linsen und Erbsen Muster legte, fauchte sie ihn an: Hast du's endlich geschafft?
Ich will nichts mehr hören! sagte er wie sein Großvater.

Du bist wohl verrückt geworden! meinte Elfriede und nahm ihm die Linsen und Erbsen weg. Soll ich drei Wochen auf deiner Schlamperei noch ausrutschen? Warum gehst du nicht in dein Zimmer? Ich will dich nicht sehn heut. Das sagte sie, als gerade die Großmutter in die Küche kam.
Gehen Sie nicht ein bißchen weit, Elfriede? Sie wissen doch, daß er sehr empfindlich ist. Außerdem war die Sache ja doch ein Schock für ihn. Es ist schon arg schwer mit dem Erwachsenwerden, gell, mein Gold?
Er tat gar nichts, hielt nur die letzte Handvoll Erbsen und Linsen krampfhaft fest und schaute vor sich hin auf den Tisch. Er hatte eine Hoffnung: daß er wegen alldem nicht zur Schule geschickt würde, daß er nicht mit den anderen Kindern würde gehen und lernen und spielen und sprechen müssen, daß er sie nicht würde riechen müssen und nicht wie sie zu sein bräuchte, einer unter vielen. Es sei schon schwer mit dem Erwachsenwerden, hatte die Großmutter gesagt. Sie hatte keine Ahnung.

Im Frühjahr darauf beschäftigte sich seine Mutter öfter mit ihm, versuchte ihm das Essen ein wenig abzugewöhnen. Sie werden dich auslachen, wenn du so dick bist, du wirst nicht turnen können! Turnen? Er wollte gar nicht turnen. Er hatte es immer albern gefunden, wenn die Schulkinder auf asphaltierten Höfen gleichförmige Übungen machen mußten, mit ihren schwarzen Pluderhosen und ihren hühnerfarbenen Häuten, ihren knotigen Knien, ihren geschorenen Köpfen. Waren sie das, was er werden sollte?
Elfriede hatte Weisung erhalten, ihm den Zugang zu Eßbarem zu verwehren. Man gab sich Mühe, ihn zu einem normalen Erstkläßler zurechtzustutzen und herunterzubiegen. Aber sein Großvater verhinderte die schlimmsten Demütigungen. Laßt den Buben in Ruh! dröhnte er beim Essen. Ein so intelligentes Kind muß auch Kraft haben! Gerade in diesen Zeiten. Er muß sich doch nach allen Seiten wehren lernen.
Frühling in Deutschland. In der Innenstadt wurde das erste richtige Kaufhaus eröffnet, es sollte wie bei den Amis aussehen, mit überquellenden Tischen, Kleider und Essen, Möbel, Werkzeuge und eine Milchbar, alles beieinander. N. bettelte darum, es sich anschauen zu dürfen.

Wir können ja mal hingehen, meinte die Großmutter, aber wir kaufen natürlich nichts da drin, mein Gold. Das ist was für die Leute vom Land, das hat ja doch alles nicht die Qualität von den guten alten Geschäften. Außerdem sind die ja auch alle bei uns Kunden.
Sie gingen eines Morgens auf den Platz zwischen Markt und Kirche, nicht ohne sich umzusehen, ob der Konditor Schürnbrand ihnen hinter seinen Spitzenvorhängen nachschauen würde. Vorbei am Metzger Weiß, der die gute Leberwurst hatte und mit seiner Schürze vor dem Laden stand, so bedrohlich, daß man sich fast schämte, nicht hineinzugehen. Vorbei an vielen weißen und blauen, blütensauberen und blutverschmierten Schürzen, durch das höfliche »Grüß Gott, Frau Doktor«-Gemurmel – es war das Gewohnte.
Das breite Maul des Kaufhauses atmete so viele Menschen aus und ein, daß keiner mehr auf den andern achten konnte. Zuerst waren alle scheu, blieben kurz auf den breiten Rosten stehen, die eine Wand aus warmem Geruch zwischen draußen und drinnen aufrichteten. Sie duckten sich erst unter dieser Welle von Farben und Lärm und ließen sich dann hineintragen zu den Tischen voll künstlicher Unordnung.
Hören Sie mal! sagte die Großmutter mit schwacher Empörung zu einer Bäuerin, die ihr heftig mit dem Schirm in die Seite gestoßen hatte. Aber die antwortete nur: Hoitn's ned an ganzn Betrieb auf!
Die Handtücher sind wirklich ganz erstaunlich billig, meinte die Großmutter an einem Tisch mit hohen, rosa-weißen Stapeln. Aber nach der ersten Wäsche gehn sie wahrscheinlich in Fetzen. Ich könnte sie fürs Geschäft nehmen. Haben Sie keine blaukarierten? fragte sie die Verkäuferin.
Jede Woche sammelte Elfriede im Geschäft von allen Waschbecken die Handtücher ein, einen großen, nach Eisen und Ofenruß riechenden blaugrauen Berg. Sie wurden niemals mit der Familienwäsche gewaschen.
Die Großmutter kaufte drei Dutzend blaukarierte.
Schicken Sie's mit der Rechnung, sagte sie, schon im Gehen.
Wie hamma's nachad? schimpfte die Verkäuferin hinter den Handtuchbergen, ned zoin kennas? Und so fand sich die Großmutter zum ersten Mal in ihrem Leben mit einem großen Paket im Arm, von dem sie nicht wußte, wie sie es tragen

sollte. Dennoch hatte sie der Kaufhausbesuch aufgemuntert, sie hatte rote Backen und wurde schnippisch, als Elfriede nicht aufhören konnte, sich über das Paket zu wundern und ein über das andere Mal: Frau Doktor! sagte. Ihr glaubt wohl, ich bin zu gar nichts gut? fragte da die Großmutter. Es waren wirklich ganz besonders günstige Handtücher.

Frühling in Deutschland. Seit eine neue Partei gegründet worden war, hatte der Großvater noch mehr wichtige Freunde als früher.
Geh nicht hinein, er hat seine Herren da! sagte Elfriede. Oder der Großvater ging zu seinen Herren, Sonntagmittags in den Ratskeller, und kam wieder mit offenem Mantel und rotem Gesicht. Wir haben auch über die Schule gesprochen, sagte er. Es ist keine ganz einfache Entscheidung.
Man kann ihn doch nicht irgendwohin geben! hörte N. die Großmutter sagen, während seine Mutter immer müder dreinschaute und sagte, man solle ihn doch um Gottes willen nicht zu einem Prinzen machen, er sei keiner. Schließlich habe man jetzt eine Demokratie.
Man muß es auch nicht übertreiben, meine Liebe. Natürlich, gleiche Rechte für alle. Aber der Staat muß seine Besten fördern, denn er braucht sie mehr als die andern. Wenn damals nur ein bißchen Bildung in der führenden Schicht gewesen wäre...
N. begriff längst nicht mehr, was das mit seiner Schule zu tun hatte. Man wußte offensichtlich nicht, in welche man ihn stecken sollte, obwohl die in der Stadt verteilten grauen und roten Gebäude mit den kahlen Höfen und den Sprüchen über dem Eingangsportal für ihn alle gleich aussahen.
An einem strahlenden Tag verließ seine Mutter allein mit ihm das Haus. Sei leise, sagte sie, die andern müssen's nicht unbedingt hören. Er schlich auf Zehenspitzen die Treppe hinunter und fühlte sich geschmeichelt.
Sie hatten nicht allzuweit zu gehen. Aus den Gassen der Stadt kamen von allen Richtungen her Trüppchen von Müttern, die widerstrebende Kinder hinter sich herzogen, stumm und zielbewußt alle in die gleiche Richtung. Vor einem grauen Gebäude stand eine Menschenschlange am

Gitter entlang aufgereiht, durch das die Kinder auf den leeren Hof starten. Die Mütter sprachen nicht miteinander. N.'s Mutter trug einen roten Fuchsfellmantel mit breiten Schultern und war nervös, versuchte den Frauen hinter sich ins Gesicht zu sehen, drehte den Kopf hin und her, aber niemand beachtete sie.
Langsam schob sich die Schlange am Gitter vorbei und wurde nicht kürzer, denn immer noch kamen aus den Straßen neue Grüppchen. Wie viele Kinder es in der Stadt gab, die alle so groß waren wie er. Aber er war der Dickste. Die anderen sahen eher Rudi Sorge ähnlich und N. konnte bei vielen nicht gleich erkennen, ob sie Jungen oder Mädchen waren. Manche hatten Zuckersackmäntel an. Obwohl das rauhe Gewebe gefärbt war, konnte man noch deutlich den Aufdruck »1 Zentner« erkennen.
Auf dem Mantel steht was drauf! sagte N. zu seiner Mutter.
Halt den Mund, sagte sie, kannst du nicht wenigstens hier ruhig sein?
Damit hatte er gerechnet. So war sie immer, wenn sie Angst hatte.
Er hob den Kopf und schaute an dem Haus hoch, in das er nun jeden Tag gehen sollte. Er fühlte, daß etwas dazwischenkommen würde. Ich passe hier nicht her, dachte er. Er sah Fenster ohne Vorhänge, schwarz und blind, die Stuckumrandungen und die Gesimse waren zum Teil zerschossen.
Das Kind vor ihm schaute auch in die Luft, dann noch drei, vier andere. Zum Schluß stand die ganze Reihe da und reckte die Hälse. Aber von den Müttern sah keine die Schule an.
Der große Torbogen nahm sie auf, der schwarzweiß gewürfelte Fußboden hallte, es roch nach Karbol und Kreide. An einem Tisch, der quer in eine Türöffnung gestellt war, saßen zwei Frauen, grau wie die andern, ein wenig faltig, in zu weiten Kleidern. Sie sagten immer drei Worte, dann reichten ihnen die Mütter ein Bündel Papier, bekamen dafür ein anderes, gingen weiter. Auch zu seiner Mutter im roten Fuchs sagten sie die drei Worte, etwas lauter, etwas betonter: Geburtsurkunde, Impfschein, Entlausungsschein.
Seine Mutter schwieg, hielt in ihrer Hand einen Umschlag.
Fehlt was, sagte die eine Frau hinter dem Tisch ungeduldig.

Ich wußte das nicht, sagte seine Mutter kaum hörbar. Was für ein Schein?
Vorschrift von den Alliierten. Halten Sie den Betrieb nicht auf! sagte die andere Frau in scharfem Ton. Die Mutter umklammerte seine Hand ganz fest. Entlausungsschein, sagte sie noch einmal leise. Unfaßbar. Dann zog sie ihn an der ganzen langen Reihe entlang wieder zurück, in ihre Straße, in ihr Haus, in ihre Wohnung.
Das war nun nichts, mein Lieber. Das war nun sicher nicht das Richtige. Großvater hat wahrscheinlich recht gehabt. So leid es mir tut, aber die Zeiten sind wohl noch nicht danach. Mein Gott, all diese alten Frauen mit den kleinen Kindern. Aber das ist immer so, nach solchen Zeiten.
Elfriede hatte sie kommen hören. Es hat Ihnen wohl doch nicht gepaßt, meinte sie. Der Herr Doktor wird sich schon kümmern, aber dann geht's so weiter wie bisher.
Nichts anderes interessierte ihn, das war der Satz, den er hören wollte. Und als sein Großvater wie immer von allem erfahren hatte, sagte er zu ihm: Das hätte man dir auch ersparen können, mein Gold! Und N. gab zur Antwort: Jetzt bleibt alles wie bisher, gell? und alle lachten wieder, wo es nichts zu lachen gab.
Nichts blieb wie bisher. Die langen Frühstücksstunden, die Einkaufsgänge wurden ersetzt durch einen allmorgendlichen Weg in Begleitung von Elfriede oder seiner Großmutter zu einem Haus wie dem anderen, nur weiß, in das genauso stumme Reihen von Kindern verschwanden, die ihm aber ähnlich sahen, dicker und ohne Zuckersackmäntel. Die Lehrer waren Nonnen.
Da ist unser kleiner Evangelischer, so hatte eine ihn am ersten Tag der Klasse vorgestellt. Aber ihr müßt trotzdem freundlich mit ihm sein, sonst ist der liebe Gott traurig.
Tag für Tag derselbe Weg, Tag für Tag der stinkende Keller mit Hausschuhen, die die Kinder allmorgendlich mit ihren Straßenschuhen vertauschen mußten, allmorgendlich die düstere, nach Weihrauch und staubigen Kleidern riechende Kapelle, in der man beten und bereuen mußte und doch nicht wußte, was und warum. Am Anfang und am Ende jeder Kinderreihe saß eine Nonne, und wenn man sich bewegte, zischte eine Stimme: Nicht wetzen!
Wetzen und Schwätzen waren neue Wörter. Er »sprach«

nicht mehr, von allen freundlich beachtet, er »schwätzte« jetzt, das demütigte ihn und er gab es bald auf.

Er ist recht brav, Ihr Kleiner, sagten die Schwestern zu seinem Großvater, wenn der ihn von der Schule abholte und verbargen den dargereichten Schein (»Für unseren neuen Marienaltar, vergelts Gott, Herr Doktor!«) blitzschnell in den raschelnden schwarzen Röcken.

Aber daß er halt evangelisch ist, ein so liebes Kind! Und dann flüsterten die Schwestern mit dem Großvater. Die schwätzen, dachte N.

Sie lernten schreiben, was er ohne Mühe begriff, sich ärgerte, daß es so langsam ging. Ball Ball Ball Ball mußten sie schreiben und neben jedes Ball einen Ball malen, rund und bunt. Immer Ball, er konnte Ball nicht mehr sehen. Dann folgten Ida und Otto und Anna, diese papiernen Lesebuchkinder, nicht Freund, nicht Feind, die so dumme Namen hatten und auf Bildern ein miserables Leben führten. Ida und Otto. Anna und Ida und Hund. Den Hund hätte er gern gehabt (Tiere gehören nicht in die Wohnung!) obwohl der Lesebuchhund ein dummes Gesicht hatte und nichts tat außer bellen. Idas Hund bellt.

Irgendwann konnte N. schreiben. Er lernte von einem in seiner Klasse »Sau« zu schreiben. Dafür mußten sie dann zu zweit mit dem Griffelkasten über den Händen die ganze Stunde stillsitzen.

Zu Hause erzählte er nicht viel von der Schule. Es kam ihm läppisch vor. Alle Kinder gingen in die Schule, alle erlebten das Gleiche. Was war da schon Besonderes dran.

Er wurde immer abgeholt. An Elfriedes Hand gefesselt überholte er stumm die plappernden bunten Grüppchen.

Lassen Sie ihn doch mit den andern heimgehen! sagte Elfriede zur Großmutter, er möcht's gern, glaub ich. Es ist auch besser für ihn.

Denken Sie doch um Gotteswillen an all die Kindesentführungen! sagte die Großmutter.

Also holte Elfriede ihn weiter ab jeden Mittag, und es paßte ihr gar nicht, weil sie eigentlich um diese Zeit in ihrer Küche stehen wollte und es haßte, wenn die Großmutter ihr »half«, während sie N. abholte. Die gab viel zuviel Gewürze ans Essen, würzte oft zweimal, weil sie das erste Mal sofort wieder vergaß.

Er sollte rechnen lernen. Mit bunten Kugeln, schau, das sind die Zehner und das sind die Einer. Und umgekehrt? Er fragte nie etwas, weil er die Nonnen nicht mochte. Ihren Geruch, ihre Hände, die sich immer in den weiten Ärmeln ihrer Gewänder verkrochen und nur manchmal unerwartet hart zuschlugen, ihre schief geneigten Köpfe mit den Vogelaugen. Er war noch gar nicht lang in der Schule, da erzählte ihm ein Mädchen, die Nonnen hätten unter ihren Hauben alle eine Glatze. Sie mußten furchtbar lachen und gruselten sich. Du mit deiner Sträflingsfrisur, hatte der Großvater immer zum Sohn der Putzfrau gesagt. Die Nonnen hatten Sträflingsfrisuren unter den Hauben. Aber kein Windstoß auf dem Schulhof zeigte N., ob die Geschichte stimmte. Als hätten sie die Hauben auf die Köpfe genäht und könnten sich ganz sicher fühlen. Die Röcke flatterten auf dem kahlen Hof, die Hauben blähten sich wie Segel. Was war unter den Röcken? Was war unter den Hauben? Die Nonnen hatten Kordeln um den Bauch, da hingen Kreuze dran, manche Kinder wollten auch einen kleinen Totenkopf gesehen haben. Auf der Brust der Nonnen lagen große Stoffstücke. Sie sahen damit vorne glatt und rund aus wie die Tauben. Die Kinder wagten nur allmählich, sich all diese geheimen Vermutungen anzuvertrauen. Er hatte es nicht schwer in der Schule. Das ordentliche Hintereinander der Tage gefiel ihm. Es war fast, als hätte er auch ein Büro, in dem er zu festgelegten Stunden des Tages verschwinden konnte.

Jeden Morgen der Weg in die Kapelle, er ganz hinten, so daß er die Bilder um den Altar kaum erkennen konnte. Er fing an, sich nach Weihrauchduft und den schrillen Kinderstimmen zu sehnen, gerade weil er nicht dazu gehörte. Nach den Andachten tröstete ihn immer eine Nonne mit einem leichten Streicheln.

Zuhause stieß er mit seinen Erzählungen auf Befremden. Ob es dem Kind guttut, das ganze katholische Getue? meinte die Großmutter zu Elfriede. Und die sagte, er werde davon sicher noch verdrehter. Aber der Großvater rückte alles ins rechte Maß: Denk doch an die Jesuiten! Es gibt keinen Grund, dem Buben all das vorzuenthalten, was die Schwarzamseln so können. Protestantische Aufrichtigkeit mit katholischer Geschmeidigkeit und Bildung. Wenn das keine Chance ist.

N. verstand diese Gespräche nicht. Seine Außenseiterstellung nahm er hin wie etwas ihm Gebührendes, den Trost der schwarzen Frauen, wenn die Kinder sich paarweise aus den dämmrigen Bänken schoben, an ihm vorbeigingen und er sich ihnen anschloß. Er war noch unsicher, was man hier von ihm erwartete.

Nach der Kirche ging's an die Betrachtung der Werke Gottes, im Lesebuch, am Rechenbrett, im Schulgarten. Große Landschaften warteten in flachen Holzkästen, Berge und Wiesen, Flüsse und Seen, Bauernhäuser und winzige Herden, die aus den betrachtenden Kindern kleine Götter machten. So wie ihr jetzt die Augen da über der Landschaft habt, so hat Gott die Augen über euch! Und N. stellte sich das Gewusel in Gottes Spielkasten vor, während er auf die Gipslandschaft schaute.

Bei schönem Wetter fand der Unterricht oft im Schulgarten statt, der in viele ordentliche Rechtecke geteilt und ummauert hinter der Schule lag. Da und dort sahen die Kinder die runden schwarzen Rücken der Nonnen, die die Beete bearbeiteten und von den Lehrernonnen ein »Gelobt sei Jesus Christus« gesagt bekamen, in dem N. eine ganz feine Herablassung spürte. Den Kindern gefielen diese Gartenstunden, die fette schwarze Erde, die durch Jahrzehnte der Bearbeitung krümelig geworden war und durch die rosa Kieswege wie Adern liefen. Im Garten ließ sich wieder ein wenig Gottähnlichkeit lernen, unter der aufmerksamen Anleitung der Nonnen rissen sie Blüten auseinander, ordneten die Fetzen auf weiße Papierblätter und lernten, Wörter dran zu schreiben wie »Staubgefäße« oder »Stempel«. Sträuße zu pflücken oder unreife Beeren, die verlockend blaßgrün an den Strauchstämmchen hingen, war verboten. Ein paar der Buben taten es trotzdem. Die Nonnen sagten nichts, ließen sie ein paar Gläser Wasser trinken und warteten auf das von Gott gewollte Bauchweh der Kinder.

An der Mauer im hinteren Teil des Gartens hatte man ein Kinderfeld angelegt, kleine Stücke, auf denen Roggen und Weizen, Hafer und Gerste wuchsen, garniert von Kornblumen und Mohnblumen. Was da wuchs, war Brot, das Heiligste, was es gab, in den Brotlaib ritzte man mit dem Messer ein Kreuz. (Bei dir daheim wohl nicht, du armer Bub!)

Wer sich am Brot versündige, dem könne Gott niemals

verzeihen. Um den Zorn Gottes den Kindern zu veranschaulichen, erzählte die Nonne ihnen das Märchen von dem Mädchen, das aufs Brot getreten ist, und der Gedanke an ein schreiendes Mädchen, das in glühenden Schuhen tanzen muß, verfolgte ihn noch lang. Das Korn zog alle Anbetung auf sich, vielleicht, weil Gott sich auf diesem Weg am einfachsten rächen konnte. Es brauchte nur der Wind auszubleiben oder der Regen oder von beidem ein bißchen viel da zu sein und schon war es nichts mit dem Brot. Nur so konnte er sich diesen wütenden Anbetungseifer erklären, sonst wäre vielleicht der Schinken eher als heilig anzusehen gewesen oder der Kaffee, von Vanilleeiscremepulver gar nicht zu reden, denn das war alles viel teurer als Brot, und außerdem hatte Gott vor allem das Vanilleeiscremepulver sehr rar gemacht. An der Heiligkeit des Brotes jedoch war nichts zu deuten, man bekam förmlich Angst vor dem Brot, vor allem gab's auch Unterschiede: Semmeln waren nicht so heilig, er hatte auch nie gehört, daß man ein Kreuz hineinritzen sollte, bevor man eine aufschnitt. Sie waren aus Weizen, entnahm er den Worten der Nonne, und verweichlichten. Wer nur weißes Brot ißt, stiehlt dem Herrgott den Tag, denn der habe das weiße Brot nur für den Sonntag gemacht. Aber da gab es gar keins. Das sagte er aber nicht.

Zu Hause war damals viel die Rede von Verwandten. Da nun die Zeiten ruhiger geworden waren, sammelten sich die Sippen, oft auf abenteuerlichen Wegen von weit her ins »Rumpfreich« kommend, wie der Großvater sagte, in Städten, von denen sie annehmen konnten, daß man sie dort gern sah und daß sie dort ihr Auskommen fänden. In seiner Familie war man nicht begeistert über diesen Zuzug. Man wisse ja, was von der Frechheit dieses Flüchtlingsvolks zu halten sei, dreist klammerten sie sich an allem fest, die Sudetengauner, man jage sie mit einer Konservendose in den Urwald und sie kämen auf der anderen Seite mit einer Lokomotive wieder heraus.
Das ist bei dir wohl eher umgekehrt, meinte die Mutter zum Großvater, und benutzte sein Schweigen, um das Zimmer zu verlassen. Es waren Verwandte ihres Mannes, die sie fast vergessen hatte, sie wollte mit diesem neuen Kreis nichts zu tun haben. Aber sie waren da. Auf einem Spaziergang, einem

der seltenen Wege, die er allein mit seiner Mutter ging und bei denen er nie genau wußte, ob er sie genoß oder sich fürchtete, erzählte sie ihm von den neuen Verwandten, mit denen man, wohl oder übel, doch hin und wieder werde reden müssen.
Du bist ja jetzt Gott sei Dank schon ein bißchen größer, sie haben viel mitgemacht, aber sie werden nicht so zu uns passen.
Sind da Kinder? fragte er.
Sie haben nichts davon gesagt, ich weiß es nicht, aber die würden auch nicht zu uns passen.
Sie erklärte ihm, daß da die Geschwister und die Nichten seiner Großmutter gekommen seien, der Mutter seines Vaters, er kenne ja weder ihn noch sie.
Irgendwann nahm ihn seine Mutter mit zu diesen neuen Leuten. Es war ein weiter Weg in der Wärme des Spätsommers, durch die Gassen der Altstadt mit ihren zurückhaltenden, grauen und ockerfarbigen Häusern und dem knolligen Pflaster, am Dom vorbei über den Marktplatz, auf dem die letzten Radiweiber gerade ihre Körbe aufluden und der Wasserwagen die verwelkten Salatblätter in den Rinnstein spülte. Hinunter durch das rundhaubige Tor über den schönen, sanften Bogen der Brücke, auf deren Mitte ein Steinmännchen saß und mit beschatteten Augen zum Dom hinüberschaute. N. war schon oft über die Brücke da hinübergelaufen, mit Elfriede zu den Verwandten auf dem Land, früher, als er noch kleiner war. Es war alles anders, denn wenn man die eigentliche Stadt mit einem grauen, festen Obstkern vergleichen konnte, hart und dicht, war die Stadt hinter der Brücke heller, lockerer, schlampiger. Die gefügten Gassen, in denen ein Haus das andere hielt, gab's auf der anderen Seite nicht mehr. Da standen die Häuser wie hingeschüttet, bunter, aber ärmlicher, mit Flicken aus Wellblech und Kistenbrettern, und krummen Gärten, in denen magere Hennen herumliefen.
Er konnte sich gar nicht denken, daß er da Verwandte haben sollte, denn das war ja nicht »auf dem Land«, das war was anderes, etwas, das er noch nicht kannte, und seine Mutter sagte »Zigeunerei«.
Von Zigeunern hatte er keine Vorstellung, da war irgendwas mit Zirkus, aber auch da kannte er nur das sauber

gemalte Fries in seinem Kinderzimmer und wußte nicht, was das mit den Häusern zu tun hatte, die, je weiter hinaus sie kamen, immer flacher und budenartiger wurden.

Es gibt doch keinen Grund, so schlampig zu sein, auch wenn man arm ist! meinte die Mutter ärgerlich, so würde ich nie hausen und wenn's mir noch so schlecht ginge.

Seine Mutter suchte nach Straßennamen, aber sie fand nur Beschwörungsformeln wie »Mai Egerland«, »Vuglbärbaam«, »Sudetenruh«, lauter Fremdworte, die mit den heimeligen und melodischen Bezeichnungen in der inneren Stadt nicht das geringste zu tun hatten. Da hießen die winkligen Straßen »Zur schönen Gelegenheit« oder »Silberne Fischgasse« und man konnte sich unter ihnen etwas vorstellen.

Noch dreißig Jahre später sagte man in der inneren Stadt über einen, den man nicht leiden konnte oder der zu schnell Erfolg hatte: Das ist ein Flüchtling!

Sie waren in eine etwas besser aussehende Ecke des unregelmäßigen Häuserfeldes geraten, in einen Bereich, wo man versuchte, sich mit Schönem zu umgeben, etwas darzustellen mit ein paar weißen Zaunlatten, Geranientöpfen und Flaschenscherben, die, längs der winzigen Gartenwege eingegraben, gleichzeitig Ordnung und Wehrhaftigkeit vortäuschen sollten. Es sah aber alles nur traurig aus. In den lochartigen Fensterchen hingen Spitzenfetzen, grämlich bewachten Zwerge eingegrabene Waschschüsseln, in denen hölzerne Mühlräder standen. Nichts an diesen Behausungen war nachlässig. Um die Fußabstreifer vor den niedrigen Türen waren saubere Putzlumpen geschlagen, die kleinen Fensterscheiben spiegelten. Vor allen Häusern, an denen sie vorbeikamen, standen magere Männer und Frauen, schraubten und strichen und wischten und bohnerten mit verbissenem Eifer an ihrem gebrechlichen Heim herum. Manchmal wandten sie sich ihm und seiner Mutter zu und musterten mit schmalen Mündern den Mantel und die Schuhe seiner Mutter, die dadurch nervös wurde.

Man hätte sich das sparen sollen, murmelte sie, die reine Sentimentalität. Es hat nichts mit ihm zu tun. Die sind anders und sie werden an uns kleben, solang da noch was zu saugen ist.

Als sie dann beim richtigen Haus angekommen waren,

dessen Dachrinne seine Mutter mit ausgestreckter Hand leicht hätte erreichen können und an dem alles noch rechtwinkliger und geputzter, gestrichener und gebrechlicher war als bei den andern, schien ihm dieses Haus mit dem kleinen blauen Suppenteller im Vorgarten, an dem ein gipserner Zwerg saß und angelte, noch viel trauriger als die anderen Häuser. Es war, als könne es jeden Moment in sich zusammenfallen. Aber der Zwerg, an dessen Angel für alle Zeiten ein roter Zelluloidfisch hing, gefiel ihm, und als er das zuhause sagte, das mit den vielen Zwergen vor den Häusern, meinte seine Mutter nur: Genau das habe ich befürchtet! aber er bekam nicht heraus, was an den Zwergen so schlimm sein sollte.

Sie wurde schon erwartet. Vier Menchen standen vor der niedrigen Tür, ein alter Mann mit hageren Backen und weißen Haaren und drei Frauen, die, kleiner als der Mann, in ihren bräunlich-lila gemusterten Kleiderschürzen einander sehr ähnlich waren. Seine Mutter wußte nur den Namen des alten Mannes, wußte, daß die Frauen seine Töchter waren, Gusti und Fini oder so ähnlich hießen, wußte, daß der alte Mann der Onkel ihres Mannes war.

Grüß Gott, Onkel Paul, sagte sie kühl.

Ist das sein Bu? fragte der alte Mann. Keiner antwortete dem anderen. Zwei der Frauen waren lautlos ins Hausinnere verschwunden. Die dritte sagte: Mir hobn jo nix onzubietn. Mir hobn jo alles verlorn.

Sie hatten dann doch etwas anzubieten. In der Stube, in der es nach Ölspänen, Feuchtigkeit und Brotkrümeln roch, war ein Tisch mit bunten Kaffeetassen (Die sein die einzigen, was mir gerettet ham!) und einem Guglhupf gedeckt.

Seine Mutter redete von den Schwierigkeiten, die man ja jetzt Gott sei Dank hinter sich habe. Aber sie merkte schnell, daß sie in diesem Kreis von Schwierigkeiten nicht reden durfte, wenn man nicht »alles verloren« und »die Russen« auszuhalten gehabt hatte. Sie musterten seine Mutter wie ein schlecht erzogenes Kind und die eine Tochter seufzte, da habe sicher nicht alles zusammengepaßt mit ihr und dem Schorsch. N. beobachtete eine Art trotziger Beschämung auf dem Gesicht seiner Mutter, sie fühlte sich diesem schweigsamen alten Mann und den drei Frauen unterlegen.

Ihr wißt ja gar nicht, wie er war, sagte sie.

Mer soll do bleibn, wo mer higeheert, sagte Gusti oder Nanni oder Fanni.
Dann aßen sie, lange und ohne viel zu reden. N. schaute ihnen zu, wie sie jeden Bissen des trockenen Kuchens ausgiebig in ihren Mündern zermahlten. Vier unablässig kreisende, knotige Kinnbacken. Es war das erstemal, daß ihn vor Nahrungsaufnahme, vor einer bestimmten Art des Essens grauste.
Warum ißt'n der Bu ni? fragte der alte Mann. Sind mer ihm net gut genug?
Der alte Mann hatte freundliche, wasserblaue Augen, ein wenig milchig und unbestimmt.
Bist gut in der Schul? fragte er. Aber N. merkte, daß er diesen Onkel gar nicht interessierte.
Er ist ganz begabt, sagte die Mutter an seiner Stelle.
So, das ist recht, tu nur fest lernen, sagte eine der drei, Gusti oder Fanni oder Nanni, vielleicht die netteste, aber sie waren ja nicht zu unterscheiden. An der Wand der kleinen Stube hing eine geschnitzte Uhr, an deren Zifferblatt sich der Blick seiner Mutter so lange festgeklammert hatte, bis eine der Schwestern sagte: Die geht fei gor net, und die Mutter verlegen wurde.
Dein Vater hat den großen Eisenwarenladen, begann der alte Mann. Geht's gut, das Geschäft?
Ich weiß nicht viel darüber, meinte die Mutter hochmütig. N. wußte genausowenig wie seine Mutter, sie schauten sich an, als wollten sie einander fragen, was man den Sudetendeutschen antworten könnte.
Sicher, für die Öfen und Schrauben, Drähte und Röhren gab es Geld, Geld wird zu Essen, nichts einfacher als das. Die Leute im Laden sorgten für die Verteilung der Gegenstände, im Büro schreiben sie alles auf, und der Großvater gab acht, daß es klappte.
Werst duch wissn, ob's aufwärts gehn dut mitn Gschäft! sagte die eine der drei alten Töchter aufgebracht, werd jo n' Bu sei Sach sein an Dog, wenn dei Voder stirbt!
Wir sind bekannt in der Stadt, sagte die Mutter trotzig, das Geschäft gibt es schon lange. Die Leute haben Vertrauen zu uns, sie bekommen gute Ware bei uns, mein Vater hält sehr auf Qualität!
Mer hots geheert! sagte der alte Mann, er hot nuch nix

begriffn! Wenn'r ä Sensn verkafft, die was zwanzig Johr hält, nocha kafft derjenige zwanzig Johr lang ka neie Sensn!
N. verstand das nicht gleich und sah am Gesicht seiner Mutter, daß sie aber nicht mehr zuhörte. Die vier Verwandten schwiegen, die eine von den Frauen schniefte verächtlich und wandte sich ab. N. sah auf das Gesicht seiner Mutter etwas Besorgtes, Hilfloses, als wolle sie noch etwas gut machen vor diesen Leuten. Aber sie zog die Schultern hoch und saß ganz schmal, weit vorne auf der Stuhlkante, als ekle sie sich vor etwas. Noch einmal versuchte sie, mit denen zu reden, die ihr so zuwider waren:
Ums Geschäft habe ich mich nie zu kümmern brauchen, ich war ja ausgelastet mit dem Kind, er hängt sehr an dem Buben, der Großvater.
Die vier Augenpaare sahen ihn forschend an, ob man wohl aus ihm etwas würde machen können, suchten nach irgendeiner Ähnlichkeit. Aber sie wandten den Blick wieder von ihm weg, als hätten sie nicht einen Funken in ihm gesehen, der ihre Hoffnungen bestätigt hätte. Seine Mutter schaute von Zeit zu Zeit wieder auf die kaputte Wanduhr, und, als hätte die ihr dennoch auf geheimnisvolle Weise die Zeit gesagt, stand sie plötzlich und energisch auf und sagte, daß sie jetzt gehen wolle und daß schließlich auch der Bub nach Hause müsse.
Er ist ein braver Bub, sagte der alte Mann und die Mutter antwortete, das habe sie auch schon die ganze Zeit gewundert.
Da paßt was nicht zusammen, meinte Gusti oder Fini oder Fanni.
Vielleicht hast du recht, sagte die Mutter.
Siecht mer sich wieder, fragte der alte Mann und die Mutter gab keine Antwort, als hätte sie es nicht gehört.
Als sie vors Haus gingen, waren die sandigen Wege rot von der Abendsonne und die ärmlichen, zusammengeschusterten Katen leuchteten.
Vor fast allen standen Bänke, auf denen jetzt die alten Frauen saßen, die Hände in ihre blauen und grauen Schürzen gewickelt, wie sie vielleicht immer abends gesessen haben mochten, als sie noch dort waren, was sie jetzt »d'Heimat« nannten und dabei weinten. Aber vielleicht lag es ja nur an ihren alten Augen, die von allein tränten, und ihnen paßte das gut in den Kram.

Schauen wir, daß wir nach Hause kommen, murmelte die Mutter und zog ihn mit sich, während sie vor lauter Eile ihren sonstigen schiebenden Gang vergaß.

Was haben die wollen? fragte er. Die Antwort wußte er im Grunde, traute aber seiner Mutter nicht zu, es zu begreifen. Die sagte nur: Das kannst du dir doch denken. Sie wollten ins Geschäft und wollen's jetzt wohl nicht mehr. Eigentlich ist das bedenklich. Und sie schwieg, während sie durch die rotbunte, leuchtende Abendwelt dem Fluß zustrebten, der schon im Schatten lag.

Meinst du, daß das Geschäft nimmer gut geht, fragte er, ohne ganz genau zu wissen, was das bedeutete. Nun fielen ihm ein paar Bilder ein, ein paar Erinnerungen, jemand hatte im Büro spöttisch gelacht und der Großvater hatte einmal vor kurzem jemanden aus dem Büro begleitet, der hatte ein böses Gesicht gemacht und der Großvater einen Diener. Irgend etwas war wohl mit der Macht geschehen, etwas, das er nicht verstand, aber spürte, und seine Mutter spürte es auch.

Sie werden mich verhökern wollen, sagte sie wie zu sich, aber so, daß er es hören konnte. Ein Glück, daß das nicht geht.

In den Straßen der inneren Stadt stand schon die Nacht, als sie über die Brücke in Richtung zum Dom gegangen waren. In manchen Gassen hielten sich Reste der nächtlichen Stunden den ganzen Tag, wie eine Kühle oder ein Schleier, der nicht weichen will. Am alten Tor hatte vor einiger Zeit ein Zinngießer seinen Laden wiedereröffnet, der schon seit vielen Jahren im Besitz der Familie gewesen war. Zaghaft leuchteten die Krüge und Kerzenhalter aus dem Halbdunkel, man hatte eine Schaufensteröffnung in das alte Gemäuer brechen lassen, und da sah er sich jetzt, an der Hand seiner Mutter, eigentlich das erste Mal bewußt. Er schaute in das Schaufenster, als habe er sich nie vorher gesehen, seine Schritte wurden langsamer und seine Mutter hatte gar nichts dagegen, denn sie war gewöhnt, mit Spiegeln zu leben. Er sah mit wenig Vergnügen einen stämmigen, plumpen Buben auf sich zukommen, in halblangen Hosen und mit rutschenden braunen Strümpfen, seine Beine standen ein wenig ungelenk in den Schuhen. Klein war er nicht. Er reichte seiner Mutter schon bis über die Hüfte, sein Haar war dick und dunkel, in einer schrägen Ponytolle geschnitten und über den Ohren kurz. Er sah weiter, von Zinntellern und Krügen umgeben,

in der Schaufensterscheibe dunkle Augen mit eckigen Augenbrauen, einen etwas beleidigten Mund, ein rundes Kinn. Er gefiel sich nicht, mochte seine röhrenförmigen Arme und Beine nicht, und ihm war, als stehe hinter ihm die Stutzi und blicke auch in die Schaufensterscheibe.
Was gaffst du so? fragte seine Mutter, die sich genug angeschaut hatte, und zog ihn weiter. Wir kommen zu spät zum Abendessen, Großvater haßt das.
An diesem Abend hatte er keine Lust auf Abendessen und saß maulig am Tisch. Der Großvater hielt Examen, wie es gewesen sei bei den Hungerleidern und Habenichtsen, die im Reich eingefallen seien wie die Heuschrecken und denen man das ganze Elend, den Spuk, letztendlich und eigentlich zu verdanken habe.
Sie haben ja nie und nie aufgehört zu hetzen! rief er, das werden sie hier auch nicht bleiben lassen! Jetzt reisen sie auf die Mitleidstour, meinte er, und für Mitleid gebe es keinen Grund. Man müsse sich vor ihnen hüten. Hat das Kind mit ihnen geredet?
Aber die Mutter ging nicht darauf ein. Und während sie langsam ein Stück Wurst zerschnitt und konzentriert daraufschaute, fragte sie, ob etwas daran sei an den Gerüchten mit dem Geschäft.
Sie wollten gar nichts von mir, weißt du, sagte sie, das hat mich erschreckt. Sie haben uns so behandelt, als seien wir die Fliehenden und sie die Seßhaften. Der Großvater lief rot an, sagte aber nur, man solle den Buben jetzt ins Bett bringen, ihm fielen ja schon die Augen zu. Und während N. langsam und ohne Widerrede das Zimmer verließ, hörte er seinen Großvater sagen, daß man nun sehe, wohin das führe, wenn man in ein solches Pack einheirate und daß sie ihn die Entscheidungen wohl treffen lassen müsse, Engpässe seien etwas Normales und eine Frau verstünde davon nichts.
Nachher, als N. in seinem Zimmer lag und noch Bilderbücher ansah, hörte er die Stimmen zu Gebrüll anschwellen, dann wurden sie unhörbar. Er konnte nicht einschlafen, hielt die Hand wie eine Muschel über sein Glied und wartete, daß es unter dem warmen Dach seiner Finger hart würde. Dann rieb er es vorsichtig, steckte es in die Röhre seiner gebogenen Hände und genoß das Gefühl. Er machte das nicht allzuoft, als würde die Handlung bei zu häufiger Wiederholung ihre

tröstende Kraft verlieren. Denn es tröstete ihn immer. Er mußte nur aufpassen, daß er nicht zu laut atmete. Denn einmal war seine Mutter hereingekommen, sie schien verlegen und fragte: Muß das denn sein? und er hatte so getan, als schliefe er. Er war der Überzeugung, daß er es gewesen sei, der das erfunden hatte und wunderte sich über Andeutungen in der Schule, die ganz ähnlich klangen.

Die Buben sprachen öfter darüber, jedenfalls vermutete er, daß es darüber sei. Denn wenn die Grüppchen zusammenstanden, die schon ein wenig älter waren, mit langen Hälsen und knolligen Knien, und mit ihren Vogelstimmen in den engen Kreis hineinkicherten, mußte es ja um solche Dinge gehen. Sie schwiegen auch immer, wenn einer der Jüngeren näherkam. Ihn duldeten sie manchmal, weil er aus dem Geschäft Nägel und Schrauben, Blechstücke und ähnliches mitbrachte, auch weil er schon ein wenig älter aussah, groß und schwerfällig wie er war, und auch ziemlich stark.

Man schlug sich nicht in dieser Schule. Ihr seid doch keine Kreuzschüler! Außerdem waren da die Nonnen und überhaupt zu viele Mädchen. Daß Buben in dieser Schule sein konnten, war nur der Güte des Bischofs zu verdanken, der die Bedenken vieler Familien gegen die staatlichen Schulen verstand. Aber das konnte nur ein Übergang sein mit den Buben hier. Noch sind sie ja klein, und nach der vierten Klasse wird man weitersehen.

Aber so klein waren sie nicht mehr.

Die Älteren redeten schon viel vom Schulwechsel, wie sie froh sein würden, wenn sie endlich aufs Gymnasium kämen, weg von der Weiberwirtschaft, und wenn sie das sagten, schauten sie sich immer um, ob auch keine Nonne lautlos hinter sie getreten sei. Das war nämlich die Spezialität der schwarzen Frauen. Man konnte nie ihre Schuhe sehen, und so ging die Rede, sie hätten nicht nur Glatzen, sondern auch Gummireifenrollschuhe, mit denen sie unhörbar in jedes Gespräch platzen konnten. Als einer von den Großen einmal gefragt hatte, ob er auch schon Bockfett machen könne (und das war eins der geheimnisvollen Wörter, von denen er sich dachte, daß sie wohl darum gingen), hatte unverzüglich ein schwarzer Ärmel nach dem Frager gegriffen und er war in den Waschraum geschickt worden, um sich dort den Mund mit Seife auszuwaschen.

Du weißt schon, warum! hatte die Nonne gesagt. Aber woher wußte sie, was der Bub meinte?
Trotzdem, N. konnte sich nicht vorstellen, daß sonst jemand auf der Welt ähnliche nächtliche Tröstungen erfunden haben könnte wie er selbst. Er hatte kein schlechtes Gewissen und keine Neigung, mit irgend jemandem darüber zu reden. Wie die andern, die Erwachsenen, dazu standen, war ihm egal. Sie hatten auch sowas, und er dachte flüchtig an einen fernen Silvesterabend und die unter dem Tisch sich verschlingenden Beine.
Und so sagte er von da an immer bloß »ja«, wenn jemand ihn fragte, ob er dies schon tue oder jenes schon könne, er sagte ja, obwohl er die Wörter nicht verstand.
Diesen Herbst, als die Ferien kamen, blieben die Mutter und die Großeltern zu Hause. Man war auch früher nicht oft weggefahren, wohl manchmal in die großen Waldgebiete in ein ruhiges, bürgerliches Gasthaus, in dem man dann ein paar Tage mit Spazierengehen verbrachte, die Großeltern waren einmal in Italien gewesen und hatten viel davon erzählt. Aber in diesem Jahr sagte keiner, wie sonst immer: Was sollen wir denn wegfahren? Wir haben's ja zu Hause am allerschönsten! sondern der Großvater hatte ungewohnt knapp erkärt, man möge den Haushalt ein wenig straffen, reisen könne man jetzt nicht, man müsse sehen, daß man den Anschluß an diese verrückte Zeit finde, in der ein seriöser Kaufmann nichts mehr gelte und die Frechheit der Neureichen ohne Grenzen sei.
Natürlich blieb N. die wachsende Üppigkeit nicht verborgen, und wie im Schatten der neu aufblühenden großen Geschäfte und Warenhäuser der großväterliche Laden immer unscheinbarer und geduckter wirkte, ein wenig wie ein Kramladen. Die Schaufenster zeigten sich jetzt bis tief in die Nacht in hellem Lichtschein, und wenn N. von oben aus seinem Fenster über die Stadt sah, lag über den alten Häusern nachts ein warmer gelber Schein, der erst spät verblaßte, wenn er schon schlief.
Aber im Geschäft des Großvaters ging das Licht abends um neun aus, denn ein anständiger Mensch sucht nicht mitten in der Nacht aus, was er am anderen Tage kaufen will.
Wir sollten mal renovieren, vielleicht kann man auch die Fenster vergrößern, meinte die Großmutter, der das eigent-

lich egal war. Sie wurde nur von ihren Bekannten so häufig darauf angesprochen, daß sie den Eindruck nicht loswurde, man gerate aus der gewohnten Gesellschaft und Behäbigkeit, wenn nicht bald etwas geschehe.

So kamen dann eines Tages einige Herren mit flachen Aktentaschen und langen schweren Mänteln zu seinem Großvater, und der ließ sich den ganzen Tag nicht sehen, denn er hatte mit diesen Herren eine Besprechung, und von dieser hing, wie die Großmutter zur Mutter sagte, einiges ab.

N. hätte sehr gern zugehört, früher hätte er gedurft, als er noch das Gold und der kleine Chef war.

Am Nachmittag kam der Großvater in die Wohnung hinauf und rieb sich die Hände. Man weiß eben doch, wer ich bin! sagte er, sie haben mir die Kredite förmlich aufgedrängt. Man muß eben mit der Zeit gehen, man kann ja drauf achten, daß man seine Würde nicht verliert wie die Neureichen.

Er war so guter Laune wie lange nicht. Na, mein Lieber? sagte er, weißt du, was Hypotheken sind? Und Wechsel? Und Rendite? Das solltet ihr auch in der Schule lernen.

Aber dann besann er sich und sprach von der Unsterblichkeit der lateinischen und griechischen Sprache, die man ja an den Wörtern sehen könne, die er eben benutzt habe.

Nicht lang, mein Kleiner, und du wirst auch an diesen Brüsten saugen, ha, ha!

Er wußte seinen Enkel nicht gern in der Obhut so vieler Frauen. Ihm Männlichkeit beizubringen laste ganz allein auf ihm, sagte er, wie solle er das schaffen. Er sei auch nicht mehr der Jüngste, wenn er's auch noch mit jedem aufnehmen könne. Und nun besprach er sich mit Architekten und Malern und Maurern, machte krumme Zeichnungen, rechnete und malte Ziffern und verjüngte sich sichtlich.

Wenn das nur gutgeht! sagte die Mutter einmal zu Elfriede.

Aber es machen doch alle so! meinte die Großmutter, es bleibt ihm ja gar nichts anderes übrig!

Es machen schon alle so, aber die können's halt auch alle! antwortete die Mutter.

N. sah sie übrigens immer weniger, sie ging oft schon nachmittags weg und kam erst wieder, wenn er schlief. Sehr selten nahm sie ihn mit, zu kleinen Gesellschaften, wo jüngere Damen und Herren auf flachen Kissen saßen und sich halblaut unterhielten. Er kam sich dabei so wichtig vor, daß

er kaum, und dann nur halblaut sprach, und er hörte manchmal jemanden sagen, wie intelligent und sensibel er sei. Er bat aber seine Mutter nie darum, ihn mitzunehmen, dazu war er zu stolz.
Manchmal waren da auch noch andere Kinder, die mit ihm spielen wollten, Quartett oder Mensch ärgere Dich nicht. Aber er sagte immer, er wolle lieber zuhören, denn wenn er auch nichts verstand, nur Wörter wie Existentialismus oder Proust oder Jazz, so hielt er sich doch für etwas Besonderes, wenn er dabei war.

Damals hatte er auch seinen ersten Freund. Er war schon ein paarmal mit ihm nachhause gegangen. Denn jetzt fand keiner mehr die Zeit, ihn immer abzuholen, und so sah er sich unter denen in seiner Klasse nach einem um, mit dem er über alles reden könnte.
Dieser neue Freund, von dem er eigentlich gar nicht begeistert war, der ihm aber bald unentbehrlich wurde, war ein magerer, fahlblonder Bub mit großen Füßen und einem halb offenstehenden, lebhaft roten Mund, der ihm ein erstauntes, gekränktes und fast dummes Aussehen gab. Seine Augen sah man kaum unter den tiefen strohfarbenen Brauen, aber wenn er sich über etwas wunderte oder freute und sie aufriß, waren sie blau. Er war kleiner und viel dünner als N., lispelte ein wenig und mußte immer Bleyleanzüge tragen, unter deren kurzen Hosen manchmal die Strapsbänder vorschauten. Er war der Sohn irgendeines Barons ohne Geld und Beruf und hieß mit Vornamen Eitel. Dieser Name interessierte N. besonders. Eitel – das fand er stolz und heldenhaft und es störte ihn gar nicht, daß der Knabe Eitel mit seinem Namen so wenig zu tun zu haben schien. Auch er war oft von der Schule abgeholt worden, aber nur deshalb, weil er ziemlich in der Nähe wohnte, in einem düsteren, alten Haus, das in der Allee stand, mit Efeu bewachsen war und ein Türmchen hatte. Es sah fast aus wie ein Schloß.
N. beneidete Eitel und ärgerte sich fast, wie selbstverständlich der jeden Mittag nach der Schule durch das hohe, ein bißchen schiefe Eisentor mit den eisernen Rosen ging, und überhaupt nicht darauf achtete, daß in der Bodensenke vor dem Haus Tausende von Blumen blühten, die N. noch nie vorher gesehen hatte.

Zum ersten Mal kam ihm sein Leben schäbig vor, im Vergleich zu der Selbstverständlichkeit, mit der Eitel in all diesen Geheimnissen lebte und umherging. Er hatte auch dessen Mutter schon gesehen, eine bleiche Dame mit dunkelrotem Knoten, die ihn vor der Schule unter bläulichen Lidern hervor angesehen und gefragt hatte: Wie heißt du denn, Kleiner?

Sie paßte wunderbar in das feuchte, dunkle Gemäuer und N. stellte sie sich in einem langen, blauen Kleid vor anstatt in dem verwaschenen Lodenkostüm, das sie immer trug. Eitel hatte ihm einmal gesagt, seine Eltern hätten kein Geld, aber N. konnte das nicht glauben.

Zu Hause sahen sie seinen Umgang mit Eitel gern, er hatte ihn auch schon einladen dürfen und Eitel bestaunte N.'s Mutter und die Wohnung so, wie N. seinerseits das dunkle Haus und die rothaarige Frau bestaunt hatte. Wenn Eitel N. besuchte, bekam er so viel Sandkuchen und Himbeerwasser wie er wollte, sie setzten sich in den Erker des Herrenzimmers und redeten über Dinge, die sie für Geheimnisse hielten, über Leichen und über Amerika, über die Nonnen und über ihre Mütter. Eitel erzählte von seinem Vater, und das interessierte N. besonders. Der seinige war immer als jung bezeichnet worden, fast ein Bub, so wie er selber, und nun erzählte der kleine Baron, sein Vater sei alt und weißhaarig und streite sich oft mit seiner Mutter.

Eitel hatte auch eine Schwester gehabt, die mit fünf Jahren gestorben war. Er konnte lange Nachmittage davon erzählen, daß sie dagelegen und gestöhnt habe, und daß sie immer weißer und magerer geworden sei.

An einem Morgen hat sie sich dann nimmer gerührt, und sie haben gesagt, jetzt ist sie tot!

Sie sei gewaschen und schön angezogen worden, die Mutter habe geweint und ihr Blumen in die Hand gegeben und dann sei sie abgeholt worden in einem Sarg. Der Vater habe nicht geweint, sondern die Zähne zusammengebissen bis es knirschte, und habe gesagt, nun müsse es das unschuldige Wesen büßen.

Eitel war in N.'s Augen auch wegen dieser toten Schwester beneidenswert. Wenn er davon sprach, dachte N. immer an die mit bunten Steinen besetzten Skelette in der Emmeramskirche, in ihren gläsernen Särgen.

Was ist jetzt mit der Leiche? fragte N.
Die verfault, hat meine Kinderfrau gesagt, antwortete Eitel, die Ungläubigen tun sie verbrennen, aber das darf man nicht, weil man sonst nichts hat, mit dem man am Jüngsten Tag wieder auferstehen kann.
Das Religionsgerede ließ N. kalt. Davon hatte er nun so viel gehört, in der Schule und beim Großvater und alle sagten, sie hätten recht. Wahrscheinlich war gar nichts dran. Langsam und ohne Schmerz war seine Gottesfurcht verschwunden und kam auch nicht wieder. So nahm er die vielen Drohungen für Märchen, die halt erfunden und geglaubt wurden, und er störte sich nicht weiter an ihnen. Er sagte aber niemandem etwas davon, betete in der Schule, und manchmal sonntags mit dem Großvater in der Kirche, in der man sich ja hin und wieder sehen lassen mußte. Manchmal betete er auch noch allein, abends, oder wenn etwas in der Schule ihm Angst machte. Aber da sagte er die Worte her wie eine Beschwörung, weil das gegen die Angst half.
Im Grunde glaubte er aber nicht, daß irgend jemand ihm helfen könne außer er selber. Er achtete darauf, alles früh genug zu merken, und erschreckte manchmal seine Mutter mit seinen »Vorahnungen«, wie sie es nannte. Er hatte nämlich gelernt, einen Ärger zu spüren, noch bevor er da war. In der Schule war das nicht oft nötig, da war er gut. Der »Stoff« spulte sich so ordentlich ab, jeden Tag ein Stückchen weiter, aber nicht zu schnell. Nur in den harmlosen Turnstunden hatte er bis zu Schweißausbrüchen Angst vor den Blicken der anderen Buben.
Eitel, sein Freund, war nicht gut in der Schule. Ihm liefen immer die Augen und die Gedanken weg, wenn er was gefragt wurde.
Nicht träumen! sagten dann die Nonnen.
Er konnte kaum schreiben und hatte ein wüstes Chaos in seinen Heften, aber er malte schöne Bilder, auf denen blaugrüne Schmetterlinge mit großen Menschenaugen waren. Das Rechnen brachte Eitel durcheinander, die Äpfel und Birnen, die Negerlein und die Bälle drehten sich in seinem Kopf, was sollte das alles, und was es mit den Negerlein auf sich hatte, verstand er sowieso nicht. Einfache Zahlen dagegen begriff er leicht. Aber er konnte das den Erwachsenen nicht sagen, und so wurde er weiter mit den Gegenständen

geplagt. N. war oft erstaunt, daß Eitel von allen Dingen wußte, was sie kosteten, ob es Autos waren oder die Schweinsohren beim Bäcker Schwarzer und wo es die billigsten Semmeln gab. Da konnte er rechnen, weil er es begriff, diesen Zusammenhang zwischen Geldscheinen und Münzen, seinem Mittagessen und den lauten hysterischen Weinkrämpfen seiner Mutter. Was sollten ihm Äpfel und Negerlein?

N. lernte viel von seinem Freund Eitel. Und weil Eitel eben doch und unbegreiflicherweise schlecht in der Schule war, durfte er ihn eines Tages besuchen. Eitels Mutter hatte seine Mutter angerufen und seine Mutter hatte gesagt: Aber gern, Baronin..., und dann hatte Eitels Mutter lang und laut gesprochen und seine Mutter hatte gesagt: Sie sind eben alle gleich, mehr oder weniger, Baronin, und dann hatte sie gelacht und sich verabschiedet.

Sie brachte ihn selber hin und sagte ihm, daß er mit Eitel Aufgaben machen solle, denn der begreife wohl in der Schule alles nicht so recht. N. versuchte, ihr zu sagen, daß sein Freund ganz andere Dinge verstehe, erwachsenere. Aber sie hörte ihm nicht zu und schaute aufmerksam durch das Tor mit den eisernen Rosen, an dem sie jetzt angekommen waren.

Ein Herr kam ihnen langsam entgegen, er trug einen graugrünen Anzug mit grünen Paspeln und hatte eine schwere, silberne Kette über dem Bauch. Er war mager, weißhaarig und ging in Stiefeln. Seine Augenbrauen und sein Schnurrbart waren schwarz, er hinkte ein wenig und N. merkte, daß die Hand seiner Mutter um die seinige unruhig wurde. Der Mann öffnete ihnen das Tor.

Grüß Gott, kleiner Mann, sagte er und lispelte genauso sanft wie sein Sohn. Dann küßte er der Mutter die Hand und sagte: Zu freundlich, Gnädigste!

Er wird doch wohl nach Hause gebracht? fragte die Mutter hochmütig und sagte, sonst könne sie ja das Mädchen schicken, wenn sich keine Möglichkeit ergebe.

Ich bringe ihn selber nach Hause, meinte Eitels Vater.

Reizend von Ihnen, Baron, sagte die Mutter, drehte sich um und ging mit ihrem merkwürdigen schiebenden Gang durch die Allee davon. Der alte Herr hatte sich nicht bewegt und schaute ihr nach. Sie hatte zu N. gar nichts gesagt, nicht: Sei brav! oder: Hilf dem Eitel schön! Sie hatte ihn vor dem düsteren Haus mit dem Efeu und dem Türmchen einfach alleingelassen. Wenn jetzt niemand da war? Die rothaarige Frau nicht und auch nicht Eitel? Vielleicht nur die tote Schwester im Sarg? N. fürchtete sich. Noch immer stand der Baron da und schaute die Allee hinunter, in der N.'s Mutter als winziges, dunkles Figürchen verschwand.

Rassig, sagte der Baron. Aber N. wußte nicht, was er meinte.

Eitel kam jetzt aus der Tür gelaufen und begrüßte ihn, und seine rothaarige Mutter trug auch heute kein blaues Seidenkleid, sondern das gleiche Lodenkostüm wie immer, und sie schien ein wenig nervös.

Du hast sicher gern Kakao, sagte sie zerstreut, wir konnten leider nicht backen, das Mädchen hat Ausgang.

Es war dann ein langweiliger Nachmittag. Eitel erzählte gar nicht, wie er es sonst tat, sein Zimmer war vollgestopft mit dunklen, zerschlissenen Möbeln, vor dem Fenster stand ein blattloser Baum, er hatte nur alte Spielsachen, eine Laterna magica, wie N. sie vor langer Zeit auf dem Speicher gefunden hatte, aber es gab kaum Bilder dazu.

Sie machten die Aufgaben, N. half ihm nicht, sondern machte sie für ihn, und als Eitels Mutter hereinschaute, sagte er, daß der Eitel alles gut gekonnt habe. Der Kakao war in angestoßenen Tassen und schmeckte wie verbrannt, und statt Kuchen gab es dünne Brotscheiben mit einer Paste drauf, die nach Fisch roch. Es schien ihm, als würden Eitel und er sich gar nicht kennen, als hätten sie sich nie gesehen und als würden sie sich auch nicht mögen. Sie spielten irgend etwas Langweiliges und redeten kaum miteinander. Plötzlich hatte er Sehnsucht nach der hellen, warmen Küche zuhause, nach Elfriede, die ihm eine Schinkensemmel machen würde, nach den Großeltern und den Geräuschen der Wohnung. In diesem Haus konnte man nicht einmal sehen, ob es dunkel wurde; es war immer ein grüner Dämmer um die Mauern.

Als er sich überlegte, wie er wegkommen sollte, erschien Eitels Vater und sagte: Wir wollen deinem kleinen Freund doch das Jagdzimmer zeigen, sonst denkt er noch, hier ist alles so schäbig wie dein Zimmer. Und das soll er doch nicht denken und soll es vor allem nicht seiner schönen Mama erzählen, nicht wahr, mein Kleiner?

Mein Vater ist jung, dachte N.
Die beiden Buben gingen gehorsam durch ein paar düstere Flure und über Treppen, deren Kanten schon rundgelaufen waren. Das Jagdzimmer war ein achteckiger Raum, dessen Wänden bedeckt waren mit toten Tieren, mit Köpfen und Hörnern, und auch mit ganzen Tieren, und im Dämmer des Raums glimmten Hunderte von Glasaugen. N. erschrak furchtbar. All diese Tiere schienen im Augenblick höchsten Entsetzens erstarrt zu sein, da war ein Hase auf einem Brettchen, um den sich in alle Ewigkeit eine Schlange wand, ein Frettchen hing am Hals eines Vogels, ein Fuchs war im Beißen vom Tod ereilt worden und konnte das gerissene Kaninchen nie mehr fressen, es war wie in dem Märchen von Sindbad dem Seefahrer und dem Schiff, auf dem alle toten Matrosen starr und stumm liegen mußten.
Viele Tiere sahen auch todtraurig aus, besonders die Rehköpfe mit ihren großen schwarzen Augen, und er mußte an ein anderes Märchen denken, das von Fallada, dem Pferdekopf, der so traurig sprechen konnte, und über das er immer weinen mußte. Er spürte auch jetzt, wie ihm die Tränen den Hals hochstiegen und über die Augenränder liefen, und er tat so, als ob er schneuzen müßte.
Da saßen auch wunderbare große Vögel und würden nie mehr fliegen, auch sie erstarrt im Moment des Aufflatterns, mit weit ausgebreiteten bunten Schwingen, die Füße auf Brettchen festgenagelt für immer.
Ich will jetzt heimgehen, sagte N.
Gefällt dir das nicht, kleiner Mann? fragte der alte Baron. Ich hab' sie alle selbst geschossen, als wir die großen Jagden noch hatten, bevor der Russe sie uns weggenommen hat. Das waren Zeiten! Strecken von tausend Tieren waren keine Seltenheit! Da waren wir noch Herr über Mensch und Tier. Wenn ich an die Jagdfeste denke... Aber was sollst du schon davon wissen, unterbrach er sich und seine Stimme klang auf einmal hoch und dünn. Das ist keine Beschäftigung für Kaufleute, die Jagd! Erzähl immerhin deiner schönen Mama davon, vielleicht wird es sie interessieren!
Ich will aber heimgehen, sagte N. noch einmal, voller Angst, daß er im nächsten Augenblick laut herausweinen würde über die vielen traurigen Augen, die ihn rund und dunkel anstarrten, als wollten sie etwas von ihm: daß er die Köpfe

wieder mit dem Leib zusammenbrächte vielleicht oder den Vögeln die Nägel aus den Füßen ziehe. Aber sie waren ja tot und rochen staubig. Durch die hohen Fenster des achteckigen Zimmers kam rötlich der Herbstabend und ließ die Vogelschwingen leuchten.
Es ist schon spät, ich will heimgehen! sagte er zum drittenmal.
Ist er immer so feig, dein Freund? wandte sich der Baron an den schweigenden Eitel. Und nun begann N. wirklich zu weinen, aber leise, Eitel lief hinaus, die bleiche Baronin kam und zischte ihrem Mann etwas zu, nahm N. bei der Hand und führte ihn in die erleuchtete Halle.
Sei nicht traurig, du verstehst das halt alles nicht, das kann man ja auch nicht verlangen, sagte sie, zog ihm seinen Mantel an, putzte ihm die Nase und brachte ihn durch die dunkle Allee nach Hause. Es war kein langer Weg und sie sagte wenig. Du mußt Eitel wieder bei seinen Aufgaben helfen, er kommt halt nicht so gut mit.
Aber N. hatte es aufgegeben, den Erwachsenen sagen zu wollen, was Eitel könne und daß es viele wichtige Dinge seien, wichtiger als das, was sie in der Schule lernten. Auch seine eigene Mutter würde das nicht verstehen. Er dachte an die blaugrünen Schmetterlinge, die Eitel immer malte und daß er Preise zusammenrechnen konnte, er dachte an die Nachmittage, an denen Eitel bei ihm gewesen war und von seiner toten Schwester erzählt hatte, und er konnte nicht aufhören zu weinen. Denn das war wohl aus mit dem Eitel, er hatte sich geschämt, für irgend etwas, beide hatten sich geschämt für die Erwachsenen und nun konnten sie sich nicht mehr in die Augen schauen und keine Freunde mehr sein. N. hatte eine große Wut in sich, auf den alten Baron und auf seine Mutter, und als sie dann am Laden angekommen waren, der gerade renoviert wurde, und Leitern und Mörteltonnen ihnen im Wege standen, sagte er zur Baronin: Sie könnten Ihr Haus auch renovieren lassen wie wir. Ihr's ist ja noch viel älter!
Aber die lachte bloß und übergab ihn unten an der Treppe Elfriede, die danke, Frau Baronin! sagte, und: Hoffentlich hat er sich anständig benommen!
Grüßen Sie die Familie, unbekannterweise auch den Herrn und die Frau Doktor! und die Baronin verschwand, wie am

Nachmittag seine Mutter in der Allee verschwunden war. Ihm schien, als hätten die beiden Mütter etwas gewollt und etwas erreicht, er wußte bloß nicht, was.
Seltsamerweise interessierte sich die ganze Familie für diesen Besuch. Als er gefragt wurde, wie es gewesen sei, sagte er: Schön, weil er das, was wirklich war, nicht hätte sagen können. Aber damit ließen sie ihn nicht in Ruhe. Er mußte den Schnurrbart des Barons beschreiben, das Haus und den düsteren Garten drumherum, die Bleyleanzüge von Eitel und den roten Knoten der Frau Baronin, er beschrieb die Tassen und den verbrannten Geschmack des Kakaos, das Kinderzimmer und die zu vielen Möbel. Als er von den Broten erzählte, meinte die Großmutter: Dorschleber! aber der Großvater sagte: Blödsinn. Sardellenpaste. Hoffentlich hat er nicht zuviel davon gegessen, sonst wird ihm schlecht. Gute Familie, nichts dagegen zu sagen. Aber heruntergekommen. Naja.
Von den toten Tieren erzählte N. nichts, aber er träumte noch oft von den dunklen gläsernen Augen.
Eitel sah er natürlich weiter in der Schule. Aber obwohl sie sich noch manchmal besuchten, sprachen sie nie mehr über die Dinge, die ihnen wirklich wichtig waren, und beide waren allein wie vorher.

An einem kühlen Tag begegnete er in der Allee der Stutz. Er hatte sie lange nicht gesehen, sie war hager und groß geworden, fast so groß wie er. Ihre dünnen Haare hatte sie mit einem Propeller hinten zusammengebunden und ihr geblümtes Kleid zipfelte und war zu weit. Sie zog zwei ihrer kleineren Geschwister hinter sich her, die Kindsmörderin von damals, es waren ihr ja nun doch genug übrig geblieben. Die beiden Kleinen waren noch so, daß man nicht erkennen konnte, ob es Buben oder Mädchen waren, in form- und farblosen, löchrigen Hosen und Leibchen, barfüßig und verrotzt. Die beiden hingen schief und mit verrenkten Ärmchen an der Hand ihrer Schwester, die sie kein einziges Mal anschaute und so tat, als sei es ruhig, obwohl die zwei aus vollem Halse plärrten. Sie schien nichts zu hören.
Servus, sagte sie hochmütig zu ihm, als er nähergekommen war. Wie gehts da nachad?
Sie war immer noch die Königin der Trümmergrundstücke,

wenn auch ihr Reich in den letzten Jahren kleiner geworden war und schwerer zu verteidigen. Die großen Fliederbäume waren gefallen, wo waren die aufgerissenen Häuser, in deren offenstehenden Stockwerken man hatte lesen können wie in Büchern?
Gut, antwortete er. Er versuchte, das Geschrei der Kleinen, das zunehmend atemloser und gefährlicher klang, so zu überhören wie Stutzi. Aber er schaffte es nicht.
Warum schreien die denn so? fragte er.
Wer? Die? I woaß ned, sagte sie, so gleichgültig, daß er sich seiner Frage schämte. Vielleicht hams an Hunga.
Er überließ lieber ihr das Gespräch. Hätte er ihr sagen sollen, daß sie ihren Geschwistern etwas zu essen geben solle?
Du kimmst jetzt aufs Gimnasium, sagte sie, nicht als Frage, denn wohin hätte er sonst kommen sollen. Da mechat i aa hi.
Er schwieg gespannt. Stutz schien zu wissen, was auf dem Gymnasium vor sich ging. Mit ihm hatte nie einer geredet, außer dem Großvater, und der sprach eigentlich immer nur davon, was man da alles lerne, wie, wie man es tat. Aber es stellte sich heraus, daß der Stutz beides völlig gleich war, das Was und das Wie.
Woaßt, sagte sie, da kannt ma'n ganzn Tag hisitzn und lerna. Biacha lesn und koana derfat di drausbringa. Des Lerna, des gilt als wias Arbatn. Und nachad kost schdudian und werst a Lehrerin, na brauchst in deim ganzn Lebn nix mea arbatn. Nachad gilts nämlich immer als arbatn, des Lerna.
Er verstand plötzlich, daß ihr Wunsch mit den Kindern zusammenhing, die sich jetzt in den Dreck gesetzt hatten und nur noch schnüffelten. Er bot ihr Bücher an, seine Bilderbücher und andere, er hatte viele.
Mein kleiner Leseratz, sagte die Großmutter immer.
I brauch deine Biacha ned. (Sie wußte genau, daß er sich nicht vorstellen konnte, wie es bei ihr daheim war. Bücher konnte sie bei sich zuhause nicht lange gegen die andern verteidigen. Gegen den Vater, der sie, wenn er samstags besoffen war, ins Feuer schmiß, gegen die Mutter, die den Herd damit anzündete, wenn kein anderes Papier zur Hand war, gegen die Geschwister, die kreischend damit Ball spielten, Seiten herausrissen, um Flieger draus zu machen, und lachten, wenn sie vor Wut blaß wurde und stotterte. Ein Buch besaß sie, der

Pfarrer hatte es ihr gegeben, es war schon ziemlich alt und sie hatte es auf dem Boden versteckt. Es hieß »Mein Kränzchen«, es waren Geschichten von Mädchen auf Schlössern drin, und auf den schwarzweißen Bildern trugen die alle Schleier und lange Locken.)
I brauch deine Biacha ned.
Setz ma uns auf'd Bank? fragte sie ihn und ihm wurde heiß.
Ich muß aber gleich heim! sagte er, und da schaute sie so verächtlich, sie, die für ihn der Inbegriff war von Freiheit, fast von Wildheit, daß er beschloß, auch ein wenig Freiheit auszuprobieren. Sie saßen und unterhielten sich kaum, die Kleinen waren in die Büsche gekrochen und aßen irgendwelche Beeren von den Sträuchern. Sie beobachteten die Leute. Die Stutz zeigt ihm, wie man Schweine macht aus Kastanien und kleinen Zweigen, der runde helle Kastanienfleck als Bauch und die dreieckig abgeschälte braune Schale als Schlappohren; Eichelpfeifen und Fischgräten aus Kastanienblättern, man mußte mit zwei Fingernägeln das Grüne zwischen den Blattrippen herausfieseln; und aus den Samenkapseln und späten Knospen von Mohnblumen machte sie Prinzessinnen. Sie war ihm sehr überlegen.
Er trottete nach Hause, absichtlich langsam. Als er ankam, war Elfriede wütend, seine Mutter schwieg und seine Großmutter brauchte ihre Herztropfen.
Wie kannst du uns das antun?
Der Großvater fühlte sich als Strafender sichtlich nicht wohl. Er hatte diese Rolle immer den Frauen gegenüber gespielt, sein Enkel, das war doch ein Verbündeter. Man demütigt einen Mann nicht vor den Weibern.
Der Bub muß eine Uhr haben, entschied er, es kann ja sein, daß er ein bißchen spät ist. Woher soll er denn auch die Zeit wissen. Ein Mann braucht eine Uhr.
Die Mutter, die Großmutter und Elfriede sahen sich an.
So wird's gezüchtet, sagte die Mutter.
Hast du denn Tutti nicht mehr lieb? fragte die Großmutter.
Er aber sagte, es tue ihm sehr leid und jetzt habe er Hunger.
An diesem Tag fiel ihm auf, daß die Stimmung bei den mittäglichen Mahlzeiten sich verändert hatte. Die Teilnehmer, seine Großeltern, seine Mutter, Elfriede, die hinausging, hereinkam, brachte und wegtrug und die für Bewegung um den runden Tisch gesorgt hatte – sie alle schienen ihm

plötzlich blasser und stiller, so als wären sie ihm unmerklich weggerückt und als könne er sie nicht mehr genau sehen. Seine Mutter war immer schweigsam gewesen, aber sie hatte doch sonst in ihren bunten Kleidern stolz wie ein Vogel am Tisch gesessen und er hatte sie ansehen können, ohne daß es ihm langweilig geworden wäre. Aber in letzter Zeit hatte sie ihre Farben verloren, ihr bräunliches Gesicht war matt geworden und ihre schwarzen Haare waren stumpf wie ein Wintermantel.

Seine Großmutter erzählte kaum mehr bei Tisch von ihren Freundinnen, sie plante keine kleinen Bowlen mehr, stritt sich nicht mehr mit dem Großvater, schloß sogar, was sie nie zuvor getan hatte, die Türen leise. Auch ihre Tatzenzärtlichkeit, an die er gewöhnt war, schien vergessen. Sie strich ihm manchmal über den Kopf, aber bloß so nebenbei, und ihre Frage: Hast du mich lieb, mein Gold? war ganz mechanisch geworden.

Am stillsten war der Großvater. Er dröhnte nicht, er erzählte keine Geschichten, er sagte ihm nichts mehr über seine Besonderheit: Du bist mein Ein und Alles, wir zwei müssen zusammenhalten! nichts mehr von all dem. Über seine braunroten Backen liefen zwei Falten, seine eleganten Westen, die immer so prall auf ihn gespannt waren, sahen lose und matt aus und manchmal lehnte er sich auf seinem Stuhl zurück, seufzte und sagte: Ach ja.

Das alles war N. in Sekunden aufgefallen, an diesem Mittag, als ein Ärger, an dem er schuld war, die von ihm halb befürchtete und halb erhoffte Wichtigkeit gar nicht bekam. Da war etwas anderes, etwas, das wichtiger war als er und wovon er nichts wußte. Er nahm sich vor, Elfriede zu fragen. Sie hatten ein ganz gutes Verhältnis, er hatte sich seit langem daran gewöhnt, daß die winzige Person ihn nicht bewunderte, er war jetzt schon fast so groß wie sie, aber bei weitem nicht so stark.

Ein paar Tage später setzte er sich in die Küche, in die er, seit er älter war, nicht mehr so oft kam. Elfriede war mit dem Abspülen noch nicht fertig, er schaute ihr zu und sah, wie mühsam sie ihre kurzen Arme bewegte, auch sie war müder als sonst. Er hatte keine Ahnung, wie er fragen sollte, und Elfriede dachte gar nicht daran, ihm zu helfen. Seit der Geschichte mit Rudi Sorge schien sie mißtrauisch zu sein.

Vielleicht mochte sie ihn aber auch. Er wußte jedenfalls, daß Elfriede seine Mutter liebte und daß zwischen den beiden eine stumme, traurige Vertrautheit herrschte.
Was haben die Alten? fragte er.
Wovon redest du? fragte sie zurück, das Gesicht zum Spülstein gewendet, die kurzen Arme bis über die Ellenbogen im Wasser.
Er wußte, daß er so nichts herauskriegen würde und beschloß zu warten. Manchmal begann sie von allein zu erzählen, egal, wer gerade dabei war. Sie habe Schlimmes auf der Flucht erlebt, hieß es ja immer. Aber da sprach sie nie von Einzelheiten, nur, wenn jemand sagte, die Russen seien schließlich auch Menschen und hätten viel gelitten (seine Mutter hatte das mal gesagt) vergaß sie sich und schrie. Er hatte damals die Wörter nicht verstanden und seine Mutter hatte ihn aus der Küche geschickt. Man respektierte das. Das Wort »Russen« fiel in ihrer Gegenwart nie wieder. Der Großvater hatte ohnedies auch nichts mit denen im Sinn. »Muschkoten und Tiere.«
Tatsächlich fing sie an, in ihr Spülwasser zu reden, zuerst wie immer ihre allgemeinen Ermahnungen.
Schau zu, daß du in der Schule gut mitkommst, das ist jetzt das Wichtigste.
Es war nicht das Wichtigste. Nichts konnte im Moment gleichgültiger sein als das, er wußte es genau. Kindern sagt man nie die Wahrheit.
Hast du eigentlich Sehnsucht nach deinem Vater? fragte sie sachlich.
Warum? fragte er zurück.
Sie wußte genauso gut wie er, daß er nach jemand, den er nicht kannte, keine Sehnsucht haben könnte. Er dachte nur an die Verwandten, an die Flüchtlinge in dem zusammengestükkelten Haus vor der Stadt, und sie hatten ihm nicht gerade Sehnsucht gemacht, seinen Vater kennenzulernen, der einer von ihnen war.
Elfriede trocknete sich die Hände ab und setzte sich zu ihm an den Küchentisch.
Vielleicht heiratet die Mama wieder, sagte sie. Dem Herrn Doktor geht's nicht so gut mit dem Geschäft. Da muß ein junger Mann herein, der's versteht, wie man jetzt ein Geschäft führt. Und du bist eben zu klein. Eigentlich hättst es du

ja bekommen sollen. Aber der Herr Doktor will's jetzt schon früher abgeben.
N. war über den ersten Satz so erschrocken, wie in kalte Tücher geschlagen fühlte er sich, daß er das weitere gar nicht verstanden hatte. Seine Stellung war sowieso bedroht, er, das Gold, das Alles, vertraute in letzter Zeit seiner Macht nicht mehr so wie früher. Er wollte nicht irgendeinen jungen Mann in seinem Leben haben, keinen neuen Mann für seine Mutter. Er war der kleine Chef, ihn hatte man so genannt und hatte ihn so zu nennen bis zum heutigen Tag.
Sie kann gar nicht heiraten! sagte er. Mein Vater ist nicht tot!
Was redest du vom Heiraten, meinte Elfriede. Anscheinend war es ihr jetzt peinlich, so offen gewesen zu sein. Ich mein ja bloß.
Tage später hatte er diese böse Stimmung beinahe vergessen.
Der Umbau im Geschäft war fertig, prächtig stand es da, aus den alten, dicken Mauern blickten hell sechs riesige Fensterscheiben, in den schmutzigen Gewölben unter dem Laden war gekalkt worden, man hatte einen gelben Bretterboden eingezogen und hier standen nun, im kalten Licht bläulicher Röhren, die Öfen und Küchenherde in Reih und Glied und eine Tafel am oberen Ende der neuen Treppe ins Gewölbe zeigte den »Ausstellungsraum« an. Wenn er das Geschäft ansah, hatte er überhaupt keine Angst, er begriff nicht einmal, wo dieses kalte beklemmende Gefühl hergekommen sein mochte. Auch der Großvater schien nach Beendigung der Umbauarbeiten wie neu aufgefüllt, prall saß wieder seine Weste und er war laut wie je.
Wir müssen jetzt dringend die Einweihung vorbereiten, meinte die Großmutter, und sie machten lange Gästelisten und besprachen, was es zu essen geben sollte und wer sich um die Musik zu kümmern hatte. Die Gäste sollten im Laden empfangen werden, auch Herren von der Stadt und von der Partei (es gab ja jetzt mehrere, aber nur eine große), es sollte Musik gespielt werden, erst etwas Getragenes und dann etwas Flottes, dann wollte der Großvater eine Rede halten und danach gab es ein kaltes Buffet für die Gäste in der Wohnung und einen kleinen Imbiß für die Angestellten in den Geschäftsräumen. Das Ganze hatte man für einen Vor-

mittag geplant, damit kein anderer Arbeitstag verloren ginge.
Es hatte schon Murren gegeben über den Umbau. Die Angestellten beklagten sich, daß sie mehr laufen müßten und daß das Einordnen der Ware jetzt viel mehr Zeit in Anspruch nehme. Auch sei man mit den Löhnen bald hinter der ganzen Stadt zurück.
N. hörte oft, wie sie so sprachen, der enge Hof unter dem kleinen Küchenbalkon wirkte wie ein Schalltrichter, wenn leise gesprochen wurde, konnte er vier Stockwerke höher jedes Wort verstehen, nur wenn sie schrien, verzerrten sich die Wörter. Er hörte jetzt ziemlich oft Geschrei. Aber es interessierte ihn nicht weiter, daß sie schimpften. Angestellte taten das oft, hatte er den Eindruck. Wenn man nahe an ihnen vorbeiging, hörten sie auf.
Die Einweihung sollte an einem Dienstag sein, da hatte er schon Ferien.
Das ist gut, mein Gold, da kannst du uns ein wenig zur Hand gehen, meinte die Großmutter. Jetzt kamen sie also und wollten alles mögliche von ihm, verlangten von ihm Dinge, die sie bisher unter sich abgemacht hatten.
Im Blumengeschäft Höch, das auf der anderen Straßenseite lag und auch ein wenig düster und altmodisch war, hatte die Großmutter lange Beratungen mit dem alten Fräulein Höch, das immer grobe, dunkelgrüne Wollkleider trug und ein lebendiges Krokodil in einem vermoosten Becken hielt. Es war noch ein sehr kleines Krokodil, aber nur seinetwegen ging N. gern in den Blumenladen. Manchmal lag es auf einer kleinen Tropfsteininsel in dem dunklen Becken, und man mußte sehr genau aufpassen, bis man es beim Lebendigsein ertappte.
Die Großmutter wußte natürlich, daß es modernere, elegantere Läden gab. Überall in der Stadt waren sie eröffnet worden, die duftenden Läden, in denen fremdartige Blumen auf verschieden hohen Tischchen hinter rieselnden Schleiern von Wasser ausgestellt waren.
Beim Fräulein Höch gab es Alpenveilchentöpfe und Spargelkraut, jene rosa Primeln, von denen man Ausschlag bekam, und im Sommer bunte Gartenblumen, die im moosigen Dunkel des Ladens nicht recht zur Geltung kamen. Aber schon die Mutter von Fräulein Höch hatte im Laden des

Großvaters gekauft, das verpflichtete, obgleich niemand über diese gegenseitige enge Bindung recht glücklich schien. Der Großmutter waren die schüchternen Vorschläge des Fräuleins nicht elegant genug, und das Fräulein selbst war über den großen Auftrag wie gelähmt. Sie hatte ein paar Nichten und Neffen vom Land in die Stadt kommen lassen für den großen Tag, die sollten ihr helfen. Es waren stämmige Bauernkinder mit runden, unwissenden Fingern, die es für blöd hielten, daß man das wertlose Grün- und Blühzeug auch noch verkaufte. Jetzt saßen sie, drei oder vier, trübsinnig eine halbe Woche lang bis tief in die Nacht in dem dämmrigen Lädchen und sollten Girlanden aus sperrigen, stachligen Zweigen winden. N. sah sie oft da sitzen, sie taten ihm leid, wie sie Meter um Meter struppiger grüner Würste zusammendrehten und ihre Hände rauh und aufgerissen wurden. Sie waren nicht viel älter als er, sprachen einen ganz unverständlichen Dialekt und bekamen von ihrer Tante sofort eins an die Ohren, wenn sie den Mund auftaten. Die Großmutter strich ihnen manchmal über den Kopf und schenkte ihnen Schokolade. Das ist doch eine hübsche Arbeit mit den vielen schönen Blumen, meinte sie, sicher eine Erholung nach der schweren Bauernarbeit, die die Kinder sonst tun müssen.
Am letzten Tag wurden riesige Töpfe mit Alpenveilchen und Spargelkraut bepflanzt und im Laden verteilt, während die jüngeren Angestellten die Girlanden um alles herumwanden, das ihnen einfiel, Treppengeländer wurden unbenutzbar, von den Decken hingen bedrohlich die grünen Schlangen, einige Öfen saßen in dem Grün wie in einem Osternest.
Es ist nicht schön, aber festlich, meinte die Großmutter, und man hat ja doch ein gutes Werk getan.
Sie kaufte aber am Vorabend des Festes in einem der pastellfarbenen Blumenläden der Altstadt ein Rosenbukett, das sie eigenhändig am Rednerpult befestigte.
So hat man doch einen eleganten Blickfang.
Elfriede bereitete seit Tagen ein kleines Buffet vor, das erste, das N. in seinem Leben zu sehen bekam. Schüssel reihte sich in der Speisekammer an Schüssel, ein Truthahn war gekauft worden und hing kopfüber mit verdrehtem Hals auf dem Küchenbalkon, ein Karpfen schwamm in einer Wanne und machte Kußbewegungen mit seinem weichen Maul, die N. faszinierten. Er wußte, was man mit dem Karpfen vorhatte.

Für die Angestellten war ein Korb Brezeln, ein großer Topf warmer Würste und jeweils eine Flasche Bier vorgesehen.

Mein Haus ist keins für Gelage! sagte der Großvater, und: Fröhlich und einfach soll das Volk seine Feste feiern. Das sei von Ovid, behauptete er.

Montags war alles fertig, die Kittel der Angestellten waren außer der Reihe gewaschen worden, und der Großvater ließ sich nicht blicken. Er hatte sich mit der Sekretärin in sein Büro zurückgezogen und bereitete seine Rede vor. Das Geschäft ging gut wie schon lange nicht mehr, die Leute gaben sich die Türen in die Hand, und die alten Landweiblein wanderten voll Ehrfurcht durch die Gewölbe, in denen die teuren Öfen standen. (Manche der Öfen waren sogar gekachelt.) Die Gasherde funkelten abweisend und sahen aus, als ob auf ihnen nie etwas gekocht werden dürfe. Es war viel Arbeit, all den Leuten die vielen neuen Dinge zu zeigen, das machte die Angestellten reizbar, zumal die Leute dann doch nur zwei Dutzend Schrauben oder den Handtuchhalter kauften, dessentwegen sie gekommen waren. Auch wurde jeder durch das Grünzeug behindert.

Der Tag vor der Eröffnung freute niemanden. Elfriede war böse, weil N. ihr wegen des Karpfens lästig zu werden begann. Er wich nicht mehr von der Küchenbütte, tupfte mit dem Finger auf die rauhe Rückenhaut des Fisches und war fest entschlossen, ihn gegen alles mögliche zu verteidigen. Er glaubte manchmal, daß ihn der Fisch ansähe und mit seinem weichen Maul unhörbare Worte formte. Immerzu war dieses schöne Maul in Bewegung und silberne Blasen entstiegen ihm.

In einer verborgenen Kammer seines Kopfes glaubte er nämlich noch fest an die Verwandlungsmärchen. Immer waren es Tiere mit großem stummem Maul, die verwandelt werden konnten, meist Fische und Frösche. Er aß leidenschaftlich gern gebackenen Fisch. Diesen Fisch im Wasser hingegen wollte er retten. Montag abend bekam N. plötzlich eine Verbündete. Er sah seine Mutter vor der Bütte stehen, in der der Fisch, wie ihm schien, schon etwas müder umherschwamm. Elfriede war in der Vorratskammer.

Was macht ihr mit ihm? fragte er mit der hohen Stimme, die er immer benutzte, wenn er kindlich tun wollte.

Das weißt du doch, was sie mit ihm machen! antwortete seine Mutter kurz. Tu nicht so ahnungslos.
Er überlegte ein wenig, ob er jetzt weinen müsse, hatte auch so ein heißes trockenes Gefühl in den Augen.
Heulen ist sinnlos, meinte seine Mutter. Hol die Gemüsetasche. Sie hatten eine große Strohtasche, die innen mit Wachstuch ausgefüttert war. Wenn Elfriede sie gefüllt vom Markt heimschleppte, hing sie fast bis zur Erde. Seine Mutter hatte in der leeren, frühabendlichen Küche aufgehört, mit ihm zu sprechen. Sie holte aus dem Schrank das vergilbte Guttaperchatuch, das immer bei feuchten Leibwickeln benutzt wurde, und legte noch es in die Wachstuchtasche. Dann tauchte sie die Tasche in die Bütte, ließ Fisch und Wasser hinein und zog den Reißverschluß zu.
Komm, sagte sie, und schob sich lautlos aus der Küche. Hinter ihnen, die Treppe hinunter, zog sich eine dünne verräterische Wasserspur.
Hoffentlich kriegen wir ihn rechtzeitig hin, sagte seine Mutter nur. N. kam kaum hinter ihr her, auf seinen ungeschickten Beinen, die das Rennen so wenig gewöhnt waren. Wann hätte er je rennen müssen? Seine Mutter konnte es viel besser als er. Der Fisch war lebendig geworden, die Tasche bäumte sich und schlug gegen ihn und die Mutter, als lebe sie selbst.
Zum Stadtpark war es ein Fußweg von fast einer Viertelstunde; man war gewöhnt, diesen Weg gemächlich zu gehen, aber die beiden mit der Wasserspur waren viel schneller und kamen an den sumpfigen Teich, als es fast dunkel geworden war. Sie stiegen über das kleine, schmiedeeiserne Gitterchen, das Kinder vom Gras weghalten sollte und sie auch weghielt, die Mutter riß den Verschluß der Tasche auf, und mit einem mächtigen Bäumen glitt der Fisch in einem Bogen ins dunkle Wasser und verschwand sofort. Glatt und still spiegelte der Teich die Lampen des Stadtparks. N. fing an zu weinen. Seine Mutter nahm ihn bei der Hand und sie gingen langsam, die volle Viertelstunde, nach Hause.
In der Küche, im Haus wußte alles schon Bescheid. Die Großmutter meinte, sie sei ja auch tierliebend, aber was man denn nun als Hauptstück auf das Buffet tun könnte? Elfriede war gekränkt und die Mutter meinte nur, sie wolle nicht darüber reden. In der Küchentür allerdings drehte sie sich

noch einmal um, sah die Großmutter gerade an und sagte: Laß Elfriede doch einen Schweinskopf kaufen als Hauptstück für das Buffet. Mit einer Zitrone im Maul. Er würde gut zu den Gästen passen. Dann ging sie in ihr Zimmer und ließ ein langes Schweigen hinter sich zurück.
Am Dienstag früh um zehn hatten sich alle unten im Laden versammelt. Der Großvater stand an der Tür, hatte einen schwarzen Anzug an und sah wieder ein wenig eingefallen aus. N. schien es manchmal, als könne der Großvater sich aufpumpen wie ein Ballon, wenn er größer und wichtiger sein wollte. Aber das brauchte er im Moment noch nicht, denn es waren erst die Angestellten da. Die Herren von der Partei und von der Stadt ließen noch auf sich warten. Die Angestellten standen still im Hintergrund, die Kittel glänzten steif und schwarz. Sie waren nicht gewöhnt, so herumzustehen und wußten nicht, wo sie ihre Hände lassen sollten. Die Großmutter saß auf einem Stuhl mitten im Raum. Sie war nicht gern im Laden, man sah es ihr an, sie trug ihr graues Seidenkostüm und eine rosa Bluse mit einer großen, weichen Schleife am Hals. Sie saß als einzige, bisher. Die Mutter war nirgendwo zu sehen. Er selbst trug zum erstenmal einen Anzug mit langen Hosen, in dem er sich gut fühlte, obwohl er kratzte. Es war einer jener Momente vollkommener Ruhe, jeder stand gelähmt auf einem Platz und wartete auf eine Explosion oder auf Musik, man konnte nicht recht sagen, worauf.
Drei Bläser in grünen Lodenanzügen hatten sich an die Herde gelehnt und drehten ihre Instrumente in den Händen.
Endlich! sagte die Großmutter und schaute zur Tür. Da waren sie, die Herren von der Stadt und die von der Partei. Sie kamen, das war ihm schon oft aufgefallen, immer wie atemlos, als seien sie die letzten Meter gerannt, mit hüpfenden Schritten. Alle wippten plötzlich auf den Zehenspitzen, der Großvater wippte und lächelte, die Herren lächelten auch und sie sprachen laut und durcheinander. Auch die Großmutter fing an, laut zu sprechen: Nun wollen wir dich doch den Herren vorstellen, mein Gold, sagte sie, und er wurde zu der Gruppe von blauen und schwarzen Anzügen geführt.
Seien Sie nett, lieber Niederstrasser, sagte ein Dicker zu einem anderen, das sind Ihre Wähler von morgen! und er gab N. eine große, trockene Hand.

Die Männer sahen alle alt aus und wie viereckig, die mächtigen blauen oder braunen Schultern genau so breit wie die weiten Hosenbeine. So standen sie jetzt an diesem Vormittag im Ofenlager, das mit den struppigen grünen Girlanden geschmückt war, blaue und braune viereckige Quader mit lauten Stimmen. Sie umringten N. und er wußte nicht, was er ihnen sagen sollte. Er wollte sie gern beeindrucken, einen seiner kleinen, kühnen, witzigen Sätze sagen, die man ihm, versteckt hinter seiner Kindlichkeit, noch immer durchgehen ließ. Aber es fiel ihm nichts Gescheites ein.
Es ist ja alles, was Sie hier sehen, für ihn gemacht worden. In ihm sehen Sie den zukünftigen Chef dieser Räume, dieser Menschen, meine Herren.
Der Großvater hatte eine fremde Stimme, als er das sagte, tiefer als sonst, und manchmal hustete er.
Noch wichtiger, daß er in die Partei geht, der Kleine. Weißt du denn was über uns? Man kann gar nicht früh genug mit der Politik anfangen! sagte der Dicke zum Großvater.
Es hat ja alles brach gelegen. Hätten wir nicht schleunigst geschaltet, hätten die Hungerleider und Bolschewiken ihre Händ' auf den Resten gehabt. Und wo die amal gsessen haben, da gehns nie mehr weg. Ihre Firma ist doch sauber? Im alten Stil geführt? Die Frage könnte mich fast kränken, meinte der Großvater, aber es spricht ja aus Ihnen nur die Sorge, daß das Land den rechten Weg gehen soll! und wieder hustete er häufig, während er mit dem Dicken sprach.
Die drei Musiker setzten leise ein mit einer getragenen Melodie, die nach und nach immer lauter und fröhlicher wurde. Die Töne hüpften zwischen den niedrigen Gewölbemauern umher und sogar die Angestellten, die zuvor ernst und grämlich aus ihrer Ecke hervorgesehen hatten, lächelten jetzt. Manchmal waren ein paar falsche Töne dazwischen, aber dadurch ließ sich keiner stören, die Angestellten wippten mit den Füßen, die Großmutter, die endlich von ihrem einsamen Stuhl aufgestanden war, nickte freundlich mit dem Kopf und hielt N. die ganze Zeit an der Hand. Als die Musik zu Ende war, begann der Großvater seine Rede.
Er hustete jetzt nicht mehr so oft, aber er machte lange Pausen, damit ihn alle richtig verstanden. Die Herren in den blauen Anzügen nickten zu seinen Worten und steckten hin und wieder die Köpfe zusammen.

Der Großvater sprach vom geschändeten Vaterland, das fast tot darnieder gelegen, von dem Spuk, der es endlose Jahre in seinen Bann geschlagen habe. Er sprach von den tapferen Leuten, die neues Leben aus Trümmern würden blühen lassen. Sie alle, die mit ihren Händen das Chaos ordnen halfen, bedurften einer ordnenden Hand, eines, der diese Arbeit überwache und schütze. Er wolle das sein in seiner Firma, der Hausvater, der auf das muntere Fortschreiten der Arbeit sehe und darüber wache, daß nichts Fremdes und Feindliches ins Hauswesen eindringe. Dann sagte er noch, daß Gerechtigkeit manchmal hart sei und nicht von allen begriffen werden könne. Aber man dürfe nicht gegen sie murren, denn Gott habe die Menschen verschieden gemacht und habe dafür Sorge getragen, daß neben den vielen Schwachen auch immer ein Starker sei, der ihnen helfen könne.

Die Renovierung hätt man eh machen müssen, damit ist nix verlorn, sagte hinter N. einer der dicken Männer halblaut zu einem anderen.

Lassen's ihm jetzt ein bissl Zeit, antwortete der andere etwas leiser, das können wir in unsere Sach ohne Schwierigkeiten integrieren. Mit dem Kredit gibt's gar keine andere Lösung. Der muß uns entgegenfallen wie ein reifer Apfel.

Der Großvater hatte aufgehört zu reden. Die Angestellten sagten: Bravo, unser Herr Doktor, und die Musikanten spielten noch was Ernstes. Einer von den dicken Männern, der bisher nichts gesagt hatte, ging nach vorne und hielt noch eine Rede. Aber es war jetzt unruhig im Gewölbe. Der Dicke machte ziemlich schnell Schluß und wirkte ein wenig beleidigt.

Lad du jetzt die Leut' zum Essen ein, sagte der Großvater leise zur Großmutter, und die ging anmutig in ihrem Seidenkostüm zwischen den dicken Herren umher und bat sie auf einen kleinen Imbiß in die Wohnung, während man aus der Gruppe der Angestellten schon das trockene Metallgeräusch hörte, mit dem sie die Bierflaschenbügel aufschlugen. Sie umringten stumm einen Wurstkessel, der nicht sehr groß schien.

Laßt es euch schmecken, Leute, sagte der Großvater.

In der Wohnung war man dann unter sich. Elfriede, in

einem schwarzen Kleid, bediente am kalten Bufett, während seine Mutter mit einem Tablett voll spitzer Sektgläser durch die braunblaue Gruppe der Männer glitt.
Prächtiger kleiner Kerl, sagte einer.
Ihr Bub. Hat er vom Großvater. Den Charme sicher von der Mutter.
Gnädige Frau werden ja immer schöner, sagte ein anderer.
Vielen Dank, meinte die Mutter. So klein ist er auch nicht mehr. Er fängt langsam an, mehr zu verstehen, als man denkt.
Sie ist ganz sauber geworden, die Tochter, sagte der mit der fetten Stimme.
Ganz sauber? Das ist eine Dame, sagte der andere. Da stört nicht einmal der Bub.
Der Bub ist eh Erbe, sagte wieder der mit der fetten Stimme.
Vielleicht ist's am besten, wenn man über die Tochter was macht, sagte der andere.
Es muß ihr ja schon fad sein, so lang allein. Die schaut schon aus, als tät's ganz gern wieder amal ein Haferl auf dem Feuer haben.
Und dann lachten die beiden und stießen die spitzen Sektgläser aneinander.
Der Großmutter sagten sie Artigkeiten über das kalte Buffet. N. fiel auf, daß er bisher noch nichts gegessen hatte, so beschäftigt war er damit, die Sätze zu verstehen. Jetzt nahm er sich einen Teller mit Eiern, auf denen dunkelrote Lachsstreifen lagen und Mayonnaisensalat und verzog sich damit in eine ruhige Ecke.
Dir wird schlecht werden! rief Elfriede ihm nach. Aber es war ihm schon schlecht, bevor er die Mayonnaise gegessen hatte.
Um die frühe Mittagszeit verabschiedeten sich die braunblauen Herren nach und nach. Jeder von ihnen betonte noch einmal seine guten Wünsche für das Gelingen des Geschäfts.
Das kalte Buffet war jetzt nichts weiter mehr als ein mit Müll bedecktes, fleckiges Tuch, das auf einem Küchentisch lag, die Sektkelche waren klebrig und trübe und Elfriede zählte mit gerunzelter Stirn die leeren Sektflaschen.
Was so Männer zusammensaufen können, sagte sie leise.
Der Großvater ging noch einmal in den Laden hinunter, um

darauf zu achten, daß es nicht doch noch zu einem Gelage kam, daß der normale Geschäftsbetrieb weiterging. Er kam erst eine halbe Stunde später wieder herauf, erhitzt und ärgerlich. Sie hatten doch jeder weit mehr getrunken als die zugestandene Flasche Bier. Sie waren sogar aufsässig geworden, als er ihnen Vorhaltungen machte.
Güte danken sie einem eben nicht, sagte er zur Großmutter, dafür sind diese Leute nicht reif. Und während Elfriede und die Putzfrau die Spuren beseitigten im großen Zimmer, verschwand jeder in das seine, erschöpft und ein wenig traurig. N. ging auch in sein Zimmer und setzte sich ans Fenster. Er hatte keine Lust zu lesen oder irgend etwas zu tun. Morgen mußte er wieder in die Schule. Bald kam er aufs Gymnasium. Weg von den Mädchen, endlich. Er dachte das so, weil er es jeden Tag hörte. Ihm tat es eigentlich leid, aber das wagte er nicht zu sagen.
Bis der Nachmittag dämmrig wurde, dachte er darüber nach, was die mit seiner Mutter, mit dem Geschäft, mit seinem Großvater vorhatten. Warum hörten die Erwachsenen nichts? Es schien ihm, als hätten die dicken Männer eine Macht, von der er nichts wußte. Als hätten sie vom Keller her das Haus übernommen, als lachten sie gemeinsam mit den Angestellten. Er ging aus seinem Zimmer in die Küche. Dort saß Elfriede und hatte den Kopf auf das Tischtuch gelegt.
Was ist integrieren? fragte er sie.
Geh ich in die Schul oder du? antwortete sie gähnend. Er überlegte sich, ob er ihr etwas sagen sollte.
Das waren komische Männer, die da zur Eröffnung gekommen sind, meinte er vorsichtig.
Wieso? fragte Elfriede, das sind sie doch alle. Der eine war ein hohes Vieh aus dem Landtag. Man kann gar nicht genug solche Leute kennen.
Er ging zurück in sein Zimmer und ließ sie über ihrem Tisch weiterdösen. Ihm schien, als seien sie alle kurz vor dem Aufwachen.

Der Umbau, die großen Fenster, in denen das Eisenzeug jetzt viel gefälliger ausgebreitet werden konnte, brachte dem Großvater nicht die behäbige Ruhe des Erfolges, den sich alle für ihn gewünscht hatten. Er wurde im Gegenteil unruhiger, zerfahrener als vorher. Wieder schien es N., als sei er ge-

schrumpft, eingefallen, Tag für Tag ein wenig mehr. Das Personal war ruppig und aufsässig, denn sie wurden vom Alten weit mehr als früher kontrolliert. Sonst war er fast nur im Büro gewesen, jetzt stand er allmorgendlich im Laden allen im Wege herum und zählte verwirrt, wie oft die Klingeln der beiden Ladentüren anschlugen. Aber sie gerieten nicht in einen flotteren Rhythmus. Nur an jedem ersten Mittwoch im Monat, wenn der Markttag alle Bauern der Umgebung in die Stadt trieb, lächelte der Großvater und sah wieder so prall aus wie sonst.
Beim Mittagessen redeten sie meistens über den Laden. Nicht mehr lang, und N. sollte ins Gymnasium kommen. Aber davon sprach niemand. Mehr redeten sie dafür mit seiner Mutter. Man habe Interessenten, hieß es. Darauf gab sie nie eine Antwort.
Willst du heiraten? fragte N. sie einmal auf dem Weg hinaus zu den Verwandten am Stadtrand.
Wie kommst du darauf? fragte sie zurück.
Es ist wegen dem Geschäft.
Das Geschäft ist mir egal, sagte sie.
Es war nichts mit ihr anzufangen. Zu den mindern Verwandten ging sie jetzt öfter, besonders mit dem alten Mann schien sie sich auf eine schweigsame Weise gut zu verstehen. Sie nahm N. manchmal mit, bat ihn aber immer, ruhig zu sein und nichts von zu Hause zu erzählen.
Die drei Töchter hatten mittlerweile eine Nähstube in der Stadt aufgemacht und verdienten nicht schlecht.
Sie wollen mich loswerden, sagte die Mutter zu dem alten Mann.
Das kannst nicht machen, schon wegen dem Buben nicht! sagte der nach einiger Zeit.
Es ist nicht wegen dem Buben, meinte sie, es ist wegen mir. Jeder Kohlenhändler wär ihnen recht.
Du mußtn verstehen, dein Vater! sagte der alte Mann. Die Leut reden. S' Wasser stehtn bis zum Hals.
Wir haben grade umgebaut, sagte die Mutter hochmütig, was wollen die Leute schon darüber wissen?
Unterschätz die Leut nicht! meinte der alte Mann, die riechen s' Aas, bevor's noch tot is. Bis der Bu soweit is, werd nix mehr übrig sein. Das Moderne kann er halt nicht, dein Vater. Dazu hat er sich selber zu gern! Wenn mer das Moderne

mecht, muß mer sich wurscht sein. Das kann er nicht. Woher willst du das wissen? fragte die Mutter.
Ich merks an dir, sagte der alte Mann. Ihr habt euch alle zu gern, du auch, der Bu auch. Da kann mer nix machn damit in der heutigen Zeit. Vielleicht kommt's ja mal wieder, die Art, wie ihr seids. Aber so bald nicht. Die Fini und die anderen Mädeln baun jetzt auch um, Weißnäherei braucht's jetzt nicht mehr so viel. Sie stellen um auf Ändern. Die Leut werden alleweil dicker.
Du heiratest aber nicht noch einmal? fragte N. seine Mutter auf dem Nachhauseweg über die Brücke.
Ich denk gar nicht dran. Eher lern ich was. Das sagte sie mit einem Schauder.
Am nächsten Tag war alles verflogen, denn es schien die Sonne und sie gingen gemeinsam mit der Großmutter Bücher und Hefte für die Sexta kaufen, glänzende blaue Hefte und ernsthafte Bücher, die nicht mehr so bunt waren wie die, die er bei den Nonnen benutzt hatte. Er mochte auch ganz besonders das Einschlagpapier in Rot und Blau mit dem Dachziegelmuster, die sauberen, weißen Schildchen, und Rechnen hieß jetzt Mathematik und Schreiben hieß Deutsch und Malen hieß Kunst.
Aber dann gab es noch Latein, und das schien ihm wie ein Ritterschlag: er lernte Latein. Vor ihm lag in sauberen, papierduftenden Stapeln das Eigentliche, das Fertige. Er bekam auch eine neue Tasche. Für sein Alter war er jetzt groß, mit einem dunklen, runden, verdrossenen Gesicht. So sah er sich vor dem dreiteiligen Badezimmerspiegel, als er ausprobierte, wie ihm die neue Tasche stand.
Beim Essen an diesem Tag erschien der Großvater etwas später. Er wandte sich zur Großmutter und zog das rechte, untere Augenlid mit dem Finger noch weiter nach unten, so daß er aussah wie ein trauriger Hund.
Schau mal da her, sagte er, ist das nicht gelb?
Nachher, sagte die Großmutter, doch nicht beim Essen!
Nein, sagte er, jetzt!
Sie schaute in das Auge und die Mutter schaute auf die Suppenschüssel, um die sich vorerst niemand kümmerte.
Tatsächlich, sagte die Großmutter nachdenklich, da ist ein wenig Gelb.
Du ißt zu unvernünftig, sagte die Mutter leise.

Ich werde mir einen Termin geben lassen, meinte der Großvater, nun schon wieder beruhigt.
Was alle wußten, konnte nicht gefährlich sein. Eine Erkältung vielleicht, eine kleine Magenverstimmung nach all den Aufregungen der letzten Monate. Es wäre ja kein Wunder.
Was macht unser Gymnasiast? fragte er ihn. Freut er sich, der Lateinschüler?
N. mußte nicht lügen, um es zu bejahen. Er freute sich.
An dem Tag, als ihn die Mutter und die Großmutter (Nur ausnahmsweise, mein Gold! Wir wollen doch sehen, wo du jetzt bist!) von der neuen Schule abgeholt hatten, erschien der Großvater nicht zum Essen. Ausgerechnet heute! seufzte die Großmutter, das kann er dem Buben doch nicht antun. Lassen Sie nach Herrn Doktor suchen, Elfriede! Aber das Büro meldete, Herr Doktor sei noch beim Arzt.
Er hält sich wieder bei ihm auf! sagte die Großmutter und war etwas blaß. N. war um einen Auftritt gebracht. Er sollte von der neuen Schule erzählen, und nun wollte niemand davon hören.
Nachmittags sagte Elfriede, man habe den Herrn Doktor direkt von der Praxis aus in die Klinik der Barmherzigen Brüder gebracht.
N. suchte in der Wohnung jemanden, der ihm Auskunft gab. Der Großvater war krank. So klein war N. nicht mehr, daß er nicht wußte, was das bedeutete. Sie hatten es ja bei den Nonnen gelernt: Gott schickt die Krankheiten, um die Menschen zu prüfen, wobei ihm schien, daß die Tätigkeit des Prüfens für Gott einen sehr großen Raum einnähme. Es kam so oft vor. Auch die neue Schule sei eine Prüfung, hatten die Nonnen beim Abschied gesagt. Sie sind ja schon schwer genug geprüft, meinte einer der dicken Männer zur Mutter.
Gegen Abend fand sich die Familie im großen Zimmer zusammen, die Großmutter hatte geweint, die Mutter war blaß unter ihrer dunklen Haut und hatte eine spitze Nase und einen schmalen Mund.
Er hätte doch was merken müssen! meinte die Großmutter leise, irgend etwas hätte er doch merken müssen!
Du weißt doch, daß man da nichts spürt, antwortete die Mutter. Außerdem müssen wir jetzt die Operation abwarten.

Auch Elfriede war im Zimmer. Wie gut es tat, daß alle zusammen waren. Draußen läutete es dauernd, die Putzfrau machte auf, der Prokurist kam, der Arzt, Freunde, das Zimmer füllte sich langsam. Es war, als schlössen sie sich zusammen aus Angst vor dem, der fehlte. Niemand fragte, wie es dem Großvater gehe. Es war eine wohlige, ein wenig schwache Stimmung im Raum wie kurz nach einem Fest. Elfriede fragte jeden halblaut, was er zu trinken wünsche. Die Großmutter gab Anweisungen. Es wurde Sherry gebracht. Auch der Prokurist hielt eins der kleinen Gläser ungeschickt in den Händen und fühlte sich sehr wichtig.
Sie müssen uns jetzt treu zur Seite stehen, lieber Eichenbichler, sagte die Großmutter. Es kann lang dauern, bis der Herr Doktor wieder gesund ist.
Du solltest dich ausruhen, Tutti, sagte der Arzt, es war doch zu viel für dich.
Leute kamen und gingen, die Freundinnen der Großmutter waren eingetroffen, in grauen und blauen seidenen Kostümen und sprachen tiefer als sonst und gedämpft. Sie wollten alle etwas tun. Aber was gab es zu tun? N. dachte daran, wo der Großvater wohl liegen möge und ob er allein sei.
Es wurde dann spät an diesem Abend, keiner dachte daran, N. ins Bett zu schicken. Den ganzen Abend saß er dicht bei seiner Mutter, trank zwei kleine Gläser Sherry, ohne daß sie etwas dagegen sagte, und berührte sie manchmal, ohne daß sie sich zurückzog. Der Prokurist war ein wenig betrunken und sagte, wie es doch schön sei, daß man sich so menschlich näherkomme bei einem so traurigen Anlaß. Währenddessen unterhielt sich die Mutter leise mit dem Arzt, der heute nicht laut und lustig war wie sonst.
Ist noch etwas zu machen? fragte sie, ohne ihn anzusehen. Es ist immer noch etwas zu machen, sagte der. Du darfst das Vertrauen nicht so vollkommen verlieren. Dein Vater ist zäh.
Das ist er nicht, sagte die Mutter. Dazu ist er zu hochmütig.
Elfriede weckte N. am nächsten Morgen für die Schule, er frühstückte allein in der Küche.
Die Frau Doktor schläft noch, sagte sie, es war wohl alles etwas viel.
In der neuen Klasse sah er sich um. Die andern schauten genauso aus wie die Kinder vorher, es war noch verhältnis-

mäßig still, es gab noch keine Freundschaften und Abneigungen, nur ein gegenseitiges Abtasten. Insgeheim kam er sich auserwählt vor und schmeckte den Satz auf der Zunge: Es war wohl alles etwas viel.
Es war wohl alles etwas viel für mich, flüsterte er unhörbar in seiner Bank.
Was hast du gesagt? fragte sein Nachbar.
Den mochte er von Anfang an, er war kleiner als er und noch dicker, und N. brauchte jemanden, dem er alles erzählen konnte. N. erzählte ihm flüsternd, unter dem Siegel der Verschwiegenheit, die Krankheit des Großvaters und daß seine Mutter vielleicht wieder heiraten müsse.
Ich bin auch Kriegshalbwaise, sagte der Junge und lachte. Ich hab meinen Vater auch nie gesehen. Aber wir haben schon seit ein paar Jahren einen neuen.
Sie unterhielten sich, bis die Stunde begann und amo amas amat und puella und ancilla und viele andere unbekannte Wörter sie ablenkten.
In der Pause gab es ein paar vorsichtige Prügeleien, auch in dieser Schule waren welche, die der Stutz und ihren Kumpanen ähnlich sahen. Aber hier waren sie in der Minderzahl und N. stellte fest, daß es zur Angst keinen Grund gab. Außerdem war er ziemlich stark.
Ich beschütze dich, sagte er zu seinem Nachbarn.
Das ist jetzt deine Klasse, sagte die Mutter, da gehörst du hin, die nächsten neun Jahre. Hoffentlich werden's keine zehn.
Es waren nur Buben, und noch waren sie ruhig in diesen ersten Wochen. Die Lehrer waren Männer, eine Frau hatten sie in Kunst. Der Turnlehrer sprach ganz anders als die übrigen, er war mager und braun und N. hatte Angst vor ihm.
Ich bin Schlesier, sagte er.
Sie gingen den Großvater das erste Mal nach einer Woche besuchen, nach einer bedrückten, stillen Woche, in der niemand wußte, was er tun sollte. Niemand hatte gelernt, Anordnungen zu geben. Die Großmutter wurde von Tag zu Tag mißtrauischer, sogar gegen Elfriede, aber besonders gegen die Leute im Geschäft.
Die sind doch eine feste Hand gewöhnt, sagte sie, man muß sich Respekt bei ihnen verschaffen, ihnen nichts durchgehen lassen, sich nicht auf der Nase herumtanzen lassen.
Aber sie wußte nicht, wie sie das bewerkstelligen könnte.

Der Prokurist kam jeden Abend zum Bericht, sie verlangte angstvoll, daß die Mutter auch dabeisitzen müsse.
Ich verstehe doch nichts davon, sagte sie. Wenn er nur bald wieder nach Hause käme! Dann neigte sie sich damenhaft zum Prokuristen und fragte, ob man den Umbau wohl positiv bemerken könne? Am Umsatz? Sie war stolz auf ihre fachkundigen Fragen und verstand keine der Antworten, die man ihr gab.
Es war ein kalter Nachmittag, als sie den Großvater besuchten. Zum Krankenhaus hinaus führte eine lange, staubige Allee, schnurgerade, bis man von der Stadt nur noch die Türme sah. Aber man hatte sich nicht fahren lassen wollen.
Das Kind muß ja auch einmal an die Luft. Es wird in der Schule jetzt ja sicher mehr als vorher gefordert.
Sie waren zu dritt und ihre Schuhe wurden langsam weiß von Staub. Es hatte lang nicht mehr geregnet und der Himmel hatte schon seit Tagen ein weißliches, totes Aussehen, als gäbe es gar kein Wetter mehr.
Wie sieht er aus? fragte die Mutter, ich will nicht, daß das Kind einen Schock bekommt.
Es geht ihm viel besser, meinte die Großmutter beleidigt, wir werden ihn bald nach Hause holen können. Es ist ja auch wirklich zu viel für mich, die Sache mit dem Geschäft und all das, ich kann mir das nicht zumuten. Es ist schade, daß du dich nie dafür interessiert hast.
Ich bin keine Angestellte, antwortete die Mutter zornig. So ein Geschäft hat zu laufen, es wäre ja wirklich noch schöner. Heutzutage, wo alle von allein reich werden.
Die Großmutter fand das auch und so erzählten sie den ganzen schnurgeraden Weg ins Krankenhaus entlang von den wundersamen Aufstiegen all der Geschäftsleute, die sie kannten, daß der Metzger Weiß nun schon die vierte Filiale aufgemacht habe und eine Wurstfabrik dazu, daß das Modehaus am Kirchplatz eine Hosenfabrik eingerichtet habe und auch ein Kinderkleiderladen geplant sei. Während er neugierig zuhörte, fragte er, wieso denn soviel mehr Läden eingerichtet würden, wenn es doch gar nicht mehr Leute gäbe.
Die Leute können halt viel mehr kaufen als früher, mein Gold, sagte die Großmutter zerstreut, das ist doch klar. Sie haben die schlechte Zeit noch nicht ganz vergessen.
Sogar die Mandelstamms sind wieder da. N. erinnerte sich an

das große Pelzgeschäft, das jahrelang leer gestanden hatte und nun voll roter, schwarzer und goldener Felle prächtig wieder eröffnet worden war.
Ich hatte nie etwas gegen die beiden, sagte die Großmutter, im Gegenteil, es waren immer Leute mit Geschmack.
Sie sieht alt aus, aber er ist ganz der alte geblieben, sagte die Mutter. Ich habe mir neulich einen Ozelot angeschaut.
Es war ein altes Krankenhaus mit hohen, vielscheibigen Fenstern. An der Pforte saß ein dicker Mönch. Er begrüßte die Großmutter unterwürfig, sie sagte: Grüß Gott, Bruder Anselm, und flüsterte der Mutter zu: Ich geb ihm immer etwas, wenn ich geh.
In der Kälte waren nur wenige Kranke ins Freie gegangen, es kam ihm unanständig vor, wie da Männer und Frauen in Schlafanzügen und Hemden, nur mit gestreiften Bademänteln drüber, auf den Kieswegen aneinander vorbeischlurften und sich unterhielten. Manche wurden in Rollstühlen gefahren und sprachen mit verrenkten Hälsen zu denen, die sie schoben. Andere, sehr alte, denen man die Gebisse weggenommen hatte, saßen auf den Bänken und suchten mit ihren faltigen Gesichtern nach der Sonne. Er ekelte sich etwas vor ihnen. Sie sahen ihm nach, lachten und machten Bemerkungen. Kinder sah man hier selten. Am liebsten schienen sie ihn tätscheln zu wollen wie einen kleinen weichen Hund. Lach doch die Leute ein bißchen an, sagte die Mutter, du mußt nicht so verbissen dreinschauen. N. hatte aber Angst, seinen Großvater hier in einem Krankenzimmer zu sehen, in einem Bett und vielleicht auch ohne Zähne. Aber das sagte er nicht, weil er sich schämte.
Gott sei Dank haben wir ein Einzelzimmer bekommen, sagte die Großmutter, als sie in den langen hellgrünen Gang einbogen.
Du wirst sehen, wie gut er aussieht.
Die Großmutter öffnete behutsam eine Tür, hinter der noch eine zweite lag und die öffnete sie noch behutsamer. Es gab ein kleines, lautloses Gedränge, weil die Mutter versuchte, die äußere Tür zu schließen, bevor die Großmutter die innere aufgemacht hatte, und so steckten sie sekundenlang in dem schmalen Raum zwischen den Türen vor lauter Vorsicht und Rücksichtnahme. N. trug einen Blumenstrauß.
Im Zimmer, mit nun endlich wieder geschlossenen Türen,

machte die Großmutter einen langen Hals, trat nicht vollends ins Zimmer, um den Großvater nicht im Schlaf zu stören.
Ich schlafe doch nicht! sagte eine verdrossene, rauhe Stimme vom Bett her, das weißt du doch. Das Essen war wieder grauenhaft. Ist der Bub dabei?
Grüß dich, sagte die Mutter ruhig, und die Großmutter fragte viele Dinge hintereinander, was es zu essen gegeben habe und wie er geschlafen habe und was der Arzt meine. Aber der Großvater schaute keine der Frauen an, hatte den Kopf auf dem hohen Kissen gedreht und sah auf N. Er lächelte ihn an.
N. hatte gar nicht gewußt, daß der Großvater einen Hals hatte. Es war ein roter, dünner, faltiger Hals, der aus dem weiten Ausschnitt des Nachthemds heraussah, ohne Kragen und Krawatte wie abgezogen. Auch die dünnen, dunklen Haare lagen nicht so glatt am Kopf wie sonst.
Nichts war wie sonst, auch nicht die Stimme und das Lächeln.
Such doch bei der Schwester eine Vase, sagte die Großmutter, schau, die Blumen hat der Bub dir mitgebracht. Sie begann allerlei Papier zusammenzufalten, halbgegessene Äpfel warf sie in den Papierkorb.
Kannst du dich nicht setzen? fragte der Großvater mürrisch.
Ich will's dir doch nur ein bißchen gemütlich machen, sagte sie.
Vor dem hohen Fenster stand eine Kastanie mit braunen Blättern.
Dauernd schau ich auf den blöden Baum, sagte der Großvater. Der macht einen ganz traurig. Was ist es denn für ein Baum, mein Lieber? Wie weit seid ihr denn in Latein? Schon beim Cäsar? Gallia omnis divisa est in partes tres und so weiter.
Aber Vati, sagte die Mutter.
Naja, meinte der Großvater. So schnell geht es auch nicht. Paß nur gleich von Anfang an auf. Die Grundlagen, die sind das Wichtigste.
An der Seite des hohen Eisenbettes sah N. ein dünnes, durchsichtiges Röhrchen hängen, aus dem träge eine gelbe Flüssigkeit in einen kleinen Beutel tropfte. Er konnte gar nicht wegschauen. Langsam, unter dem verdeckenden wei-

ßen Leinentuch hervor rann eine Flüssigkeit aus seinem Großvater. Was würde geschehen, wenn das Säckchen voll war? Eine Schwester kam herein, rund und fröhlich.
Ich darf dem Herrn Doktor grad das Bett machen, sagte sie, wenn's bittschön so lang vor die Tür gingen, gnä Frau! Und das ist schon der Enkel? sagte sie zu ihm. So ein großer Bub! Da tu nur fest beten, damit der Opa bald wieder gesund wird!
N. wußte nicht, was er sagen sollte und ging mit der Mutter und der Großmutter auf den Gang.
Ihr bleibt aber noch! rief der Großvater hinter ihnen her, wir haben noch einiges zu bereden!
Er ist halt nicht gern allein, sagte die Großmutter draußen zur Mutter. Du darfst es ihn nicht merken lassen, daß er nicht so gut ausschaut. Ich weiß ja nach einer halben Stunde auch oft nicht, was ich mit ihm reden soll. Aber er ist es halt gar nicht gewöhnt, dazuliegen und nachzudenken. Stell dir vor, gestern hat er mit dem Pfarrer reden wollen, mit beiden. Sie sind auch gleich gekommen, einer nach dem anderen.
Die Mutter lachte. Das ist bei ihm die reine Langeweile! sagte sie. Da wirbelt er eben die Konfessionen ein bißchen herum.
Die Schwester hatte mit beiden Händen gleichzeitig die Türen geöffnet.
Sie können wieder hineingehen zum Herrn Doktor, sagte sie. Heute sieht er doch schon sehr viel besser aus. Bald können's ihn wieder mit heimnehmen.
Wann kann er denn heim, Schwester? fragte die Großmutter nach, wir bräuchten ihn schon sehr dringend im Geschäft.
Ja, wenn's die Herren einmal vom Stangerl haut, sagte die Schwester und kicherte. Aber das muß natürlich der Herr Doktor – ich mein, der andere Herr Doktor – entscheiden, ich kann da nichts sagen.
Als sie wieder im Zimmer waren, schaute N. als erstes nach dem Säckchen, jetzt lag ein ganz frisches Leintuch drüber und der Beutel war leer. Die ersten gelben Tropfen liefen aber schon hinein. Alle im Zimmer konnten den Beutel sehen, aber keiner sagte etwas darüber. Der Großvater schien erschöpft zu sein, seine Hände strichen langsam über die Bettdecke.

Ihr könnt jetzt gehen, ich bin müde, sagte er. Als N. sich dem Großvater näherte, spürte er einen ganz schwach metallischen Geruch, der von ihm ausging. Sein Atem, seine gelbliche Haut rochen wie das Eisenlager. Es war ein unheimlicher Geruch, der von ihm ausging. Sein Atem, seine gelbliche Haut rochen wie das Eisenlager. Es war ein unheimlicher Geruch, den er sich nicht erklären konnte.
Hoffentlich haben wir dich bald wieder daheim! sagte die Großmutter.
Allein werdet ihr ja doch nicht fertig. Aber bald kannst du mich ersetzen, gelt, mein Großer? wandte er sich an ihn.
N. hätte gern ein wenig geweint, wäre gern allein gewesen in seinem Zimmer hoch über der Stadt, oder im Park, wenn die andern alle nach Hause gegangen waren, unter den tiefen Ästen einer Kastanie. Er fürchtete sich in diesem Krankenhaus. Seine Mutter legte ihm den Arm um die Schulter. Komm, sagte sie zur Großmutter, er braucht jetzt Ruhe. N. wußte nicht, wen sie meinte.
Lassen wir ihn in Frieden. Morgen können wir ja wiederkommen.
Bringt aber den Buben wieder mit, sagte der Großvater mit einer fremden, rauhen Stimme.
Als sie den langen Gang wieder hinuntergingen, lag der karierte Fußboden im Schatten. Die Kranken in den Bademänteln und den gestreiften Schlafanzügen waren verschwunden.
In den Krankenhäusern gibt es immer so früh Essen, sagte die Großmutter. Wir müssen ihm morgen ein paar schöne Sachen von Buchner mitbringen, er muß doch wieder zu Kräften kommen.
Unter den Bäumen sahen sie einen Arzt im weißen Kittel spazieren gehen, er sah zu Boden und rauchte.
Das ist sein Arzt hier im Krankenhaus. Aber ich möchte ihn jetzt nicht stören.
Du willst nur nicht wissen, was wirklich ist, sagte die Mutter.
Warum du nur immer so sein mußt, sagte die Großmutter, wie soll ich denn das alles aushalten? Ich hab's doch nicht beigebracht bekommen.
Wir kriegen's alle irgendwann beigebracht, antwortete die Mutter.

Der weiße Himmel war dunkel geworden und es roch nach Staub und Kastanienblättern.
Geh noch ein Bier mit trinken, sagte die Mutter auf einmal.
Das geht doch nicht, Kind, zögerte die Großmutter und ging unwillkürlich schneller.
Später saßen sie dann zu dritt, er und die beiden Frauen, in einem der alten Gärten an der Donau und schauten die dunklen Häuser auf der anderen Seite des Flusses an. Die Großmutter hielt den Krug mit beiden Händen.
Gehst du hier öfter hin? fragte sie die Mutter.
Aber die lächelte und hielt ihren Krug mit einer Hand fest.
N. bekam eine Limo mit etwas Bier und fühlte sich ruhig und froh. Wir sind eigentlich zu selten zusammen, sagte die Großmutter.
In den nächsten Tagen kamen die Herren mit den blauen Anzügen, die damals bei der Eröffnung des neuen Lagers so freundlich gewesen waren, immer öfter zur Großmutter. Manchmal lösten sie sich ab, der eine ging und der nächste kam und Elfriedes Gesicht wurde immer finsterer. Einmal hörte N. die Großmutter weinen.
Nach der Schule fragte ihn keiner mehr. Er fühlte, wie er begann, als Erwachsener zu leben, unbehelligt und traurig. Es war ein gewisser Stolz in ihm, daß er sein Leben in die Hand nehmen konnte und richtig machte, denn niemand hielt ihn zurück oder beeinflußte ihn. Ich bin ganz allein, sagte er vor sich hin und spürte, wie ihm angenehme Tränen in den Hals stiegen.
Es wurde überhaupt viel geweint in diesen Tagen, auch wenn abends die alten Freunde und Bekannten kamen, löste der Wein, den sie nun wehmütig tranken, bei vielen die Tränen.
Eines Tages sprach er mit seinem Banknachbarn in der Schule über die Krankheit des Großvaters, und daß seitdem alles daheim so lahm sei. Aber der verstand ihn nicht. Sein Großvater sei schon vor zwei Jahren gestorben, sagte er, man habe ihn morgens in seinem Bett gefunden und seine Mutter habe gesagt, es sei das beste so. Dann habe man ihn begraben. Seine Familie sei danach wie sonst gewesen.
Kannst du dich erinnern, ob du damals viel allein warst? fragte N. den Kleineren, der ihn kurzsichtig anschaute.

Nein, sagte der nach einiger Zeit. Allein, das sei er eigentlich nie richtig. Aber er sei auch nie richtig nicht allein.
Darüber habe ich schon viel nachgedacht, weißt du, sagte er und schaute über den kahlen Schulhof. Ich weiß nicht, was es ist mit einem. Vielleicht hat man zu wenig Platz. Meine Mutter ist ja kaum da, und das paßt mir nicht. Aber wenn sie da ist, geht sie mir auf die Nerven. Meinen Brüdern geht's genauso. Aber meine Brüder gehen mir auch oft auf die Nerven.
N. hatte seinem Freund nicht mehr zugehört. Zwei Dinge waren ihm in dem Gespräch klar geworden: daß sein Großvater sterben könnte, und daß er seine Mutter, seit die blauen Herren im Hause ein- und ausgingen, nicht mehr gesehen hatte. Es war, als hätte sie sich ohne Spuren entfernt, ohne Gepäck und ohne Abschied. Er nahm sich vor, Elfriede zu fragen. Sie war in der letzten Zeit freundlicher zu ihm, als täte er ihr leid.
Es ist schwer für so ein verzogenes Balg wie dich, sich so schnell umzugewöhnen, meinte sie. Und sie sagte nichts mehr, wenn er, wie nun wieder häufiger, große Brote außerhalb der Essenszeiten aß.
Wir müssen hinein, sagte der Freund. Latein hat schon lang angefangen.
Haben die Herren Privatgeschäfte zu erledigen gehabt? fragte der Lateinlehrer spitz. Er war schlechter Laune. Wir könnten einen Klassenbucheintrag in Erwägung ziehen. Er begann, die Situation zu genießen.
Von deinen Angehörigen hört und sieht man sowieso nichts, sagte er zu dem Kleinen, das Treiben des Sohnes scheint sie nicht zu interessieren. Vielleicht bedarf es da einer gewissen Gedächtnisstütze in Gestalt eines Briefes? Sein eiförmiger Schädel mit dem langen Unterkiefer war zartrosa geworden. Er saß halb auf der Tischkante und sprach mit leiser, eintöniger Stimme. Vielleicht sollte man da wirklich der Aufmerksamkeit ein bißchen nachhelfen.
Die Klasse hielt eine erleichterte Stille, wie immer, wenn an ihnen eine Situation glücklich vorbeigegangen war. Der Kleine hatte den Kopf gesenkt. Auch N. sagte nichts, denn an ihn war noch kein Satz gerichtet worden.
Keine Entschuldigung? Keine noch so schäbige Erklärung? sagte der Lehrer traurig. Bin ich nicht einmal dieses biß-

chen Mühe einer intelligenten Ausrede wert? Vielleicht bist du ein wenig überfordert? Man hat das Nachdenken vielleicht nicht so gelernt in deinen Kreisen? Aber dann kannst du doch einspringen? wandte er sich plötzlich übertrieben höflich an N., dir sollte das doch wohl nicht so schwer fallen! N. hörte sich sprechen, ohne Zwischenpause, wie eine Schallplatte, auf die einer die Nadel gesetzt hat, blechern und prompt, ohne nachzudenken: Wir haben noch Vokabeln nachgeschaut und haben die Glocke nicht gehört.
Na bitte, sagte der Lehrer, eine ehrenwerte Begründung. Eine nachprüfbare Begründung.
Der Kleine hatte den Kopf gehoben und schaute N. an.
Schau mich an, mein Sohn, sagte der Lateinlehrer lächelnd, wir werden sehen, ob euer lobenswerter Eifer auch von Erfolg gekrönt war.
Aber der Kleine schaute noch immer auf N. und sagte nichts. Dann stand er langsam auf und ging nach vorn, wo er unter dem Gewitterregen fremder, ganz fremder Wörter unbeweglich stehenblieb, nur manchmal eins nachsprach, fast erstaunt. Es dauerte lang. Es war, als seien sie nur zu dritt in der Klasse, die andern gab es gar nicht mehr.
Na, sagte der Lehrer zum Abschluß, da braucht man wohl keinen Kommentar. Die königliche Sprache, na!
Ich muß gehen, gleich! sagte N. nach der Schule zum Kleinen, aber er schämte sich noch eine Zeitlang danach. Das Abschiedslächeln des Lateinlehrers, das er nach der Stunde aufgefangen hatte, war verständnisinnig gewesen, kumpanenhaft, so als gehörten sie beide zu ein und derselben Bande.
Als er nach Hause kam, sagte Elfriede, man müsse mit dem Essen noch etwas warten. Außerdem sei die Mutter gekommen.
Wo warst du? fragte er seine Mutter.
Ich habe versucht, etwas zu unternehmen, sagte sie mehr zu Elfriede als zu ihm. Aber ich hatte keinen Erfolg. Ich habe es eben nicht gelernt.
Sie werden's noch lernen müssen, sagte Elfriede. Man kann alles, wenn man muß.
Glaub ihr das nicht! sagte die Mutter zu ihm und lachte, wie ihm vorkam, so geringschätzig und kumpanenhaft wie vor-

hin der Lehrer, glaub ihr das ja nicht. Man kann gar nichts, wenn man muß. Man kann, wenn man will. Ich will aber nicht.
Sie saß am Küchentisch, in dieser Küche, die ihm schlampiger vorkam als sonst. Wo waren eigentlich die bestickten weißen Tücher? Das Tischtuch war verknittert und die Fliesen des Bodens glänzten nicht wie sonst. Er sah das alles, die stille Auflösung, nicht in den einzelnen Gegenständen, aber er sah sie und konnte sie sich nicht erklären. Die Mutter saß also am Küchentisch und rauchte, langsam und genußvoll, und ihr glattes schwarzes Haar lag in einer Welle über dem einen Auge. Ihr Mund war rot angemalt und sie sah fremd aus.
Wo warst du? fragte er nochmal. Sie sollten ihn nicht zu sich herüberziehen, mit ihrem Lächeln und ihrem freundlichen Getue, und auf der andern Seite ihn über ihre Machenschaften im Ungewissen lassen. Er empfand das als unwürdig, er wollte es sich nicht mehr gefallen lassen. Wenn sie ihn auch in ihrer Welt haben wollten, dann sollten sie ihn auch ganz haben, dann wollte er all ihre Geheimnisse wissen.
Ich war bei den Sudetengaunern, sagte sie. Dieser Trampel hat jetzt Geld wie Heu. N. wußte nicht, wer dieser Trampel war und erinnerte sich an die drei Schwestern in der Siedlung vor der Stadt. Die eine hat so schnell Geld gemacht mit ihrer Schneiderei, daß ich es gar nicht begreifen kann. So schnell reich werden hat doch was Unanständiges.
Finden Sie's anständiger, so schnell das Gegenteil zu machen, fragte Elfriede und schaute die Mutter an.
Ach, sagte die nach einer langen Pause, warf die dunkle Haarwelle aus der Stirn und lächelte. Du auch. Es war zu erwarten. Aber es wundert mich trotzdem.
Wo ist Tutti, fragte N., denn er verstand nichts mehr. Er hatte Hunger, er wollte in sein Zimmer, er wollte, daß dieser Tag sei wie alle Tage und daß er nicht nachdenken müsse.
Sie ist beim Notar, mit Walter. Vielleicht nützt es noch was. Die Sudetensippschaft jedenfalls wird uns nicht helfen. Im Gegenteil: Sie finden es nur gerecht, was da auf uns zukommt. Unsere Zeit sei vorbei, haben sie gesagt.
Sie sprach immer noch in den leeren Raum hinein.
So, wie Großvater es tat, könne man heute ein Geschäft nicht mehr führen. Es müsse Platz geben für das Neue, für das

Moderne. Wir hätten uns rechtzeitig einer Kette anschließen sollen. Jetzt schaute sie Elfriede an und lachte wieder: Kannst du dir den Alten Herrn in einer Kette vorstellen, als Angestellter in einer Kette? Er wäre verrückt geworden.

Sie haben sicher Hunger, sagte Elfriede, der Bub ist ja schon vor einer Stunde aus der Schule gekommen. Sie hatte einen Nudeleintopf auf dem Herd. Ohne zu fragen, stellte sie die dicken weißen Küchenteller auf das zerknitterte Tischtuch, legte Löffel daneben und keine Servietten, und so aßen sie zu dritt an diesem Tisch, die Mutter sagte nicht ein Wort dazu und auch er aß stumm und konnte sich nicht erinnern, je in seinem Leben an diesem Tisch gegessen zu haben, von diesen Tellern und ohne Servietten.

Wollen Sie was zu trinken? fragte Elfriede die Mutter. Gib mir ein Bier, sagte die. Sie hörten gleichzeitig die Schlüssel an der Wohnungstür und die Stimme der Großmutter. Sie klang ganz anders, energisch, tiefer als sonst. Ist keiner da? rief sie. Sie kam in die Küche und sagte erstaunt: Hier eßt ihr? Gebt mir auch einen Teller, ich hab Hunger. Sie lachte und sagte: Es wird eben alles anders. Man hat mir alles erklärt. Es wird schwierig werden, aber ich habe es begriffen.

Sie war rosig, wie sie dasaß, sah schlanker aus als sonst, aß und lachte und es war eine heitere Stimmung am Tisch.

Wir müssen das große Lagerhaus verkaufen, sagte sie, damit können wir das andere abdecken. Und wir brauchen einen neuen Prokuristen, der die Verhandlungen führen kann.

Was ist eigentlich, wenn dann Großvater wieder nach Hause kommt? fragte N. plötzlich. Es wurde ihm immer unheimlicher, daß sich die Familie hinter dem Großvater so geschlossen hatte, daß der da draußen vor der Stadt lag und nicht wußte, wie über ihn und das Geschäft verhandelt wurde.

Die drei Frauen am Tisch schwiegen und schauten in ihre Teller.

Wir dürfen ihn jetzt mit den geschäftlichen Dingen nicht belasten, mein Gold, sagte die Großmutter, dafür ist er zu schwach, das hast du doch gesehen. Er wird sich freuen, wenn er nach Hause kommt und es ist alles in Ordnung mit dem Geschäft.

Wann kommt er nach Hause? fragte N. hartnäckig.

Es kann sehr lange dauern, sagte die Mutter, und dann wird er vielleicht auch nicht ganz gesund sein.

Kann er auch sterben? fragte N.
Das können wir alle, sagte Elfriede ungeduldig, frag nicht so und iß!
Er glaubte ihnen nicht, nicht ein Wort. Sie wußten doch, daß der Großvater nicht mehr nach Hause käme.
Er mochte nichts mehr essen. Iß deine Scheißnudeln allein! schrie er und lief aus der Küche in sein Zimmer. Von fern hörte er das erstaunte Murmeln und das Lachen seiner Mutter.
Am Nachmittag, als es still in der Wohnung geworden war, zog er seine alte Wolljacke an, in der er eigentlich nicht mehr auf die Straße gehen sollte, weil sie Löcher in den Ärmeln hatte, und lief den langen, staubigen Weg aus der Stadt hinaus ins Krankenhaus. Es war noch immer ein seltsames Gefühl für ihn, allein zu gehen, auf welcher Straßenseite er wollte, welchen Umweg er wollte, stehenbleiben zu können, wo er wollte. Er war jetzt elfeinhalb Jahre alt, ziemlich groß, immer noch zu dick, er hatte manchmal Erektionen, er durchschaute manchmal die Erwachsenen und lernte nun, allein zu gehen.
Niemand hielt ihn auf seinem Weg zum Krankenhaus auf, niemand stellte sich ihm in den Weg, obwohl er damit gerechnet hatte. Ein Kind, das allein auf der Straße ging, erregte zu seinem Erstaunen keinerlei Aufsehen. Auch an der hohen steinernen Pforte des Krankenhauses, in der wie immer ein Mönch saß, fragte niemand, warum er allein ins Krankenhaus wolle und zu wem. Der Mönch winkte ihm zu, und N. ging durch die Gärten, an den Kranken in den Schlafanzügen vorbei, wie das letztemal. Das Zimmer, in dem sein Großvater lag, fand er nicht gleich, aber er traute sich, einen der Mönche zu fragen.
Der Großvater hörte N. nicht, als er das Zimmer betrat. Er hatte sich in den wenigen Tagen sehr verändert, über seinem Bett hatte man einen Eisenbügel mit einem Handgriff angebracht. Von Zeit zu Zeit suchte seine gelbe schmale Hand danach, klammerte sich einige Sekunden an ihm fest und fiel dann wieder zurück auf das Bett. Sein Gesicht war dunkler geworden, sein Mund stand ein wenig offen.
Auf den weißen Tüchern in dem hohen Bett sah seine Haut fast braun aus, mit tiefen Schatten, die vorher nicht dagewesen waren. N. wußte in diesen Minuten, in denen er regungs-

los an der Tür stand, nicht mehr, warum er gekommen war.
Bist du das, fragte der Großvater mit der fremden rauhen Stimme, die ihm schon beim letztenmal aufgefallen war.
Ja, sagte N., ohne daß er wußte, wen der Großvater gemeint hatte.
Als der die Augen öffnete und zur Tür sah, war er fast wieder wie immer, wie zu Hause.
Das ist schön, daß du mich besuchst.
Er fragte gar nicht, warum N. allein kam, warum niemand von zu Hause mitgekommen war.
Sie haben jetzt wohl viel zu tun mit dem Geschäft, es geht ja eigentlich nicht ohne mich, meinte der Großvater nachdenklich, aber so, als störe es ihn gar nicht und als halte er seine Unentbehrlichkeit für etwas Selbstverständliches. N. sah, während er die leichte, etwas feuchte Hand des Großvaters hielt, das durchsichtige Säckchen wieder aus dem Bett hängen. Die Flüssigkeit darin war dunkelbraun.
Brauchst du irgendwas? fragte der Großvater, bist du deswegen gekommen? Auf dem Tisch liegt meine Brieftasche, nimm dir fünf Mark heraus, kauf dir was Schönes. Sein Kopf geriet in sachte pendelnde Bewegung, als er versuchte, zum Tisch hinüberzuschauen. Ich bin immer so müd, ich weiß gar nicht, warum. Wie geht's in der Schule? Er sprach, als versuche er, all seine Fragen, die er sonst immer in gleicher Reihenfolge beim Mittagessen zu stellen pflegte, sich ins Gedächtnis zu rufen.
Weißt du noch, wie ich dir von den Spartakisten erzählt habe, fragte er, den Kopf mühsam zu N. gedreht. Aber N. wußte nicht, was er sagen sollte. »Giftgas« verstand er, »Äpfel«, aber auch Wörter, die er noch nie gehört hatte. Keine Namen. Während der Großvater seinen gelben Kopf auf dem mageren Hals schneller hin- und herwandte, als suche er einen Punkt hinter den Mauern, an denen er seinen Blick einhaken könnte, hatte N. den Großvater beobachtet und eine gleitende Bewegung des Weggehens gespürt, ohne sie zu begreifen. Manche Worte klangen, als seien sie mitten aus einem Satz geholt, N. hatte jedesmal nachgefragt, aber er konnte den ruhelosen, aufmerksamen Blick nicht festhalten. Zeitweise schien es ihm, als sei der alte Mann in dem weißen hohen Bett eingeschlafen, und er überlegte, wie er das Zimmer verlassen

könnte, ohne ihn zu wecken. Er wußte nicht, wie spät es war, aber das Licht in den Bäumen vor dem Fenster hatte sich verändert. Plötzlich sagte der Großvater vom Bett her mit seiner ganz normalen, klaren Stimme: Du mußt aber jetzt heimgehen, sonst kommst du zu spät zum Abendessen.

Mit einem leichten Gruselgefühl gab N. ihm die Hand, aber die war jetzt warm und trocken und nur viel leichter als sonst.

Dann geh ich jetzt, sagte N. Keiner von beiden sprach noch etwas, das Zimmer lag jetzt so tief im Schatten, daß er von der Tür aus den Mann im Bett kaum noch sehen konnte. Er fühlte das glatte Fünfmarkstück in seiner Hand, den karierten Krankenhausfußboden unter seinen Füßen, die leichte Luft, die durch die hohen Fenster in die Krankenhausgänge floß. Alles war ihm näher, alles spürte er deutlicher, den Boden, die Luft, das Geldstück, alles bedrängte ihn und nahm ihn in Beschlag.

An der Pforte saß ein anderer Mönch, N. grüßte höflich, als er hinausging. Er verachtete ihn ein bißchen. Der hat auch nichts gemerkt, dachte er, weil er noch immer glaubte, mit seinem Besuch im Krankenhaus etwas Verbotenes getan zu haben. Der Weg nach Hause war ihm langweilig, die schnurgerade Straße mit den eintönigen Häusern rechts und links, und er war froh, als er nach zwanzig Minuten das alte Josefstor vor sich sah, hinter dessen dunklem Bogen das Gewirr der Altstadt anfing. Er hatte es nicht eilig, heimzukommen. Seit der Großvater da draußen lag, hielt auch keiner mehr die Essenszeiten ein, jeder nahm sich etwas, wenn er gerade Hunger hatte, sogar die Großmutter, die am Anfang versucht hatte, die Ordnung der Tage zu erhalten. Es verjüngte sie sichtlich, ein Leberwurstbrot in der Hand am Kühlschrank in der Küche zu lehnen und kauend mit Elfriede zu plaudern. Die übrigen Zimmer waren allmählich wie stumpf geworden, als habe sie das Leben verlassen. Nur wenn Gäste kamen, wurden sie noch benutzt.

Die Mutter war nach ihrer Niederlage bei den unversehens reichen Verwandten jetzt wieder mehr zu Hause, sprach öfter mit N. Sie war auch die erste, die er an diesem Herbstabend sah, als er nach einigen Umwegen langsam und lustlos heimging. Sie stand auf der Straße vor dem Haus und spähte

mit ihren großen, kurzsichtigen Augen hilflos herum, sie suchte ihn sicher.
Ein bißchen rücksichtslos, so zu verschwinden, sagte sie, als sie ihn erkannt hatte. Ich kann dich ja verstehen. Aber du darfst dich nicht so gehen lassen. Großmutter regt sich darüber auf, das ist dir doch klar.
Aber dann erzählte sie ihm, wie einem Erwachsenen, daß ein neuer Prokurist sich gemeldet habe, jung und rege sei er und mache einen guten Eindruck.
Ich war beim Großvater draußen, sagte N.
Das haben wir uns schon gedacht, antwortete die Mutter. Sie wollte nicht näher darauf eingehen.
Er spürte ihre Überlegenheit, als er hinter ihr die vielen Treppen hinaufstieg, sie mit leichten Füßen und scheinbar ohne zu atmen, er keuchend und schwerfällig.
Du bist immer noch etwas zu dick, sagte sie, du schnaufst ja wie ein alter Mann.
Laß mich in Ruhe, sagte er.
Oh! Sie drehte sich auf der Treppe um und schaute aus ihren grauen Augen jetzt ganz klar und etwas höhnisch in sein Gesicht: Wir werden mutig? Wir werden frech? Es gibt noch lange keinen Grund, frech zu werden. So schnell geht es nicht, mein Lieber, das wirst du schon noch merken.
Gott sei Dank, du bist wieder da, mein Gold! rief die Großmutter in die Tiefe des Treppenhauses.
Aber er sagte nichts und aß an dem Abend auch nichts, nur spät, als keiner mehr in der Küche war, ein halbes Glas saure Gurken. Er saß den ganzen Abend in seinem Zimmer, sagte, er müsse noch Vokabeln lernen, und starrte über das langweilige Wörterbuch hinweg auf die blauen Dächer und die schlafenden Tauben gegenüber.
Keiner wagte, ihn ins Bett zu schicken, denn um seine Schule hatte sich lange niemand mehr gekümmert und das lag ihnen auf dem Gewissen. Er brachte nie schlechte Noten, die Dinge fielen ihm noch leicht, die Stunden liefen an ihm vorbei und forderten nichts Wesentliches von ihm. Die Mathematikaufgaben, deren Formulierungen ihm zwar nicht unverständlich waren, ihn aber besonders lähmten und verdrossen, schrieb er ohne jeden Skrupel vom Kleinen ab. Kurz vor den Klassenarbeiten lernte er ein paar

Dinge auswendig, die er benutzte und sofort nach den Arbeiten wieder vergaß. Dafür schrieb er dem Kleinen Aufsätze, erfand eine eigene Aufsatzsprache, die zum Kleinen paßte, und so kam es lange nicht heraus. Er dachte selten über die Schule nach. Er wollte nicht, daß sie ihm lästig fiele, deshalb blieb er unauffällig. Bisher verlangte der Unterricht noch nichts von seiner Person, also störte er ihn auch nicht. Es kam ihm nicht in den Sinn, Biologie und Dreisatz, Geibelgedichte und die Erdschichten der Mittelgebirge in Zweifel zu ziehen oder sich gegen ihre Kenntnis zu wehren.
Er saß an diesem Abend lange in seinem Zimmer und ging zum ersten Mal in seinem Leben unbegleitet, unermahnt ins Bett. Seine Mutter kam irgendwann, wünschte ihm kurz Gute Nacht, aber er antwortete nicht.

Als er am nächsten Morgen zur Schule ging, traf er den Kleinen an der Kreuzung.
Hast du eigentlich Angst? fragte er ihn.
Es geht schon, gab der Kleine zur Antwort, und N. sah von der Seite, wie ihm das Kinn zitterte.
In die Vorschul bin ich gern gegangen, sagte der Kleine, als sie die Schule schon sahen, aber hier fragen sie mich so, daß ich nicht antworten kann. Ich schäme mich immer. Wenn der Senftl mich so anschaut, daß ich seine Augen nicht sehen kann, weiß ich nichts mehr zu reden.
Jetzt, da die Schule vor ihnen höher und breiter wurde mit jedem Schritt, ergriff das Zittern im Gesicht des Kleinen auch die Unterlippe und er sah aus, als würde er jeden Moment ganz aus den Fugen geraten. Gerade da sahen sie aus einer andern Richtung den Lehrer Senftl mit eingezogenem Kopf und gegen den Wind gestemmt in die Schule rennen, und als er den Kopf hob, sah man in seinen Brillengläsern nur den grauen Novemberhimmel und nicht seine Augen.
Stell dir vor, sagte N. zum Kleinen, der hat Kaffee getrunken irgendwo und geht jetzt in die Schule wie wir.
Im Lauf dieses Schultages wuchs N.'s Überdruß. Geschichte, Mathematik, Latein und Deutsch spielte sich ab wie immer. N. gab Antwort, wenn er gefragt wurde, nur die Geschichtszahlen wußte er auch heute nicht.
Ihr müßt Zahlen wissen, Zahlen! rief der Geschichtslehrer

verzweifelt. Die großen Zusammenhänge kommen später. Für die seid ihr noch zu klein.
Aber in N.'s Gehirn kamen die Zahlen gar nicht erst, nur die kleinen Eselsverse Drei drei drei bei Issos Keilerei, oder Sieben fünf drei kroch Rom aus dem Ei, nisteten sich in seinem Kopf ein und blieben dort auch haften. Er wurde bloß grade nach denen nie gefragt.
Zahlen sind die Basis, das Gerüst! sagte der Geschichtslehrer. Darauf kann man dann bauen! Aber N. hörte schon längst nicht mehr hin.
Er wurde dann noch einmal wach, als der Lehrer Senftl in Deutsch ihnen »Die Füße im Feuer« vorlas, vielleicht, weil er morgens bei seinem Schulweg ertappt worden war und deshalb schlechte Laune hatte. Er las das Gedicht mit einem bei ihm ungewohnten Feuer und die Klasse war stumm vor Grausen.
N. sah den blitzumzuckten Turm vor sich und die blasse Frau. Er dachte sie sich wie seine Mutter, stellte sich vor, wie die weißen Füße im Feuer dunkel wurden.
Ich hätt' alles gesagt, was die hätten wissen wollen! flüsterte der Kleine neben ihm. Eine Erinnerung an das Märtyrerbild tauchte in ihm auf, an einen längst versunkenen Sommertag auf dem Speicher.
Die letzte Stunde war Zeichnen, eine Erholung, und die meisten machten zum großen Kummer der Lehrerin Blödsinn. N. aber saß still vor seinem Blatt und versuchte kniende Männer ohne Kopf zu zeichnen, obwohl die Aufgabe vorne auf dem Katheder aufgebaut war und in einem häßlichen blauen Krug, einem Apfel und einem Stück Seil bestand, das besonders schwer zu zeichnen war.

Als er nach Hause kam, war die Wohnung leer und still. Er hatte nie Schlüssel dabei. Sonst war immer jemand da, immer. An diesem Tag nicht. Als er noch auf der Treppe stand, wie betäubt, und nicht wußte, was nun zu tun sei, kam einer aus dem Geschäft und brachte seine Sätze vor Atemlosigkeit kaum heraus.
Sollst gleich naus ins Krankenhaus gehn! sagte der Mann zu ihm hinauf, dem Herrn Doktor geht's schlechter. Sollst dir ein Taxi nehmen, hat die Frau Doktor gesagt! Da san die fünf Mark fürs Taxi. Mir ham vom Laden aus schon ang'rufen,

der miassat an jeden Moment dasein. N. ging stumm hinter ihm die Treppe hinunter. Er dachte nur daran, daß er noch nie allein Taxi gefahren war.

Der Weg mit dem Wagen hinaus ins Krankenhaus zog sich so zusammen, daß er, als sie da waren und er dem Fahrer seine fünf Mark gegeben hatte, immer noch nicht wußte, was er denken, wie er sich verhalten sollte. Er bekam Angst, auch vor dem Goßvater.

Eine Schwester brachte ihn zum Zimmer, aber nicht zu dem, das er kannte, sondern in einen anderen Teil des Gebäudes. Das erschreckte ihn mehr als alles andere. Durch die halboffene Tür des Zimmers sah er einen mageren Mann, der einen durchsichtigen dünnen Schlauch in der Nase hatte. N. war darauf gefaßt gewesen, daß sich der Großvater stark verändert haben würde, und so merkte er erst nach einiger Zeit, daß sein Großvater in einer anderen Ecke des Zimmers lag, halb hinter einem Wandschirm verborgen. Die Großmutter saß auf einem Stuhl daneben und die Mutter stand am Fußende des Bettes.

Es war Blödsinn, den Jungen hierherzuholen, hörte er sie der Großmutter zuflüstern, aber die entgegnete ganz ohne ihre sonstige Zerfahrenheit und Hilflosigkeit mit lauter Stimme: Er hat das haben wollen. Und es passiert genau das, was er haben will, merk dir das.

N. hatte die beiden Frauen so nie reden hören, sonst war es meistens umgekehrt, die Mutter machte die Großmutter mit ihrer trägen Hochmütigkeit hilflos. Heute aber blieb sie stumm und blaß am Fußende des schmalen, hohen Bettes stehen, ohne zu antworten.

Er ging näher hin, unwillkürlich auf Zehenspitzen, und hörte während der ganzen Zeit ein eintönig schlappendes Geräusch, das vom andern Bett zu ihnen drang. Der Beutel, den er schon beim ersten Mal in Bauchhöhe aus dem Bett seines Großvaters hatte hängen sehen, war jetzt prall gefüllt mit einer fast schwarzen Flüssigkeit, von der er nicht wußte, was sie war und wo sie herkam. Sie sah aus wie geronnenes Blut. Er schaute jetzt das Gesicht an, das still und gelb auf den hochgetürmten weißen Kissen lag. Die Augen des Großvaters waren fast geschlossen, so daß unter den Wimpern nur ein schmaler Streifen des dunkelgelben Augapfels zu erkennen war. In einem merkwürdigen Gegensatz zur Ruhe dieses

fremden Gesichts stand die Rastlosigkeit der beiden Hände, die, ohne auch nur ein einziges Mal innezuhalten, auf der Bettdecke hin- und herfuhren, nicht, als suchten sie etwas, sondern als wollten sie sich jede Sekunde vergewissern, daß sie sich noch bewegen könnten. Manchmal löste sich eine von ihnen von der Bettdecke und machte eine flatternde Bewegung wie ein Vogel, der auffliegen will.
N. konnte gar nicht von diesen Händen wegschauen und merkte, daß auch seine Mutter unverwandt dort hinsah. Jetzt erst merkte er, daß die Großmutter leise schluchzte. Auf dem weißen Blechnachttisch lagen die Ringe des Großvaters. All die Ringe mit ihren verschiedenen Geschichten, jetzt konnte er nicht einmal mehr draufbeißen wie damals im Trommelfeuer bei Verdun. Denn nicht nur seine Ringe lagen auf dem Nachttisch, sondern auch seine Zähne, und so war ihm nichts geblieben als das ruhelos flatternde Spiel seiner Hände.
Auch N. begann jetzt leise zu weinen, vor allem wegen der Ringe und wegen der Zähne, als der Großvater aufwachte. Im Moment, als er seine gelben Augen geöffnet hatte, kamen seine Hände zur Ruhe. Es machte ihm sichtlich Mühe, seine Blicke irgendwo festzumachen, er schaute unsicher im Raum umher und blieb erst spät an N.'s Gesicht hängen. N. hatte Angst, daß der Großvater ihm etwas würde sagen wollen und daß er es nicht verstünde. Wir haben das Kind mitgebracht, wie du wolltest! sagte die Großmutter, die doch gerade noch geschluchzt hatte, mit unbegreiflicher Munterkeit. Der Blick des alten Mannes suchte nach der Richtung, aus der diese neue Stimme kam, blieb auf halbem Wege stehen und glitt dann, wie erleichtert, zum Gesicht seines Enkels zurück. N. bekam plötzlich Angst vor diesem starren, gelben Blick. Als der Mann im Bett ihm Fragen nach der Schule stellte, hörte er sie zuerst nicht. Wie es in Latein gewesen ist, will der Großvater wissen! sagte die Mutter. In dieser beklemmenden Umgebung rechnete sie auf vollkommen ehrliche Antworten.
Ich hab den ganzen Tag in der Schule nicht aufgepaßt, antwortete er wahrheitsgemäß, und um so lügnerischer: Ich hab immer an Großvater denken müssen.
Die Augen seiner Mutter, die ihn plötzlich fast lachend ansahen, sprachen von Scham und von einer gewissen Aner-

kennung. Der Großvater versuchte, sich in seinem Bett aufzurichten. Seine mageren Hände tasteten energisch nach dem Bügel über dem Bett, den man längst entfernt hatte. Das ist ein Saustall hier, sagte er mit seiner normalen Stimme, die nicht mehr zu ihm gehörte und aus ihm drang wie aus einem Apparat. Alle waren plötzlich froh, daß es für sie etwas zu tun gab, daß sie die Aufgabe übernehmen konnten, ihm den Bügel über dem Bett wieder zu verschaffen. Man sah es ja, daran sah man es ja, daß zu schnell aufgegeben worden war, er würde sich an seinem Bügel wieder hochziehen, er würde bleiben, man mußte noch nicht darüber nachdenken, was ohne ihn zu geschehen habe, was mit ihnen allen zu geschehen habe. Denn sie hatten sich ohne ihn schon fast voneinander gelöst. Ein Pfleger brachte den Bügel und befestigte das weiße Stahlgestell über dem Bett, der Großvater wartete, bis er das Zimmer wieder verlassen hatte. In dem Bett am anderen Ende des Zimmers hatte das schlappende Geräusch schon seit einigen Minuten aufgehört. Keiner von ihnen sah hinüber. Mit einer leichten, mühelosen Bewegung setzte sich der Großvater für einige Sekunden auf, die Hand um den Bügel geklammert. Ihr seht doch, daß es geht, sagte er und fiel dann wieder in die Kissen zurück, fahler als vorher und mit geschlossenen Augen.

Sie begannen zu warten, ohne sich miteinander zu unterhalten, am Nachmittag kam eine Schwester ins Zimmer und zündete die Lampen an. Sie schaute kurz und prüfend zu beiden Betten, an dem des andern Mannes blieb ihr Blick hängen. Der Großvater schien zu schlafen. Die Schwester winkte ihnen, sie möchten auf den Gang kommen. Da standen zwischen gelblichen Pflanzen ein paar Wachstuchsessel. Sie setzten sich alle drei nur auf die äußerste Kante, mit angezogenen Knien, und versuchten, nicht in die Richtung der Tür zu schauen, hinter der auch der Großvater lag. N. merkte, daß er am Gesäß zu schwitzen begann und seine Hose kratzend auf der Haut klebte. Irgendwoher tauchte ein Arzt in weißem Mantel auf, die Schwester eilte ihm voraus. Beide hatten den gleichen rollenden Gang. Der Arzt nickte kurz in die Richtung der Großmutter und betrat das Zimmer.

Nach einer langen Zeit kam eine andere Schwester sehr schnell den Gang herunter und schob einen tischartigen

Blechkasten mit einem gläsernen Aufbau und einem Bündel Schläuche an der Seite vor sich her. Zwei Pfleger folgten, die sich miteinander unterhielten. Sie schoben den Kasten zu dritt in das Zimmer.

So sieht das also aus, sagte die Mutter nachdenklich. Die Großmutter hatte wieder zu weinen begonnen, mit gesenktem Kopf, ohne zu schluchzen. Die Mutter legte ihr die Hand aufs Knie, die Großmutter hielt N. fest und er spürte die Rucke in ihrem Körper.

Die eine Schwester verließ einmal das Zimmer und kam mit einem Bündel zurück, von dem man nicht sehen konnte, was es war. In der Dämmerung des Novembernachmittags begannen die kränklich gelben Pflanzen, die um die Sessel herumstanden, wie vor einem Gewitter zu leuchten. Eine junge Schwester schob einen Wagen mit Essentabletts den Flur entlang. Auch in das Zimmer des Großvaters schob sie ihren Wagen, kam aber beinahe sofort wieder heraus und sah kurz zu ihnen hinüber.

Wir sollten den Buben nach Hause bringen, sagte die Mutter leise.

Die Goßmutter antwortete nicht, sondern schaute immer auf die weiße geschlossene Tür. Es war schon fast ganz dunkel geworden, als sich die Tür öffnete. Der Arzt kam als erster heraus und ging auf die Großmutter zu.

Es tut mir sehr leid, sagte er zu ihr. Die Schwester nahm ihn beiseite und sprach mit ihm. Die Großmutter schaute ihn an, blaß, mit geöffnetem Mund.

Entschuldigen Sie, sagte der Arzt zur Großmutter, ich dachte –. Dem Herrn Doktor geht es den Umständen entsprechend. Im Moment schläft er.

Dann wandte er sich um und ging. Die zwei Pfleger schoben ein mit weißen Laken bedecktes Bett aus dem Zimmer und den dunklen Gang hinunter. Es sah aus, als sei es leer.

Als die drei ins Zimmer zurückkamen, schauten sie nicht in die Ecke, in der das Bett des andern Mannes gestanden war. Der Großvater hatte den Kopf zur Seite geneigt, seine Augenlider waren eingesunken, und an seinem Kinn sah N. graue Bartstoppeln.

Was sollen wir jetzt machen, sagte die Mutter, wir können doch nicht warten!

Wir gehen jetzt mit dem Buben nach Haus, antwortete die

Großmutter ruhig, er hat ja noch nicht einmal etwas zu Mittag gegessen. Was wir dann tun, überlegen wir nachher. Sie verabschiedeten sich der Reihe nach vom Großvater, ernsthaft und ausführlich, als könne er sie hören.
Elfriede hatte an diesem Abend im Wohnzimmer gedeckt, sie wollte an einem solchen Abend die neugewohnte Beiläufigkeit der Mahlzeiten nicht durchgehen lassen. Sie hatte richtig gekocht und trug beim Servieren eine weiße Schürze. Alle drei aßen viel. Elfriede berichtete von einigen Bekannten, die angerufen hatten und sich noch einmal melden wollten.
Man ist doch nicht allein! sagte die Großmutter gerührt. Ein paar werden ja kommen wollen, es lenkt doch ein bißchen ab. Holen Sie Wein herauf, Elfriede! Und es schien, als schäme sie sich etwas vor dem Mädchen. Man hatte schon zum Essen Wein getrunken, N. auch, das durfte er jetzt manchmal.
Du brauchst morgen nicht in die Schule, sagte die Großmutter, man weiß ja nicht, was wird! Da standen ihr wieder die Tränen in den Augen. Die Mutter sagte, sie sei selbstverständlich die nächsten Abende zuhause, sie müsse nur ein paarmal telefonieren. Alle telefonierten in der nächsten Stunde, mit halblauten, schmerzlichen Stimmen. Es klang, als sagten sie immer wieder dasselbe.
Eine Menge Freunde kamen an diesem Abend. Nachdem die schmerzlichen Stimmen auch von ihnen zu hören waren, wurde es danach doch lauter.
Man muß sich ablenken! sagte die Großmutter ein übers andere Mal und alle gaben ihr recht. N. saß mit einem Weinglas bei den Erwachsenen und es war ihm heiß. Keiner achtete darauf, wieviel er trank.
Gerade für das Kind ist es entsetzlich! sagte der dicke Onkel Fritz und hatte ganz gerührte Augen. Dann schenkte er N. ein. Du kannst doch was vertragen, sagte er. N. dachte an den Großvater. Der konnte sich nicht ablenken. Er war festgebunden in diesem Bett im Krankenhaus und die andern ertrugen es nicht, ohne sich immer wieder von ihm abzulenken.
N. ging hinaus in die kühle Küche und sezte sich zu Elfriede, die nähte, aber nur nebenbei, um etwas in der Hand zu haben.
Du bist ja blau! sagte sie zu ihm, was die sich nur denken, einem Kind den schweren Wein!

Ihm war schlecht, aber er konnte noch denken, wenn ihm auch seine Gedanken, ihre Abläufe und Sprünge ungewohnt vorkamen.
Ich mach dir einen Tee, sagte Elfriede, schlafen kannst du ja wahrscheinlich noch nicht.
Der Großvater schläft die ganze Zeit! sagte N.
Der schläft nicht, antwortete Elfriede nach einer langen Zeit, während sie mit dem Rücken zu ihm am Herd stand und der Duft des Kamillentees durch die Küche zog, der stirbt, das weißt du doch. Da schläft man nicht, da ist man auch nicht müde. Man macht nur die Augen zu, damit einen die Leut nicht dauernd anreden.
Heute hat er sich noch aufgesetzt, sagte N., vielleicht stirbt er eben doch nicht! Aber in seinen ungewohnten Weingedanken wußte er, daß das Aufsetzen im Bett ein Teil des Sterbens war, daß es gar nichts mehr zu deuten gab, daß alles Ablenken nichts half, denn das Sterben kann man nicht ablenken. Zum erstenmal tat ihm Denken weh. Aber das lag am Wein und er trank den Kamillentee, den er sonst nicht mochte, als könne er sich damit von innen waschen.
Die Großmutter kam in die Küche, um neuen Wein zu holen.
Ach, da bist du, sagte sie, das ist recht.
Sie sollten dem Buben den Wein nicht geben! meinte Efriede.
Er kann das wohl vertragen, sagte die Großmutter empfindlich, wir wissen schon, was wir tun. Das Kind ist fast am schlimmsten dran. Wenn er doch nur heute abend hier sein könnte, alle sind so reizend und reden so freundlich von ihm.
Aber Elfriede machte nur einen schmalen Mund und stellte die Weinflaschen auf das Tablett.
Bringen Sie uns noch eine Kleinigkeit zu essen? fragte die Großmutter.
An dem Abend ging N. freiwillig ins Bett. Man hatte ihn vergessen.
Der Kamillentee hatte seinen Kopf und seinen Magen einigermaßen beruhigt. Er war sehr müde, konnte aber lange nicht einschlafen. Irgend etwas vibrierte in ihm wie ein Motor, obwohl er ganz still lag. Als er eingeschlafen war, glaubte er im Traum in der Ecke seines Zimmers ein hohes weißes Eisenbett zu sehen, das langsam hin- und herschau-

kelte. Etwas Dunkles lag darin, das er nicht erkennen konnte. Er wachte von seinen eigenen Schreien auf. Aber niemand kam. Nur von weitem hörte er die Stimmen aus dem Wohnzimmer. Er schlief wieder ein und träumte von einer Gruppe Menschen, die langsam um einen Weiher zogen. Der Weiher war grün von Wasserlinsen. Er selbst saß auf einem Ast über dem Wasser und die Menschen mußten über den Ast klettern, aber keiner sah ihn dabei an. Irgendwann wurde er dadurch wach, daß jemand ihn schüttelte, es war Elfriede. Draußen war es noch dunkel. Er fühlte sich sehr schlecht.
Steh auf, sagte Elfriede mit einer ganz fremden Stimme.
Er stand auf, ohne zu fragen warum. Seine Mutter kam herein, ihr Gesicht war gedunsen, ihre Augen matt.
Zieh dich schnell an, wir müssen ins Krankenhaus, sagte sie, ohne ihn anzusehen. Er fühlte sich ganz mager vor Müdigkeit. Die Großmutter stand draußen in einem dunklen Pelz. N. hatte sich nicht gewaschen und niemand hatte etwas gesagt. Unten stand ein Taxi, und wieder schien ihm der Weg aus der Stadt unbegreiflich kurz.
Der Großvater war jetzt hinter einer weißen Wand ganz verborgen, es stand kein neues Bett in dem Zimmer. Draußen wurde es hell. Sie standen zu dritt vor der weißen gefältelten Wand. Die Schwester machte ein ernstes Gesicht.
Es ist jetzt das Koma, sagte sie.
N. wußte nicht, was ein Koma war. Sie schob die Wand weg. Da lag der Großvater ganz unverändert, mit zur Seite geneigtem Kopf und Höhlen in den Backen. Nur seine Nase schien anders, schmaler und heller, mit einem messerdünnen Rücken. Jetzt warteten sie wieder, schläfrig und still. Jedesmal, wenn der Mann im Bett laut nach Atem schnappte, schraken sie zusammen. Er tat es in ganz unregelmäßigen Abständen, die Mutter näherte sich immer wieder dem Bett, wenn es lang stillgeblieben war. Der Kopf des Großvaters bewegte sich nicht, auch die Hände waren ruhig geworden. Der Arzt kam herein, den sie gestern schon gesehen hatten. Er ging zum Bett und nahm das Handgelenk des Großvaters mit einer nachlässigen Geste von der Decke.
Es ist das Koma, sagte er.
Wie lange wird es noch dauern? fragte die Mutter leise.
Das kann man nie so genau sagen, gnädige Frau, sagte der Arzt.

Vom Bett her kam wieder ein tiefes, knarrendes Atemholen und der Kopf auf dem Kissen begann zu rollen, hin und her, hin und her.
Die Hände hielten etwas fest. Die Atemzüge kamen jetzt immer schneller, die Hände des Großvaters suchten. Der Arzt ging wieder hinaus, als sei gar nichts. Später, nachdem der Großvater ruhig geworden war, kam er wieder.
Ich glaube –, sagte die Mutter.
Ganz recht, gnädige Frau, sagte der Arzt, es tut mir sehr leid, aber es war besser so. Die Großmutter hatte noch nicht begriffen. Was, was, sagte sie. Was ist denn jetzt? Er ist ja ganz ruhig? Aber da kam noch einmal ein Atmen und alle erschraken. Es tut mir sehr leid, sagte der Arzt zum zweiten Mal.
N. war lang nicht klar, wann der Großvater eigentlich gestorben war.
Später erschien dann eine Schwester, drückte ihnen stumm die Hand und bat sie aus dem Zimmer. Die Großmutter ging nur widerstrebend. Man muß doch etwas tun, sagte sie.
Was nötig ist, wird getan werden, antwortete die Schwester. Die Aussegnung ist morgen früh.
Ist er wirklich tot? fragte N. seine Mutter.
Ja, sagte die, ja, er ist wohl wirklich tot.
Sie gingen zu Fuß nach Hause zurück, es war den ganzen Tag nicht richtig hell geworden und man sah die Umrisse der Stadt wie aus grauem Papier ausgeschnitten hinter dem Josefstor. Er ging zwischen den beiden Frauen. Als sie durch die Haustür kamen, standen die Angestellen in ihren Mänteln schweigend im Hausflur. Einige weinten, die andern schauten verlegen und männlich vor sich auf den Boden.
Die Großmutter blieb einen kurzen Moment stehen und sah in die Gesichter.
Sie werden alles rechtzeitig erfahren, sagte sie mit einer hohen, eiligen Stimme. Sie werden verstehen.
Im ersten Stock waren alle Bürotüren weit geöffnet, das Haus atmete seine Seele aus. Die Büromädchen standen im Gang und hielten der Großmutter die Hände hin.
Danke, mein Kind, sagte die Großmutter zu ihnen. Die Mutter ging die ganze Zeit hinter ihr her wie ein Schatten, ein müder Schatten, und niemand achtete auf sie. Ihm aber wollten alle über den Kopf streicheln, obwohl er den

meisten schon bis zur Schulter ging. Sie kamen in die Wohnung, würdevoll, wie eine dunkle, gebeugte Prozession. Elfriede stand weinend in der Tür und die Tränen zogen glänzende Spuren über ihre rauhen, roten Backen.
Unser Herr Doktor, sagte sie immer wieder, unser Herr Doktor.
N. versuchte, sich an den Großvater zu erinnern, an die laute Stimme und an das dreimalige Klicken der Ringe jeden Mittag an der gläsernen Flurtür. Er spürte etwas wie ein Saugen und Weggleiten, eine Übelkeit, und er fing an zu weinen.
Während er in der Küche saß und weinte, kamen immer mehr Leute in die Wohnung. Ihn brauchte man jetzt nicht mehr. Alles, was jetzt geschah, vollzog sich ohne sein Zutun. Der Hausarzt war gekommen und hatte der Großmutter eine Beruhigungsspritze gegeben. Du brauchst keine, sagte er zur Mutter, du bist zäh.
Das angesehenste Institut der Stadt war mit der Erledigung der Formalitäten beauftragt worden. N. war oft mit Elfriede am Schaufenster dieser »Pietät« vorbeigegangen. Vor einem tiefvioletten, gerafften Vorhang stand dort, neben einem silbernen Leuchter, ein schwarzer, mächtiger Sarg mit Löwenfüßen. Auch eine düstere Palme stand im Winkel des Fensters. Das Arrangement dieser fremden, furchteinflößenden Gegenstände hatte es ihm angetan, Elfriede wollte aber nie hineinsehen und hatte ihn immer weitergezogen.
Die Großmutter lud auch für diesen Abend einige Freunde ein und sagte dabei den Satz, den N. jetzt noch oft hören sollte: Er hätte es auch nicht anders gewollt.
Alle in der Familie schienen jetzt damit beschäftigt, herauszufinden, was der Großvater gewollt hätte.

Die Aussegnung im Krankenhaus machte N. Angst. Ein fremder Pfarrer mit einem strengen Gesicht sprach vom Fleisch, das wie Gras ist. Die Großmutter und die Mutter sahen ihn still und trotzig an, was ihn zu ärgern schien. Der Sarg stand erhöht, man hatte N. Blumen in die Hand gegeben, die sollte er davorlegen. Es waren goldbraune Chrysanthemen, deren Geruch er nicht mochte.
Das ist eine Unsitte, sagte die Großmutter, als sie nach Hause fuhren, irgend so ein verhungertes Pfäfflein, das ihn nicht

einmal gekannt hat! Dafür ist doch die Beisetzung da. Sie sagte »Beisetzung«, wie es immer in der Zeitung stand. Zuhause wartete, wie um sie zu trösten, der richtige Pfarrer, der Dekan Gmeindner, der hochgewachsen war, kultiviert, und ausgezeichnete Manieren hatte. Er war einige Male zu Gast im Hause des Großvaters gewesen und hatte sich gern mit ihm über die Vorteile und Nachteile der einzelnen Konfessionen gestritten, meist bei einem guten Cognac.
Nun wird er alles an Ort und Stelle überprüfen können, meine Liebe! Seien Sie nicht gar zu unglücklich, es ist ihm vieles erspart geblieben.
Wer erspart mir etwas? sagte die Großmutter klagend. Ihm ist wohl, sagen alle. Wie kann ihm wohl sein bei dem, was alles auf mich zukommt?
Aus ihrer Traurigkeit war langsam eine gewisse Unwilligkeit geworden, ein Beleidigtsein über die Fahnenflucht des Toten. Es wurde schon viel geredet in der Stadt, die Angestellten trugen es ihr zu und taten, als seien sie besorgt, Elfriede sagte es ihr, damit sie nicht ahnungslos sei. Freunde riefen an, und fragten vorsichtig nach.
Aber auf der Beerdigung war von all dem nichts zu spüren. Der Friedhof, der sich in mehreren breiten Terrassen einen Hang entlangzog, von dem aus man über die ganze Stadt schauen konnte und der so eher das Aussehen eines Schloßgartens hatte, nahm all die Trauernden mit weit geöffneten Portalen auf. Die Wagen parkten im unteren Bereich und die schwarze Schar zog langsam bis zur mittleren Terrasse, wo die Trauerhalle stand, die fast zu klein war für all die Trauergäste. N. hatte einen dunklen Anzug bekommen mit langen Hosen und empfand von Beginn bis Ende der Zeremonie ein Gefühl bitterster Peinlichkeit. Würdige Erwachsene drehten verlegen Bumensträuße in der Hand, bis sie endlich einen Platz gefunden hatten, wo sie sie hinlegen konnten. Niemand wußte, wen er begrüßen sollte, wem er die Hand zu geben hatte. So sah man da einen weiten Platz, auf dem schwarzgekleidete Männer und Frauen langsam und unsicher nickend umherirrten. Jeder schien auf ein Ereignis zu warten. Sie wußten alle nicht, wozu sie da waren. Die Großmutter, die Mutter und er gingen endlich in die Trauerhalle, wo der Sarg stand, mit Blumen überzogen wie mit einem Zuckerguß. Über allem hing der Novembergeruch

der Chrysanthemen. Hinter ihnen her drängten sich die Freunde und wenige weitläufige Verwandte, einer dem andern in seiner Schwärze zum Verwechseln ähnlich. Die sudetendeutschen Schwestern waren in dunklen Pelzen gekommen, bei deren Anblick die Mutter den Kopf zur Großmutter drehte. Alle warteten. An der Stirnseite der Halle erkannte er die Angestellten und Arbeiter aus dem Geschäft, die ihm ohne ihre Kittel fremd vorkamen. Eins der Büromädchen bemühte sich dauernd, ein schwarzes Jäckchen so tief wie möglich über einen leuchtend grünen Rock zu ziehen. Alle warteten, keiner wußte, wie lange und auf was. Eine Musik setzte ein, ein fremdartiges elektrisches Instrument, das irgendwo hinter den Paneelen verborgen war, spielte das Lied: »So nimmt denn meine Hände...«, und fast alle begannen zu weinen.

Der Dekan Gmeindner erschien in einem Moment, als niemand mehr wußte, wie es nun weitergehen sollte. Als er kam, wurden alle still und richteten sich auf eine längere Zeit ein. Der Dekan, der den Großvater vielleicht ein dutzendmal gesehen hatte und außer dessen munterer Katholikenverehrung nichts von ihm wußte, traute sich, das Leben des alten Mannes, dessen Körper angeblich da im Sarg lag, so geläufig zu erzählen, als sei er jahrelang Tag und Nacht neben ihm hergewandert und kenne Wege und Gedanken genau. Der Großvater paßte nicht schlecht in die Rede des Dekans, aber auch nicht gut. Es fiel N. nicht schwer, wegzuhören und an die Geschichten zu denken, die ihm der Großvater selbst über sich erzählt hatte. Wie war es gewesen mit den Ringen, auf die er im Trommelfeuer bei Verdun gebissen hatte?

Mit einem Rauschen standen alle auf, um das Vaterunser zu beten. Während die elektrische Musik »O Haupt voll Blut und Wunden« spielte, kamen zwei schwarzgekleidete Männer, nahmen vor dem Sarg die Mützen ab und blieben stehen. Genau gleichzeitig setzten sie dann die Mützen auf und zogen das unsichtbare Wägelchen, auf dem der Sarg gestanden hatte, mit dem Blumengebirge aus der Halle. Viele weinten jetzt wieder. Der Pfarrer ging hinter dem Sarg, dann die zwei Frauen und N., dann kamen Männer mit großen Kränzen.

N. wagte nicht, sich umzudrehen und hörte nur das traurige

Schubbeln vieler Füße auf dem Kies des Friedhofs. Er hatte während der ganzen Zeit nicht auf seine Mutter und seine Großmutter geachtet, die hinter ihren schwarzen Schleiern völlig stumm waren. Sie hatten es gut mit den Schleiern. Die Leute am Weg blieben stehen, schauten dem Zug nach und kontrollierten, ob auch alle traurig aussahen. Ihm schauten sie ins Gesicht, und er merkte, wie im Gehen seine Backen leise zitterten.
Der Pfarrer sprach dann nicht mehr viel, und der Sarg wurde in die braune Grube gesenkt. Das war der dritte Moment, wo wieder alle zu schluchzen anfingen. Es gab eine Unruhe. Die Männer husteten. Die mit den Kränzen traten der Reihe nach an die Grube, schauten hinein und sprachen einige Worte: daß sie den Großvater nicht würden entbehren können und daß er ihnen immer ein Vorbild bliebe. Dann legten sie die Kränze hin, ordneten die Schleifen, traten zurück. Sie schauten um sich, wem sie alles die Hand geben könnten.
Beileid, gnä' Frau! sagten sie zur Mutter und zur Großmutter. Die nickten und schauten aufmerksam hinter ihren Schleiern hervor, als wüßten sie genau, wie kurz die Frist war, die ihnen noch blieb. Die Männer nämlich, die den Großvater als Vorbild für alle Zeiten behalten wollten, hatten ihren Besuch bereits für den nächsten Tag angekündigt. Sie gingen dann mit einigen Freunden nach Hause. Elfriede hatte ein kaltes Buffet gerichtet, fast wie bei der Einweihung des Ofenlagers. Für die Arbeiter gab es wieder Bier und Würste.

Damals kamen die Winter schnell. Bei der Beerdigung des Großvaters hatte noch eine blasse Sonne geschienen, jetzt aber, kurze Zeit später, lag die Stadt weiß unter einem leuchtenden Himmel und Elfriede mußte jeden Tag vier Eimer Kohlen in den vierten Stock tragen. Viele Leute kamen nun in das ruhig gewordene Haus, meist waren es korpulente Männer mit ernsten Gesichtern, Lieferanten, Anwälte, zu Anfang auch Parteifreunde des Großvaters.
Die Großmutter war magerer geworden und der Ausdruck hilfloser, gekränkter Verwunderung wich nicht mehr aus ihren Augen. N. war jetzt oft mit ihr zusammen, er setzte sich jeden Tag, wenn er aus der Schule kam und gegessen hatte – meist aß er jetzt mit Elfriede in der Küche – zu ihr an den Schreibtisch. Mit diesem zierlichen Möbel hatte sie früher nie

zu tun gehabt, höchstens, daß sie einer ihrer Freundinnen mit ihrer runden, eiligen Schrift eine Nachricht notierte. Jetzt lagen jeden Tag mehr Aktenordner auf der Platte, der Prokurist brachte Mappen mit Papieren, Durchschlägen von Verträgen.

Wie in einer stillschweigenden Übereinkunft hatte sich der Ton zwischen den beiden geändert. Sie schützte N. nicht mehr, sie beanspruchte nun sein Denken und seine Aufmerksamkeit, und es geschah nur selten, daß sie ihn mit traurigen Worten und in der alten Kindersprache an früher erinnerte.

Sie gab sich große Mühe, ihm die jetzigen Verhältnisse der Familie zu erklären. Haus und Geschäft, auch Besitztümer wie Lagerhallen und Mietshäuser, von denen N. bisher nichts gewußt hatte, waren hoch verschuldet. Der Ausbau des Ofenlagers war lediglich dem Anschein nach ein Aufschwung, ein »mit-der-Zeit-Gehen« gewesen. Der Großvater hatte die Arbeiten noch nicht bezahlt. Die Lieferanten weigerten sich, neue Waren in Kommission zu geben, bevor die alten Rechnungen nicht beglichen seien. Alle anderen Geschäfte in der Stadt zahlten längst höhere Löhne, die Angestellten waren nur »aus Familientreue« bis jetzt geblieben. Die Einnahmen aus den Mietswohnungen, düstere Blöcke am Rand der Stadt, blieben niedrig. Für eine Modernisierung, nach der man die Mieten dann hätte erhöhen können, fehlte das Geld.

Es dauerte viele Nachmittage, bis die Großmutter ihm das alles so beschrieben hatte, daß er es einigermaßen verstand. Er konnte sich die notwendigen Folgen aus dieser Lage nicht vorstellen, ebensowenig übrigens wie die Großmutter, die an ihrem mit Akten beladenen zarten Kirschholzsekretär saß, seufzte und kummervoll lächelte, als spielten sie beide zusammen ein neues Spiel.

Seine Mutter sah er jetzt immer erst abends.

Sie versucht noch einmal Geld aufzutreiben, um das Geschäft wenigstens zu retten, sagte die Großmutter. Den ganzen Winter über gingen die Frauen und N. wie auf Zehenspitzen durch das Treppenhaus, und selbst in der Wohnung sprachen sie leiser als sonst. Sie benahmen sich, als wüßten sie nicht, ob sie noch das Recht hätten, in diesem Haus, in dieser Wohnung zu sein, als könnte einer auf dem Treppen-

absatz stehen und ihnen die Kohle, die Elfriede leise und hastig hinauftrug, die Kartoffeln, ja sogar das Gehen auf dem grauen matten Holz der Treppe untersagen. Für N. aber war auch das die Fortsetzung eines Spiels, des Erwachsenenspiels. Er erinnerte sich manchmal an früher: Immer wenn sie Sorgen hatten, ließen sie ihn in ihre Welt schauen, kümmerten sich nicht so wie sonst darum, was gut für ihn sei.
Der Winter war lang in diesem Jahr. Sie waren alle wieder in die wohltuende Eintönigkeit der früheren Tage zurückgesunken, aber mißtrauisch und jederzeit bereit, sich von einem Brief, einem Anruf, dem Besuch eines der fremden Herren aufschrecken zu lassen. Die Mutter war wieder mehr zu Hause, schlief morgens lang, klagte oft über große Müdigkeit. Er ging zur Schule, ließ die Unterrichtsstunden an sich vorbeilaufen, tat nur das Nötigste um nicht aufzufallen.
Das ganze Haus wartete, in jedem Zimmer, auf allen Gängen, in allen Fensternischen und Mauern konnte man es spüren, ein angstvolles, gelähmtes Warten auf ein Ereignis, von dessen Art niemand eine Vorstellung hatte. Als er Elfriede einmal fragte, wie es nun weiter gehen solle, fuhr sie ihn nur an, er könne schon froh sein, das es überhaupt weitergehe.
Im Januar war es immer noch so glasklar kalt wie zu Beginn des Winters. Die Großmutter hatte (das Kind soll doch nicht auf alles verzichten müssen!) auf einem Weihnachtsbaum bestanden. Am Weihnachtsabend hatte es eine Gans gegeben und Wein (Er hätte das so gewollt!) und sie hatten alle nach dem Essen geweint, als die Kerzen brannten. Nun stand der Baum immer noch da, grau im Licht des Nachmittags, seine Nadeln lagen wie ein Teppich auf dem Parkett, aber niemand raffte sich dazu auf, ihn wegzuräumen. N. glaubte, wenn man nur lang genug diesen Zustand des Wartens aushielte, würde es von selbst wieder wie früher. Er konnte sich noch immer keine Veränderung vorstellen.
Auch in seiner Klasse blieb alles beim alten. Wer in großen Häusern wohnte, blieb dort wohnen. Wer am Stadtrand wohnte, wohnte immer weiter dort. Er kam aus dem großen Haus in der inneren Stadt, er war der Enkelsohn des Kaufmanns mit der alteingesessenen Eisenhandlung. Man blieb, was man war.
N. begann, sich Erfolge in der Schule zu suchen und verfehlte die Wirkung auf seine Lehrer nicht. Man verzieh ihm seine

Schwächen in den klaren Fächern, in Mathematik, auch in Latein, man entschuldigte sie sogar. Ein phantasiebegabtes Kind tue sich eben schwer mit der allzu trockenen Materie. Seine Aufsätze wurden meist vorgelesen, manchmal, aus pädagogischen Gründen, gab man ihm eine etwas schlechtere Note.
Da hast du nicht deinen besten Tag gehabt, sagte der Lehrer nachsichtig.
N. schrieb dem Kleinen jetzt die Aufsätze nicht mehr. Der nahm es aber nicht übel und half ihm weiter bei den Mathematikaufgaben.

Das Ereignis trat ein, als niemand mehr daran dachte. Es war ein Frühjahrsnachmittag, einer der ersten, an denen der Wind und die Luft ihm nicht mehr in die Backen schnitten und er mit erhobenem Kopf nach Hause ging. Er hatte sogar einen Umweg durch den Park gemacht, dessen größerer Teil zum Schloß gehörte und nicht zugänglich war. Eigentlich war es nur ein schmaler Streifen rings um den Schloßpark, Bäume und ein wenig Rasen, der den Bürgern zur Verfügung stand. Man lief den ganzen Weg an den hohen, schmiedeeisernen Gittern des Parks entlang, in dem wie jedes Jahr die ersten Blumen der ganzen Stadt blühten, leuchtende, grünweiße Flächen von Schneeglöckchen und die tiefblauen Büschel der Scilla.
Niemand hatte je öffentlich die allgemeine Benutzung des Parks gefordert. Zwar stand das riesige rosa Schloß den größten Teil des Jahres leer und im Park sah man nie einen Menschen.
Keiner hätte in diesem Park den fröhlichen Lärm der öffentlichen Allee haben wollen. Jeder fühlte sich für Minuten als Herrscher dieser alten, weitläufigen Gärten, der verfallenden Teehäuschen, der moosigen Brunnenfiguren, der großen, duftenden Gruppen von Magnolien, aber jeder für sich allein.
N. hatte schon als kleiner Bub nie von dem Gitter weggehen wollen, so, als sähe er, wenn er nur lang genug wartete, vielleicht doch eine Gestalt aus einem der Pavillons kommen, eine Dame mit einem langen Kleid und einem Spitzenschirm oder einen Knaben mit Windhunden. Aber er hatte nur einmal einen dicklichen Herrn am Schloßtor gesehen, der eine hängende Unterlippe hatte. Das ist der Fürst, hatte

Elfriede damals gesagt. Willst du ihn anschauen? Aber er wollte es nicht und vergaß ihn sofort.
Heute, an diesem Frühlingstag, war es anders als sonst. Nie würde er wissen, ob in dem Brunnen hinter den Magnolienbäumen Wasser war. Er blieb zum ersten Mal nicht stehen, die Gestalten, die er sich früher vorgestellt hatte, kamen ihm vor wie fade Kindermärchen. Wenn ich groß genug bin, steig ich drüber. Ich pinkle in den Brunnen. Ich schmeiße die Figur um. Er war unzufrieden, als er nach Hause kam. Die beiden Frauen warteten oben an der Treppe auf ihn, Elfriede sah er nirgends.
Wir müssen mit dir reden, sagte seine Großmutter.
Sie gingen gemeinsam ins Herrenzimmer und versuchten, ihm die Lage, die sie selbst kaum verstanden, zu erklären. Mittagessen gab es keins.
Das Durcheinander von Besuchen und Unterredungen, Verhandlungen, Beratungen und Tröstungen, die Stöße von Verträgen, Wechseln und Mahnungen waren entwirrt worden. Was zutage gekommen war: die Notwendigkeit, sämtliche Liegenschaften schnell, vielleicht weit unter Preis zu verkaufen, das Geschäft, die Lager, soweit sie bezahlt waren. So war es knapp möglich, einen Konkurs zu vermeiden. Von dem, was dieses Wort tatsächlich bedeutete, hatten sie alle drei kaum eine Ahnung, es hatte nur den Geruch des ein für allemal Entehrenden, dieses Wort »Konkurs«, das man damals nicht oft hörte oder las. Alles hatte in diese Notwendigkeit gemündet, unausweichlich, es gab auch schon einen interessierten Käufer, einer jener Parteifreunde des Großvaters, und N. erinnerte sich an die Zeit, als der Großvater allwöchentlich mit »seinen Herren« in den Ratskeller ging. Einer der Herren, Niederstrasser, wollte nun kaufen. Er tat es, wie er der Großmutter mit vor der Brust zusammengedrückten Fäusten und drängender Stimme ein übers andere Mal beteuert hatte, nur aus alter Freundschaft und um die Familie seines verehrten Parteifreundes nicht der Schande des Zusammenbruchs zu überlassen. Er wollte alles kaufen, alles was da war. Er wollte so weit gehen, sich für die Begleichung sämtlicher Verbindlichkeiten persönlich zu verpflichten. Aber das Geschäft war nicht das modernste, das mußten sie verstehen, übrigens auch nicht das Haus, in dem es sich befand. Da begriff N. erst, daß auch das Haus verkauft

werden mußte, ja, daß es gerade auf das Haus besonders anzukommen schien. Der Parteifreund konnte angesichts der ungeheuren Summen, die er, wie er sagte, in all diese Objekte würde stecken müssen, keine allzuhohe Kaufsumme bieten.

Die Mutter hatte bis hierher schweigend zugehört, erzählte N. aber jetzt in ein paar schnellen, nachlässigen Sätzen, die sie nicht zu Ende sprach, von ihren Bemühungen in den letzten Wochen, Geld aufzutreiben.

Soviel wäre es gar nicht gewesen, sagte sie zu N. gewandt, mit sachlicher Stimme, so, als müsse ihm alles klar sein. Aber der Direktor Feindt von der Vereinsbank wollte unter keinen Umständen den Kredit genehmigen. Er war auch ein Parteifreund. Den Niederstrasser kennt er im übrigen sehr gut. Wenn wir noch einen Kredit bei der Bank genommen hätten, wären wir ins Unglück gestürzt, meinte er. Sie schaute N. nachdenklich an. Keiner glaubt, daß wir es geschafft hätten. Sie wollen es auch nicht. Und nach einer Pause sagte sie, mehr zum Fenster hinaus als zu ihm: Wir hätten es ja vielleicht auch nicht geschafft.

N. hörte seiner Mutter längst nicht mehr zu. Er schaute im Zimmer umher, blieb an den verschlossenen weißlackierten Türen hängen, er wagte nicht, den Frauen ins Gesicht zu schauen. Daß sie auch nur daran dachten, das Haus zu verkaufen, hatte ihn taub gemacht gegen alle Sätze, die sie als Erklärung folgen ließen. Sie konnten es sich selbst erklären seinetwegen, tage- und nächtelang, aber sie konnten doch nicht daran denken, dieses Haus zu verlassen. Keinen Augenblick überlegte er, warum er sich so wütend dagegen wehrte, über den Verkauf, über das Verlassen des Hauses für immer auch nur nachzudenken. Hätte ihn einer gefragt, ob er das Haus liebe, dann hätte er keine Antwort geben können. Man liebt auch sein Bein nicht oder seinen Hals.

Sie sprachen nun beide gemeinsam mit ihm, er sah ihre geschminkten Münder (»Le rouge baiser« in winzigen trokkenen Röllchen auf ihren Lippen) die sich bewegten.

Es wird sich gar nicht viel ändern! hörte er seine Großmutter sich selbst belügen. Wir können noch lange hier wohnen bleiben, halt gegen Miete, das Geschäft wird da sein wie immer, nur wird von uns niemand mehr Arbeit damit haben, wir behalten erst einmal die schöne große Wohnung.

Kann man sich nicht das Geld bei andern Leuten leihen? fragte er und das war das erste, was er seit diesen Erklärungsversuchen sagte. Seine Mutter schaute ihn spöttisch an.
Du bist intelligent, sagte sie, stell dir vor, das versuch ich schon seit seinem Tod, bei Leuten Geld zu leihen. Aber auf uns setzen sie nicht mehr. Erst war er alte Schule und jetzt war er ein alter Mann, der von der neuen Zeit nichts versteht. Ein alter Trottel. Die Großmutter sagte nichts, nicht einmal »Kind«, sie schaute nur vor sich hin. So viele Freunde, sagte sie, so viele Freunde. Und es ist doch gar nicht lang her.
Sie waren immer eine Familie ohne Verwandte gewesen. Die Eltern der Großmutter waren früh gestorben, ihr Erbe im Geschäft investiert worden. Ein paar Papiere noch, ein paar Zinsen ... Mischpoche – hatte der Großvater immer gesagt, auch als es gefährlich war, Mischpoche zu sagen, Mischpoche ist nichts zum Essen, sondern was zum Kotzen. Seine Eltern waren große, dunkle Ölbilder, die im Büro hingen. Nur N.'s Vater hatte Verwandte gehabt, aber die hatten nicht geholfen: Der Laden taugte nichts, ihrer Meinung nach, bloß Grundstücke wollten sie, weites, billiges Ackerland vor den Toren der Stadt, da, wo sie ihre erste Bastion gebaut hatten. Die Stadt würde größer werden. Die toten Häuser in ihrem Kern interessierten sie nicht. Der Alte hatte die Mutter nach Hause geschickt, nachdem er sie gezwungen hatte, die ganze Situation zweimal ausführlich zu erklären. Das hatte ihm als Denkzettel genügt.
Die drei saßen in dem Herrenzimmer, am Rauchtisch aus Marmor, den N. als kleines Kind so gern gemocht hatte, weil seine Marmorplatte aussah wie eine große Scheibe Blutwurst, an den Wänden standen in langen Reihen die Bücher mit ihren sanften, staubigen Farben, über dem Schreibtisch in der Ecke hing schräg ein Spiegel, in dem man das Zimmer sah. Alles erschien N. vollkommen unbeweglich und das tröstete ihn. Es sah ganz unangetastet aus, als könne niemand auch nur ein Buch aus dem Regal nehmen, alles war an seinem Platz.
Vielleicht wäre was Neues nicht schlecht. Aber er dachte es halbherzig, weil es sich gehörte und weil er sich, auch in der Schule, für seinen vollkommenen Mangel an Abenteu-

erlust manchmal schämte. Auch in Büchern waren seine Helden keine Abenteurer, nicht die Wilden und die Indianer. Er hatte Piraten aus guter Familie lieber, Verstoßene, die nie aufhörten, das wilde Leben, das sie gezwungenermaßen führten, ein wenig zu verachten.

Sind wir jetzt arm? fragte er seine Mutter, nachdem sie lange schweigend in dem dunkler werdenden Zimmer gesessen hatten.

Ich habe keine Ahnung, antwortete die, ich weiß nicht, ab wann man das ist.

Unsinn, sagte die Großmutter, da sind ja noch Papiere und die Versicherungen, arm – das ist, wenn man nichts zu essen hat.

Du weißt doch genau, daß das nicht stimmt, sagte die Mutter böse, wen interessiert schon das Essen. Wenn das anders wird, mit wem man sprechen kann, wo man hingehen kann: dann ist man vielleicht arm. Aber ich bin nicht sicher, sagte sie noch.

Wann ist das alles, wollte er wissen. Was machen wir jetzt? Wo ist Elfriede?

Sie will bleiben, Gott sei Dank. Ohne sie kann ich ja gar nicht auskommen, sagte die Großmutter. Das machen jetzt alles die Anwälte. Fritz wird schon sehen, daß sie uns nicht übervorteilen, obwohl ich mir das gar nicht denken kann. Parteifreunde!

Die Mutter lachte. Wir bleiben erst mal hier in der Wohnung. Wenn das Haus verkauft wird, zahlen wir dem Niederstrasser eben Miete.

Ich werde hin und wieder das eine oder andere tun – das sagte sie ganz nachlässig, als habe sie von einer neuen Sportart zu erzählen. Schließlich sind die baltischen Baroninnen mit selbstgekochten Bonbons von Tür zu Tür hausieren gegangen. Vielleicht wirst du bald in eine andere Schule gehen.

Das überraschte N. nicht. Während des ganzen Nachmittags hatte er gespürt, daß die beiden Frauen sich zu etwas hintasteten.

N. hatte es geahnt. Das Haus war nur ein Vorwand. Ihm selbst ging es an den Kragen. Er hatte niemanden mehr, der ihn vor dem Erwachsenwerden beschützte. Nicht nur das Haus verlor er, seine vier Treppen, unten sagten sie der kleine Chef zu ihm. Sein Großvater war gestorben, nicht einmal das rechneten sie ihm an. Sie gehörten ihm, seine Großmutter, seine Mutter, Elfriede. Unabsehbar würde die Menge fremder, gleichgültiger Menschen sein, die er erobern mußte, jeden von neuem in einem immer anderen, immer schmerzhaften Kampf. Seine Besonderheit mußte er beweisen, vielleicht ganz gleichgültigen, dummen Leuten. Sie hatten in der Schule oft übers Erwachsenwerden geredet. Er hatte es sich angenehm vorgestellt, immer mehr kennenzulernen, gemächlich und sicher.

So verständig ist er, wie ein kleiner Mann! hatten sie von ihm immer gesagt. Man kann schon über alles mit ihm reden. Er wird von Tag zu Tag intelligenter, sagten sie, direkt beängstigend. Mit dem werdet ihr viel Freude haben. So war es gewesen, solange er sich an sich selbst erinnern konnte. Nie hatte er darüber nachgedacht, warum das so war, nie hatte er darunter gelitten. Jetzt aber, in diesem abendlichen Zimmer mit den beiden Frauen, die mit wenigen Worten sein bisheriges Leben brüchig und gefährdet machten, fühlte er sich betrogen.

Was für eine Schule? fragte er. Ich bin gern hier in der Schule!

Das stimmte nicht, sie war ihm eher egal.

Es kommt jetzt eine Zeit, sagte die Großmutter, da werden wir uns nicht so um dich kümmern können. Wir haben mit all dem viel zu tun. Ehrlich gesagt, meinte sie zur Mutter, ich weiß gar nicht, wie ich's schaffen soll. Aber es ist ja für dich, mein Gold, hauptsächlich für dich. Wir wollen das alles doch in Ordnung bringen, damit du später keine Sorgen haben mußt. Deshalb hat der Dekan vorgeschlagen, dich in eine andere Schule zu bringen, wo du mit netten Kindern zusammen bist und dich nicht langweilst.

In ein Internat! sagte er.

Stell dir doch da nichts Falsches vor! sagte die Mutter, es ist sehr schön da, ich habe es mir angesehen! Ich wollte immer in ein Pensionat.

Da war es, dachte N., da war das Andere. Man konnte es sich gar nicht aussuchen. Es kam, ohne daß man es gewollt hätte. Er fragte nicht wann, er wollte nicht den Ort wissen, als könnte er das Ganze noch wegdenken.

Er hätte das nicht gewollt! sagte N. als stärkste Waffe, die ihm einfiel.

Da hast du recht, sagte die Großmutter seufzend, aber er hätte auch nicht gewollt, daß wir uns jetzt mit diesen ganzen Leuten herumschlagen müssen, daß wir sein Geschäft und sein Elternhaus verkaufen müssen wie auf dem Markt, er hätte sicher nicht gewollt, wurde sie jetzt mit jedem Wort lauter, daß seine Tochter nach irgendeinem Mann schauen muß, der ein bißchen Geld hat, und daß ich von meinen paar lumpigen Aktien leben muß. Er hat gar nichts von all dem gewollt! und die Tränen zogen glänzende Spuren über ihre matten, gepuderten Backen, aber das nutzt mir jetzt auch nichts mehr, uns allen nutzt es nichts mehr. Ich habe keine Ahnung, was er eigentlich gewollt hat.

N. konnte seinen Großvater nicht verteidigen, er wurde in Stücke geschlagen, auseinandergenommen, er war an allem schuld. Am Abend dieses schweren Tages kam keiner der Freunde. N. blieb mit den Frauen allein, einen langen Abend, sie hörten Radio, um sich nicht unterhalten zu müssen, denn sie wußten nichts mehr zu sagen. Seine Mutter begann ein paarmal von ihrem Besuch in dem vom Dekan empfohlenen Institut zu erzählen, ihr Gesicht wurde munter und kumpanenhaft dabei, sie benutzte Ausdrücke wie »prima«, die er sonst noch nie bei ihr gehört hatte. Aber sie wurde ihre Erzählung bald selbst leid, und so hörten sie weiter das Konzert im Radio und tranken etwas Wein dazu. Als die »Träumerei« von Schumann kam, weinte die Großmutter so, daß man sie lange nicht mehr beruhigen konnte. Das hat gut getan, sagte sie nachher. Alles verloren, alles verloren. Wir haben doch nie einem Menschen etwas getan.

N.'s Leben wurde anders nach diesem Tag. Er fühlte nicht mehr so stark den Wunsch zu gefallen, seine Täuschungen waren, meinte er, zu Ende. Er ging zur Schule, kam oft erst am späten Nachmittag nach Hause, da hatte man gar nicht an ihn gedacht, denn es waren nun fast täglich die Anwälte und andere einander ähnelnde Herren da und maßen aus und notierten und zogen die Stirn in Falten. Eine Heizung wollte der neue Besitzer einbauen lassen und N. sah eines Nachmittags, daß sie auch den Speicher vermaßen. Er betrachtete den Speicher immer noch als sein Eigentum.
Was wollen die damit? fragte er Elfriede.
Ausbauen, sagte die. Das gibt Wohnungen.

Wohnungen?
Es wurde ein strahlender Frühling. Manchmal ging er mit dem Kleinen und ein paar anderen aus der Klasse in den Schlichtingergarten am Fluß auf eine Limonade, ein sogenanntes Kracherl. Sie aßen große Brezeln, lachten laut und erwachsen und schauten über den braunen Fluß hinüber zur Stadt. Früher hatten ihn die Nachmittage mit den Gleichaltrigen nicht interessiert, man brauchte ihm nicht zu verbieten, sich in der Stadt herumzutreiben, weil er gar nicht auf die Idee gekommen wäre. Aber jetzt machte ihm das Freude, ein Älterer war dabei, groß und kräftig, sein Vater hatte ein Fuhrgeschäft in der inneren Stadt. N. hatte ihn immer ein wenig gefürchtet, weil der viel stärker war als er und aus schrägen, durch das breite Gesicht wie zusammengedrängten Augen gleichzeitig ruhig und böse schaute. Er hatte einen Sprachfehler, es klang, als habe er immer etwas im Mund. Aber das machte ihm nichts aus, er erzählte oft Witze, schweinische sagte er dazu, er habe sie von seinem Vater. N. verstand sie nicht alle, mit den frivolen Bemerkungen, die er von den Gästen zuhause manchmal gehört hatte, fand er in den Geschichten des Großen keine Ähnlichkeit. Er lachte auch nie, während die andern aus der Klasse sich in Gewieher und Gegröle übertrafen, um dem Großen zu zeigen, daß sie ihn verstanden. Er hieß Max, und wenn er seine Geschichten gaumig und schwerfällig erzählte, schaute er immer zu N. Es schien ihm zu imponieren, daß er nicht darüber lachte.
Woaßt ned, was des ist, a Fotzn? sagte er einmal. N. antwortete nicht. Es kam dazu, daß sie oft zu dritt in der Stadt herumliefen, Max, der Kleine und N. Nach einiger Zeit hielten sie sich für Freunde.
Mit wem ziehst du denn jetzt herum? fragte Elfriede, die die drei in der Stadt gesehen hatte. Aber er war nicht bereit, davon zu erzählen. Er hatte sein Leben jetzt genau eingeteilt, morgens die Schule, nachmittags die Streifzüge mit den beiden andern. Zu Hause war er nur zu den Mahlzeiten und abends. Die neue Freiheit machte ihm keine besondere Freude, er hatte sie sich nicht erkämpft, sie war ihm aufgedrängt worden. Er brauchte sie auch nicht zu verteidigen, denn niemand von zu Hause griff sie an. Es kam ihm vor, als bemerkten sie seine Abwesenheit nur selten.

Wie müssen langsam daran denken, deine Abreise vorzubereiten! sagte die Mutter einmal, aber N. schwieg feindselig und die Großmutter sagte, das habe doch noch Zeit, man solle sich die gemeinsamen Tage nicht dadurch stören. Dabei gab es längst keine gemeinsamen Tage mehr.
Einmal gingen sie zu dritt durch die Stadt. In der Allee am Schloß saßen die Rentner mit ihren Strohhüten in der Sonne, die Spazierstöcke zwischen die Knie geklemmt. Schläfrig schoben die Mütter ihre Kinderwagen unter den Bäumen hin und her. Max schaute aus schrägen Augen.
Verschlaffa san's alle, sagte er, mir graust's, wenn i de oschaug.
Der Kleine sah ängstlich von N. zu Max. N. schaute auf das Gitter, hinter dem der Schloßpark still in der Sonne lag. Wenn man da hinein könnte, sagte er. Da bräuchte man nicht immer an denen da vorbeizulaufen.
Stehl'n an liabn Gott den Tag, sagte Max, doa hams in ihrn ganzn Lebn nix.
Wer? fragte N.
Max griff in die Luft und nahm den Schloßpark und die Rentner zusammen. Es gab etwas, das sie tun wollten, irgendwas Lautes, das die belebte Stille vor dem Gitter und die vornehme, tote Stille dahinter mit einem Schlag zerreißen würde. Das Gitter müßte zusammenkrachen. Aber N. war noch immer ein höfliches Kind, das auch den Rentnern und den Müttern gefallen wollte, und außerdem hatten sie alle drei Angst vor den Erwachsenen. Nur Max hatte einen Teil von der dumpfen Wut seines Vaters übernommen und schien mutiger als die andern beiden.
Es nützt doch nichts, meinte N., ohne zu sagen, was.
Einer kennt einen bestimmt, und dann kommt alles raus, sagte der Kleine und sagte nicht dazu, was.
Irgendwas miassad ma doa, sagte Max und wußte auch nicht, was.
N. sah in der Ferne Elfriede stehen, die mit einem der Rentner sprach. Als sie näher kamen, Arm in Arm, fiel ihm auf, daß Elfriede müde aussah. Sie hatte auch geweint. An ihrem Arm hing, bis fast zur Erde, eine schwere Tasche. Sie stellte sie in den Sand vor der Bank, auf der der Rentner saß, mit dem sie sprach. N. wußte nicht, wie er sich verhalten sollte. Wenn er sie grüßte, würden die beiden andern fragen, wer das sei. Er

schämte sich, ohne zu wissen, warum. Aber Elfriede achtete gar nicht auf ihn, sie bewegte die Hände vor dem Gesicht des alten Mannes auf der Bank, ballte sie zur Faust und legte sie dann flach zusammen. Der alte Mann nickte immer wieder. N. ging mit den beiden Buben hinter ihr vorbei, ohne daß sie ihn bemerkte. Vorher hatte er sie nicht grüßen wollen. Jetzt aber war er gekränkt, daß sie ihn nicht sah. Es ist unser Mädchen, hätte er gesagt, sie ist schon lang bei uns. Er hatte Angst, daß Max etwas tun könnte, und Elfriede es bemerkte. Sie würde es zu Hause erzählen. Gleichzeitig wünschte er aber, es möge ihnen etwas ganz Unerhörtes einfallen und es würde zu Hause erzählt werden. Sie waren am Ende der Allee angekommen, böse und ängstlich alle drei. Max hatte ein Stück blaue Schneiderkreide in der Tasche. Neben ihnen war, seit ewigen Zeiten verschlossen, das riesige dunkle Schloßportal. Es war für lange Reihen von vier- und sechsspännigen Kutschen gemacht. Aber die fürstliche Familie fuhr im Auto durch ein Seitentor. Unter dem Portal wuchs Gras, die Torriegel waren ineinandergerostet. Trotzdem blieb ein wenig Furcht wenn man es anschaute, denn es war ja noch immer sehr groß und abweisend. An dieses Tor (Schaugts euch um, ob wer kommt!) schrieb Max mit seiner blauen Schneiderkreide: »Fotse« und »Arsch«.

Das erste schreibt man mit z, sagte N., der die stille Straße an der Schloßmauer hinunterschaute und Angst hatte, obwohl er keinen Menschen sah.

Schreib selber was, Depp, greislicher! sagte der Max stolz. Der Kleine war nicht mehr zu sehen. N. trat mit dem Fuß gegen das Schloßtor. Saubuam! schrie eine Stimme aus dem zweiten Stock des gegenüberliegenden Hauses, schaugts, dass'ds weiterkummts! Sunnst kumm i!

Los! sagte Max. Sie trabten die Straße entlang, N. keuchend und mit platschenden Schritten. Noch nie hatte er vor etwas davonlaufen müssen. Max lief trotz seiner Größe leicht und rhythmisch, und er kicherte manchmal im Laufen. N. drehte sich schnaufend um. Die Straße lag so still wie vorher und von den blauen Wörtern auf dem Schloßtor sah man nichts mehr. Sie waren zu klein gewesen und zu niedrig

Des ist alles nix recht's! meinte Max, der überhaupt nicht außer Atem geraten war, am Eck vom Froschgäßchen, in das sie eingebogen waren.

Was willst du denn eigentlich? fragte N.
I woaß aa ned, sagte der Max nachdenklich, am liabstn gangad i auf a Schiff. Abhaun mechad i. Gar manchsmal hab i an solchn Zorn, daß i gar ned woas, wos i machn soll.
Während sie langsam der Stadt zu gingen, erzählte Max von den Ländern, in die er auswandern wollte, und wo es bestimmt kein Fuhrgeschäft gäbe, daß er gern in Kanada Bäume umhauen würde oder Gold suchen in Alaska. Das alles hatte N. nie interessiert. Aber er dachte daran, ob man zwischen ihren Helden etwas Gemeinsames finden könnte. Jedenfalls waren sie alle allein, Max' Goldsucher in Alaska und sein Graf von Monte Christo, den er sich oft vor dem Einschlafen vorstellte, wie er in seiner goldenen Höhle die geheimnisvolle grüne Paste aß.
Lederstrumpf war allein, Robinson Crusoe, allein ritt Old Shatterhand über die Prärie (aber der war ihm zu grob), der Lachende Mann war allein und auch der Mann unter der Maske. Als sie fast vor N.'s Haustür waren, meinte er: Das machst du ja doch nicht!
Allein ist es ja nichts! antwortete Max mürrisch und in seiner Schulsprache. Gehst mit hinauf? fragte N. Die Großmutter sah Max nicht so gern in Begleitung ihres Buben (er ist genauso vulgär wie der Vater!) aber Max tat ihr auch leid, wegen des Sprachfehlers und weil er immer Hunger hatte. Heute brachte sie ihnen selber einen Teller Brote und Zitronenwasser in N.'s Zimmer. Elfriede ist nicht da, sagte sie, das hat noch gefehlt.
Was ist? fragte N. über seiner Eisenbahn, während Max sich mit dem Brotteller beschäftigte.
Ihre Mutter ist gestorben! N. erinnerte sich an sie, wie sie in der Allee stand, winzig und verweint und vor dem Gesicht des alten Mannes die Hände bewegte, als wolle sie ihm etwas beschreiben.
Sie hat Krebs gehabt, sagte die Großmutter, es ist wohl besser so.
Ich hab gar nicht gewußt, daß sie eine Mutter hat, sagte N.
Sie ist ja auch nicht oft dort gewesen.
Wo hat sie denn gewohnt?
Die Großmutter nannte eine der verkommenen Straßen

unten am Hafen, die nicht weit von ihrem Haus entfernt lag.
Da war sie? Warum? fragte N.
Da wohnt mei Oma aa! sagte der Max mit vollem Mund und man verstand ihn kaum. Da hat's bloß oide Leit!
Sie wird jetzt ein paar Tage nicht da sein, sagte die Großmutter, gerade jetzt, und wir wollten doch wegfahren.
Ich will nicht wegfahren, sagte N.
Es hat doch keinen Sinn, Kind, antwortete die Großmutter, die Zeit kannst du nicht aufhalten, das kann keiner von uns.
Max hörte aufmerksam zu.
Mußt weg? fragte er. Ins Internat? Ich tät gern gehen, liaba heut als morgen!
Siehst du, sagte die Großmutter.
N. wußte schon lang, daß er keine Verbündeten mehr hatte. Die einen wollten, daß er bei der großen Veränderung aus dem Weg sei, damit er sie nicht stören konnte. Seine Freunde aber, die aus der Schule, die in seinem Alter, sehnten sich nach der Veränderung, nach jeder Art, wie sie auch aussah und was sie auch bedeutete. Nur anders sollte alles werden, nur anders. Er, der wollte, daß nichts sich veränderte, war ganz allein.
Der letzte Tag in seiner Klasse kam, die Zeugnisse, die großen Ferien. Sein Zeugnis war ganz gut, es interessierte ihn nicht, die Blässe, das Zittern der andern hatte er nie verstanden. Mit Ironie hatte seine Mutter manchmal schlechte Noten kommentiert, die Großeltern hatten ihn bedauert.
Mei Voda bringt mi um, murmelte der Max schreckensblaß, verschwitzt, viele sagten das: Mein Vater bringt mich um!
Jetzt ist es zu spät! sagte der Lehrer hämisch, das hättet ihr euch vorher überlegen können.

N. packte sein Zeugnis in den Schulatlas und ging mit Max ein letztes Mal zum Schlichtinger, denn auch Max wollte nicht nach Hause. Das Gras im Biergarten unter den Kastanien war schon hoch, und die alten Leute, die da mittags stundenlang bei einer Maß im Schatten saßen, hatten Bierdeckel über ihre Krüge gelegt und nickten einander zu. Die Kellnerin brachte ihnen weiße Limonade, die nach Toilettenseife schmeckte. Sie wußten nicht, über was sie reden sollten.

Am liabstn gangad i mit dir in dei Internat! sagte der Max, aber mei Voda mechts ned zahln. Ich kumm in d' Lehr.
Sie schauten sich ihre Zeugnisse an. Lauter fremde, gestelzte Wörter: »ausreichend« oder »kaum befriedigend«. Kein Mensch sagte das ja sonst irgendwann: »recht gut«! »voll ausreichend«! »mangelhaft«! Lauta Deppen! sagte der Max. Der Schlichtingergarten war um diese Tageszeit leer, nur ein paar Vertreter und alte Leute saßen an den krummen Blechtischen und bestellten ein Mittagessen, große, dreigeteilte, weiße Platten, auf denen ein mächtiges Stück Schweinsbraten in einer dünnen Sauce schwamm. Manchmal schaute einer zu den beiden Buben hinüber. Wenn i aa no z'spät zum Essn komm. Ich schreib dir mal! sagte N.
No ja, sagte der Max, mitn Schreiben... in die Ferien kommst ja her! Sie legten die fünfzig Pfennig auf den Tisch und gingen langsam nach der Stadt zu. Viel redeten sie nicht mehr. Nur noch einmal sagte der Max, daß er am liebsten mitginge und daß er auf keinen Fall im Geschäft seines Vaters eine Lehre machen wollte. Ihr habts euer Geschäft verkauft? fragte er N. zum Abschied. Weiß ich nicht! sagte N., der nicht wußte, was er antworten sollte, vielleicht! Wo der Großvater ja nicht mehr da ist.
Der Max schwieg erst, aber etwas drückte ihn. Sein Vater wisse es besser: Er habe gesagt, daß die Hochgestochensten am tiefsten fielen, daß der Niederstrasser bei den beiden blöden Weibern ja nur die Hand hätt aufhalten brauchen und jetzt ein prima Geschäft für ein Butterbrot beieinander hätte. Ich sag dir's grad, wia r'as verzählt hat! meinte der Max zwischendurch entschuldigend.
Was versteht denn schon dein Vater! sagte N. wütend. Am Schluß waren sie böse aufeinander.
Zu Hause hatte man auf ihn gewartet, die Henkersmahlzeit, dachte N. und tat sich leid.
Wir fahren nächste Woche, da kannst du dir alles anschauen, sagte die Mutter.
Du mußt ja nicht gleich dortbleiben, sagte die Großmutter tröstend, erst nach den Ferien mußt du hin. Es ist ja nicht für ewig! sagte sie zu sich selber, als wolle sie mehr sich als ihn trösten.
Der Parteifreund, dem jetzt alles gehörte, das Haus und das Geschäft, die Lager, die Treppe, die blauen Geschäftshandtü-

cher, die Speicher, die Wohnung, hatte ihnen den Geschäftswagen für die Besichtigungsfahrt ins Internat zur Verfügung gestellt. Er hatte ihnen den Wagen mit dem Chauffeur von selbst angeboten, glücklich, ein Gesprächsthema gefunden zu haben.
Selbstverständlich werden wir dafür sorgen, daß der junge Mann sich das Institut anschauen kann. Was immer ich tun kann, gnädige Frau, man ist doch kein Hunne! Sie sollten unter der unglücklichen Situation doch am wenigsten leiden!
Gar so unglücklich ist sie für Sie ja nicht! antwortete die Mutter und schaute den schwitzenden Mann so an, daß er verlegen wurde. Aber sie nahm sein Autoangebot nachlässig lächelnd an, als sei er der Chauffeur.
Sie fuhren an einem düsteren Tag, an dem ein kalter, scharfer Wind ging und es dauernd zu regnen drohte, ohne daß ein Tropfen fiel. Es war nur eine Fahrt von gut zwei Stunden, aber wie weit von der Stadt weg! Schade, daß du es bei so schlechtem Wetter siehst, sagte die Mutter, es macht doch sehr viel aus, wenn die Sonne scheint.
Wenn ich erst dort bin, wird auch nicht dauernd schönes Wetter sein, antwortete N., und die Mutter schien verärgert.
Das Land, durch das sie fuhren, gefiel ihm, Wiesen und Äcker in sanften Hügeln, die sich dann und wann zu weizenbewachsenen Ebenen streckten. Mitunter kreuzten sie ein Flüßchen, an dessen Ufer graugrüne Weiden wuchsen. Ein paarmal sah er Pferde auf einer Koppel, kleine, stämmige Kühe, Schafherden. Die Dörfer zogen sich die Autostraße entlang, in der Mitte, wie eine Ausbuchtung, lag der Marktplatz mit der Kirche. Kirchen mit Zwiebeltürmen und Gasthöfe mit bunt ummalten Fenstern in jedem Dorf. Überquellende Blumenkästen und Kettenhunde, die dem Auto ein heiseres Gebell hinterherschickten.
Die armen Tiere, sagte die Großmutter. Bauern sind grausam.
Der Chauffeur redete wenig auf der Fahrt. N. kannte ihn schon sehr lange, aber er sah ihn fast immer nur von hinten.
Fühlen Sie sich denn wohl, jetzt, wo alles anders geworden ist? fragte ihn die Großmutter höflich.
Es ist nicht so viel anders, gnädige Frau, antwortete der, man

tut seine Arbeit. Natürlich ist es schade um den Herrn Doktor.
Er ist immer so muffig, flüsterte die Großmutter der Mutter zu. Ein komisches Gefühl, jetzt mit ihm zu fahren. Man weiß gar nicht, wie man sich verhalten soll.
Sie waren bis fast zur Landesgrenze gekommen, das Internat lag kurz vor einem der Grenzdörfer. Man konnte es schon sehen, flache, stumpfweiße Gebäude in der Nähe des Flüßchens, eine Kirche mit plumpem Turm.
An der Abzweigung des Weges stand ein Schild in Brandmalerei: »Josefsanger«. Die Großmutter ließ das Auto halten und bat den Chauffeur, im Dorfwirtshaus zu warten. Man hole ihn dann dort ab. Sie gingen zu Fuß das letzte Stück.
Es wirkt so protzig, wenn man mit dem großen Auto vorfährt, sagte die Großmutter.
Niemand erwartete sie. Die Häuser schienen wie ausgestorben, auf einer Wiese schüttelten ein paar Küchenmädchen mit trägen Bewegungen Decken aus und legten sie am Rand des Weges zusammen. Aus den Decken stoben große Staubwolken in die Luft. Ein paar Buben spielten hinter dem Internat auf einer Wiese Fußball. Aus einigen der geöffneten Fenster wehten verschossene grüne Vorhänge. Es roch nach Maggi und angebrannten Kartoffeln. Drei gerade, parallele Wege liefen durch das Internat. Sie wurden durch zwei schmalere Gehwege gekreuzt. Im ganzen waren es sechs Gebäude, ohne die Kirche. Vor einem der Häuser saßen ein paar sehr alte Frauen in blauen Schürzen auf einer Bank und schauten vor sich hin. Sie haben hier auch eine kleine Altenstation, sagte die Mutter und schien verlegen. Aber im Internatsbetrieb merkt man davon gar nichts.
Sind sie normal? fragte die Großmutter und schaute hinüber. Sie sehen ja schrecklich aus. Der Bub ist doch so etwas gar nicht gewöhnt.
N. hatte die ganze Zeit nichts gesagt, nur immer wieder an den flachen Häusern unter dem grauen Himmel entlanggesehen, als warte er auf etwas, irgendeine Winzigkeit, die er wiedererkennen könne. Aber es war ihm alles ganz fremd. Die machen mir auch nichts mehr aus, sagte er jetzt, und meinte die alten Frauen.
Der Direktor wird uns nachher alles zeigen, sagte die Mutter, da ist er. Sie wies auf einen großgewachsenen Mann mit

grauen Hosen, der sich über ein struppiges Rosenbeet beugte. Er hatte eine schmutzige Strickweste an. Besorgt drehte er die Rosenblätter um und starrte auf ihre Unterseite.
Ach, sagte er, als er N. und die zwei Frauen bemerkte, die Blattläuse, diese Plage Gottes! Es ist schön, daß Sie in dieser ruhigen Zeit kommen, so wird man doch über alles in Muße sprechen können!
N. schaute ihn an. Eine Halbglatze mit einem sandfarbenen Haarkranz, Backen, die neben den Mundwinkeln ein wenig herunterhingen. Seine Augen hinter einer Brille mit halbierten Gläsern waren nicht zu sehen.
Ist er das? fragte der Direktor, ohne N. anzusehen. Natürlich ist er das. Haben Sie das letzte Zeugnis mitgebracht? Während des Gesprächs hatte er sie ins Verwaltungsgebäude geführt, in dem zwei Büros waren, das des Direktors und ein Raum für die Erzieher. Außerdem waren im gleichen Gebäude der Versammlungsraum und die Schlafstuben für die älteren Schüler. Es roch sauer. Der Direktor hatte sich in das Zeugnis vertieft.
Recht gut im Verhältnis, sagte er, das erschwert die Sache ein wenig.
Ich verstehe nicht ganz, sagte die Großmutter.
Unsere Zöglinge, sagte der Direktor, nahm die Brille ab, schloß die Augen und lehnte sich zurück, sind meist hier, weil sie in der Schule nicht den gewünschten Erfolg haben. Um das zu ändern, haben wir hier ein ausgeklügeltes System der Aufgaben- und Lernbetreuung entwickelt. Ihrem – äh – Enkel wird das ein wenig viel erscheinen. Schaden wird es ihm nicht. Natürlich haben wir hier auch Kinder, die aus zerrütteten Familienverhältnissen kommen. Auch das trifft bei ihm wohl nicht zu. Aber (und nun sah N. zum ersten Mal die Augen des Direktors, die gelb waren wie bei einem Schäferhund) er ist ein Einzelkind. Das ist eigentlich Grund genug.
N. war nicht gewöhnt, daß jemand minutenlang über ihn wegredete, als sei er nicht da. Er spürte die Hand seiner Großmutter auf der seinen.
Wie lang werde ich hierbleiben müssen? fragte er, nur um etwas zu sagen, nur um sich zu wehren.
Der Direktor schaute ihn erstaunt an. Einzelkind, sagte er ohne zu antworten, ich sage es ja. Vorlaut, Sie entschuldigen!

Unangepaßt. Wir werden sehen, wie lange du brauchst, um verschiedenes zu lernen, was die Gemeinschaft betrifft. Das wollten Sie doch wohl auch, gnädige Frau? wandte er sich an die Mutter.
Nicht gerade so, antwortete sie gedehnt, ein wenig – vielleicht. Er war eben immer mit uns zusammen, immer allein.
Ich bin verraten! dachte N., wie der Mann mit der Maske, wenn er den Stich von hinten spürt. Ich bin verraten.
Eines Tages wird er sich hier wohlfühlen, er wird nicht mehr wegwollen. Das Leben in der Gruppe wird dir etwas ganz Neues sein, mein Lieber! der Direktor wurde fast liebenswürdig, ich zeige Ihnen jetzt die Räume.
Was interessierte N. die Kirche mit dem braunen Kreuz auf einem häßlichen Holztisch (Wir sind in allen Dingen für Schlichtheit, wie Sie sehen!) was interessierte ihn die riesige Küche, aus deren Aluminiumkübeln es schal roch, und in der er keine einzige Schüssel, kein Gefäß sah, das ihm wie für Menschen gemacht vorkam.
Das Essen ist einfach, aber schmackhaft und gesund. Die Erzieher essen fast genau dasselbe. Die Kinder haben natürlich immer etwas auszusetzen, man darf gar nicht darauf achten. Es ist seltsam, daß schon so kurze Zeit nach dem großen Hungern jede Erinnerung daran verschwunden ist!
Sie hatten die Küche verlassen und waren in den Speisesaal gekommen, dessen lange Tische und Bänke jetzt, schnurgerade ausgerichtet, den Ferienschlaf schliefen. Das ganze Internat hatte diese Atmosphäre tiefen, wie gelähmten Schlafes.
Da ist natürlich sonst Leben und Bewegung! sagte der Direktor, aber wir halten auf Disziplin beim Essen. Sonntag essen die alten Leute mit uns, sonst werden die Mahlzeiten in drei Schichten, je nach Schulbeginn und Unterrichtsschluß, eingenommen. Sie gingen über die Straße (Lagerstraße, sagte die Mutter leise) zu den Wohnhäusern. Ein Zimmer wie das andere, schmal, an der Längsseite zwei doppelstöckige Betten hintereinander, zwischen ihnen ein schmales Schränkchen mit vier Schubladen, für jeden Bewohner eine. Ein langer Schreibtisch am Fenster.
Studierzeit ist in zwei Schichten, jeweils zweieinhalb Stunden.

Vier handtuchschmale Spinde, und dann nur noch ein wenig Luft. Die Waschräume, verwaist, gekachelt, mit einem traurigen Geruch nach billiger Seife. An einem Haken hing noch ein schmutziges Handtuch.

Alles muß gezeichnet sein, was ihm gehört, sagte der Direktor, das ist sehr wichtig. Sonst weiß man über das Eigentum der Einzelnen nicht Bescheid und es gibt Streit. Auch mit den Eltern! sagte er streng. Also denken Sie daran! Die beiden Frauen waren sehr ruhig geworden.

N. versuchte schon seit einiger Zeit, solange er durch die sich steigernde Trostlosigkeit dieser Räume geführt wurde, ein Wort zu finden für das Gefühl, das er hatte. Es gelang ihm nicht, weil seine Neugier durch Angst überdeckt war, weil er wußte, daß er nichts tun konnte. Er dachte an seinen Freund Max und nahm sich vor, ihm irgendwann davon zu erzählen. Aber er wußte, daß er das nicht schaffen würde, nicht einmal den Direktor könnte er beschreiben. Mit keinem Gedanken war ihm aber gegenwärtig, daß er in diesem Lager würde leben müssen.

Die Großmutter hatte N. beim Rundgang durch das Internat öfter schweigend an die Hand genommen und er hatte sich nach einer gewissen Zeit immer wieder losgemacht. Zweimal begegneten sie in den Gängen größeren Schülern, die verdrossen grüßten, als sie den Direktor sahen.

Einige wenige sind auch während der Ferien hier! erklärte der Direktor, es sind Waisen, sie essen jetzt mit den alten Leuten.

Sie waren wieder auf der Straße angekommen, wußten nicht, wie sie sich verabschieden sollten.

Wir werden uns dann ja in einige Wochen wiedersehen! sagte der Direktor zu N. und gab der Mutter und der Großmutter die Hand. Auf dem Weg ins Dorf sprachen sie nicht viel.

Ich finde den Kerl entsetzlich, sagte die Großmutter einmal.

Ach, übertreib nicht, meinte die Mutter ungeduldig, so wird man, wenn man dauernd nur mit Kindern zusammen ist. Die Schule im Dorf ist sehr gut. Es wird ihm gar nicht schaden! Das wird dein Schulweg sein! sagte sie und er schaute auf das schmutzige Band vor sich, das zwischen den Feldern entlanglief. Vielleicht sollten wir dir ein Rad kaufen. Hier haben sicher alle Kinder Räder.

Er kann doch gar nicht radfahren, es ist auch viel zu gefährlich! sagte die Großmutter. Die Mutter schaute den Feldweg entlang und sagte: Hier nicht. Hier ist nichts zu gefährlich. Möchtest du ein Rad? Nein, sagte er, ich lauf lieber. Er hatte Angst vor dem Radfahren.
Sie mußten über eine halbe Stunde zum Dorf laufen. Es sah behäbig und gut gehalten aus und die Großmutter meinte, der Großvater habe mit seiner Hochachtung den Katholiken gegenüber recht behalten. Die verstehen doch, etwas aus den Dingen zu machen! Denk bloß an die Kirche da in diesem Institut, diese Trostlosigkeit. Die haben eben das Sinnliche nicht, da hat er ganz recht gehabt.
Wie zum Beweis stand vor ihnen die üppig bemalte Dorfkirche, aus deren Innerem Weihrauchduft und Orgelmusik auf den Marktplatz drangen. Sie aßen im Wirtshaus zu Mittag, riesige Portionen von Leberknödeln und Schweinernem, die Kellnerin war freundlich und in der Wirtsstube war es warm und hell.
Es ist doch tröstlich, daß das Dorf wenigstens so angenehm ist, sagte die Großmutter, wenn das Essen in dem Ding da zu scheußlich ist, kannst du ja mal hierher gehen! Wir geben dir auf jeden Fall genug Taschengeld.
Wenn er mal weniger ißt, geht nicht gleich die Welt unter! sagte die Mutter gereizt, er wird's überleben.
Die Großmutter wurde böse: Er kann schließlich nichts für das alles! Die ganze Zeit war er ein kleiner Gott und jetzt soll er in dieses Zuchthaus, weil die Zeiten sich geändert haben!
Sie hatten es geschafft. Er weinte und wurde von der Kellnerin getröstet. Des ist aba aa nix für an solchn Buabn! sagte sie, als sie hörte, wo er hinsollte.
Spät fuhren sie zurück. Die beiden Frauen im Fond des Wagens hatten die Köpfe mit geschlossenen Augen zueinandergeneigt und schienen zu schlafen. N. schaute still vor sich auf die Landstraße. In den Wäldern am Rande der Straße begann die Dunkelheit. Manchmal kreuzten kleine Tiere den Weg, huschende Schatten. Halten Sie doch! sagte N. zum Chaffeur und hatte Angst. Sonst sprach niemand auf dieser Rückfahrt. Sie kamen spät zurück in die Stadt, Elfriede war nicht da, das Haus kalt und dunkel, das Treppenhauslicht machte die Schatten nur viel größer.

Wie ungemütlich es ist! sagte die Großmutter schaudernd. Sie aßen in der Küche, niemand fand die richtigen Teller, die richtigen Bestecke. Es ist ja nicht so wichtig, sagte die Mutter ungeduldig, wir haben an genug anderes zu denken. Sie wollte es ihm durch Kühle leichtmachen, sprach von den Dingen, die er dort brauchen würde und die man gemeinsam besorgen mußte, sie setzte Einverständnis voraus und der Ton ihrer Stimme klang beiläufig und freundlich, als wolle sie sich mit ihm gegen die Großmutter verbünden, die beim Essen immer wieder mit den Tränen kämpfte. Seit dem Tod des Großvaters waren ihre braunen Augen wie verwaschen, ein wenig Feuchtigkeit glänzte immer am unteren Lidrand, bereit, überzufließen. N. konnte sich nicht daran erinnern, ob sie früher überhaupt einmal geweint hatte.
Später am Abend kam Elfriede nach Hause, ungewohnt ohne Schürze in schwarzen Kleidern. Sie setzte sich dazu.
Wir brauchen einen Cognac, sagte die Großmutter. Elfriede erzählte von der Beerdigung ihrer Mutter.
Zu schade, daß wir nicht hinkonnten, sagte die Mutter, es ist jetzt eben alles durcheinander.
Es war nicht so wichtig, sagte Elfriede, es waren sowieso nicht viele Leute da. Es sind ja keine mehr übrig. Danke übrigens für den schönen Kranz, das wäre doch nicht nötig gewesen. Hat's dir gefallen, das Internat? fragte sie zu N. gewandt. Er wußte keine Antwort, die sie verstanden hätten. Er wußte auch für sich keine Antwort. Gefallen: das Wort lag so weit neben den Häusern in dem Flußtal, das lag so weit neben seiner Angst vor der fremden Zeit, in die er jetzt gehen mußte, ohne es zu wollen.
Nein, antwortete er, gefallen hat es mir nicht. Aber ich weiß auch nicht, wie es ist.
Wenn die Kinder erst alle aus den Ferien zurück sind, wird es schon anders werden! sagte Elfriede und trank ihren Cognac aus.
N. hatte schon immer gern gewartet, hatte das Warten als wichtigen Teil dessen genossen, worauf er wartete. Denn wenn das Erwartete eintraf, war es schon vorbei, der Weihnachtsabend war dann nur der Beginn einer öden, tatenlosen Zeit, der Geburtstag in einem Atemzug vorüber, das Erwartete wurde immer schal und fade, sobald es eintrat. In diesen Wochen aber, ehe er wegzog, wartete er zum erstenmal auf

etwas, wovon er nicht wußte, ob es angenehm oder unangenehm sein würde, auf etwas Neues, das er ohne Hilfe bestehen mußte. Er wollte jede Minute ganz genau erleben und spürte keine einzige. Seine Gedanken in diesen eiligen Tagen wurden immer wieder abgelenkt von seiner Mutter und seiner Großmutter, die ihn und sich mit Einkäufen beschäftigten.

Zum erstenmal merkte er in den Läden, daß sie sparten. Hosen und Pullover, Unterhosen, Strümpfe und Hemden wurden anders gekauft als früher. Die Geschäftsleute waren es noch nicht gewöhnt. Sie wußten zwar alle Bescheid, taten aber, als sei alles wie früher. Sie wollten keine Preise nennen, verwiesen auf die Rechnung, die man ja irgendwann schicken könne.

Nehmen's doch eine Auswahl mit! sagte die Inhaberin des Kleiderladens, nachher können's ja in Ruhe aussuchen, was dem jungen Herrn gefällt!

Es wurde ihnen von allen Seiten schwergemacht, sich zu ändern. Die Großmutter bestand verlegen auf Barzahlung. Wie Sie wünschen, Frau Doktor! entgegnete man ihr verwundert.

Die Unterwäsche hole ich im Kaufhof! sagte die Mutter, ich hab das Getue satt. Das Zeug dort ist auch nicht schlechter!

Elfriede saß ganze Nachmittage und nähte kleine weiße Streifen mit roten, gestickten Buchstaben in jedes Wäschestück. Jeder Socken, jedes Handtuch, jedes Unterhemd trug jetzt seinen Namen und forderte seine Achtsamkeit und Aufmerksamkeit. Paß auf dein Zeug auf! sagten sie. Nicht daß immer nur ein Socken von jeder Sorte kommt, wenn du deine Wäsche schickst!

Elfriede nähte Wäschebeutel aus alten Bettüchern, auch sie trugen seinen Namen.

Tu alles, was dreckig ist, sofort da hinein! sagte seine Mutter. Er vergaß diesen Satz im gleichen Moment, weil er sich die Notwendigkeit, sein Alleinsein einzurichten, immer noch nicht vorstellen wollte.

Immer schneller vergingen die letzten Tage, immer schneller. Nur die Nächte dehnten sich manchmal, wenn er im Halbschlaf beklommen daran dachte, daß er bald mit andern würde schlafen müssen. Er ging jeden Tag mit Elfriede spazieren, manchmal auch zum Friedhof. Dort besuchten sie

immer zuerst das Grab seines Großvaters und danach den frischen, braunen Hügel mit den verwelkenden Kränzen, unter dem Elfriedes Mutter begraben lag. Elfriede war immer sehr geschäftig, entfernte Steinchen, drückte mit den Händen den Hügel glatt, pflückte am Grab des Großvaters verwelkte Zweige und Blüten ab. Manchmal hatte sie eine Tasche mit einer kleinen Schaufel, einem kleinen Rechen und einem Wischlappen dabei, und sie machte zwischen den Gräbern so schnell und energisch Ordnung wie zu Hause in ihrer Küche.
Nur so herumstehen kann ich nicht, sagte sie, da kommt man auf die verkehrten Gedanken und das nützt niemandem. N. war jetzt schon größer als sie und trug ihr manchmal die Tasche.
Wirst sehen, die Zeit dort geht auch vorbei! sagte sie tröstend. Wenn hier wieder alles im Lot ist, werden sie dich schon zurückholen. Es ist ja auch ganz gut, wenn du mal unter andere Kinder kommst. Du wirst ja sonst noch verquerer.
Einmal trafen sie in der Stadt die Stutz. Er erkannte sie gar nicht, weil er schon lange nicht mehr an sie gedacht hatte. Aber Elfriede schaute sie an und sagte: Ist das nicht die Kleine vom Hartl?
Es war das erstemal, daß er sie allein sah, ohne ihre vielen Geschwister an der Hand oder am Rockzipfel. Sie ging mit gesenktem Kopf, die Rattenschwänze hatte sie hinten zusammengebunden, und sie bekam schon einen Busen.
Ihr Kleid war von düsterer Farbe, so wie Küchenschürzen, ihre Arme schauten dünn und verloren aus den zu weiten Ärmeln. Aber ihre Beine waren gerade und braun und sie ging schnell, wie jemand, der genau weiß, wo er hinwill. Sie hob den Kopf und erkannte ihn im gleichen Moment. Ich geh jetzt doch noch weiter in die Schul! sagte sie zu ihm als erstes. Der Pfarrer hat's den Eltern gesagt.
Ich komm jetzt ins Internat! antwortete er, weil er nicht wußte, was er sonst sagen sollte.
Für immer? fragte sie.
Weiß ich nicht, antwortete er und tat sich wieder leid.
Kommst manchmal heim? sagte sie. Unter einem Internat konnte sie sich wahrscheinlich nichts Rechtes vorstellen, ein Mittelding vielleicht zwischen Erholungsurlaub und Zuchthaus, natürlich mit Priestern und Nonnen.

Sie gingen ein Stück zusammen, redeten in halben Sätzen und waren höflich zueinander wie flüchtige Bekannte. Sie war nicht mehr so scharfmäulig wie früher, ihre Sprache hatte sich geändert, sie redete jetzt das ein wenig gestelzte Kirchenhochdeutsch mit dem feierlichen, gedehnten Unterton, den auch die Pfarrer auf der Kanzel hatten. Sie ging noch in die gleiche Nonnenschule, in der er die ersten Jahre gewesen war, manche von den Nonnen kannte er noch. Aber auf seine kleinen Bosheiten über die Nonnen ging sie nicht ein. Sie wurde sogar böse.
I bin recht heilig worn, gell? sagte sie plötzlich mit ihrer ganz normalen Stimme zu N. und schaute ihn von der Seite an. Er verstand nicht, warum ihr die Schule so wichtig war, warum sie zufrieden schien bei dem Gedanken, Jahre und Jahre in dieses graue Haus mit den schwarzen Nonnen zu gehen, an die er sich nur noch erinnern konnte, wie man sich an Fotos erinnert. An die Stutz, so wie sie gewesen war, dachte er in bunten, bewegten Bildern. Die Heldin der Ruinenhäuser, die Mörderin ihrer kleinen Schwester. So wie sie jetzt mit zusammengestecktem Haar und zipfelndem, graubraunem Rock neben Elfriede und ihm herging, interessierte sie ihn kaum mehr.
Ihr werdet's schon sehen, sagte sie plötzlich. Ihr werdet's euch noch wundern!
Elfriede hatte die ganze Zeit über nichts gesagt und einen verkniffenen Mund gemacht.
Das gehört nicht in die höhere Schule, sagte sie, als sie sich von der Stutz getrennt hatten und ihr nachschauten über den Kirchplatz. Die wissen gar nicht, was dabei herauskommen kann, wenn man das Gesocks in die Schulen schickt. Nichts wie dumme Gedanken. Die schaut noch genau so frech wie früher, die ist nur heimlich geworden. Was sie noch nicht können, kriegen sie beigebracht.
Wo bist du denn in die Schule gegangen? fragte N.
Ich hab gelernt, was ich gebraucht hab, mach dir da keine Sorgen! sagte sie kurz. Dann war sie bis nach Hause still, und als er sie einmal ansprach, antwortete sie nicht und schaute weit weg, als erinnere sie sich an etwas Schönes.
Die Tage rannten und rannten. Wir machen gar keinen großen Abschied, hatte die Großmutter gesagt, es ist ja gar nichts. So waren es lauter kleine Abschiede, schmerzhaft wie

Schürfwunden, er sah in den letzten Tagen alle Dinge so, als seien sie ausgeschnitten und aufgeklebt, das Treppenhaus, das milchige Glas der Tür, und immer noch, wenn auch leiser, hörte er das Klicken der Ringe seines Großvaters am Glas. Die Töpfe in der Küche leuchteten, Elfriede hatte blonde Locken, die ihr starr um den Kopf standen. Das hatte er nie vorher gemerkt. Die gußeiserne Klinke der Haustür glänzte in der Herbstsonne, die Schmutzeisen auf dem Gehsteig hatten die Form kleiner Löwen, nie war ihm das aufgefallen. Seine Mutter und seine Großmutter schienen größer als sonst, sie trugen weiche Kleider in strahlenden Farben, Trauer war verpönt. Er hätte es nicht gewollt! sagten sie und kümmerten sich nicht um die Leute.
Nachts schaute N. von seinem Fenster aus über die blauen Dächer, unter deren Kanten immer noch die Tauben schliefen. Wenn er eine von den Tauben hätte mitnehmen können, für sich allein! Eine von den hellbraunen Türkentauben mit dem dunklen Bändchen um den Hals.
Frühmorgens hörte er ihr verschlafenes Gegurr aus der Tiefe der Gasse und es tat ihm weh. Alle waren trostbedürftig, so konnte ihn niemand trösten. Seine Koffer waren gepackt, drei Koffer.
Was willst du von deinen Spielen mitnehmen? fragte die Mutter. Aber wenn man die Spiele aus seinem Zimmer nahm, wurden sie schäbig, jeder hatte sie, sie waren nichts Besonderes. Das Zirkusfries in seinem Zimmer war längst übermalt worden, er hatte lang nicht mehr daran gedacht, jetzt tat es ihm leid. Er nahm Fotos mit von seiner Großmutter, seiner Mutter, seinem Großvater, auch Elfriede bat er um ein Bild und sie gab es ihm. Zuletzt fand er noch einen alten Stoffbären, den er jahrelang nicht beachtet hatte. Jetzt schien er ihm ganz unentbehrlich, seine Großmutter war gerührt, seine Mutter fiel nicht darauf herein. Wenn du willst, daß sie dich auslachen, sagte sie. Aber er bestand auf den Bären, ließ sich von Elfriede sogar noch ein Loch in dessen abgewetztem Stoffbalg flicken, aus dem das Sägemehl rieselte.
Der Chauffeur brachte ihn hin, allein. Wir wollen uns nicht dort verabschieden, das halte ich nicht aus! hatte die Großmutter gesagt, und die Tränen flossen ihr über die gepuderten Backen. Die Mutter hatte ein mageres Gesicht und einen schmalen Mund, als er wegging, die Treppe hinunter, und sie

sagte, das alles sei eine gute Übung im Erwachsenwerden. Er wußte nicht genau, wen sie damit meinte.
Die Leute vom Geschäft liefen mit großen Paketen die Treppen hinauf und hinunter, an ihm vorbei. Manche grüßten flüchtig. Keiner fragte, wohin er gehe. Wie ein Gefangener verließ er das Haus oder wie ein ungebetener Gast. Wie kurz heute die Treppe war! Keiner schien zu bemerken, daß er die Tür vielleicht zum letztenmal schloß. Niemand verabschiedete ihn. Der Chauffeur hatte seine Koffer schon in den Wagen gelegt, der Bär saß obendrauf. N. beachtete ihn nicht. Er setzte sich neben den Chauffeur. Ganz plötzlich fiel ihm ein, daß er sich auch hätte wehren können, daß er die ganze Zeit etwas mit sich geschehen ließ. Ich hätte ja nein sagen können, dachte N., was hätten sie denn schon tun können, wenn ich nein gesagt hätte. Aber es war viel zu spät, das Auto fuhr schon, und er schaute sich um und sah gegen den düsteren Himmel die Türme der Stadt kleiner und blasser werden. Der Chauffeur sagte nichts. N. sagte auch nichts, denn er war nicht gewöhnt, allein neben dem Chauffeur zu sitzen. Noch immer drehten sich seine Gedanken um das Wort »Nein«, das ungesagt geblieben war, weil es ihm gar nicht eingefallen war, weil er es auch früher nie gebraucht hatte. Zu spät, dachte er noch, jetzt ist alles zu spät, der Chauffeur drehte das Radio an, auch die hüpfende Ländlermusik tat N. weh. Er hatte noch kein einziges Mal an die vor ihm liegende Zeit gedacht, er würde das Internat gar nicht wiedererkennen, auch den Direktor nicht.
Als der Chauffeur vor dem ersten der flachen Gebäude hielt, sah N. sich wie fremd um und stieg erst nach langem Zögern aus. Ein Hausmädchen schaute auf die Autonummer, dann sagte sie zum Chauffeur etwas, das N. nicht verstand, und lachte.
Sie zeigt uns dein Zimmer, sagte der und nahm zwei Koffer. Den dritten trug N. selbst. An die Zimmer erinnerte er sich, aber er hatte bis jetzt nicht daran geglaubt, daß er dort wohnen müsse.
Die andern kommen später, sagte das Hausmädchen noch zu ihm, dann verabschiedete sich der Chauffeur, und beide ließen ihn allein. Das ganze Haus war vollkommen ruhig, auch von draußen klang kein Laut herein. N. schwang beide Arme hin und her, weil er wissen wollte, ob er sich noch

bewegen könne. Zum erstenmal in seinem Leben wußte er überhaupt nicht, was er tun sollte, womit er die Minuten, die Stunden hinbringen sollte. Er saß auf einem seiner Koffer und schaute auf die herbstliche Flußlandschaft, kein Baum bewegte sich, kein Vogel, auch draußen war alles gelähmt.
Das Hausmädchen machte die Tür auf.
Pack dein Zeugs aus, sagte sie, beleg ein Bett. Du kannst es dir ja noch aussuchen. Wenn die andern kommen, gibt's ein Durcheinander. Die Koffer stellst vor die Tür, die kommen ins Kofferzimmer.
Er hatte noch nie einen Koffer ausgepackt. Ich habe eigentlich viel noch nie gemacht, dachte er, jetzt kann ich es tun, und er wurde für kurze Zeit fast fröhlich. Sein Schrank sah nach einer Stunde aus wie seine Schultasche, übersichtlich, ordentlich. Ordnung aus Faulheit. Sauber lagen die Stöße seiner Wäsche nebeneinander, seine Schuhe, seine Hosen hingen, schmal und frisch gereinigt, eine neben der andern, er freute sich darüber. Seinen Schlafanzug legte er auf eins der oberen Betten, das am Fenster, es war da oben fast wie eine kleine Stube, und unter jemandem wollte er nicht schlafen. Die Fotos, die er mitgenommen hatte, steckte er rund um sein Bett an der Wandleiste fest, er entsann sich auch wieder, daß er seinen alten Bären mitgenommen hatte, den setzte er so, daß man ihn von der Tür aus nicht sehen konnte.
N. hatte jetzt Hunger, aber er wußte nicht, wohin er gehen mußte, das Haus war noch immer still.
Seine beiden Zimmergenossen kamen erst, als es schon dunkel geworden war, das Zimmer war plötzlich laut. Beide waren kleiner als er, sie waren schon länger hier und kannten sich. Man merkte, daß sie diese Zimmer, diese Betten gewöhnt waren, daß sie gelernt hatten, das alles hinzunehmen.
Sie unterhielten sich ruhig, über die Schule, über Lehrer, die er nicht kannte. Von ihm, der sich in die Schachtel des oberen Bettes verzogen hatte, nahmen sie kaum Notiz, nicht unfreundlich, nur sehr gleichmütig.
Wie er denn eigentlich heiße, fragte der Größere von den beiden, des muaß ma ja doch wissn, wandte er sich lachend an den anderen. N. sagte es und auch, daß er Hunger habe.
Das gewöhnst du dir hier noch ab. Das ist ein mehr spartanisches Institut, meinte der Kleinere und der Größere sagte, er

heiße Martin und der andere Erich, und der rede immer so geschwollen.
Gibt's hier kein Abendessen? fragte N. Es sind noch nicht alle da, sagte Erich, da machen sie sich nicht die Arbeit. Vielleicht schmiert uns eine von den Trampeln ein paar Brote. Geh du, sagte er zu Martin, dich kennt die eine, die geile, weißt schon. Martin grinste und verschwand.
Im Zimmer war es dunkel und still.
Ich bin schon drei Jahre da, sagte Erich, man denkt, daß man sich gewöhnt. Aber man gewöhnt sich nicht. Warum bist du da?
N. dachte nach, die Frage verblüffte ihn. Er wußte nur, daß er sich im richtigen Moment nicht gewehrt hatte.
Ich weiß es eigentlich gar nicht, sagte er langsam, vielleicht, weil mein Großvater gestorben ist. Aber während er das sagte, spürte er, daß er log.
Ich hab in der Schule bei uns daheim nichts getaugt, sagte Erich, hier taug ich auch nichts, aber da merken sie's nicht so und brauchen nicht denken, daß sie schuld sind. Die Schule ist mir eh egal, für das, was ich werden will, brauch ich sie sowieso nicht.
Was willst du denn werden? fragte N. höflich, denn es interessierte ihn eigentlich nicht.
Spieler, sagte Erich. Das ist was Tolles. Ich hab ein Buch drüber. Natürlich werden sie auch manchmal unglücklich und erschießen sich. Aber es ist ein tolles Leben.
N. hatte keine Vorstellung von einem Spieler, aber der Klang des Wortes gefiel ihm, es hatte etwas Mutiges, Leichtfertiges.
Ich bin Spieler, probierte er halblaut und schmeckte dem Wort nach.
Was willst du machen? fragte Erich. N. wußte nichts zu sagen, und war froh, als der noch immer, noch mehr grinsende Martin hereinkam, unter dem Arm ein in Zeitung gewickeltes, fettiges Paket.
Lässig, sagte er, das ist ein rassiges Weib.
Erich lachte laut. Ein Trampel ist sie. Hier sind nur Trampel, bis auf...
Hast wieder an neuen Schwarm? fragte Martin spöttisch, du kannst ja noch gar nicht rammeln.
N. dachte an seine Nächte, in denen er sich tröstete, aber

darüber gab es nichts zu reden. Er dachte an die hübsche Anwaltstochter, der er vor langer Zeit auf dem Klo zugeschaut hatte. Hatte er ihr eigentlich wirklich zugeschaut? Martin hatte das Paket aufgewickelt, es waren vier dicke, ungelenk geschnittene Doppelbrote mit Mettwurst.
Ich krieg zwei, sagte er, ich hab sie schließlich geholt.
Dogsmeat, sagte Erich, ich frag mich schon lang, wo sie die Art von Wurst einkaufen, das gibt's doch in keinem Laden!
Die beiden begannen sich jetzt übers Essen zu unterhalten, lange, fachmännisch und ernst, eins der wichtigsten Themen in einem Internat, unerschöpflich, N. sollte es noch lernen.
Der Koch war geflogen im letzten Schuljahr, er hatte gesoffen, alle Köche saufen, sagte Martin, jetzt ist es eine Köchin und die säuft auch.
Die Vefi hat gesagt –.
Der Trampel, sagte Erich unerbittlich.
Du fängst gleich eine, sagte Martin, also die Vefi hat gesagt, daß es in dem Schuljahr noch schlimmer mit dem Essen wird als im letzten.
Das geht überhaupt nicht, sagte der andere nachdenklich, sie redeten immer weiter und N. hörte zu, um nicht an zu Hause denken zu müssen und kaute an den dicken Brotscheiben, die leicht nach Mottenkugeln schmeckten.
Sie machten endlich Licht und zwinkerten mit den Augen. Ein Mann mit einem kahlen Schädel kam herein. Er hatte einen Haarkranz und einen Birnenbauch, über dem sich eine braune Wollweste spannte. Da bist du ja, sagte er zu N., komm gefälligst runter, wenn ich dich begrüße.
Es ist jetzt Bettzeit, meine Herren. Wir werden uns schon noch besser kennenlernen.
Arschloch, sagte Erich leise, als der Mann wieder draußen war.
Schwuler Schleimscheißer. Laß dir nicht an die Hosen gehen von dem. N. sagte nichts, denn er verstand nichts.
Sie machten ihre Betten, schlugen die graue Decken zurück. Erich zeigte ihm, wie man das Bettuch so umschlägt, daß der graue, vollgesabberte Rand der Wolldecke nicht an den Mund kommen konnte. Wo ist das Bad? fragte N.
Bad? sagte Erich, meinst du den Waschraum? Was willst du denn da?
Morgens mußt dich eh waschen, da paßt der Alte auf, was

willst du denn abends? Der Lokus ist übrigens die dritte Tür rechts.

Martin war schon im Bett, er hatte das obere an der Tür, er lag zur Wand gedreht und las, Erich lag im Bett unter ihm auf dem Rücken und aß einen Riegel Schokolade.

Fenster bleibt zu, sagten sie beide, es zieht sonst so kalt rein. Da mag man morgens nicht raus.

Der Mann kam wieder, schaute sie alle drei der Reihe nach an, als sähe er sie durch eine Milchglasscheibe.

Angenehme Nachtruhe, sagte er, ich hoffe, daß Ruhe sein wird.

Gute Nacht, Herr Pfarrer, sagten die beiden andern.

Und du? sagte er zu N., kannst du nichts sagen?

N. sagte nichts und drehte sich zur Wand.

Es wird schon noch anders werden, sagte der Mann ruhig und löschte das Licht. Man sah ihn wie einen Schatten noch eine Zeitlang an der Tür stehen, bis er das dunkle Zimmer verließ. Erich und Martin schliefen bald ein, N. konnte es nicht. Er dachte an die dunkelblaue Kühle seines Zimmers, während sich der kleine Raum, in dem er jetzt mit offenen Augen unbeweglich lag, langsam und erstickend mit den fremden Atemzügen füllte. Er hörte den törichten Rhythmus eines Küchenweckers, konnte an nichts anderes denken als an dieses Geräusch, konnte nicht drumherum, nicht drüber hinwegdenken. Nach einer langen Zeit stand er auf und hörte, während er vom Bett kletterte, wie die Atemzüge der beiden sich veränderten. Er suchte den Wecker und steckte ihn zwischen die Sachen in seinem Schrank. Draußen war eine ganz fremde Nacht, keine Dächer, keine schlafenden Tauben. Im Raum wuchs ein Geruch aus Atem, Leibern, Fürzen. Er drehte sich leise herum, so daß er zum Fenster hinausschauen konnte. Etwas war anders geworden und man konnte es nicht zurückholen. Er schlief ein.

Sechs Jahre später, an einem dunstigen Sommermorgen, verließ er die Ansiedlung, die in der Zwischenzeit um einige Häuser vergrößert worden war. Er trug nur eine kleine Mappe unter dem Arm. Während er den inzwischen geteerten, aber immer noch schmalen Weg entlangging, der von den flachen Häusern des Heims durch das Tal zum Dorf führte, sah er aufmerksam die Ackerwinden und Mohnblumen an, die sich zu beiden Seiten des Wegs bunt aus den Feldern drängten. Aber er schaute sich nicht um. Die Häuser wären auch im Dunst der sommerlichen Frühe kaum mehr zu sehen gewesen. Er dachte an nichts. Der Weg zum Bahnhof, den er genau kannte, dauerte etwa eine Stunde. Sein Gepäck – eine Menge, die ihn selbst verblüfft hatte, Koffer, Taschen, Schachteln und Beutel, Unverpackbares wie Federballschläger und eine nie benutzte Angel – hatte er am Abend zuvor schon zum Bahnhof gebracht. Er wollte ganz leicht weggehen. Er dachte weder zurück noch voraus auf diesem fröhlich sich durch die Felder schlängelnden Weg, nur immer an seinen jeweils nächsten Schritt, und er sah noch immer die Pflanzen und die kleinen summenden Wolken der Insekten an, die diesen Weg begleiteten. Jedes Erinnern, jedes Planen hatte ihn für den Augenblick vollständig verlassen. Niemand begegnete ihm. Die Ferien hatten schon begonnen, er war absichtlich später gefahren als die andern, weil er allein sein wollte. Ein Fasanenhahn kreuzte langsam den Feldweg, er hätte ihn mit der Hand fangen können, so nah taumelte der Vogel an ihm vorbei. Aber er schaute ihn nur an und ließ ihn ins Feld, sah ihm nach, bis die leuchtenden Schwanzfedern zwischen den Halmen verschwunden waren.

Der Feldweg war die einzige Verbindung des Heims mit dem Dorf, mit der Schule. Sechs Jahre lang war er ihn zweimal am Tag gegangen, eine Stunde hin und eine Stunde zurück, war mit schweren Stiefeln durch den Schlamm gewatet im Herbst und im Frühjahr, war mit einem geliehenen Fahrrad durch den Sommerstaub gefahren, war hingefallen, hatte die Felgen verbogen und war wieder zu Fuß gegangen. Aber heute sah er den Weg zum erstenmal genau, ohne Angst vor etwas, ohne Freude auf etwas.

Er war jetzt achtzehneinhalb Jahre alt, ziemlich groß, nicht mehr dick, aber ungeschlacht. Wenn er sich schnell bewegte, gerieten Gegenstände, die in seiner Nähe standen, in Gefahr. Wenn er allein war und niemand ihm zusah, ging er gemächlich, im Unterschied zu seinen Altersgenossen sehr gerade. Er hatte ein rundes, rötliches Gesicht, kurzes, dunkles Haar und zwischen den Augen eine senkrechte Falte, die er oft unbewußt mit dem Daumen seiner rechten Hand rieb. Dabei sah er aber nie, wie andere es tun, zur Erde, sondern er blickte zwischen die Augen seines Gegenübers. Ein Zimmergenosse

im Internat hatte ihm gesagt, die Jesuiten täten das, um ihren Gesprächspartner unsicher zu machen. Diese Möglichkeit hatte ihm gefallen, er konnte allerdings nie eine dadurch entstandene Unruhe bei Lehrern zum Beispiel feststellen. Er hatte sich schon früh rasieren müssen, und die anderen Heimbewohner waren deshalb immer neidisch gewesen.
Kurz vor dem Abitur hatte er sich einen Schnurrbart stehen lassen, der in seinem glatten Gesicht ein wenig wie angeklebt aussah. Die Erzieher im Heim waren gegen Bärte, aus hygienischen Gründen, wie sie sagten. Aber die Abiturienten kümmerten sich kaum mehr um solche Vorschriften. Seine Kleidung war meist dunkel. Es kam ihm dabei nur auf Bequemlichkeit an. Kratzende Pullover, gestopfte Socken, harte Schuhe waren ihm ein Greuel.
Er war fast immer sehr teuer angezogen, ohne daß man es sah und auch ohne daß er es wußte.
Vor vier Jahren war das Haus verkauft worden. Seit dieser Zeit wohnten die Mutter und die Großmutter getrennt. Alt und jung unter einem Dach, weißt du mein Lieber, tut selten gut, sagte die Großmutter. Aber sie war sehr gekränkt und bestand darauf, daß N. in den Ferien nur bei ihr wohnte.
Der Zug war noch nicht am Bahnhof. N. wartete auf dem kleinen Bahnsteig, neben den drei Gleisen. Hinter dem mit Kamille bewachsenen Bahndamm sah er den Zwiebelturm der Kirche und die gelbe Fassade des Pfarrhauses. Dahinter lag der runde Marktplatz, lag das Wirtshaus, in dem er vor sechs Jahren mit seiner Mutter gesessen hatte, als sie sich das Internat angesehen hatten. Er dachte an die Buben von damals wie an einen flüchtigen Bekannten.
In diesem Ort war er einer der Heimschüler, der »Evangelischen« gewesen. Niemand hier kannte den Laden, den Großvater, das Haus. Ein paarmal hatte er versucht, den Mitschülern, die im Ort bei ihren Eltern wohnten, davon zu erzählen. Aber er fand die Worte nicht, obwohl er jetzt gern sprach, nachdem er in der Zeit seines Stimmbruchs fast verstummt war vor Scham. Jetzt war seine Stimme angenehm geworden, aber man vergaß sie sofort, wenn man sie gehört hatte. Auch in der Schule hatte er sich bis zum Schluß geweigert, laut zu sprechen.
Er sah den Zug schon von weitem, ein kleiner dunkler Punkt, der an zwei glänzenden Schnüren nähergezogen wurde. Er

kam von jenseits der nahen Grenze. Oft waren sie zu dritt oder zu viert über diese Grenze geradelt, hatten Zigaretten gekauft und sich das Geburtshaus Hitlers angesehen, es war auch eine Tafel dran. N. hatte seinen Geschichtslehrer gefragt, warum dieses Haus gezeigt würde. (Der Spuk ist vorbei, hatten sie damals zu Hause gesagt. Der Verbrecher hat das ganze Volk hereingerissen, obwohl –) Dazu könnte ich eine Menge sagen, hatte sein Geschichtslehrer geantwortet. Aber er hatte dann doch nichts gesagt, außer, daß da auch vieles verzerrt werde. Die Geschichte habe das letzte Wort noch nicht gesprochen. In der Schule kamen sie nur bis Bismarck und gingen dann mit Adenauer weiter. N. war es egal, Geschichte machte ihm einen schweren Kopf, er konnte sich das Neben- und Nacheinander von Ereignissen nicht merken.

Der Zug stand jetzt, N. atmete den Geruch nach warmer Kohle und schmutzigem Wasserdampf ein, jetzt freute er sich auf die Fahrt. Fast alle Abteile waren leer. Es war ein schläfriges Dorf, das er verließ, eine schläfrige Grenze. Aber er wußte genau, daß die ruhige Unbewegtheit des Ortes Grausamkeit und Bosheit verbarg, daß hinter den stummen Fenstern Dutzende böser Augen jede Bewegung derer aus dem Heim verfolgten, daß in der dunklen Kühle der Kirche gegen sie geredet wurde, daß jedes Pfund Obst, jede Halstablette, die man in den verschlafenen kleinen Läden kaufte, registriert und besprochen wurde. Er hatte hier gelernt, daß es eine Welt gibt, in der jedes Anderssein ein Verbrechen ist. Manchmal erinnerte er sich an die Bücher auf dem Speicher seines großelterlichen Hauses, an die abgehauenen Köpfe und die struppigen Scheiterhaufen.

Der Zug war da, er suchte sich, aus Vorsicht, einen Wagen ziemlich weit hinten, ein leeres Abteil, am Fenster setzte er sich so, daß er den Ort vor sich verschwinden sehen konnte. Er wollte auf der dreistündigen Fahrt vom Heim weg in die Stadt über die sechs Jahre nachdenken, die hinter ihm lagen; das gab pro Jahr eine halbe Stunde, und dann, meinte er, dann nie wieder.

Er war die Strecke oft gefahren, Osterferien, Sommerferien, Herbstferien, Weihnachtsferien, immer in der Hoffnung, den Rückweg nicht mehr machen zu müssen, aber die Rückkehr und auch das Wegfahren wurde ihm mit den Jahren immer

gleichgültiger. Er sah aus dem Fenster über die sommerlichen Felder, der Frühdunst hatte sich aufgelöst, der Himmel war dunkelblau, ganz hinten sah er Berge oder Wolken, er konnte es nicht genau erkennen. Manches war schön dort, zum erstenmal hatte er in einer Landschaft gelebt, nicht in einer Stadt wie in seiner Kindheit. Er hatte in Josefsanger bald gemerkt, daß die Gegend, das kleine Flußtal mit den bewachsenen Hügeln, die Felder, die Bäume und Tiere ihm guttaten. In der ersten Zeit im Heim, als er sich langsam aus seiner Betäubung löste, als der Schmerz des Verlustes (noch immer hätte er nicht genau sagen können, was er eigentlich verloren hatte) schärfer und dauernder wurde, war er jeden Tag durch das kleine Tal gelaufen, hatte lang am Wasser gesessen und durch die Weidenzweige hindurch die bunten Kiesel auf dem Grund des Flüßchens gezählt. So heilte sein Inneres allmählich ab, nur noch manchmal spürte er einen Schmerz im Stumpf seiner Gefühle. Sie hatten ihn als Spinner verspottet.
Er hatte sich ziemlich oft schlagen müssen in der Anfangszeit, bis den anderen sein stummes, wütendes Dreschen unheimlich wurde und auch die etwas Älteren ihn in Ruhe ließen, weil sie sich ihm körperlich unterlegen fühlten. Mit den beiden, die in seinem Zimmer wohnten, verstand er sich gut.
Sie hatten sich längst an die immer gleiche Regelung der Tage, das sich stets wiederholende Nacheinander von Tätigkeiten gewöhnt. Verstöße gegen das Einerlei gehörten zum Heimleben, waren geradezu nötig. Die beiden Mitbewohner hatten ihn richtig eingeschätzt. Daß er nur aus Angst und Wut körperlich stark war, merkten sie bald, daß er von den nötigen Bubenkünsten keine verstand, war ihnen klar, als sie ihn das erstemal mit einem Taschenmesser hantieren sahen. Er fuhr miserabel schlecht Rad. Zu Hause hatte er es nie gedurft (das ist viel zu gefährlich, mein Gold!), aber fürs Heim hatten sie ihm eins gekauft, er lief wochenlang mit aufgeschundenen Knien herum und lieh es dann mehr aus, als er es selbst fuhr. Auch diese Freigebigkeit, die in Wirklichkeit Desinteresse war, durchschauten seine Zimmergenossen und nutzten sie aus, sooft es ging. Am Beginn seines Internatsaufenthaltes hatte er zum Eigentum keinerlei Beziehung. Es hatte ihm immer alles gehört und niemand hatte ihm seine

Sachen streitig gemacht. Zerstreut stellte er in der ersten Zeit fest, daß die Gegenstände, die man ihm von zu Hause mitgegeben hatte, nicht mehr zu finden waren. Seine Seife, eine Nelkenseife, deren Geruch im Waschraum schon am zweiten Morgen aufgefallen war (Huch! Fräulein, wo wohnen Sie denn?) war dennoch bald verschwunden, seine Stifte, seine Socken, alles fehlte. Wie alle, die im Überfluß gelebt haben, fand er sich mit dem Verlust zunächst ab, behalf sich mit dem, was ihm blieb. Er dachte nicht weiter darüber nach, daß von seinen sechs teuren, bunten Handtüchern nur noch zwei da waren, daß ein gestreifter Zahnputzbecher, seinem täuschend ähnlich, nun an einem anderen Platz stand, während der seinige verschwunden blieb. Er benutzte einen Papierbecher, die fehlenden Handtücher allerdings machten ihn etwas hilflos, denn er haßte es, wenn sie naß waren, und ekelte sich vor denen der anderen. So ging er in den Ort und kaufte sich neue, sein Taschengeld hatte er damit ausgegeben, sicher der erste Bub in einem Internat, der sich so etwas dafür kaufte. Er merkte nicht, daß sein Geld weg war, ebensowenig war ihm klar, daß er die teuersten Handtücher – die Farben gefielen ihm – gekauft hatte. Erich lief ihm eines Tages nach, als N. wieder zum Fluß hinunterging. Wir müssen einmal ein Gespräch starten, sagte er, ich glaube, du hast einiges an Aufklärung nötig. Das geht nicht, daß du so tust, als wenn dir deine Sachen egal wären. Das ist hier anders. Wenn dir das alles wurscht ist, geht's dir zu gut. Das können dich die andern ganz schön spüren lassen. Kümmer dich um deinen Krempel.
Es war N. schwergefallen, zu verstehen, was der andere von ihm wollte. Die Sachen waren noch immer ganz außerhalb seiner Welt. Aber schon spürte er die Blicke, die Provokationen der andern näherkommen.
Wenige Tage später, beim Abendessen im uringelb gestrichenen Speisesaal, nahm ihm jemand sein Besteck weg (sie hatten alle eigene Bestecke mit Monogramm) und grinste ihn an: Du brauchst es doch nimmer, gell, du hast ja g'wiß an ganzen Schrank voll dahoam. Da war er unsicher geworden und schaute sich um, alle grinsten genau wie der mit dem Besteck, und nur Erich schaute ihn an, als wolle er ihn etwas fragen. Gib's her! sagte N., aber sie warfen sich gegenseitig Gabel, Löffel und Messer zu, bis der Erzieher aufmerksam

wurde und »Ruhe« schrie. Sie gaben es ihm nicht wieder, zwei Tage lang hatte er jeden Morgen, Mittag und Abend in der Küche um ein Besteck bitten müssen, bis er den Anführer, einen drahtigen, kleineren Jungen, am dritten Tag auf dem Weg vom Speisesaal zu den Wohnhäusern verprügelte. N. hatte sich von hinten auf ihn gestürzt. Unfair! schrien ein paar von den Kleinen, aber das war ihm egal, er hatte in diesen Fällen immer Mühe gehabt, wütend genug zu werden, und wenn er es war, fand er es unnötig, diese Wut irgendwelchen kindlichen Regeln zu unterwerfen. Er bekam das Besteck wieder, der andere atmete schwer und keuchte, weil N. sich mit seinem vollen Gewicht auf ihn geworfen hatte und ihm den linken Unterarm über die Gurgel drückte. Er erinnerte sich, daß ihm damals flüchtig der Gedanke gekommen war, den Buben mit dem Eßmesser zu erstechen, das der unter rasselndem Atmen aus der Hosentasche gezogen hatte. Den Löffel bekam er nicht wieder, der blieb verschwunden.

N. hörte nie auf sich zu wundern, daß er in diesen kurzen, heftigen Prügeleien immer Sieger blieb. Er war einfach stärker, hatte nie kämpfen gelernt. Ihm fiel nur schwer, zornig genug zu werden.

Eigentlich hatte keiner etwas gegen ihre Raufereien gehabt. Ein junger Erzieher hatte sich einmal beim Essen mit ihnen über Gewalt unterhalten, so hatte er die Schlägereien genannt, und keiner der Jungen verstand, was er damit meinte. Aber der Heimleiter hatte ihn scharf zurechtgewiesen. Das sei das Natürlichste von der Welt zwischen gesunden Buben. Man sorge schon dafür, daß es im Rahmen bleibe. Er versäume selbst nie, die Jungen von Kleineren und Schwächeren fernzuhalten. Ein sauberer Kampf schaffe reine Luft, hinterher seien gerade die größten Kampfhähne oft die dicksten Freunde.

N. dachte an den Heimleiter wie an den Speisesaal, mit einem Gefühl erstaunten Ekels.

Heinrich Luser war Pfarrer gewesen, und es gab im Heim einen üppigen, bunten Klatsch unter den Schülern, die alle möglichen Gründe ausdachten und weitererzählten, warum Luser seine Pfarre verloren habe. Er hatte keine andere Möglichkeit, mit den Jungen umzugehen, als sie verächtlich zu machen. Er schlug nie. Beim Sonntagsfrühstück suchte er

sich immer einige heraus, die die Verfehlungen der Woche bekennen mußten, während die alten Leute, die Sonntagmorgens mit im Speisesaal saßen und sich bei dieser Beichte langweilten, sich gegenseitig die Semmeln wegnahmen und mit Marmelade die langen Resopaltischplatten verschmierten. Luser ließ nur diejenigen beichten, bei denen er wußte, daß es sie demütigte. N. hatte er nur einmal drangenommen, da hatte seine Schwerfälligkeit Gleichmut vorgetäuscht und er blieb danach verschont. Erich aber stand alle vier Wochen da, bleich, und übergab sich danach oft.
Beichten ließ sie Luser vor allem, wenn er selbst durch eine freche Antwort vor andern lächerlich gemacht wurde. Der Betreffende mußte beim Sonntagsfrühstück stehen, von Lusers Fragen gepeinigt. Man wußte aber nie vorher, was der Direktor ernstnehmen würde. So hatten sich zum Beispiel einige von den Großen einmal in die Unterkunft der Alten geschlichen, nachts deren Gebisse eingesammelt und am andern Morgen in der Küche in den Kaffeekessel geworfen. Luser hatte gebrüllt vor Lachen und den Anführer kaum bestraft. Wenig später aber hatten andere nachts aus dem ganzen Heim alle nur erreichbaren Schrauben herausgedreht: keine Treppenstufe, kein Geländerabsatz, kein Türknopf war ihnen entgangen. N. hatte damals die Idee sehr gefallen, aber Luser war kirschrot im Gesicht gewesen vor Wut, weil er es nicht bemerkt hatte, und ihm vor einer Gruppe Buben, die feixend am Treppenabsatz des Haupthauses stand, das gesamte Treppengeländer in der Hand blieb und krachend ins Erdgeschoß fiel. Am Sonntag darauf folgte so was wie das Jüngste Gericht, Luser brüllte, daß sogar die Alten an ihrem Extratisch die müden Augen hoben.
Auch sie fürchteten Luser und gingen ihm aus dem Weg. Die Alten waren ihm anscheinend noch widerlicher als die Buben. Ich hab sie mir nicht ausgesucht, sagte er oft, dieser soziale Blödsinn nimmt überhand.
Manchmal wurde Luser freundlich, davor hatte N. die meiste Angst. Einige von den Großen wußten genau, wie sie ihn zu nehmen hatten, er mochte es gern, wenn man ihm Fragen stellte, wenn man am Anfang der Studierzeit zu ihm in sein Zimmer kam und ihn nach der Auslegung eines Aufsatzthemas oder den Lösungsmöglichkeiten einer Mathematikaufgabe fragte. Er konnte gut erklären, entwarf im Handumdre-

hen die Gliederung eines Aufsatzes, zerlegte die Trigonometrieaufgabe, bis man sie verstand. Er versäumte auch nie eine Gelegenheit, sich ironisch über die Lehrer in der Mittelpunktschule zu äußern, in die alle Heimschüler gingen.

Mehr bringen die hochbezahlten Herren Studienräte nicht zusammen, sagte er dann, da kann euch euer alter Heimleiter doch ein bißchen mehr erzählen. Er merkte sich genau, wer ihn wie oft nach etwas fragte. N. war selten hingegangen, denn er hatte sich vor dem Mann und dem Zimmer gegraust.

Erich und Martin wechselten sich ab, manchmal gab Erich dem anderen fünfzig Pfennig, damit er für ihn ginge. So kam Luser, der das merkte, zu ihnen ins Zimmer, mokierte sich über Erichs Handschrift, über N.s Unfähigkeit, eine Mathematikaufgabe auch nur ansatzweise zu begreifen.

Da der Prophet nicht zum Berge kommt, muß der Berg eben zum Propheten kommen, pflegte er zu sagen. Luser war der erste, der N. verachtete und es ihm zeigte. N. reagierte verwundert, gekränkt, schließlich aber mit Haß. Das Prunkstück in Lusers Stube war ein großes hölzernes Segelschiff, sein Vater habe es selbst Stück für Stück der berühmten »Königin Christine« nachgebaut, erzählte er. Irgendwann hatten sie es sich abends geholt, hatten es mit benzingetränkter Watte beladen, auf den Goldfischteich vor dem Haupthaus gesetzt und so lange mit brennenden Streichhölzern danach geworfen, bis die stolze Barke aufs Prächtigste in Flammen aufging. Dazu hatten sie gesungen »Wir lagen vor Madagaskar« und gelacht wie die Verrückten. N. erinnerte sich aber nicht mehr daran, was danach passiert war. Er mußte immer noch lachen, wenn er an das brennende Schiff dachte.

Nur zweimal im Jahr war Luser zu N. freundlich, fast kameradschaftlich, und es kostete N. viel Kraft, sich dem angenehmen Gefühl nicht hinzugeben, das jede Art von Anerkennung noch immer in ihm auslöste. Zweimal im Jahr besuchten ihn nämlich seine Mutter und seine Großmutter im Internat, um sich nach seinem Fortkommen zu erkundigen, und sprachen mit Luser, den sie beide auch nicht mochten.

Das sind halt kleine Leute, Lieber, du mußt immer korrekt sein, da können dir solche Leute gar nichts anhaben!

Luser verehrte N.'s Mutter, er zog ein Jackett an und bat die

Damen auf einen Cognac in sein Zimmer. Er ist irgendwie undurchsichtig, Ihr Junge, er schließt sich nicht leicht auf! sagte er zu den Frauen, wobei die Großmutter ihm erregt widersprach und die Mutter ihn schweigend unter ihrem glatten, dunklen Haar hervor ansah.
Ich hoffe, das ist kein Charakterfehler, sagte er, dem Jungen hat halt zu lang eine männliche Hand gefehlt.
In den späteren Jahren kamen die Frauen seltener, auch nicht mehr zusammen. Ich fühl mich da nicht wohl, mein Gold, hatte die Großmutter gesagt, es hat immer was Muffiges, diese ganzen Buben. Wascht ihr euch auch ordentlich? Dabei schnüffelte sie mißtrauisch. Du mußt jeden Tag die Wäsche wechseln, das ist gleich, was die andern sagen! Man darf sich nicht gehen lassen! Ein verschlamperter Tag ist der Anfang vom Untergang.
Die Mutter ging mit ihm essen und ließ sich von ihm aus dem Mantel helfen und den Stuhl zurechtrücken. Vor dem Bezahlen gab sie ihm ihr Portemonnaie. Die Kellnerin erkannte sie immer und bedauerte ihn. Mei, sagte sie, der arme Bua! Wia der wieder gwachsen is! Bei den schlechtn Essn da drauß ist es direkt a Wunder!
Es schadet dir nicht, hatte die Mutter einmal zu ihm gesagt. So schlimm kann es gar nicht sein, daß es nicht schlimmer gewesen wäre, wenn du dageblieben wärst.
Nach und nach versuchte ihn die Mutter wie einen flüchtig bekannten Erwachsenen zu behandeln, höflich und ein wenig ironisch. Es war ihm angenehm, aber er hatte wieder dieses ziehende Verlustgefühl, ein wenig wie Hunger.
Wir sehen dich ja in den Ferien! hatten ihm beide Frauen unabhängig voneinander geschrieben zur Begründung dafür, daß sie nur noch selten nach Josefsanger fuhren.
Erich bekam nie Besuch, sehr wenige überhaupt von denen, die im Heim waren. Es ist wie im Gefängnis, sagte Erich, oder wie im Krankenhaus. Die ersten zwei Wochen kommen sie dauernd gerannt, aber dann läßt's nach.
Woher willst des wissen? fragte Martin, is von euch scho amal oana im Gfängnis gwesn, ha?
Man kann sich das doch vorstellen, außerdem solltest du mal was lesen außer deinen Heftchen!
Sie lasen wie die Wahnsinnigen damals, erinnerte sich N., nächtelang, das Gehör dauernd auf den Gang konzentriert,

süchtig nach Abenteuern, bunten Lebensläufen, sie kamen sogar gemeinsam auf Gedichte, und N. heftete sich in die Ecke seiner Koje, die man von unten nicht sehen konnte, ein Blatt mit Rilkes »Panther«, den er in Schönschrift abgeschrieben hatte, und der ihm die Tränen in die Augen trieb. Manchmal sagte er es sich leise vor dem Einschlafen vor: Sein Blick ist vom Vorübergehn der Stäbe so müd geworden, daß er nichts mehr hält.

Das Schnaufen des Zuges hatte aufgehört, sie standen in der nächsten kleinen Stadt, er kannte sie gut. Manchmal waren sie zum Einkaufen hergefahren, später dann hatte es zum guten Ton gehört, nachts abzuhauen, leider war es nicht mit zusammengeknüpften Bettüchern möglich, weil sie sowieso Erdgeschoßzimmer hatten. In diesem Ort gab es nämlich ein Nachtlokal, ein kleines, dunkles Etablissement von trauriger Gemütlichkeit. Man mußte dort gewesen sein, N. wollte das auch, weil ihn alles, was mit dem »Leben« zusammenhing, aufs äußerste interessierte. Er erinnerte sich noch dunkel an die Feste, die in seiner Kinderzeit von den Erwachsenen bei ihm zu Hause gegeben wurden.

Die schäbige kleine Dorfbar diente ein paar schüchternen Bauernsöhnen und älteren Angestellten als Beichtstuhl und Klagemauer, und die drei oder vier Mädchen, die darin arbeiteten, hatten vor lauter Zuhören schon ganz grämliche Mundwinkel. Aber die Buben aus dem Internat, die sich den Besuch regelrecht erobern und erkämpfen mußten, genossen jede Minute in dem staubig-roten Lädchen, fanden die Barfrauen geheimnisvoll und gefährlich und waren nach einem Bier gottseidank betrunken, denn mehr hätten sie gar nicht bezahlen können. Sie nahmen alle vierzehn Tage einen Weg von über zwei Stunden, die Gefahr der Verweisung von der Schule, Angst und Taschengeldschwund auf sich, um eine Stunde in der kleinen Dorfbar zu verbringen. Sie hieß »Alligator«.

N. sah jetzt den kleinen Ort mit den geduckten Altstadthäuschen verschwinden, es war heiß und die Sonne stand schon hoch am Himmel. Niemand war zugestiegen, er holte eine kleine, flache Flasche aus seiner Mappe und eine Tafel Schokolade. Er hatte, erinnerte er sich, schon damals kein Bier gemocht. Während die andern sich an ihrer Halben festhielten, trank er einen süßen Rotwein, und wenn er genug

Geld hatte, zwei. Danach schlief er traumlos und tief und war noch am nächsten Tag guter Laune. Natürlich hätten sie nicht in dem Lokal sein dürfen, aber Erich, Martin, er und noch einige von den Älteren hatten immer wortreiche Ausreden parat, wenn wirklich mal eine Kontrolle kam. Man wußte Bescheid im Dorf, auch die Polizei, außerdem sahen sie alle älter aus und von den »Evangelischen« erwartete man eh nichts besseres. In den Dörfern galten sie alle mehr als Fremde denn als Kinder oder junge Leute; auf Fremde brauchte man nicht aufzupassen, die gehen sowieso wieder und lassen keine Spur zurück. So saßen sie, wann immer es möglich war, für eine Abendstunde im »Alligator« und probierten aus, wie es ist, mit Mädchen zu reden. Es fiel ihnen allen vielleicht sogar am selben Tag auf: sie lebten ganz ohne Frauen, gerade N. traf dieser Gedanke, erst war er von Frauen umgeben gewesen, verstanden und geliebt, und seit er in Josefsanger war, sah er einfach keine mehr. Die Schule war eine reine Bubenschule, hatte kaum Lehrerinnen, und die waren keine richtigen Frauen. Das Heim war ein Jungeninternat, die Erzieher waren männlich, eine ganze Männerwelt mit einem einzigen kleinen Notausgang, dem »Alligator«. Aber die drei Mädchen, die dort arbeiteten, waren leider sehr dumm. Sie waren auch nicht besonders freundlich, sondern dauernd übermüdet, und wenn sie zu den Jungen und den schüchternen Männern »Schatzi« sagten, hatte das Wort gar nichts Zärtliches, sondern etwas Strenges, so, als wären die männlichen Gäste des »Alligator« keinen eigenen Vornamen wert. Aber in der Beleuchtung aus rot angestrichenen Vierzigerbirnen, in der Kneipe sitzend wie in einer roten Stoffschachtel, sahen sie fast schön aus, mit großen schwarzen Augenlöchern, gebauschtem buntem Haar und rosigen Armen. Keiner der Buben erkannte je eine der Barfrauen auf der Straße.
N. war etwa fünfzehn bei seinem ersten »Alligator«-Besuch, er hatte auch schon gehört, daß ein paar von den älteren Schülern bei den Barfrauen »mit oben« gewesen seien. Aber ihre Erzählungen wiesen so viele unglaubwürdige Details auf, was die Ausstattung ihrer Zimmer betraf (alles roter Samt, ein Bett mit einem Tigerfell drauf!), die Wäsche, die sie angeblich trugen, und die Leidenschaftlichkeit, mit der sie sich in die picklig, hühnerhälsigen Obersekundaner verliebt haben sollten, daß N. zweifelte und schließlich nicht

mehr zuhörte. Denn wenn die Jüngeren fragten, was denn nun eigentlich im einzelnen gemacht worden sei, sagten die Älteren mit halbgeschlossenen Augen nur: Mei! oder seufzten tief. Dabei waren N. und Erich vollkommen aufgeklärt, Erich besaß die Fuchs'sche Sittengeschichte, ein sehr zerfleddertes Exemplar der Josephine Mutzenbacher und die »Vollkommene Ehe« von van de Velde. Mit dieser Handbibliothek glaubten sie sich gerüstet, mehr brauche man nicht zu wissen. Die drei Bände waren sicher untergebracht im doppelten Boden, den Erich für N.s Strumpfschublade angefertigt hatte. Sie liehen sie auch niemandem. Sie onanierten natürlich alle; obwohl sie zu dritt im Zimmer waren, nie gemeinsam, sondern stumm, mit zusammengepreßten Lippen in der Abgeschiedenheit ihrer Kojen. Woran hatte er damals dabei gedacht? Seltsamerweise fiel ihm eine Abbildung aus der »Sittengeschichte« ein, ein nackter Mann mit erigiertem Schwanz, schilaufend. Das war es wohl nicht, es kam ihm in der Erinnerung eher komisch vor. Seine nächtlichen Bilder, die hilfreichen, tröstenden, erregenden Bilder aber blieben verschwunden. Erich hatte ihm gezeigt, wie man das schleimige Sperma mit Klopapier auffängt. Sonst sehen sie's an der Wäsche und der Luser redet dir die Ohren voll. Manchmal, sagten sie, sei der Heimleiter nachts in die Zimmer gekommen und habe den Schlafenden die Hände unter der Bettdecke hervorgezogen. Die sonntägliche Beichte wurde auch oft mit allgemeinen Erläuterungen des Heimleiters beschlossen, der viele Worte brauchte, um zu sagen, was er meinte, von der Zucht redete, von den Freuden, die ein reiner Leib bedeutete. Man hörte die schmiegende, wie knochenlose Stimme des ehemaligen Pfarrers. Alter Wichser! sagte einer. Der ko iwahaupts ned wichsn! antwortete Martin leise, der glangt ja nimma iwa sei Wampen obi.

N. mußte darüber so lachen, daß ihm das Wasser in den Augen stand und die Luft ausging.

Aber alles, worüber er auf dieser Fahrt nachdachte, woran er sich erinnerte, waren nur kleine Teile, die durch immer gleiche graue Stunden miteinander verbunden waren.

Das Frühstück im gelben, nach gekochten Eiern riechenden Speisesaal, immer um viertel nach sieben, in der winterlichen Dunkelheit, im Sommer hell von einer unsichtbaren ausgesperrten Sonne, Deutsch und Physik und Erdkunde, Geschichte und Mathematik, die Demütigungen auf dem sandroten Sportplatz, immer gleich, Tag für Tag, nur seine Haut, seine Sinne hatten etwas davon registriert, es war so wenig von diesen Stunden in ihn eingedrungen, daß er sie nicht einmal vergessen konnte. Der Heimweg, das Mittagessen, immer der gleiche Platz, sechs Jahre lang der gleiche Stuhl mit dem Spreißel an der Lehne, wo er mit dem Pullover hängenblieb, schräg vor dem Teller der immer gleiche, im Laufe der Jahre unmerklich blasser werdende Spinatfleck. Die Studierzeit, drei Stunden, in denen er meistens las oder halblaut mit den anderen redete, über immer die gleichen Dinge.

Die Wege am späten Nachmittag, durch trockene und feuchte Jahreszeiten. An die Wege erinnerte er sich genau, er liebte die kleinen, bescheidenen Landschaften, überschaubar und freundlich. Im Flüßchen gab es Enten und schwarze, zierliche Tauchhühner, unter den Steinen saßen Krebse und im klaren Wasser zwischen den Wasserpflanzen standen Forellen. Am Ufer wohnten Wasserratten mit glattem Fell, Wühlmäuse, Grillen mit ihrem Sommerton und Kröten mit goldenen Augen und einem Loch in der Stirn. Wie viele unbeholfene Menschen hatte N. die Fähigkeit, lange vollkommen ruhig irgendwo sitzen und schauen zu können. Sein Platz war ein kleines Plateau auf halber Höhe der Uferböschung, da saß er wie in einem Nest, und Vorübergehende sahen oft direkt vor ihren Füßen dünnen Rauch aufsteigen. Das war N.s Zigarette, er rauchte, seit er im Heim war.

Nicht viel war über sein Flußufer nachzudenken, vielleicht wäre er gestorben, wenn er diesen stummen Platz nicht gehabt hätte, er wußte es nicht. Die aus dem Internat, die an diesem Platz versuchten, Tiere zu fangen (Kröten kann man aufblasen, Forellen essen, Krebse kochen, die Tauchhühner mit Steinen treffen), handelten sich eine von N.s überfallartigen Prügeleien ein, an dieser Biegung des Flusses hatte er seine Ruhe. Es war nicht so, daß er zu diesem Zeitpunkt schon seine spätere, hilflose und verbissene Zärtlichkeit für jede Art von Tieren gehabt hätte, er wollte nur, daß an dieser Flußbiegung nichts verändert würde, daß das ruhige Leben auf seine eigene, vielfältige Weise weitergehen konnte. Er nahm am Leben auf diesem Fleck Erde manchmal aufmerksamer Anteil als an seinem eigenen. Er kannte die Gelege der

Enten, die ordentliche Flotte flaumiger Küken, den glasigen Laich der Frösche, der sich in langen Fäden im Wasser wiegte, die dunklen, starren Augen der Bisamratte, die wie ein polierter Stamm in der Strömung lag, er kannte aber auch die silbernen Bäuche gestorbener Fische und die armseligen Kadaver gerissener Küken.
Manchmal begleitete ihn Erich hierher, aber der war zu drahtig, zu beweglich. N.s Stillsitzen machte ihn nervös. Immer raschelte es um ihn. Hätte man N. gefragt, ob er diesen Platz liebe, er hätte keine Antwort darauf gewußt. Wie das Haus, früher, an das er nicht oft dachte, weil es tiefer in ihm saß als Denken, bedeutete ihm dieser Platz das Unveränderliche, das sich dauernd verändert.

Irgendwann entdeckten sie die Musik. Im Aufenthaltsraum, den nie einer benutzte und in dem sonst nur einige Stühle, ein Klavier und ein Gummibaum aufbewahrt wurden, stellte der Heimleiter ein Radio auf. Das Abhören des Schulfunks war der eigentliche Grund, Luser fühlte sich flott und modern mit seinem Plan, er hätte mit Gruppen von Jungen geeignete, das heißt von ihm ausgewählte Sendungen anhören wollen und dann auf die Fragen der Schüler eingehen können. So aber, in Lusers Sinn, lief der Plan nicht ab, die meisten schützten Aufgaben und die Studierzeit vor, und Luser saß allein mit ein paar Strebern, aus denen er sich selber nichts machte.
Aber einige, vor allem die drei aus N.s Stube, entdeckten die Hitparade, donnerstags von 18 bis 20 Uhr. Mit der Zeit, so etwa nach dem dritten oder vierten Abend am Radio, erregte sie schon die betont muntere Stimme des Ansagers. Sie hatten alle ihre Favoriten und wetteten auf die Plätze ihrer Lieblingsschlager. Meist saßen sie zu zehnt oder zu zwölft auf dem Boden des ungemütlichen Raums, vor der geöffneten Tür lauerten die Kleineren, die Sextaner, die man nicht hereinließ, und die um sieben ins Bett mußten. Die albernen Texte, die eingängigen, oft melancholischen Tonfolgen der Schlager dieser Zeit regten die Buben auf, viele saßen blaß und zitternd oder gingen vor die Tür, wenn ihr Lieblingsschlager gespielt wurde. N. erinnerte sich, daß Erich einmal bei den süßen, klagenden Klarinettentönen von »Petite fleur« einen Weinkrampf bekommen hatte, den keiner der andern beachtete oder kommentierte.

N. selbst liebte am meisten das Lied »Fieber«, die leichte rauhe Stimme von Conny Francis, den lüsternen Ton bei dem Wort »Fieber« – der Text erschien ihm über die Maßen leidenschaftlich, es wunderte ihn, daß das die andern nicht merkten. Ich habe Fieber, dieses Fieber, das mich fast verbrennt – Fieber! mit einer hohen, stöhnenden Stimme.
Unangefochten aber Freddy mit »Heimatlos«, bei dem Lied lachten sie alle ein wenig verächtlich, aber ihnen war nicht wohl dabei, denn es berührte sie doch, dieses »Alles liegt so weit, so weit«. Kitsch, sagten sie mit ihren rauhen Stimmen. Manche hatten auch damals schon eigene Radios, aber sie kamen wie selbstverständlich immer wieder, jeden Donnerstag, es war etwas Gemeinsames.
Luser sah das alles nicht gern. Ziemlich seichter Blödsinn, sagte er einmal. Bach! diese wunderbare Klarheit! Mozart! die göttliche Heiterkeit!
Aber eigentlich war Luser unmusikalisch. In der Kirche sang er falsch, mit einem fettigen Bariton. Jeden Sonntag gemeinsam in die Kirche, auch das hatte er gar nicht zu vergessen, weil er da nie zuhörte und einen wunderbaren Platz auf der Orgelempore hatte, wo er lesen konnte. Auch während einer kurzen, theologischen Phase, die Erich und er gemeinsam durchmachten und sogar den gutmütigen Martin soweit brachten, daß er nachdenklich die Existenz von »epps Höherm« zugab, hatten sie sich für die Kirche nicht interessiert. Was sie wollten, war größer, vielleicht eher katholischjesuitisch, das Evangelische war ihnen beiden zu spießig. N. dachte oft an die Jesuitenbewunderung seines Großvaters. Sein Kinderwunsch war immer noch der gleiche: etwas sein, das man nicht verwechseln kann, einmalig sein. Erich hatte andere Ziele. Macht über andere, sagte er, da sind uns die Katholischen über! Schau dir doch den Luser an, was das für ein einfältiger Mensch ist. Er hält auch nicht auf sich, trampelt nur auf einem herum.
Er ist überheblich, weil er Angst hat, dachte N. über Erich und sagte es ihm nicht. Manchmal verschwanden sie von der Empore, um nebenan im Eissalon Glaser ein Eis zu essen. Sie konnten hören, wann die Schlußmusik einsetzte, und mischten sich dann unter die Leute, die eilig die Kirche verließen.
Auch das nicht mehr wichtig, schon blaß geworden, auch die

Bilder des sonntäglichen Dorfes, die verächtlichen Augen der katholischen Dorfbevölkerung, die das Grüppchen der Evangelischen nach der Kirche von oben bis unten musterten. Die Fahrt durch den Sommertag, das Fauchen des Zuges – das Vergessen war nicht Arbeit, sondern Vergnügen. Die flache Flasche war halb leer, die Schokolade hatte er aufgegessen und formte aus dem Silberpapier einen Vogel. Sich erinnern – er hätte lieber geschlafen.
Das Mädchen Lise war Küchenhelferin im Heim gewesen. Ein Flüchtlingsmädchen, denn die Bauern der Gegend schickten ihre Töchter nicht in Dienst zu den Evangelischen, drohten es ihnen sogar an, wenn sie zu Hause nicht gut taten und leichtsinnig waren. Als N. sie zum erstenmal beim Essen anschaute, ihr Gesicht sah und ihre Hände, wie sie die abgestoßenen, weißen Schüsseln auf die Tische schob, mochte sie etwa achtzehn gewesen sein, fast so groß wie er, mit fahlbraunem Haar und gelblich-braunen Augen. Er sah am Mittag plötzlich wie durch ein Vergrößerungsglas die rosa Äderchen auf ihren Backen, die winzigen Grießkörnchen auf ihren Augenlidern, sie trug eine ärmellose blaue Leinenbluse, er sah einen Busch heller Haare unter ihrer Achsel und einen dunklen Schweißfleck, der langsam größer wurde. Noch immer hätte er nicht sagen können, was ihm damals an ihr aufgefallen war, er sah sie nur plötzlich doppelt so genau wie alle andern im Speisesaal, Erich schaute ihn an und merkte es nicht einmal.
Geh ein wenig beiseit! hatte sie zu N. gesagt, weil sie die Schüssel zwischen ihm und Erich durchschieben wollte.
Ein zartes Décolleté! sagte Erich spöttisch, aber N. hatte ihr gar nicht auf die Brust geschaut und erschrak, als sie ihn mit sachter Ungeduld ein bißchen wegschob. Später sah er, daß sie ein schönes Mädchen war, alles an ihr war nichts Besonderes, und alles zusammen machte, daß sie schön war. Ihre Augen hatten einen leicht schiefen Schnitt, die äußeren Augenwinkel standen höher als die inneren und waren umgeben von dichten, dunkelbraunen Wimpern. Sie war überhaupt ganz in bräunlichen Farben, ihr Mund war blaß, so ähnlich wie unreife Haselnüsse, und in ihren Mundwinkeln lagen bräunliche Schatten.
Er hatte sich hinterher oft gefragt, ob das gleiche, alles, was danach kam, die Tage und Nächte, ebenso geschehen wäre,

wenn damals ein anderes Mädchen die Schüsseln auf den Tisch gestellt hätte. Vielleicht. Es war nicht wichtig.
Lise hatte es bemerkt, sie sagte ihm später, daß sie sich an dem Mittag geärgert habe. Er könne nicht weiteressen, sagte N. zu Erich, er habe Magenschmerzen. Er ging an seinen Platz am Fluß und erschien auch nicht zur Studierzeit.
An diesem Nachmittag dachte er nicht über Lise nach, sondern nur über die eigentümliche Empfindung, die sie in ihm ausgelöst hatte, eine Art dauernden inneren Flatterns, als säße etwas unter seinem Zwerchfell. Er registrierte, während er da im Gras saß, ganz genau die einzelnen Symptome für dieses neue Befinden, etwas wie leichten Muskelkater in den Oberschenkeln, seine Knie schienen sich lose in ihren Gelenken zu bewegen und er atmete schwer, als er den Weg zum Flußnest hinunterstieg. Er war so erstaunt über seinen Zustand, daß er nicht merkte, wie lange er da saß, nichts wahrnahm von der Umgebung, die ihn sonst immer abgelenkt hatte von den Gedanken ins Schauen. Es war ihm auf eine Art übel, die er nicht unangenehm empfand. Er wäre gern in seinem alten Zimmer zu Hause gelegen, Elfriede hätte ihm Tee gebracht und seine Großmutter hätte nach ihm geschaut und gesagt: Es wird bald wieder gut, mein Gold!
Die Sonne stand mittlerweile so schräg, daß er die Häuser von Josefsanger nicht mehr sehen konnte, nur noch die gelbglitzernde Fläche des Flüßchens. Er dachte an das bräunliche Gesicht Lises, an den Schweißfleck in ihrer Achselhöhle. Den Weg zurück zum Heim ging er sehr schnell, rannte fast. Die Wege zwischen den Häusern lagen verlassen, es war noch Studierzeit, er machte einen Umweg am Küchenhaus vorbei, die Tür stand offen, aber der gekachelte Raum mit den riesigen silbernen Kesseln lag still wie eine Fabrik am Sonntag. Ein fader Geruch drang aus der Tür, ein Geruch, vor dem es ihn ekelte. Niemand war zu sehen. Er ging ins Zimmer, wo Martin und Erich am Tisch saßen.
Der Alte war schon da und hat nach dir gefragt, sagte Erich böse. Ich hab gesagt, dir ist nicht gut.
N. gab keine Antwort, setzte sich ans Fenster und schaute hinaus auf den Fahrradschuppen.
Spinnst du? fragte Martin.
Ich weiß nicht, sagte N.
Luser kam noch einmal, N. saß immer noch am Fenster.

Nun? fragte der Heimleiter mit seiner Pfarrerstimme, ist dir besser? Oder hängt dein Magen mit deiner Faulheit zusammen? Wäre es möglich, einmal deine Hefte zu sehen oder fühlst du dich zu schwach?
Wortlos legte er seine Hefte, an diesem Tag völlig unberührt, vor dem wartenden dicken Mann auf den Tisch. Er schaute ihn nicht an, zu beschäftigt war er, die beiden Bewegungen in sich auseinanderzuhalten, das bräunliche Gesicht Lises, die Schwäche, die er noch immer spürte, und den Haß auf den fetten Pfarrer, der da vor ihm stand, noch immer mit ausgestreckter Hand. Zwei ganz verschiedene Sachen, dachte N., sie dürfen nicht ineinanderlaufen! Du warst doch während der Studierzeit gar nicht in der Stube, sagte Luser sanft, ich hab dich doch zum Fluß hinuntergehen sehen. Warum lügst du? Ich habe für alles Verständnis, nur nicht für Lügen.
Ich habe gar nicht lügen können, weil ich bis jetzt noch gar nichts gesagt habe! antwortete N. und hatte Mühe mit seiner Stimme.
Deine Aufsässigkeit nimmt Formen an, gegen die man etwas tun muß. Du wirst von mir hören. In deinem eigenen Interesse. Während er hinausging, drehte er sich noch einmal um: Stubenarrest, sagte er leise. Rundfunkverbot. Du auch! sagte er zu Erich. Lügner, alle Lügner!
Damit ging er und sie spürten, daß er gewonnen hatte. Er ist gar nicht dumm, sagte N. zu Erich, wenn er dumm wäre, könnte er nicht so gemein sein.
Eigentlich tut er ja nix! sagte Martin, der bei solchen Szenen still blieb, er konnte sowieso nicht reden wie die andern. Er macht einen klein, sagte Erich. Wenn du bedenkst, daß das jetzt noch zweieinhalb Jahre geht, immer das gleiche. Es war schon so, wie wir zwölf waren.
Man darf sich nicht daran gewöhnen, dachte N. und schaute immer noch hinüber zum Fahrradschuppen. Er sah ein Mädchen mit einem Eimer zum Schuppen gehen, aber er konnte sie nicht erkennen. Trotzdem spürte er wieder das seltsame Flattern im Magen.
Ich geh trotzdem weg, sagte N. zum Fenster hin, soll er doch versuchen, mich einzusperren, ich kann immer noch meine Mutter anrufen.
Aber er wußte, daß er sie deshalb nicht anrufen würde. Er

telefonierte jede Woche mit ihr, von der Zelle im Dorf aus, er war immer aufgeregt, wenn er ihre Stimme hörte, aber oft wußte er nicht, was er sagen sollte und unterbrach die Verbindung, obwohl er noch Kleingeld hatte. Er sprach nicht über sich, ein wenig über die Schule, beschrieb ihr nie, wie die Dinge sich zutrugen, sondern nur die Endpunkte, die Ergebnisse. Ich hab einen Vierer. Ich brauch ein Paar Turnschuhe. Ich hab drei Tage im Bett gelegen. Ich komm am Wochenende heim, weil ich mit jemand mitfahren kann. Schick mir den »Cornet«.
Als er sie um den »Cornet« bat, sagte sie: Ach du lieber Gott, ihr auch immer noch? Das war doch schon zu meiner Zeit aus der Mode, ich bitte dich.
Sie waren jetzt nicht mehr so weit von der Stadt entfernt, der Zug hielt aber plötzlich auf offenem Feld. Er war auf dem Weg zu ihr, dachte daran und wußte nicht, ob er sich darauf freuen sollte. Er konnte bei ihr leben oder bei der Großmutter oder allein.
Aber so weit war es noch lange nicht, drei Stunden für sechs Jahre und dann nie wieder, nie wieder. Alles würde neu sein. Er mußte nie mehr in die Schule. Er mußte nie mehr mit jemand anderem im Zimmer schlafen. Er mußte nie mehr jemandem zuhören, wenn er nicht wollte. Während er sich das vorerzählte wie ein schönes, lustiges Märchen und dabei die flache Flasche anschaute, die nun auch schon eine Zeitlang leer war, wußte er ganz genau, daß das alles nicht stimmte.
Lise. Nachdem es ihm eine Woche lang gelungen war, sie mehrmals am Tag zu sehen (das erschien ihm eine gute Leistung und er war sich nicht darüber im klaren, daß es viel schwieriger gewesen wäre, sie nicht zu sehen), sprach er mit Erich, der es längst gemerkt hatte und eine Woche lang zornig auf ihn gewesen war. Als N. ihn ins Vertrauen zog, war er glücklich. Sie beratschlagten, wie N. unauffällig mit ihr reden könnte, über die Frauen allgemein sprachen sie aber noch lange an diesem Abend.
Ich könnt nichts mit den Küchenmädeln anfangen, sagte Erich und dachte an »Krieg und Frieden«. Eine Natascha!
Du weißt nicht, was hinter so einem Mädchen stecken kann, antwortete N. wütend und dachte mit einem schlechten Gewissen an die einstmalige Königin der Gassen, die stolze Stutz.

Du weißt es ja auch nicht, sagte Erich und dachte an die schönen Fürstinnen aus seinen Romanen. Aber zu guter Letzt half ihm Erich. Jeden Samstag geht sie ins Kino, sagte er. Das Kino war in einem ehemaligen Wirtshaussaal seit Jahren installiert, man brauchte fürs Dorf nichts anderes, und die Filme schaukelten über eine sich wellende Leinwand zur Freude der Dorfjugend. Man zeigte abwechselnd Indianer- und Liebesfilme, gern Historisches aus der Gegend, waldreiche Filme, auch Lebensbilder von Leuten, mit denen sie sonst nichts zu tun hatten: Ärzte, Oberförster und Erzherzöge, manchmal einen Maler oder Musiker. Die Wochenschau war nicht beliebt. Bis das Kinopublikum begriffen hatte, was da vorn in verregnetem Schwarzweiß gezeigt wurde, kam schon das nächste und die Ähnlichkeit von Mißwahlen und Gipfeltreffen verwirrte sie alle, auch die Schüler, obwohl die in den vorderen billigen Reihen laut politische Kommentare gaben. Es fiel N. nicht schwer, neben Lise einen Platz zu finden, eigentlich hatte sie neben ihm einen gefunden, aber das hatte er nicht bemerkt. Während er aus dem Zugfenster auf die sich verändernde Landschaft schaute, deren Farben jetzt mehr vom Häusergrau und Zäunebraun bestimmt waren und die Nähe der Stadt ankündigten, versuchte er sich an den Film zu erinnern, den sie bei diesem ersten Treffen zusammen gesehen, nicht gesehen hatten, in dem sie sich versteckt hatten wie in einer Schachtel in dem muffigen Halbdunkel des Wirtshaussaales. Es war wohl ein Liebesfilm gewesen, denn er erinnerte sich an das Schmatzen und Juchzen der Dorfbuben, mit dem sie jede Kußszene begleiteten, der Film, jeder Film, wurde in diesem Saal ein zweitesmal synchronisiert, mit Reitgeräuschen, lautstarkem, stöhnendem Sterben und Geseufze. Seids halt staad! schrien manchmal Ältere, die sich im Kino ungestört unterhalten lassen wollten, aber sie gaben es bald auf. Die Schüler von Josefsanger standen den andern darin nicht nach, besonders die Leuwerikschen Schluchzer und trockenen Küsse wurden laut nachgespielt. In »Sissi« hatten sie sich allerdings zurückgehalten, soviel Pracht und Schönheit ließ den Saal verstummen, das mit Schrammen gezeichnete Filmgesicht der Romy in ihrem Lampenschirmkleid rührte alle. Langweilig, ein solcherner Kaas! sagten sie hinterher verlegen. Es waar amal wieder Zeit für an anständigen Wildwestfilm!

Lise und N. hatten sich hin und wieder an den Händen gefaßt, die bald so feucht waren, daß sich keiner von beiden schämte. Erich saß neben ihnen und schirmte sie ab, bewachte sie und schien darüber angenehm wehmütig.
Das Geschrei und Geschnalze um sie herum störte N. und Lise überhaupt nicht, es sind halt noch Kinder, sagte Lise und nahm ihn davon aus. Lise verfolgte den Film aufmerksam und bei einer traurigen Stelle spürte N., wie ihre Hand zuckte. Er versuchte sie anzuschauen, aber er sah nur die Umrisse ihres Kopfes mit der geraden Nase und dem zusammengebundenen Haar. N. wurde den ganzen Film über nicht ruhig, das innere Flattern wollte nicht aufhören, er meinte am ganzen Körper leise zu zittern. Vom Film bekam er nichts mit. Er dachte die ganze Zeit über seine Hände und Füße nach, sein ganzer Körper war in lästige Einzelteile zerfallen, die Füße störten einander, seine Hände fanden nirgendwo Platz, die Lunge schien keinen Atemzug mehr aufzunehmen, sein Genick schmerzte, seine Knie stießen an die Vordersitze. Aber Lise saß anmutig mit leicht geneigtem Kopf, übereinandergeschlagenen Beinen und einer wippend herabhängenden Hand an seiner rechten Seite. N. sah die zwischen Nase und Oberlippe gedrückten Lippen auf der Leinwand, die einen Kuß darstellten, und er dachte an das, was er über Zungenküsse gelesen und gehört hatte.
Dieser da vorn war keiner. Sein Mund füllte sich mit einem See von Spucke, so daß er ihn nie würde öffnen können, ohne alles zu überschwemmen. Er wollte nicht an den Heimweg denken, den sie immer grüppchenweise machten, leise lachend, über den Film redend, durch die raschelnden Halme an den Seiten des Weges streifend. Um zehn mußten sie spätestens zu Hause sein. Erich und N. ließen die andern, wenn es später wurde, durch ihr Fenster auf den Wohnheimflur. Die Erzieher sagten selten was. Manchmal blieben sie auch nach dem Kino stumm und angezogen unter der Bettdecke liegen, bis der Erzieher seine Runde gemacht hatte, und gingen dann noch in den »Alligator«. Heute aber, das wußte er, würde Erich dafür sorgen, daß er auf dem Heimweg mit Lise allein hinter den anderen zurückblieb.
Ich bau' ein Bettmanndl, hatte Erich beruhigend gesagt, das war eine Puppe aus Decken, Handtüchern und Hemden, die dem kontrollierenden Erzieher einen Schläfer vortäuschen

sollten. Meistens klappte es, wenn auch nur, weil die Erzieher keine Lust hatten, sich auf eine Diskussion einzulassen.

Der Feldweg nach Josefsanger nahm sie auf, Erich ging lebhaft plappernd mit der Gruppe der andern Schüler voraus, ihre Stimmen entfernten sich und waren bald nur noch ganz leise zu hören. N. hatte seinen Arm um Lise gelegt, es war schwierig, weil sie ziemlich groß war und ihre Schultern steif hielt. Sie redeten nichts, jetzt war sein Mund auf einmal wie ausgetrocknet, er hätte sowieso nichts sagen können. Sie ist ja nur eines von den Küchenmädeln, dachte er, um seine Angst loszuwerden, er schämte sich nicht einmal, er hätte sie vielleicht sogar geschlagen, nur um diese Angst nicht mehr zu spüren.

Der Film hat mir nicht gefallen, dir vielleicht? sagte Lise. Ich weiß nicht, antwortete er und wunderte sich, daß er wie sonst sprach.

Hast nicht aufgepaßt? fragte sie. Ihre Stimme war ruhig und freundlich.

Ich bin in sie verliebt, dachte N. plötzlich und war stolz auf etwas, das er nicht kannte. Ihre Schultern unter seinem Arm waren auf einmal rund und nachgiebig, sie drehte den Kopf zu ihm und lachte.

Hast noch keine Freundin gehabt. Es war keine Frage in ihren Worten. Macht nichts. Jeder fängt einmal an. Sie legte ihren Kopf gegen sein Gesicht, aus ihren Haaren stieg ein ganz leichter Geruch nach Wasser und Essen ihm in die Nase, ein wenig fade, eine Sekunde lang war es ihm unangenehm. Als er ihr dann einen Kuß gab – er versuchte es erst im Gehen – hielt sie ihn fest, seinen Kopf zwischen ihren beiden rauhen Händen, und er machte den Mund viel zu weit auf, bis sie ihn mit den Lippen ein bißchen zusammenklemmte und ihre Zungenspitze nur noch die seine berührte und sie umkreiste. Es gefiel ihm. Immer wieder blieben sie stehen, er wurde geschickter und merkte es selbst.

Wir müssen uns beeilen, sagte sie einmal ängstlich, das gäb einen schönen Ärger, wenn sie uns erwischen täten! N. hielt sie an den Oberarmen fest und freute sich, als sie leise Au! sagte. Es kann gar nichts passieren, meinte er, sie kommen nicht drauf, sie sind viel zu dumm.

Meinst, die denken an so was nicht? antwortete Lise mit einem kleinen Lachen, grad daran denken sie! An sonst nichts! Erst vor ein paar Monaten hat eine von uns ein Kind gekriegt. Auf das laß ich mich nicht ein, das sag ich dir gleich! Alles geht, bloß kein Kind!

N. war verwirrt, er wußte genau über die »Vollkommene Ehe« Bescheid, über Empfängnisverhütung, Pariser und coitus interruptus. Was aber hatte das mit diesem Feldweg zu tun, mit dem Duft nach Holunderbüschen und den langen Küssen, mit dem Geruch nach Lises Haaren und ihren runden, weichen Schultern in seinem Arm?

Je länger er an Lise dachte, desto schneller versuchte er, sich zu Ende zu erinnern, flüchtiger und eiliger liefen ihm die Bilder durch den Kopf, sie wurden auch unfreundlicher. Er entsann sich noch, wie heftig er sie sich gewünscht hatte, er verstand es nur jetzt am Zugfenster in der Hitze des Abteils nicht mehr. Die Farben der Bilder wurden trüber, die Gerüche des Sommers wurden überdeckt von dem Geruch nach Aufwaschwasser und Suppe. Er hatte ihr in den Tagen nach ihren ersten Küssen alles gezeigt, was ihm wichtig war, seine Gedichte, die Stelle am Fluß, die sie jetzt beide aufnahm und beschützte. Auch mit Erich hatte sie ein paar Worte gesprochen. Sie trafen sich immer weit unten am Fluß, Erich war der einzige, der für Notfälle davon wußte.

N. spürte genau, daß sie seine Gespräche empfand wie einen Konditoreibesuch mitten in der Woche oder vielleicht wie das Gefühl, nach sechs Uhr morgens noch im Bett zu liegen. Er wollte gar nicht, daß sie ihn verstand, er wollte, daß sie ihn bewunderte. Er sprach mit ihr oft über sich, erzählte ihr dramatisch eingefärbte Geschichten von zuhause, ließ seine Mutter geheimnisvoll erscheinen und seinen Großvater als heldenhaft tragische Figur. Von seiner Großmutter sprach er seltener, weil er sie liebte und nicht hätte begründen können, warum.

Lise hörte ihm zu, sagte manchmal: Wie du das nur so herausbringst! Aber sie erzählte nichts von sich. Er fragte sie auch nicht danach. Wenn sie sich küßten, war sie ihm überlegen, aber das machte ihm nichts aus, es war ihm sogar recht. Er hatte dabei fast immer nach kurzer Zeit eine Erektion, immer dieses schwache, heiß-ziehende Gefühl in den Knien. Einmal war sie mit der Hand hingekommen, aber sie war nicht da geblieben und hatte nur ein bißchen gelacht. N. wußte einige Zeit nicht, wie er jetzt weiterzumachen habe. Er wollte natürlich all das mit ihr machen, was er so oft und in allen möglichen Beschreibungen gelesen hatte. Die hitzigen Bilder aus der »Mutzenbacher« halfen ihm aber gar nicht, er wußte nicht, wie er Lise beispielsweise hinwerfen sollte und wo, und wenn das passiert wäre, was er danach zu tun habe, in Büchern war immer alles so mühelos, weil man ja in ihnen für höchst komplizierte Handlungen nur ein paar Sätze brauchte.

Es geschah dann doch noch, aber natürlich ganz anders, und wenn er jetzt im Zug daran dachte, drehte er unwillkürlich den Kopf zur Seite wie einer, der einem andern nicht ins Gesicht schauen will. Es war nach dem Kino gewesen, samstags, der Erich hatte ihn angegrinst und versprochen, ihm ein Bettmanndl zu bauen. Sie waren dann hinter den andern aus Josefsanger allmählich zurückgeblieben. Sie bildeten sich immer noch ein, keiner wüßte etwas, aber ganz Josefsanger sprach von nichts anderem, als daß der hochgestochene Schläger es mit einem Küchenmädel habe.

Lise hatte schon mit einigen Primanern ein Gschpusi gehabt. Die hat Feuer im Arsch, sagten die älteren Schüler. Was wußten sie schon. Munterer als die bunten Damen aus dem »Alligator« war sie sicher.

Zu N. selber sagten sie nichts, sie hatten seine stummen Wutausbrüche noch gut in Erinnerung.

Gehn wir noch ins Nest runter? sagte Lise. Das Flußeck war kühl und feucht, aber die Gräser verbargen sie, als sie sich hinlegten, und sie hörten nichts außer dem Wasser, das über die flachen Steine lief. Der Film hatte Lise aufgeregt, die Geschichte einer Lehrerin, die sich in einen Primaner verliebt. Lise hatte sogar geweint, sie umarmte N. heftiger als sonst und schob ihren Körper eng an ihn. Er hatte in diesen Minuten gar keine Zeit, Angst zu bekommen, sein Gehirn arbeitete fieberhaft, in ungeordneten hilflosen Fetzen rutschten ihm Erinnerungen an die Bücher durch den Kopf, während er versuchte, die Haken an ihrem Kleid zu öffnen und sie ihm dabei half. Er verstand die kleinen abgerissenen Wörter nicht, die sie dabei flüsterte, er hörte ihr auch gar nicht zu, das Kleid war nun ausgezogen und lag neben ihr im Gras, ich will mich nicht ausziehen, sagte sie, ich will es aber, sagte er laut und merkte, daß sie sich zusammenzog wie eine Raupe, und er spürte eine Freude, aber es war Macht. Er zog sich jetzt selber aus, sie sagte wieder etwas, aber er hörte nicht zu. Er fühlte sich zentnerschwer, wie aus Beton, sein Glied schmerzte und er war für Augenblicke ganz unbeweglich und ganz verzweifelt. Sie umarmte ihn freundlich, von der Seite, sie wollte es ja selber und sah, daß sie ihm helfen mußte, ihm und sich. Sie war nicht sehr erfahren, sie hatte es noch nie nackt gemacht. Aber für N. hatte sie auch den Büstenhalter ausgezogen, ihre Brüste sahen breit und eher flach aus, als sie sich nach hinten legte und N. über sich zog. Er lag ganz still, bis sie ihm ein bißchen mit dem Hintern entgegenkam und zu ihm sagte: Rühr dich halt, geh! N. hatte ein schönes Gefühl, alles gleichzeitig, dachte er, wie in den Büchern, und dann dachte er nicht mehr an die Bücher, jedenfalls nicht damals. Nachher wusch er sich im Flüßchen ab und sie hockte sich über die Steine, manchmal hilft's, das kalte Wasser, sagte sie, aber es kann heut eigentlich nix passieren. Sie lagen nebeneinander, er schaute jetzt ihre Brust an und fing an, sie zu küssen. Aber das tat er, weil sie kleine Schluchzer ausstieß, er konnte sie, wie er wollte, verändern. Sie schlang die Beine um ihn, diesmal fand er den Weg schon allein.

Du bist gut, sagte sie nachher und auf dem Heimweg sagte sie, daß sie ihn liebe. Auf diesem Heimweg dachte N. zum erstenmal, daß er Lise nun ganz und gar kenne, etwas aber übrig sei, ein Gefühl, das er finden wollte und bei ihr nicht finden konnte.

In der Nacht konnte er nicht schlafen, er weckte Erich und unterhielt sich mit ihm. Das ist es eben mit den Küchenmädeln, sagte Erich, ich kann's dir auch nicht erklären, aber irgendwann krieg ich's raus.

Deine Papiergräfinnen kannst du aber nicht vögeln, antwortete N., und als er sich im Zug daran erinnerte, drehte er wieder den Kopf weg.

In den Tagen danach war es ihm unangenehm, wie Lise ihn anschaute, während sie das Essen brachte. Aber er war so oft wie möglich mit ihr am Fluß, er hätte es dauernd tun können, am meisten genoß er Lises abgerissene Bitten um Schonung. Er lernte aufpassen. Sie brachte ihm Gummis aus der Stadt mit, aber während er die drüberzog, wurden sie beide verlegen. Sie taten es nur im Dunkeln, nie tagsüber, obwohl es gegangen wäre an den heißen, menschenleeren Sonntagnachmittagen.

Einmal in dieser Zeit, später, als der Sommer schon fahler geworden war, hatte ihn seine Mutter besucht. N. wußte nicht, ob Luser es ihr nahegelegt hatte, mit N. direkt hatte er nie gesprochen, im Heim waren sie froh, die Erwachsenen, wenn sie etwas nicht zu wissen brauchten. Aber manchmal gab es Anspielungen von Luser, nicht dröhnend wie sonst, sondern fast verlegen böse. Man soll seine Kräfte zusammenhalten, sagte er einmal, als N. in Mathematik einen Fünfer vorlegte und dabei gleichmütig blieb. Das eine vergesse er bestimmt, flüsterte Luser beinahe, aber die Schule, die könne er nie vergessen, die bestimme sein Leben und nicht solche Schlampereien. Meinte er Lise?

Jedenfalls hatte N. an einem milchigen Tag seine Mutter vom Dorfbahnhof abgeholt, sie trug einen weißen, leichten Mantel und er sah ihre nach vorn geneigte, schmale Figur schon von weitem.

Es ist Föhn, sagte sie statt einer Begrüßung, ich habe Kopfweh.

N. fühlte sich verlegen und unruhig, er wußte nicht, was er ihr hätte erzählen können, alles schien ihm langweilig und abgeschmackt unter dem schweren, weißen Himmel, er begann Geschichten aus der Schule und beendete sie mittendrin.

Er war jetzt größer als sie, es schien sie zu stören, daß sie den Kopf heben mußte, wenn sie ihm ins Gesicht schauen wollte.

Großmutter wird wohl ihr Gold nicht wiedererkennen, sagte sie nach einer längeren Stille, aber es klang gar nicht spöttisch. Der weiße Staub auf dem Weg nach Josefsanger machte ihre Schritte lautlos, er war so fein, daß er unter den Füßen wie Rauch quoll und sich nach jedem Schritt die Spur wieder verwischte. Sie fragte ihn nach seinen Noten, sachlich, nicht sehr interessiert. In den letzten Wochen hatte er einige Arbeiten verhauen, es war ihm egal, er sagte das auch.

Das hat ja mal kommen müssen, sagte sie nachdenklich, in dem Punkt ist es bei dir immer ein bißchen sehr glatt gegangen. Sie fragte ihn nach dem Zimmer und ob Erich noch da sei. Wie N. jetzt mit Luser auskomme? Er ist völlig unbedeutend, sagte sie, es lohnt sich nicht, ihn zum Feind zu haben.

Die flachen Häuser von Josefsanger tauchten zwischen den

Feldern auf, deren Ränder auch weiß waren vom Wegstaub. Sie blieb stehen, etwas gebeugt, und kniff ihre kurzsichtigen Augen zusammen. Törless, sagte sie, irgendwo an den Enden des Reichs. Er verstand sie, aber er gab es nicht zu.
Was hast du gesagt?
Lies ein bißchen mehr, antwortete sie ungeduldig.
Das befriedigte ihn. Nichts weiß sie, dachte er, überhaupt nichts.
Luser erwartete sie beide am Eingang, er schien verlegen. Soll ich weggehen, fragte N. arrogant. Ist das wirklich notwendig? fragte die Mutter den Direktor, ohne ihn anzusehen, ich wüßte wirklich nicht, was wir so Wichtiges zu bereden hätten. Bleib ruhig da.
Luser wußte nun nicht mehr, was er sagen sollte. Er scheint mir in der letzten Zeit recht abgelenkt, fing er an, es ist natürlich altersbedingt, aber wenn seine Leistungen drunter leiden.
Tun sie das, sagte die Mutter sanft, wirklich? Das wird sich sicher wieder ändern, nicht, mein Lieber? Gibt es sonst irgendwelche Probleme?
Luser, der sich offenbar auf ein Gespräch mit der Mutter eingestellt hatte, er schaute sie auch immer so an, wußte jetzt nichts mehr zu sagen. Warum hasse ich ihn eigentlich, fragte sich N., was tut er denn schon groß.
Ich danke Ihnen wie immer, lieber Herr Luser, sagte die Mutter zu dem Heimleiter, der ein graues Gesicht bekommen hatte, rufen Sie mich ruhig an, wenn Sie es für notwendig halten!
Machen wir einen kleinen Rundgang? hatte die Mutter dann zu N. gesagt. Ich weiß gar nicht mehr, wie es hier eigentlich ausschaut. Sie gingen die Lagerstraße entlang, Schüler, die ihnen begegneten, schauten verlegen auf den Boden, grüßten linkisch.
N. sah sie früher als die Mutter, Lise, sie hatte ein blaues Kleid ohne Ärmel an und hielt in der Hand einen vollen Eimer, wahrscheinlich Essensreste für die Schweine. Langsam kam sie auf die beiden zu, wurde unmerklich langsamer, bis sie mit ihrem schweren, stinkenden Eimer fast mit ihnen auf einer Höhe stand, sie grüßte mit bösem Gesicht. Vielleicht war es auch nur angestrengt gewesen, Lises Gesicht, die Mutter war den Bruchteil einer Sekunde stehengeblieben

und hatte genickt, nun waren sie schon aneinander vorbei und keiner drehte sich um.
Nett, sagte die Mutter, ein nettes Mädchen.
Ich kenne sie kaum, sagte N. mit steifen Mundwinkeln.
Du? sagte die Mutter erstaunt, wie solltest du? Das habe ich auch nicht erwartet.
Nie kann ich mit ihr reden, sie redet ja auch nie mit mir, sie weiß es ganz genau, alle wissen es, Luser hat's ihr gesagt.
Gehen wir essen? fragte die Mutter mit flacher Stimme, hier ist es mir zu trostlos. Laß uns ins Dorf gehen.
Schweigend liefen sie zwischen den staubigen Feldrändern unter dem weißen Föhnhimmel ins Dorf zurück.
Am Nachmittag stieg sie dann wieder in den Zug, in den gleichen, in dem er jetzt saß. Er wartete nicht, bis der Zug abfuhr mit ihr. Er brachte sie nur zur Tür auf dem kleinen Bahnsteig, dann ging er, ohne sich umzusehen.
Lise und er waren in den folgenden Tagen nicht mehr so oft zusammen, man spottete jetzt ziemlich offen über N. und sie, die andern Küchenhilfen, meist grobknochige Landmädchen aus dem Grenzgebiet – die Trampel, sagte Lise – lachten, wenn sie N. sahen. Zu Lise waren sie in ihrer ungelenken Art gehässig, sie konnte sich aber wehren, es machte ihr eigentlich wenig aus. Nur vor Luser hatte sie Angst und davor, entlassen zu werden.
Lise bat ihn einmal, sie möchten doch zusammen zum Kaffee in die Grenzstadt fahren. N. wußte nicht, ob er Lise lieber verbergen, sich mit ihr verbergen sollte oder ob man ihn mit dem älteren Mädchen bewundern würde. Er lehnte es ab. Du schämst dich wegen mir! sagte sie böse, so seids ihr alle! Dabei könnt ich nicht sagen, was an euch besonderes dran ist.
Ich schäm mich nicht, warum auch? antwortete er lauter als es nötig war, ich mag nur nicht am Sonntagnachmittag von aller Welt angegafft werden, Kreti und Pleti... Wer? sagte sie.
Luser erwischte sie dann natürlich, irgendwann nachts, er hatte ja nur zu gehen brauchen und die beiden in dem Flußnest zu stellen, er stand oben und durch seine dicken, auseinandergestellten Beine sah N. den nächtlichen Sommerhimmel. Luser hatte gewartet, aber nicht lange genug. Nicht vorher hatte er das Paar angesprochen, nicht nachher, son-

dern mitten unter dem Stöhnen und den kleinen, abgerissenen Wörtern Lises hatte sie Lusers häßliche Stimme erschreckt. Sie zogen sich hastig an, wenn es nur noch dunkler gewesen wäre, N. dachte einen Moment daran, Luser in den Fluß zu stürzen. Lise kletterte als erste den glatten, grasigen Hang hinauf, mit einer Hand hielt sie sich an den Steinen fest, mit der anderen hatte sie ihr Kleid über der Brust zusammengezogen und merkte erst oben, daß sie es verkehrt herum angezogen hatte. N. wußte minutenlang nicht, was er tat, seine Knie waren danach aufgeschunden, denn er war ausgerutscht und kam erst wieder zu sich, als sich ihm aus dem Dunkel heraus Lises Hand weiß entgegenstreckte.

Luser war auch verlegen, über das Verderben von jungen Leuten, die sich nicht zu beherrschen wüßten, über die Degeneration redete er, über junge Leute, denen die Eltern kein Vorbild sein könnten. Hinter der Predigt Lusers war ein widerliches, drängendes Werben, eine Kumpanei. Luser ließ N. auch bald in Ruhe und wandte sich an Lise, die in der Zwischenzeit ihr Kleid umgedreht hatte und untadelig, mit erhobenem Kopf und anmutig vor ihnen stand.

Da sprach Heinrich Luser, der Heimleiter und ehemalige Pfarrer, dann von den Flüchtlingsweibern, die auch ehrbare Leute in Verruf brächten, das zwischen ihren Beinen gebe wohl keine Ruhe, daß sie sich jetzt schon an Kindern vergreife, wenn ich wollte, sagte seine fette Stimme, könnte ich mit dir machen, was ich will.

Alter Saubär! sagte Lise mitten hinein ganz hell, es war nun schon eh alles aus, da konnte es geradesogut auch Freude machen. Hättest es selber gern wollen, oder?

Luser verstummte einen Moment, wußte nicht, was er sagen sollte.

Für deine Dreckarbeit hier, sagte sie, immer noch mit einer Stimme, die höher war als sonst und ein wenig zitterte, für deine Dreckarbeit hier krieg ich allemal eine andere, für deinen Schweinefraß, den du den Leuten zum Essen gibst! Ich brauch nicht hierbleiben, ich bleib auch nicht! sagte sie noch, als hätte sie's vergessen und so konnte Luser sie nicht einmal mehr hinauswerfen. Sagen Sie nichts gegen mich und den Buben, wir haben uns gern, das geht Sie gar nichts an! Das ist nicht, wie Sie denken.

N. spürte ihre Hand auf seinem Arm, aber er konnte nicht

nach ihr greifen. Irgendwann begann sie zu weinen. N. wußte nicht, wie lang sie da schon standen.
Du hast zu verschwinden, sagte der Direktor zu Lise, und zu N.: Was mit dir wird, werden wir uns noch überlegen.
Vor einer Stunde war alles noch anders, dachte N. Was will sie, daß ich tu? Sie ging aber schon weg, ließ Luser und ihn zusammen stehen, N. sah noch eine Zeitlang ihre hellen Arme.
Er ging mit Luser zurück, redete nichts, einmal sagte der etwas wie: Auch mal jung gewesen, ich weiß doch, wie's ist, kannst du mir glauben, und dann noch etwas von Disziplin und Vorbild.
N. sah Lise danach nicht mehr. Sie schrieb ihm ein paarmal und er schämte sich, wenn er die Briefe las, über die Schreibfehler und über sich, weil er nie antwortete. Sie hatte eine Stellung in einem andern Dorf, es gefalle ihr, schrieb sie, sie vermisse ihn, er solle sie besuchen. Aber N. vermißte nicht sie, sondern das Gefühl aus den Nächten. Dann lernte er eine der bunten Frauen aus dem »Alligator« näher kennen, sie gefiel ihm nicht besonders, aber er ging ziemlich oft hin.
In der Schule wurde er wieder besser, er verwendete aus Langeweile viel Zeit auf seine Arbeiten, vor allem auf die Aufsätze. Manchmal wurden sie in der Klasse vorgelesen. Er wußte, wie er die Lehrer zu interessieren hatte, frisch, ein wenig widerspenstig, flüssige, glatte Sätze, es machte sich fast von allein so. Für andere schrieb er auch Aufsätze und war stolz darauf, daß man nie herausbekam, von wem sie waren. Er erinnerte sich manchmal an die Zeit mit seinen Großeltern, wie er sie als Kind mit seinen kleinen, lustigfrechen Sätzen zum Lachen hatte bringen können. Für die Aufsätze bekam er Zigaretten oder Kinokarten.
Die Zeit bis zum Abitur war ihm dann schnell vergangen. Manchmal besuchte er seine Mutter und seine Großmutter, die Ferien in der leeren Stadt mit den Frauen zusammen wurden ihm immer zu lang, er begann, sich auf Josefsanger zu freuen. Einmal hatte er Erich mitgenommen. Aber in einer anderen Umgebung waren sie einander fremd, fühlten sich in der großen, dunklen Wohnung der Großmutter nicht wohl miteinander. Nachdem Martin von der Schule abgegangen war, (die mittlere Reife langt mir, hatte er gesagt, die Schinderei langt mir auch) waren sie allein geblieben.

Die Türme der Stadt konnte er jetzt schon sehen, klar hoben sie sich ab, ihm war flau, er fühlte sich wie betrunken, dabei vertrug er mehr als eine Taschenflasche. Durch die Gasse, in der ihr Haus gestanden hatte, war er nie mehr gegangen, hatte auch den Laden nicht mehr gesehen. Eines Tages war es dann abgerissen worden, seine Mutter hatte es ihm beiläufig erzählt, er wollte es sich aber nicht vorstellen. Jetzt, wo er zurückkam, dachte er daran, weil er nicht wußte, in welche Richtung er gehen sollte. Die Wohnungen seiner Mutter und seiner Großmutter kamen ihm wie Hotelzimmer vor, provisorische Lösungen, die ein Ende haben mußten, er hatte sich nie dran gewöhnt. Es gehörte ihm da nichts. Er dachte an seinen Großvater, an den Laden, an die Treppen, an den Speicher. Der Geruch, die Glastür, das gelbe Licht im Wohnzimmer. Nichts erwartete ihn.
Studium, wieder anfangen mit etwas, von dem er nicht wußte, ob er es wollte. Er dachte über seine Pläne nach, es waren aber nicht seine Pläne, sondern nur das Weitergehen, wie an einer Schnur, die man nicht loslassen darf. Ich, dachte er, ich bin alles, was ich habe. Er tat sich sehr leid, sein Kopf, auch sein Körper, den er deutlich empfand, seine Haut und sein Gewicht, als drücke ihn etwas in die roten Abteilpolster.
Seine Mutter und seine Großmutter standen auf dem Bahnsteig. Er war enttäuscht, er hatte sich auf einen melancholischen, einsamen Weg durch die Stadt gefreut, auf dem er böse hätte sein können, daß niemand ihn abholte. Aber sie standen da mit einem Begrüßungslächeln, sehr gerade und rundlich die Großmutter, schmal, leicht gebeugt die Mutter. Beide hatten die Hand ausgestreckt, um ihn zu begrüßen, beide hoben ihre Köpfe, um ihn zu küssen, erst die Großmutter, die sich auf die Zehenspitzen stellte, dann die Mutter.
Von wem hat er nur die Länge? sagte die Großmutter zärtlich. Sie ließen ihn in der Mitte gehen. Ich, dachte er, ich. Wir haben überlegt, daß du am besten bei Tutti wohnst, sagte die Mutter, sie hat mehr Platz als ich. Es wird ja auch nicht lange sein, nur bis Semesterbeginn.
Wir müssen über alles reden! sagte die Großmutter hilflos.
Dich hätte ich wohl gestört? fragte N. seine Mutter.
Die schaute ihn nachdenklich an. Vielleicht, sagte sie.
Sie gingen an der Stelle vorbei, wo ihr altes Haus gestanden hatte.

Mir werden immer noch die Augen feucht, sagte die Großmutter, aber sie hatte dabei einen ganz blanken Blick. Nichts erinnerte an das Haus.
Als sei in einer Schachtel mit Bauklötzen einer herausgezogen und ein anderer dafür hineingeschoben worden, steckte in der engen Lücke jetzt der glatte Neubau einer Volksbank. Den Geruch würde es nie mehr geben. N. wußte nicht, ob er traurig war. Der kleine Chef. Ein Chef ohne Haus. Sie haben sicher gut bezahlt, sagte die Mutter wie entschuldigend. Aber in ihren Augen standen wirklich Tränen, sie wandte den Kopf von ihm weg und suchte in ihrer Tasche nach einer Sonnenbrille.
Elfriede kann dann dein Gepäck holen, sagte die Großmutter, wir lassen es nach Hause bringen. Ist sie noch da? sagte er, aber die Frauen reagierten nicht, vielleicht hatte er es auch nur gedacht. Elfriede hatte immer wieder einmal Männer kennengelernt, die sie hätten heiraten wollen, aber sie war knapp zu ihnen und kritisch, je älter sie wurde, desto mehr. Der war's nicht wert, sagte sie dann und die Großmutter atmete jedesmal auf.
Was sollte ich nur ohne sie tun? Das sagte sie immer, wenn Elfriedes Namen fiel. Während seiner Ferienaufenthalte war N. manchmal bei Elfriede in der Küche gesessen, aber es war nicht mehr die alte Küche und auch nicht mehr der alte Ton zwischen ihnen. Er wuchs ihr davon, aber er hatte sie gern.
Die Wohnung der Großmutter lag in der Altstadt, im ersten Stock eines hohen, dunkelgelben Hauses mit tiefen Fensternischen, in die nie die Sonne schien. Eine breite, in der Mitte abgetretene Holztreppe führte hinauf, nachdem man sich mit einer Sammlung großer Schlüssel durch viele Türen hatte arbeiten müssen. Früher waren die Kutschen durch die breiten Holztore gefahren, aber jetzt waren kleine Türchen in die großen Tore gesägt, das gab dem Weg in ein solches Haus etwas Verstohlenes, Hinterhältiges. Die Wohnung selbst war groß und dunkel, mit hohen, weiß gekalkten Wänden, an denen wie verloren die Bilder aus der alten Wohnung hingen. Alle Gegenstände waren ja noch da, die Möbel, die Teppiche, die zinnernen Lampen. Aber alles wirkte wie zufällig hingestellt und zusammengeschoben, die Dinge hatten ihren Geruch nicht mitgebracht und gehörten nicht mehr zueinander. Im Winter brannte den ganzen Tag das Licht in den Zim-

mern, im Sommer schon am Nachmittag. Sonst war in dem Haus nur noch das düstere Büro eines alten Rechtsanwalts und eine kleine Verpackungsfirma. Es ist ruhig dadurch, sagte die Großmutter. Aber manchmal waren auf den breiten Treppen nachts deutlich Schritte zu hören, N. kannte das aus den Ferien, und wenn man nachsah, war da niemand. In dieser Wohnung saßen sie nun, sein Hemd klebte kühl an ihm, draußen war es heiß, aber diese Mauern durchdrang die Sonne nie. In der Ecke des Wohnzimmers stand der runde Eßzimmertisch, eine gepolsterte Eckbank, auf dem Tisch lag eine Teppichdecke, die zu den Mahlzeiten mit einem weißen Damasttischtuch verhüllt wurde. Die Fransen, hatten sie noch Wellen von den Zöpfen, die er als Kind immer hineingeflochten hatte? Ich werde albern, dachte er. Er hätte gern einen Cognac getrunken, aber er wartete ab, daß sie ihm einen anboten. Es gab Kaffee, Kuchen mochte er nicht. Elfriede hatte belegte Brote gemacht, Rauchfleisch und hauchdünne Gurkenscheiben. Die beiden Frauen unterhielten sich noch über die Abiturfeier in der Schule und in Josefsanger. Er wollte nicht mehr daran denken. Obwohl er das beste Deutschabitur gemacht hatte, durfte nicht er die Rede halten. Die Heimschüler waren noch immer zweite Klasse, falscher Wohnort, falsche Religion. Die Rede hatte der Unsympathischste aus der Klasse gehalten (als gewünschten Beruf hatte er »Priester« angegeben), Pickel und muffige Nylonpullover. Die Rede war danach. N. hatte bei den andern gesessen, hinter ihm seine Mutter wie ein schöner, fremder Vogel mitten unter den Dorfmüttern mit den frischen, blonden Dauerwellen. Man hatte sie angestarrt. Der Schuldirektor hatte einen Handkuß versucht. Was ist sie schon, fragte sich N., sie sieht ja nur so aus.

Den Frauen hatte die Feier gefallen, das Schülerorchester hatte einen Vivaldi gespielt. Schade, daß du nie ein Instrument gelernt hast, meinte die Großmutter, als sie beim Essen saßen.

Wir müssen reden, wie es weitergehen soll, sagte die Mutter. Weitergehen, murmelte er. Ganz richtig, sagte sie mit einer Schärfe in der Stimme. Sie hat ja Angst, dachte er plötzlich, Angst, daß ich keine Lust habe zum Weitergehen, damals hab ich mich nicht gewehrt, als es weitergehen

mußte, als ich weitergehen mußte und keiner mir gesagt hat, wohin.
Wie hast denn du dir meine Zukunft gedacht, sagte er böse, du hast ja sicher schon ganz konkrete Vorstellungen.
Du hättest damals wirklich nicht zuhause bleiben können, meinte die Großmutter. Davon reden wir jetzt nicht, sagte die Mutter.
Doch, antwortete er, davon reden wir. Auch davon.
Sie ging nicht darauf ein. Sei nicht kindisch, natürlich will dir niemand einen Beruf vorschreiben, du kannst studieren, was du willst. Ich gebe nur zu bedenken, daß du damit leben mußt und auch davon leben mußt. Das Erbe, das, was dabei noch herausgesprungen ist, reicht nicht für uns alle. Tutti hat ihr Auskommen. Und du auch! sagte er.
Große Sprünge können wir nicht machen.
Kann ich einen Cognac haben? fragte er jetzt doch.
Eine gute Idee, die Großmutter freute sich über die Unterbrechung, sprang auf, Rémy oder Asbach?
Was fragst du denn? sagte er. Ach, unser Kenner! Die Mutter zog die Augenbrauen hoch.
Ihr Gesicht ist ganz gemalt, dachte er. Sie wollen mich loswerden, dachte er dann und erschrak. Er wußte, daß er sie liebte, viel mehr als sie ihn, sie hatte sich unabhängig gemacht und öffnete sich nicht mehr, schon seit vielen Jahren. Er fühlte sich, als renne er gegen eine Burg an, hoch und schön gebaut, so muß es gewesen sein, dachte er. Im letzten Schuljahr hatten sie ein wenig über die »minneliche liebe« gehört, die zerlumpten Wolframs und Wolfgangs und Walthers. Solche Frauen müssen das damals gewesen sein, dachte er. Sie wird schon sehen.
Es ist doch sowieso alles klar, sagte er laut. Ich mach jetzt eine Reise und im nächsten Semester geh in nach M. und studiere Germanistik. In diesem Augenblick hatte er das Wort zum ersten Mal gedacht, er sagte noch hinterher: Und Philosophie! so, als habe er seit Jahren geradlinig auf ein Ziel hingelebt. Bücher lagen ihm im Kopf, aber nun hatte er ein Wort dafür: Germanistik. Es klang wichtig und ernst, aber er hatte keine Ahnung davon, ein paar Hundert andere sagten vielleicht im selben Augenblick: Germanistik!
Erstaunlich, sagte seine Mutter nach einer Pause, dein Improvisationstalent läßt sich hoffentlich ausbauen!

Germanistik, sagte die Großmutter nachdenklich, was kann er denn damit anfangen?
N. wußte keine Antwort, nicht so schnell. Den Weg zu erfinden, wo es hinführen sollte, wie es weiterzugehen habe, hatte ihn für den Moment erschöpft.
Das ist nicht das Problem, sagte die Mutter, da gibt es schon eine ganze Reihe Möglichkeiten. Eine Universitätslaufbahn ist wohl immer drin.
Eine Laufbahn, dachte er, ist etwas, wo es weitergeht, und mußte lachen. Ich hab ja noch Zeit, man kann Lehrer werden oder auf der Universität bleiben, man kann irgendwas mit Büchern machen.
Sie sprachen von etwas anderem, erleichtert, was wußten sie schon von »Lebensunterhalt«, Selbständigkeit, Verantwortung. Sie hatten ihren Unterhalt, jeden Monat, selbsttätig fließendes Geld, ein schmaler Fluß zwar, aber stets gleichbleibend. Er paßte sich sogar dem Verbrauch ein wenig an, alle paar Jahre traten die Anwälte zusammen, prüften das, was sie Anlagen nannten und wovon weder die Großmutter noch die Mutter etwas verstanden, und bewilligten ein wenig mehr, den Teuerungen eben angemessen. Dazu hatte sich im Lauf der Zeit eine altertümliche Versorgungsart immer mehr vervollkommnet. Elfriede hatte sie erfunden. Alte Verbindungen des Großvaters hatte sie neu geknüpft, mit einem Förster zum Beispiel, der im Herbst einen Fasan oder einen Rehschlegel brachte, einer Bäuerin, der man einst mit Sensen und Hacken ausgeholfen hatte und die sich jetzt mit Butter revanchierte und frischen Eiern; ein pensionierter Arbeiter aus dem Geschäft brachte frisches Gemüse von seinem kleinen Stück Acker vor der Stadt. Elfriede hatte diesen geldlosen Markt genau organisiert. An Weihnachten wurden die Lieferanten mit Selbstgebackenem beschenkt, man brachte sich gegenseitig in Erinnerung. Da die Großmutter nichts davon wissen wollte, bedankte sie sich nie, wenn sie einen ihrer Nahrungsgeber auf der Treppe traf, sie grüßte nur höflich und zerstreut und seufzte, wenn sie den Satz hörte: Mei, Frau Doktor, wenn i halt noch an den Herrn Doktor denk, mei, dees war'n halt andere Zeitn, gelln's?
Man nahm ihr die Undankbarkeit keineswegs übel, es gehörte sich so, die Pleite hatte man längst vergessen, die Frau Doktor führte ein Leben, wie man es von ihr erwartete, in

bescheidenem, selbstbewußtem Wohlstand. Für den Haushalt der Mutter, über den keiner so recht Bescheid wußte, zweigte Elfriede aus diesen Lieferungen immer etwas ab. Einmal in der Woche ging sie in die Wohnung der Mutter unten an der Salzlände, dort putzte sie, sammelte die Wäsche ein und füllte den Kühlschrank.

Es war durchaus nichts Geheimnisvolles am Haushalt der Mutter, sie bewohnte einen großen Raum mit einer kleinen Küche und einem fensterlosen Badezimmer in einem der alten Handelshäuser, die direkt auf die Donau schauten. An dieser Stelle trennte keine Straße die Häuser vom Fluß, nur die ehemalige Lände, an der ein paar Bäume wuchsen und die alle drei, vier Jahre unter Wasser stand. N. war gern bei seiner Mutter, wenn auch selten, sie hielt auf Abstand, und wenn sie von ihrer Wohnung sprach, wurde sie oft von der Großmutter mit dem Satz unterbrochen, das sei ja alles gar nicht nötig gewesen, man habe ihr sowieso immer ihre Freiheit gelassen, es rede ihr auch keiner drein.

Seit einigen Jahren verdiente die Mutter sich hin und wieder etwas dazu, sie half in einer kleinen Buchhandlung in der Gerbergasse aus. Es war eine finstere Höhle, das Gegenteil von den neuen, hellen Buchhandlungen, die wie Delikatessenläden aussahen. Die Bücherstube in der Gerbergasse war in tiefen Gewölben untergebracht, zu denen man von der Gasse aus ein paar Stufen hinuntersteigen und sich dann durch eine niedrige Tür bücken mußte. Hierher hätten eigentlich besser behäbige Folianten mit abgewetzten Lederrücken gepaßt als die bonbonfarbigen Neuerscheinungen. Aber vielleicht kamen gerade deswegen viele junge Leute da hinunter und warteten gern ein paar Tage, wenn ein Buch nicht da war. Oft schwätzten sie lang mit der Inhaberin oder mit N.'s Mutter.

Die Inhaberin, eine Baltin, war eine kleine, stämmige Frau mit tiefer Stimme, vielleicht fünfzehn Jahre älter als die Mutter, gradlinig, grob und diszipliniert, ein Teil ihrer immer korrekten Haltung rührte von ihren andauernden, heftigen Rückenschmerzen her, über die sie selten sprach. Auch sie war mit der Familie befreundet gewesen, damals, als der Großvater noch lebte. Sie hatte der Mutter den Vorschlag gemacht, bei ihr zu arbeiten, wohl wissend, daß sie ihr nie die Buchführung oder das Ausfüllen der Bestellzettel würde überlassen können. Aber die Mutter war lesesüchtig, konnte mit den Kunden über die Bücher reden, ihnen Empfehlungen geben. Sie glaubte die Lesebedürfnise der einzelnen Kunden besser zu kennen als diese selbst und war enttäuscht, wenn jemand mit einem feststehenden Titelwunsch kam. Amélie, die Inhaberin, hatte sie gern im Laden, obwohl die Mutter es mit der Pünktlichkeit nicht genau nahm, morgens oft verschlief und manchmal schon nach zwei Stunden die Lust verlor und mürrisch und schweigsam in dem winzigen Bürokämmerchen saß.

N. hatte früher seine Mutter nur selten im Laden besucht. Ein unbestimmtes Gefühl von Scham hielt ihn davon ab, und auch die Art, wie Amélie ihn immer anschaute. Sie mochten einander nicht. N. gefiel es nicht, daß seine Mutter in dem Laden saß, Frauen gehören nicht in ein offenes Ladengeschäft, hatte der Großvater gesagt.

N. machte Spaziergänge durch die sommerstille Stadt, saß lang an der Donau, ging wie früher, nun aber ganz allein in den Schlichtingergarten, um Bier zu trinken, ein großer, ein wenig schwerfälliger junger Mann mit einer dunklen Kappe von Haaren und einem kleinen Bart auf der Oberlippe.

Du siehst aus wie ein Schiffschaukelbremser, sagte die Mutter. Ein rundes, unbewegtes Gesicht und eine senkrechte Falte zwischen den braunen Augen.

Braune Augen sind gefährlich, aber in der Liebe ehrlich! hatte Lise gesagt und gelacht.

Noch immer war er in vielen Dingen ungeschickt und bewegte sich nicht gern schnell. Noch immer wohnte er nicht richtig in diesem ruhigen, schweren Körper und hatte manchmal das Empfinden, daß etwas Flinkes, Wendiges, Schnelles sich verzweifelt in seinem Körper drehe und zu befreien suche. Vor allem morgens, wenn er im Bett lag und auf die leisen Geräusche aus der Wohnung hörte, spürte er seinen Leib bleiern auf der Matratze.

Manchmal besuchte er abends seine Mutter in ihrem »Appartement« an der Salzlände. Obwohl er auch hier die meisten Sachen von früher kannte, hatten sie da eine gewisse Verwegenheit bekommen. Ein großes, flaches Bett mit einem sandfarbenen Überwurf und braunen Kissen drauf, ein geschwungener Sessel mit Samt bezogen, weiße Schaffellteppiche, ein flacher Metalltisch. In einer Ecke stand ein weißgol-

dener, alter Schrank, er leuchtete, früher im alten Haus war er N. nie aufgefallen. Eine Zerstreutheit lag über dem Raum, hier ein Morgenmantel, im Bad hingen immer Strümpfe, tote braune Beine. Er erinnerte sich, daß es in ihrem Zimmer im alten Haus gar nicht anders gewesen war, nur hatte es hier etwas Triumphierendes. War Tutti eigentlich oft hier? fragte N.
Kaum. Vielleicht ein- oder zweimal. Sie kann es nicht ausstehen.
N.'s Verhältnis zu seiner Mutter war vorsichtig, sie stritten nicht, er hatte Angst vor ihrem Spott, den er nicht zu beantworten wußte, obwohl er oft zu hören meinte, wie sie sich selbst verspottete oder diejenige, die sie einmal gewesen war. Sie hatte sich in Jahre, in Zeiten aufgespalten, ganz unbefangen, sie hatte sich selber so auf die Vergangenheit verteilt, bis nichts mehr übrigblieb. Ich damals, sagte sie zum Beispiel, mir waren ja die Hände gebunden. Was konnte ich schon tun? Nie sagte sie, er solle nicht werden wie sie. Immer war in ihren Augen so ein Lichtchen Spott, das sagte, du bist schon so, gib dir keine Mühe. Sie zieht, dachte er oft, wenn man mit ihr zusammen ist, ist es wie ein Ziehen, als sei alles albern, als lohne nur das Ruhigbleiben und das auch nicht. Nimm dich nicht so wichtig, sagte sie oft.
Ich will nicht mehr lange hierbleiben, sagte er eines Abends zu ihr. Die Euphorie nach dem Abitur, er hatte sie natürlich auch gehabt, kurze Zeit, diese abgelöste Fröhlichkeit, eine Art Mutwillen, hatte sich verzogen und einer langweiligen Traurigkeit Platz gemacht. Ich möcht wegfahren.
Ich weiß, sagte sie nachdenklich, allein?
Was denn sonst, antwortete er gereizt.
Tutti wird das nicht gut finden, sagte sie geduldig, wir müssen Rücksicht auf sie nehmen, sie kennt es nicht anders.
Ich bin neunzehn, sagte er zum erstenmal hilfesuchend, ich bin doch neunzehn. In dem Moment hatte er Angst, Angst sogar vor seinem Wunsch nach einer Reise, wieder würde ihn niemand kennen, wieder würde er Dinge allein tun müssen, von keinem beachtet. Aber hier in der Stadt konnte er nicht bleiben.
Wie soll es denn weitergehen? fragte er unwillkürlich mit ihren Worten. Sie hat ja schließlich auch nichts gegen Josefsanger gehabt, da hat sie mich auch nicht immer gesehen.

Wo willst du denn hin? fragte die Mutter.
Wie er auf die Frage neulich »Germanistik« gesagt hatte, so sagte er jetzt »Italien«. Er hatte sich auch das nicht überlegt.
Viele fuhren ja nach Italien, man sah die blaugelben Bilder oft, und am Saum von Gelb und Blau standen Palmen, aber das war es nicht. Auch nicht die Kunst, die ihn wenig interessierte, in einer alten Stadt lebte er selber und sehnte sich also auch nicht danach, er wußte tatsächlich keinen Grund, außer seinem Wunsch nach Entfernung. Er wohnte an der Donau, ihr war vom Mittelmeer her ja in den vergangenen Jahrhunderten viel Volk zugelaufen, das wollte nun wohl wieder zurück und wußte es nicht.
Du kannst im Grund gar nichts dagegen machen, sagte N., ich fahr sowieso.
Du mußt regelmäßig von dir hören lassen, antwortete die Mutter, als sei die Reise längst beschlossen, und gab ihm damit wieder dieses Gefühl von Schwäche.
Sie schenkten ihm die Reise zum Abitur, die Großmutter ließ über seinen Wunsch fast etwas wie Erleichterung erkennen. Vielleicht geht er danach ein wenig aus sich raus, hatte sie zu Elfriede in der Küche gesagt, er hat sich doch sehr verändert in diesem Heim da.
Er war früher ganz genauso, Frau Doktor, sagte Elfriede, wie er noch ein Kind war und der Herr Doktor noch gelebt hat. Er hat nur mehr geredet damals. Jetzt hat er nur grad keinen, der zu ihm paßt.
Die Mutter brachte Bücher mit über Italien, aber er hatte sich entschlossen, er wollte nur nach Rom, vor einer Reise über Land hatte er Angst. Immer wieder sah er Fotos an, den Petersdom, die Sistina, die Schweizergarde, das Kolosseum, dazwischen Straßen, aber in den Büchern waren sie ganz nebensächlich. So viele Bilder, die ihm die Angst vor dem Unbekannten nahmen, all das mußte vorzufinden sein, in angemessener Größe.
Er bereitet sich ja richtig vor! sagte die Mutter erstaunt zu Amélie, die immer wieder neue Bücher mitgab, das antike Rom, das christliche Rom, Roms Kirchen und Katzen und Restaurants, Roms Straßen und Umgebung, zum Schluß hatte N. das angenehme Gefühl, die Szene sei ausschließlich für ihn gebaut, habe seit Jahrhunderten auf ihn gewartet, denn die Einwohner dieser Stadt kamen in seinen Büchern

nicht vor, und in der Schule hatte man ihnen beigebracht, daß die Griechen und vor allem die Römer ihre große Zeit schon lang hinter sich hätten. Im Lateinunterricht war von den Italienern die Rede gewesen wie von einer Horde zudringlicher Bettler, die sich auf den Stufen eines heiligen Gebäudes angesammelt hätten. Wir aus dem Norden, hatte der Lateinlehrer gesagt, sind die einzigen, die noch trauernd vor diesen erhabenen Resten einstiger Größe stehen. Und schaudernd hatte er von dem Lumpenvolk erzählt, das den jungfräulichen Marmor geschändet und sich seine profanen Hütten daraus errichtet habe.

Nicht, daß N. die Übertreibung nicht gespürt hätte, dennoch wollte er eine Stadt sehen, die ihm nicht zum Wohnen, sondern zum Anschauen gemacht schien. Sie gaben ihm die Fahrkarte, er packte seine Koffer, Geld hatte er genug, um vier Wochen bescheiden leben zu können, wenn er ziemlich sparte.

N. freute sich. Der kann sich gar nicht freuen, sagte Elfriede, weil er so still war und sein Gesicht nicht bewegte. Aber er hatte ein angenehmes Gefühl, auch an die lange Zugfahrt dachte er gern.

Es gab einen direkten Zug, ein Pilgerzug war es, der ging abends um zehn, man mußte nicht umsteigen. Der Abschied war kurz, sein Koffer ganz leicht. Das brauch ich nicht! hatte er beim Packen oft zur Großmutter und zu Elfriede gesagt. Woher willst du denn wissen, was du brauchst? Er wußte es aber wirklich ganz genau. Begleitung zum Bahnhof hatte er nicht haben wollen, er fühlte fast einen Zorn auf die drei Frauen wegen des Abschieds, auch wegen der Beiläufigkeit, mit der sie ihn wieder in ihr Leben und jetzt wieder hinausgelassen hatten.

Es war eine warme Nacht, er fand ein Abteil, in dem jemand die Fenster ganz aufgeschoben hatte und das nach Gärten roch. Noch war es leer, noch standen die Pilger auf dem Bahnsteig und schauten alle vom Zug weg, als warteten sie auf jemanden, der ihnen das Zeichen zum Einsteigen gäbe. Viele Frauen waren es, ältere meist mit mächtigen zugebundenen Koffern und bauchigen Taschen, aus denen Thermosflaschen herausschauten. Die wenigen Männer standen schwer und verlegen in ihren zu engen, blanken Anzügen in einem Grüppchen. Als ein runder Pfarrer eilig auf die Gruppe zukam, bewegten sich alle wie erleichtert, einige wandten sich zum Einsteigen. Zwei Frauen und ein Mann stiegen zu N. ins Abteil, feste, runde Gesichter, sie taten gar nicht so heilig.

Der junge Herr ghört aba ned in unser Gruppn, gellns? sagte die eine freundlich. N. sagte, er fahre allein nach Rom, nur so. Sie schauten ihn respektvoll an. Was machns denn beruflich? sagte der Mann, der mit gespreizten, dicken Knien ihm gegenüber in einer Ecke saß. Auf N.'s Antwort, er habe gerade das Abitur gemacht, sagte er verlegen: Ja so, s' Abitur! als schäme er sich ein wenig für N. und wolle es ihn nicht spüren lassen. Auch N. schämte sich etwas, er wußte keine Möglichkeit, diese Auskunft so zu geben, daß sie niemanden störte, auch ihn selbst nicht. Die Leute unterhielten sich jetzt miteinander, ihre Sprache wurde schneller, aber auch unverständlich, und manchmal lachten sie laut, ohne daß N. wußte worüber und unwillig wurde.

Der Mann schien das zu spüren, er schaute N. ins Gesicht, dann stand er auf und fing in seiner alten Aktentasche zu kramen an.

Vielleicht mögen's einen Schluck, sagte er zu N., es is a selbergmachter, nix für die Weiber! Da lachten sie wieder, diesmal auch N. Der Schnaps verteilte sich gut und warm in seinem Magen, es war N. auch nicht unangenehm, daß der Mann nach einer kurzen, reibenden Bewegung um den Flaschenhals ebenfalls aus ihr trank. N. und der Mann gaben sie noch einige Male zwischen sich hin und her, die Frauen aßen Brote und tranken Kaffee. Die Wärme des Schnapses – er schmeckte etwas nach Wurzeln und zog die Mundschleimhaut zusammen – blieb nun in N.'s Magen, er wartete auf den Moment, wo dieses gute Gefühl ihm in den Kopf steigen würde.

Der runde Pfarrer stand in der Abteiltür, um seine Reisegefährten zu begrüßen. Gelobt sei Jesus Christus! sagte er geschäftsmäßig und die drei im Abteil antworteten in dem gleichen Ton: Ewigkeit Amen. N. sagte nichts.

Sie gehören nicht zu uns? Nein, sagte N., ich fahre nur so nach Rom. S'Abitur hat er grad gmacht, sagte der Mann mit dem Schnaps, während er die halbleere Flasche ruhig in der Hand hielt. So, sagte der Pfarrer freundlicher, eine Bildungsreise, schön! N. hätte sich gern mit ihm ein bißchen unterhalten,

er erinnerte ihn an seinen Großvater, aber der Pfarrer hatte keine Zeit, verabschiedete sich nach wenigen Worten, die die Unterkunft in Rom und die Tagespläne betrafen. Der hat's nicht nötig im Moment, dachte N., der hat genügend Seelen dabei und braucht keine zu retten. Er hätte seine Mitreisenden gern gefragt, warum sie eine Pilgerfahrt machten, aber er traute sich nicht, trotz ihrer Freundlichkeit verbargen sie sich vor ihm, auch in ihrer Sprache, er verstand den nördlicheren, rauhen Dialekt fast gar nicht. N. stand auf, sie schienen gar nicht zu merken, daß er hinausging. Er schaute in die vielen erleuchteten Abteilfenster, die mit kleinen Vorhängen eingerahmt waren, wie Häuschen. In jedem sah er die Leute aufeinander einreden, vorgebeugt und sachte im Rhythmus des Zuges schaukelnd. Fast alle aßen oder tranken etwas, obwohl es schon beinahe Mitternacht war und sie zu Hause um diese Zeit bestimmt schliefen. Aber hier sah er keine Schlafenden, etwas Festliches hatte sich ausgebreitet wie auf einer Hochzeit.
N. begegnete dem Pfarrer noch einmal auf dem Gang. Aber der nickte nur kurz, bevor er sich zum nächsten Abteil wandte. N. war wütend auf ihn, Scheißpfaffen, sagte er leise hinter ihm her und erschrak sehr, als der sich suchend umdrehte.
N. ging zur Zugtoilette, in manchen der Abteilfenster sah er zugezogene Gardinen, durch die Streifen der bläulichen Notbeleuchtung fielen. Als er sich hingehockt hatte, spürte er den kühlen Fahrtwind. Die drei Pilger hatten inzwischen doch das Licht gelöscht, im Schlaf hatten sie sich zueinandergewandt, die eine Frau lag fast an der Brust des Mannes, der in seinen Fingern immer noch lose die Flasche mit dem Wurzelschnaps hielt.
Der Zug hielt irgendwo. Salzburg? sagte auf dem Flur eine Frauenstimme und eine andere antwortete unwillig: Ach wo! N. saß in seiner Ecke und wartete auf die Müdigkeit.
Er erwachte ein paarmal in der Nacht, einmal waren nur noch zwei Leute im Abteil, aber die fehlende Frau stand nur vor der Abteiltür und schaute hinaus. Als sie wieder hereinkam, sah sie, daß N. wach war. Mir fahrn schon durch die Berg! sagte sie leise und geheimnisvoll.

Früh am Morgen wachten die Pilger auf, die Frauen kramten rosa Nylontaschen aus ihren Koffern, Toscafläschchen, die wenigen Männer gingen mit dem Rasierzeug und hängenden Hosenträgern auf unsicheren Füßen den Zug entlang, der noch immer stieg und stieg. N. gefielen diese dunklen Täler nicht, in die keine Sonne fiel, die traurigen ockerfarbenen Häuser der alten Mautstationen, die an den Berghängen klebten. Aber es war doch schon Italien. Die Grenzbeamten waren wohl gegen Ende der Nacht durchgegangen, hatten in die schlafenden Gesichter geschaut und auf die zerkratzten, großen Koffer, und hatten niemanden geweckt. N. fühlte sich um die Grenze betrogen, er hätte sie sehen wollen, er spürte den glatten, harten Paß in seiner Tasche und erinnerte sich an das Bild, er schaute sich an. Punkt, Punkt, Komma, Strich, murmelte er. Nur die senkrechte Falte über der Nase gefiel ihm.
Er spürte jetzt Hunger und Durst, die Pilger hatten sich versorgt, es tat ihm leid, daß er Elfriedes Angebot ausgeschlagen hatte, ihm ein Freßpaket mitzugeben. Er kann doch in den Speisewagen gehen, hatte die Großmutter gesagt, aber im Pilgerzug gab es gar keinen, und N. wartete ungeduldig auf die nächste Station, auf Kaffee in Wachspapierbechern und Semmeln in weißen Servietten. Sein Hunger war wie in seiner Kindheit, zornig, verstohlen und ganz unaufschiebbar.
Die Frauen sahen seine Blicke in ihre Körbe und Taschen und gaben ihm lauwarmen Milchkaffee und Wurstbrote, höflich wischten sie den Rand des Bakelitbechers ab, bevor sie ihn ihm reichten. Langsam drang ein anderes Licht ins Abteil, die Frauen sahen jünger und glatter aus, ein blaues, sanftes Licht, das N. noch nie gesehen hatte. Er hätte jetzt auf jeder Station aussteigen mögen, jedes Haus, das Ocker und Rosa und das blättrige Grün der Holzläden, jeder Raum, jede magere staubige Yucca schien ihm ganz einmalig, er hatte Angst, das sei nun schon das schönste und er würde es, vom Zug vorbeigetragen, versäumen. Über den Dörfern und kleinen Orten, an denen sie vorbeikamen, war das Licht so schön. Gerümpel lag um die Häuser, aber es störte N. nicht, es war von diesem Licht wie bemalt. Daß Frauen, Männer und Kinder in diesem Licht lebten, machte ihn auf sie neugierig. Er stellte sich vor, daß man sich hier

weniger in acht zu nehmen brauchte, übermütiger sein könnte, auch vergeßlicher.

Vom Zugfenster aus sah er eine Frau Wäsche aufhängen, eine Sekunde einer schönen, schwingenden Bewegung, das weiße Wäschestück schwebte wie eine Wolke über ihr. Mit dem faden Geschmack des Milchkaffees im Mund sehnte er sich nach Würze, Schärfe, Hunger hatte er jetzt nicht mehr. Er wandte die Augen nicht mehr vom Fenster, drehte und wendete den Kopf, um manche Szenen länger verfolgen zu können, winkende Kinder mit dunklen Augen und weitaufgesperrten Mündern, sie riefen aus Leibeskräften etwas zum Zug hinüber, eine auf einem rosa Dach liegende Katze, ein Mann, der sich über seinen Spaten beugte. Die Pilger hatten aufgehört, sich zu unterhalten.

Beim nächsten Halt kaufte er sich eine Salamisemmel und eine kleine Flasche Rotwein. Keine Semmel eigentlich, sondern ein dickes Stück grobporiges Brot, das ein wenig erdig schmeckte, dazu eine talgige, scharfe Salami, die Herbheit des Weins fast zum Erschrecken. Er fühlte sich in seinem dunklen, weichen Pullover plötzlich aufgequollen und klebrig, er war schmutzig von der Reise, aber es war etwas anderes, das ihn störte.

Im Koffer hatte er Leinenhosen und ein Hemd aus dünner Baumwolle. Unter den erstaunten Blicken der Pilger, die noch immer warm angezogen, als sei Fremde etwas, das mit Kälte zu tun hat, in ihren Ecken saßen, zerrte er Hose und Hemd aus dem Koffer und verschwand für eine halbe Stunde im Waschraum, der eng war wie ein Schrank und nach Desinfektionsmitteln stank. Er zog sich nackt aus und rieb sich immer wieder mit seinem Seifenlappen und dem lauwarmen, chlorigen Wasser ab. Trotz der Hitze hatte er eine Gänsehaut. Die Milchglasscheiben ließen sich nicht öffnen. Er hätte gern den Fahrtwind gespürt. An der Tür rüttelten immer wieder Leute. Werd nacha der da drin nie fertig? hörte er einen rufen. Es störte ihn nicht. Er schüttete Kölnisch Wasser in die hohle Hand. Es war das erstemal, daß er sich so wusch, er hätte stundenlang weitermachen mögen. Er zog die neuen Sachen an und verließ unter den vorwurfsvollen Augen der Pilger den Waschraum.

Is Eana heiß gwesen? fragte eine der Frauen in seinem Abteil fürsorglich. Nicht nur, sagte N.

Am frühen Nachmittag waren sie in Rom, der Pfarrer lief schon eine halbe Stunde früher durch den Gang und mahnte, man solle das Gepäck fertig machen und auf den Gang stellen. Über N. schaute er jedesmal ein wenig irritiert hinweg, wünschte ihm, indem er auf einen Punkt zwischen N.'s Augen sah, dennoch einen schönen und lehrreichen Aufenthalt in der Ewigen Stadt. N. war traurig, weil er ihn so offensichtlich verachtete, traurig und gekränkt, Jesuiten! dachte er und erinnerte sich wieder an seinen Großvater. N. hatte nur seinen Koffer und einen Matchsack, er blieb ruhig im Abteil sitzen, die andern griffen über ihn in die Netze und verwechselten dauernd ihr Gepäck. Einen Moment lang sah er die dunkelgeschwitzten Achselhöhlen der jüngeren Frau ganz nah vor sich.
Der Bahnhof heißt Stazione Termini, hatte seine Mutter gesagt, ist das nicht ein wunderbarer Name? N. fand ihn eher unheimlich. Aber der Bahnhof selber war weder wunderbar noch unheimlich, sondern unruhig und verwirrend wie alle großen Bahnhöfe. N. wäre gern seinen Koffer losgeworden und fand sich nicht zurecht. Der Abschied von den Pilgern war, wie alle Abschiede von Mitreisenden, mit denen man eine lange Zeit auf kleinem Raum verbracht hat, schnell und verlegen gewesen, sie hatten bis zu Schluß den eigentlichen Zweck ihrer Reise nicht genannt, als mißtrauten sie ihm selber oder schämten sich seiner. So sagten sie nur ein paar Worte im Gehen und über die Schulter, daß man sich gewiß wiedersehen werde, bei den vielen Denkmälern sei das doch gar nicht zu vermeiden. Erholn's Ihnen gut vom Abitur! hatte der Mann gesagt und dann waren sie hastig ausgestiegen.
Seine Großmutter war außer sich gewesen, als er es abgelehnt hatte, irgend etwas vorzubereiten, ein kleines, sauberes Hotel sich etwa empfehlen zu lassen, man hatte doch genug Bekannte, die viel reisten und einen bei derlei Dingen hätten beraten können. So aber hatte er nur einen Stadtplan, in dem es von kleinen, grauen Häuschen, die auf eine Sehenswürdigkeit hinzuweisen hatten, nur so wimmelte. Er stieg in ein Taxi und nannte den Namen des Viertels, das am Tiber lag und in dem, wie er in der Schule gelernt hatte, nur arme Leute wohnten.
Der Fahrer schwang sich fröhlich in den Strom der anderen

Autos, redete, drehte sich zu N. um, lachte, und N. glaubte manches zu verstehen, einzelne Wörter, an die er sich klammerte. Eine lange Fahrt war das, oft mußten sie warten, und einmal hatte N. Angst, wo der Fahrer ihn wohl hinbrächte. Dann standen sie auf einer Brücke über einem gelben Rinnsal, N. sah eine dunkle Häuserzeile und der Fahrer sagte etwas, wo N. nur den Namen »Trastevere« heraushörte. Hotel! antwortete er. Der Fahrer drehte sich um, hörte auf zu reden und zu lachen und betrachtete N. nachdenklich. Giovano! sagte er dann und fuhr los, über eine Brücke, durch Gäßchen und Gassen, an einem kleinen Platz hielt er. N. zahlte, sagte noch einmal: Hotel? und der Fahrer deutete auf ein schmales Haus, sagte: Ecco! und hielt drei Finger in die Höhe.

So kam N. ans Ziel seiner Reise, an den Beginn seines Ziels, in die Etagenpension der Signora Luschkowska im dritten Stock des Hauses Piazzale A. Nr. 7.

Als sie N. die Tür öffnete, spürte er ein ihm unerklärliches Gefühl der Vertrautheit. Tage später erst wurde ihm die leicht gebeugte Haltung der Vermieterin bewußt, die ihn an seine Mutter erinnerte, ihr eigentümlich schiebender Gang. Sie war schlank, mit sehr langen, dünnen Beinen. Das ein wenig schlaffe und ein wenig zu üppige Fleisch um ihre Mitte verbarg sie unter müdfarbigen seidenen Kimonos und Hemden, die sie zu engen schwarzen Seidenkniehosen trug. Im Ausschnitt dieser weiten, nachlässigen Kleidung bemerkte N. einen schönen glatten Brustansatz. An allen Fingern ihrer langen braunfleckigen Hände, deren Nägel kurz und etwas unsauber waren, trug sie große Ringe mit verdächtigen Steinen, rot, blau und gelb. Sie sah aus, als öffne sie nie ganz die Augen, und unter ihren Jochbögen waren tiefe Schatten. Ihr graues, langes Haar trug sie in einem Knoten, der sich beständig aufzulösen schien und es meist nachmittags tat. Sie konnte deutsch, empfing N. mit zerstreuter Freundlichkeit und bot ihm ein Zimmer zum Lichthof für einen mäßigen Preis an.

Es ist keine Saison im Moment, sagte sie, ich bin nicht vollkommen belegt. Essen können Sie hier überall, nur bei mir nicht, und sie schaute aus halbgeschlossenen Augen fast verwundert den Etagenflur hinunter, so, als sei das mit dem Essen überhaupt nicht von ihr selbst abhängig. Früh-

stücken, ja! setzte sie hastig noch hinzu, das ist ganz natürlich.
N. fühlte sich wohl in dem Zimmer, das einen braunweißen Fliesenboden hatte, ein Doppelbett aus Metall, einen goldgerahmten Spiegel und einen einfachen Schrank. Nur das Nötigste, dachte N. und war stolz, ohne zu wissen worauf. Das Waschbecken hatte einen breiten Rand, daneben war ein Bidet in den Fußboden eingelassen. N. packte seinen Koffer so sorgfältig aus, als richte er sich für lange Zeit ein, er hatte auch beschlossen, lange zu bleiben. Wenn ich kein Geld mehr habe, kann ich hier irgendwo arbeiten gehen, dachte er verwegen, ich kann nach Hause schreiben, dachte er in Wirklichkeit. Ich muß jetzt hinausgehen und mir die Stadt ansehen, sagte er laut in die Stille des Zimmers, aber er hatte Angst und blieb wie gelähmt, unbeweglich, lange auf dem Rand des Bettes sitzen.
Als er das Zimmer endlich verließ, war der Flur menschenleer. Er aß nur wenige Straßen weiter, das gelbe Licht aus einem kleinen Hof mit ein paar grauen Kübelpalmen hatte ihn angelockt. Weiß leuchteten die Tische, in Flaschen steckten Kerzen, es ist genau, wie ich gedacht habe. N. setzte sich und kaute an einem Brotstück. Er aß runde Nudeln, deren Namen ihm auf der Speisekarte gut gefallen hatten, trank einen gerbigen, dunklen Wein, der ihm eigentlich nicht schmeckte.
Die Fragen des Kellners machten ihn hilflos. Aus einem geöffneten Fenster über der Kneipe klang laut und schön in der klaren Abendluft Domenico Modugno, hier paßt es, dachte N., der italienische Schlager nie gemocht hatte. Wenige Leute außer ihm saßen in dem kleinen Hof, wenn sie gegessen hatten, verließen sie ihn eilig. N. blieb sitzen, aber er spürte die Ungeduld des Kellners und zahlte auch. An das großlappige, schmutzige Geld hatte er sich noch nicht gewöhnt, er hatte auch keinen Überblick, es schienen ihm Unmengen von Scheinen zu sein, nicht möglich, alles auszugeben.
Mit vorsichtigen Schritten, im Rücken steif und auf den runden Köpfen des Pflasters hin und wieder ausrutschend, lief er in immer größeren Kreisen um die Piazzale A. Sie sitzen tatsächlich alle auf der Straße, dachte er, die Luft war voller Stimmen, in einem Torbogen, den rechts und links

schöne Steinlöwen bewachten, arbeitete ein Mann an kaputten Fahrrädern. N. blieb manchmal stehen, um jemandem zuzusehen, man sprach ihn immer an, er konnte nicht erkennen, ob es freundliche Worte waren. Vor den Häusern saßen alte Frauen in schwarzen Kleidern, ein junges Mädchen trocknete seine langen Haare am offenen Fenster und schwang sie wie eine Fahne. Sie schien ihm ungewöhnlich schön. Als sie ihm zulächelte, merkte er, wie sich sein unbewegliches Gesicht zu einer ganz fremden Fratze verzog. Was wollte ich hier? dachte er, warum bin ich gekommen? Hier ist es nicht nur zum Anschauen, hier leben Leute, mit denen ich nicht reden kann, arm sehen sie auch nicht aus. Er fand einen anderen Hof, jetzt schon weiter von seinem Hotel entfernt, da bestellte er Wein. Der Kellner brachte ihm eine Schale Nüsse dazu. N. war schon so betrunken, daß ihn diese Geste fast zu Tränen rührte.

Er wagte tagelang nicht, das Viertel zu verlassen. Mit schlechtem Gewissen betrachtete er die grauen Häuschen auf seinem Stadtplan, es waren so viele, alles Sehenswürdigkeiten. Nun kam ihm dieses Viertel schon vertraut vor, seine Kreise um die Piazzale A. wurden jeden Tag größer, er hatte sich ein neues Internat eingerichtet, einen Tageslauf, von dem er nicht abließ. Die Luschkowska ließ ihn in Ruhe, grüßte mit ihrer heiseren Stimme nachlässig. N. hätte sich gern mit ihr unterhalten, wußte aber noch nicht einmal, wo sie selbst wohnte, auch andere Gäste sah er selten, aus den Zimmern neben ihm drang kein Laut.

Er liebte inzwischen das Viertel, vor allem in der Mittagszeit, die Häuser mit den geschlossenen Sprossenfensterläden schliefen im Schatten, der Fahrradreparierer lehnte an einem seiner Steinlöwen und hatte seine Mütze über dem Gesicht, die Frauen waren von der Straße verschwunden und nur die Stühle standen noch vor den Türen. Bloß N. war unterwegs und die mageren Katzen des Tiberviertels, die sich die leeren Gäßchen für eine Stunde oder zwei lautlos aneigneten. Sein Zeitgefühl hatte er vollkommen verloren, nicht das für die Stunden, sondern für Tage und Wochen. Fast jeden Abend war er ein bißchen betrunken, sanft und gerührt von der Freundlichkeit der Kellner und Wirte. Wenn er genug Wein getrunken hatte, erschien ihm sein Alleinsein angenehm.

An einem dieser Abende erwartete ihn die Luschkowska. Sie

verstehen nichts vom Leben! sagte sie zu ihm. Sie sind doch hergekommen, um etwas vom Leben zu lernen! Es ist ja nicht zum Ansehen. Er hörte ihr nicht richtig zu und schaute auf die Grube zwischen ihren Brüsten. Hören Sie mir zu, rief sie, ich kenne viele Menschen hier, Sie kennen gar keine, Sie laufen durch die Welt und schauen die andern an wie Bilder, Sie sehen ja nur danach, wie einer in die Landschaft paßt. Gehen Sie morgen mit mir essen, sagte sie freundlich, und jetzt nehmen Sie den Bus von der Piazza Cavour und fahren Sie hinüber, Sie müssen endlich damit anfangen, Rom anzuschauen!
Wo soll ich denn anfangen, sagte er trotzig.
Sie dachte lang nach, schaute den Flur entlang. Es ist gleich, antwortete sie, hier ist es eigentlich gleich.
Am nächsten Tag war er dann in den Bus gestiegen, die Namen der Haltestellen sollten ihm den Beginn erleichtern, Kolosseum, das kannte er, da kam man immer wieder hin. Zum Forum stieg er hinunter – großes graues Viereck auf seinem Stadtplan – wie ein sonniger Garten lag es unter der Stadt, die Leute saßen auf den Steinen und aßen ihre Pizzastücke. Warum schau ich das an, dachte er, es ist doch egal, in welchem Garten ich sitze. Aber da sah er auf einem Mauerstück neben sich ein eingeritztes Feld von Vierecken, wie ein Mühlebrett, tief und unauslöschlich in den Steinsockel gegraben.
Im Vatikanischen Museum sah er denn die endlosen Reihen der griechischen Vasen, soviele Gestalten, Tausende und Tausende, bis er einmal wirklich hinsah und verblüfft einen lächelnden Mann erkannte, der ein Mädchen mit kleinen Brüsten von hinten nahm.
Plötzlich sah er überall auf den rotbraunen Vasen solche Szenen, auch essende und aus breiten Schalen trinkende Leute, immer wieder fröhliche Liebende, die scheinbar mühelos in komplizierten Stellungen kopulierten. Er blieb viele Stunden in diesem Museum, es gehört dem Vatikan, dachte er, niemand hat diese Bilder jemals angeschaut, es sind zu viele.
Am Abend begleitete er die Luschkowska zum Essen. Er hatte sich schon daran gewöhnt, spät erst in die Restaurants zu gehen, in den ersten Tagen hatte er sich oft gewundert, daß er immer allein beim Essen saß, aber er war einfach nur zu

früh dran gewesen. Sie gingen in einen der Höfe, die er schon kannte. Er macht die besten fettucine, sagte die Luschkowska und schob ihren dünnen Arm unter den seinen. Schön, einen Kavalier zu haben, ich esse nicht gern allein. Sie war nur wenig kleiner als er, er roch ihre Haare. Sie werden Freunde kennenlernen, sagte sie, als sie sich an einen der kleinen weißen Tische gesetzt hatten, vielleicht nur einen, vielleicht mehrere, wer weiß? Aber sie blieben allein, bis sie mit dem Essen fertig waren. Die Luschkowska aß langsam und sehr viel, sprach anmutig mit vollem Mund, nahm die langen Komplimente des Kellners und des Wirtes lächelnd und kauend entgegen. Wir sollten einen Grappa haben, das ist das richtige Ende eines Essens! und zum Kellner gewandt sagte sie zärtlich: due grappine.

N. sah, daß sie über seinen Kopf wegschaute und sich ihre Augen dabei plötzlich veränderten. Da ist er, sagte sie, da kommt Tullio.

Tullio war ein kleiner, breiter Mann mit einer runden, braunen Stirn, über der sich schwarze Locken ringelten. Sein Gesicht war in einem ebenso lockigen Bart versteckt; als er N. die Hand gab, sah der nur die ruhigen, abwartenden Augen des Mannes. Er mochte etwas fünfundvierzig Jahre alt sein, seine Hände waren dunkel von Maschinenöl, er hatte einen graumelierten Anzug an und einen Rollkragenpullover, beides schien jemand anderem zu gehören.

Da ist ein Gast aus Deutschland, sagte die Luschkowska, er kennt hier niemanden, er streunt wie ein Kater im Frühling, dabei schaute sie ihn an und lachte. Wie weiß ihre Zähne sind, dachte N. Es war ihm gar nicht aufgefallen, daß die Luschkowska deutsch gesprochen hatte. Tullio antwortete auch, in einem schweren, altmodischen Deutsch.

Ich habe viel in deutsch gelesen, sagte er ernst zu N. Es ist ja immer alles in deutsch geschrieben worden, Kant und Hitler und auch Marx, alles hat Wirkungen gezeigt, sagte er, es klang wie ge-za-itigt, so, als habe er die Sprache noch nie gesprochen, sondern immer nur gesehen.

N. fühlte sich mit diesen Namen unsicher, was kannte er davon, er fragte sich, was dieser Italiener damit beabsichtigte und wurde mißtrauisch.

Was meinen Sie mit Hitler? fragte er.

Er ist nicht in dem Alter, sagte die Luschkowska fast bedauernd, aber der Mann achtete nicht auf sie und sagte: Sie wissen sicher, daß Mussolini nicht so wie Hitler geplant hat!
Der Spuk! dachte N. Zu Hause waren sie gegen Hitler, sagte N. verlegen, denn über Mussolini wußte er wenig, nur ein Foto in verwaschenem Schwarzweiß fiel ihm ein, auf dem ein Mann und eine Frau an den Füßen aufgehängt zu sehen waren.
Das sagen sie ja fast alle, meinte der Mann freundlich und dann schwieg er lange und sah N. beim Nachdenken an. Ihm fiel eine Ausstellung mit KZ-Fotos ein. Das war aber wirklich nicht nötig, euch das zu zeigen, hatte seine Großmutter damals gesagt, was habt ihr damit zu tun!
Er kannte keine Juden. Er kannte keine Nazis. Tullio war im KZ, sagte die Luschkowska, er hat großes Glück gehabt. N. traute sich nicht nach dem Grund zu fragen, obwohl er einen kurzen Moment Neugier spürte, fast ein sinnliches Bedürfnis, Einzelheiten zu hören. KZ, SS, SA, alles in Abkürzungen hineingepreßte Geheimnisse.
Die Luschkowska sprach jetzt mit ihrem Freund in einem schnellen, leisen Italienisch, und N. kämpfte sich von Wort zu Wort, hier und da verstand er eins (und jeden Tag ein paar mehr), Communista, hörte er von beiden öfter in diesem hastigen Dialog, der im Stimmengewirr der Umsitzenden nicht so leise hätte zu sein brauchen. N. erinnerte sich an die Verachtung, die man gegen den Spitzbart, den sächsischen Bordellwirt zu hegen hatte, an seine Großmutter, wenn sie Lichter ins Fenster stellte, zu welchem Anlaß hatte er vergessen.
Du kannst Tullio morgen mal besuchen, sagte die Luschkowska plötzlich, er wohnt in einer interessanten Gegend, er ist Schmied. N. hatte an dem Abend wieder zu viel Wein getrunken, hastig und aus Hilflosigkeit. Am Ende wollten sie alle gleichzeitig bezahlen. Die Luschkowska beendete das, indem sie zum Kellner hinüber eine Bewegung machte, die dieser mit einer lächelnden Verbeugung beantwortete. So bezahlte niemand, sie gingen einfach. N. fühlte sich in Übereinkünfte verwickelt, die er nicht verstand.
Tullio trennte sich bald von ihnen, es war spät und immer noch heiß, N. wollte nicht nach Hause gehen. In der Nähe der

Piazzale A., halb im Schatten eines Torbogens, versuchte er die Luschkowska zu umarmen, er roch ihre Haare, es grauste ihn ein wenig vor der Zerbrechlichkeit ihrer Schultern und Arme, sie wehrte sich gar nicht, lachte auch nicht, nur stand sie plötzlich einen Meter von ihm entfernt, und er hatte nicht bemerkt, wie.
Ich hab mehr Angst als du, sagte sie zu ihm, das verstehst du nicht. Lassen wir das also. Und sie ging weiter, ohne sich darum zu kümmern, ob er ihr folgte.
Tullio hat dir nicht gefallen, sagte sie dann über die Schulter, sie duzte ihn jetzt, als kennte sie ihn schon seit seiner Kindheit, du hast keine Ahnung von Menschen. Das sieht man schon daran, wie du um dich schaust, wie aus einem hohen Fenster schaust du heraus.
Die Werkstatt von Tullio war im Inneren des Viertels Trastevere, wie ein Schwalbennest an eine Gartenmauer geklebt, etwa zwei Meter im Quadrat. Man mußte sich mit ihm durchs Fenster unterhalten, denn nur er allein paßte in die Werkstatt, und sein Fenster war dauernd umlagert. Die Werkstatt selber war ordentlich wie ein Nähkästchen, die Werkzeuge hingen nach Größe geordnet an der Wand, das Licht aus dem Kohlebecken bestrahlte Tullios Ringelbart. Er war Spezialist für Bildhauerwerkzeuge, und seine Werkstatt kannte man in ganz Italien. Die Polizei hatte es leicht, ihn zu beobachten, seit Jahr und Tag stand auf der stillen, schmalen, kaum befahrenen Kreuzung an der Mauer ein Carabiniere. Tullio arbeitete, während er sich mit seinen Fenstergästen unterhielt, er gab Ratschläge über die Schule, über Steuer und Krankengeld sprach er, Tullio kannte Anwälte, die einen Prozeß für geringes Honorar durchfochten, er wußte, welcher Commissario bestechlich war und für ein Geschenk seine Bereitschaft zeigen würde, zu helfen, ein Papierchen etwa aus einer Akte verschwinden zu lassen. Während er Adressen, Verabredungsorte, Telefonnummern und Ortsbeschreibungen weitergab, hörten seine Hände nie auf zu arbeiten, die Eisenstücke wanden und drehten sich wie Wünschelruten, die Hämmerchen zwängten sie in Form, das Feuer machte das Eisen weich, rot glühten die Spitzen der Zangen und Zängchen, der kleinen Meißel und Hämmerchen, der Stichel und Fäustel, das Wasser im Becken zischte hell. Tullio mußte nie ein Notizbuch oder irgendwelche

Aufzeichnungen zu Rate ziehen. Wenn er eine Antwort heute nicht geben konnte, wußte er sie morgen.
Manchmal aber sagte er nachdenklich: Non e possibile, und dann schwieg er lange. Den Frauen des Viertels nannte er Priester, die sie freundlich behandeln würden, nachdem sie bei den Ärzten gewesen waren, deren Namen sie wiederum von Tullio erfahren hatten. N. stand oft dabei und hörte zu, verstand jeden Tag mehr, streifte durchs Viertel, durch die Nässe und Dunkelheit der Hinterhöfe, er sah die Wasserstellen auf den Zwischenstöcken, wo kleine Mädchen mit schweren Eimern die Treppen hinaufstiegen. Er hörte das Husten aus den Einzimmerlöchern zu ebener Erde, in die man hineinsehen konnte und damit nicht einmal mehr jemanden störte, sehr alte Leute wohnten da meistens und N. ging schnell weiter, weil er den Geruch nicht aushielt.
Irgendwann hatte N. sich ein Herz genommen und Tullio gefragt, ob er Kommunist sei. Er hatte ihn eigentlich mehr fragen wollen, aber der Schmied hatte ihn nur erstaunt und ein wenig verärgert angeschaut und nicht geantwortet. Du mußt nur genug hier herumgehen, sagte er später, frag die Contessa, sie wird dir erklären. Aber N. war der Luschkowska aus dem Weg gegangen seit dem Abend damals. Er fühlte sich manchmal sehr allein. Wenn er sich getraut hätte, wäre er zu einer der dicken Huren aus dem Viertel gegangen, die abends auf Kissen gestützt aus ihren halben Türen sahen. Über ihre Schultern weg im Hintergrund des Raums konnte man das Bett sehen.
Er hatte nicht mehr viel Geld, wurde sparsam, ließ manchmal eine Mahlzeit ausfallen oder bekam von Tullio, wenn er um die Mittagszeit da war, ein Brot mit Knoblauch und Speck und einen Schluck Wein.
Eine Woche konnte er noch in Rom leben, wenn er noch sparsamer wurde, zehn Tage.
Die Luschkowska wartete wieder einmal auf ihn, als er abends ins Hotel kam. Du bist jetzt oft bei Tullio, sagte sie, gefällt er dir? Ich soll Sie was fragen, sagte N., er hat aber nicht gesagt was. Er sagt nicht, was er ist!
Er ist ein guter Mensch, sagte sie, er hilft den Leuten. Er kann nicht so offen mit jedem reden, auch nicht mit dir. Ich hab ihn dir nur vorgestellt, damit du so einen Menschen mal siehst. Nimm nicht so wichtig, wie du ihn

nennen sollst! sagte sie freundlich, und schaute ihm genau in die Augen, wie würdest du dich denn nennen, wenn man dich fragte?

Er war jetzt dazu übergegangen, fast gar nicht mehr in den Trattorien zu essen, sondern sich mit Brot, Salami, Mozzarella und Wein in den kleinen Läden zu versorgen. Bei den Straßenhändlern kaufte er Tomaten und Pinienkerne. Seine Kleider waren längst schmutzig, sie hingen loser an ihm, als er es sonst gewöhnt war. Seine Unterhosen wusch er manchmal im Waschbecken, Socken trug er längst keine mehr, seine Füße waren hart geworden in den staubigen Sandalen. Wie die andern saß er jetzt auf dem Forum in der Sonne, immer auf dem Platz neben dem in den Stein gegrabenen Spielbrett.

In der ersten Zeit hatte er Karten nach Hause geschrieben, mindestens alle zwei Tage eine. Doch je mehr er sich in der Stadt auskannte, desto weniger wußte er zu schreiben, er hatte sich an das schlechte Gewissen wegen seines Schweigens gewöhnt. An einem trüben Tag stand er im Kolosseum und betrachtete die Touristen, die mit in den Nacken gelegten Köpfen ein paarmal um sich sahen, verlegen waren, wahrscheinlich, weil sie es sich viel größer vorgestellt hatten, und in ihren Bussen erleichtert wieder wegfuhren. Die Touristen waren die einzigen, die ihn nicht irritierten, bei denen er nicht das Gefühl hatte, sich für sein Hiersein rechtfertigen zu müssen.

Er saß auf einem der steinernen Vorsprünge im Rund und beobachtete in den tiefer gelegenen Gevierten, in denen graues Gras wuchs, die eigentlichen Bewohner des Kolosseums, die Katzen. Er hatte nie ein Tier gehabt. Aber es war ihm schon früher so gegangen: In Josefsanger, wenn die mit den Essensresten gefütterten Schweine schreiend und mit zusammengebundenen Füßen auf den Karren geladen worden waren, wenn die Puter auf dem Hackklotz lagen, wenn in der Stadt ein Hund mit milchig blinden Augen an ihm vorbeilief, verlor er die Fassung und schämte sich dafür. Mit den römischen Katzen ging es ihm nicht anders. Kaum eine, die nicht gleichmütig ihre Beschädigungen ertrug, dreibeinige, einäugige, mit Wunden bedeckte, schwanzlose, eine Ehrenwerte Gesellschaft.

N. hatte an dem Tag kein Fleisch dabei, ein wenig Brot und

Wurst nur, das er langsam zu einem Grasfleck hinüberbrockte, in dem ein gutes Dutzend der Tiere schläfrig in der Sonne lag, in den fast geschlossenen Augenschlitzen ein aufmerksames Funkeln. Eine hatte das Brot zuerst bemerkt, fraß es, schlug eine andere, die auch hinkam, über die Nase. Das Tier war schwarz, mit einem duffen, staubigen Fell, es schien gieriger als die andern. Es näherte sich N. ohne sichtbare Furcht, aufrecht, mit dem Freundschaftssignal des erhobenen Schweifes. N. gab ihm den Rest seines Brotes, der Kater (N. war nun überzeugt, daß es ein Kater war) kam auf Griffweite, N. hörte sein heiseres Schnurren, während er kaute. Auch als nichts mehr zu fressen da war, blieb das Tier in N.'s Nähe. Als N. ihm über den knochigen Rücken streichen wollte, schlug er nach ihm, wie er vorher nach der anderen Katze geschlagen hatte, sachlich, schnell, ohne N. besonders weh zu tun. Aber als N. in der Dämmerung aufstand und den langen Weg nach Hause einschlug, quer durch die Stadt, folgte ihm der Kater, zwischen Autos und Menschen hindurch, ein winziger schwarzer Schatten. Hin und wieder verlor N. ihn aus den Augen, einmal hörte er hinter sich ein scharfes Bremsen und erschrak. Aber als er sich umdrehte, sah er den Kater auf einem niedrigen Mäuerchen entlanglaufen, staubig und mager, mit aufmerksamen, gelben Augen. Trotz des betäubenden, entsetzlichen Lärms auf den Straßen, der in der herbstlichen Dämmerung alles bis über den Rand füllte, meinte N., er höre manchmal hinter sich das heisere Schnurren. Je näher sie der Piazzale A. kamen, um so mehr Angst hatte N., das Tier könne sich doch noch anders entscheiden. Immer öfter drehte er sich um, er ging in eine Metzgerei, durch deren bunte Plastikschnüre in der Türöffnung er nach dem Kater sah. Der saß einstweilen, ohne in die Richtung des Ladens zu schauen, auf dem Gehweg und leckte seine Pfoten. N. deutete auf ein Stück Fleisch, kein Abfall, dunkelrot und weiß geädert sah es aus, ein gutes Stück Fleisch, sagten die Gebärden der Metzgersfrau, und er machte die Geste des Zerschneidens. Das Fleisch war teuer, er dachte an seine schwindenden Lire, erleichtert, als er den Kater noch sah, verließ er den Laden und warf ihm einen Brocken zu. Den jammernden Protest der Metzgersfrau, die ihm nachsah, hörte er kaum. Der Kater beroch das Stück, dann fraß er es, nicht eilig. Immer wieder warf N. ihm Fleischstücke hin, um

ihn auf dem Weg zu halten, er beroch alle und fraß alle, nicht eilig. N. war froh, als er den Kater in einiger Entfernung hinter sich, in die Piazzale A. einbiegen sah. Vor dem Haus blieb N. stehen, um ihn zu locken, er legte das restliche Fleisch vor den Hauseingang. Aber der Kater war plötzlich verschwunden, und so sehr N. nach ihm suchte, er sah ihn nicht mehr. An diesem Abend hatte er das Gefühl eines schlimmen Verlusts, als habe ihm jemand etwas Kostbares weggenommen, als habe er versagt. Die halbe Nacht lief er durch die umliegenden Gassen, wie viele Katzen es hier gab!
Am Morgen saß der Kater vor dem Haus. N. konnte sich nicht erinnern, jemals so glücklich gewesen zu sein. Ich behalte ihn! sagte er zur Luschkowska, ich nehm ihn mit nach Hause. Sie schaute das Tier an, wie es vorsichtig mit steifen Beinen den Flur auf und ab ging, alle Möbel beschnupperte und sich dann unter einen Stuhl kauerte.
Du wirst ihn nicht zähmen können, sagte sie, du denkst immer, du müßtest etwas nur haben wollen. Vielleicht tut er dir gut.
Als Tullio den Kater sah, lachte er, schwarz wie eine Bombe ist er, sagte er, und so nannte N. den Kater »Bomba«. Das Tier folgte ihm, wenn er in den nächsten Tagen das Haus verließ, manchmal entfernte es sich, kam aber immer wieder. Sein Fell glättete sich ein wenig durch das reichliche Futter, der Kater ließ sich jetzt streicheln, schlug aber noch manchmal nach seiner Hand. N. dachte an nichts anderes als an den Kater, wie er ihn im Zug würde mitnehmen können, wie er ihn über die Grenze brächte, was sein würde, wenn er von zu Hause wegzog. Ihm war, als habe er diese ganze Reise, alle Wege in dieser Stadt nur wegen dieses Tiers unternommen, das ihm gegenüber zwar gleichgültig schien, ihn aber nicht verließ.
Die Luschkowska schien nervös in den letzten Tagen, oft ging sie noch spät abends leise aus der Wohnung, als wolle sie nicht, daß er oder die zwei, drei anderen Schlafgäste sie hörten.
Wirst du bald wegfahren? fragte sie ihn. Er hatte den Eindruck, als dränge sie ihn förmlich zur Abreise, er hatte auch schon erlebt, daß sie Gäste abwies, obwohl Zimmer leerstanden. Abends lag er auf seinem Bett, seine Zimmertür

hatte er einen Spalt offengelassen. Der Kater hatte sich neben ihm eingerollt. N. hörte es klingeln, mehrmals, dann die Schritte der Luschkowska und ein Gewirr von schimpfenden Männerstimmen. N. schaute durch den Türspalt. Da waren vier Carabinieri, in ihrer Mitte hielten sie Tullio, er hing zwischen zweien, vornüberschwankend, und aus seinem Mund lief Blut auf den Boden.

N. hörte das Geräusch der Tropfen. Die Luschkowska sprach ebenso scharf wie die Männer, sie schüttelte mehrmals den Kopf und N. sah, wie sie versuchte, den Schmied zu berühren. Er konnte die darauf folgende Bewegung der Polizisten gar nicht sehen, so schnell war sie, er hörte nur ein Klatschen und sah, wie die Luschkowska den Kopf zurückriß und sich die Hand vor den Mund hielt. Wörter gingen ihm durch den Kopf: erstarrt, wie gebannt, wie festgenagelt, wie vom Blitz getroffen, wie vom Donner gerührt, es gibt so viele Wörter, die erklären, warum man sich nicht bewegt, dachte er, stand am Türspalt und bewegte sich nicht. Die Carabinieri folgten der Luschkowska jetzt den dämmrigen Flur entlang, sie sagte nichts mehr. N. hörte das schleifende Geräusch von Tullios Füßen, von den Carabinieri sprach jetzt nur noch einer, der kleinste, seine Sätze endeten alle mit erhobener Stimme, es klang fast fröhlich. N. sah die Luschkowska nur noch von hinten, die grünen Rücken der Polizisten, Tullio zwischen ihnen, den Kopf so tief nach vorn gebeugt, daß es für N. aussah, als hätte er keinen mehr. Dann war die Wohnung auf einmal still, auf dem Linoleumboden des Flurs glänzten die dicken, dunklen Tropfen.

N. schloß die Tür lautlos, drehte den Schlüssel herum und zitterte, als er im Schloß knirschte. Ich habe ja mit nichts etwas zu tun, dachte er, ich kann's ihnen ja nicht einmal sagen, die können kein Deutsch, ich kenne die beiden doch gar nicht, dachte er und schämte sich, weil er es dachte. Aber er konnte sich nicht vorstellen, daß dies alles ohne Gründe hatte geschehen können, er dachte an den Satz vom Rauch und vom Feuer, aber da sah er wieder das Bild der Luschkowska, wie sie den Kopf zurückriß und die Hand vor den Mund hielt. Er hatte sich mitsamt seiner Angst eingesperrt, sie wuchs nun und N. konnte nicht mehr atmen, er hatte den Mund offen und der Kater sah ihm aufmerksam dabei zu, wie er lautlos nach Luft zu schnappen versuchte. Irgendwas muß doch gewesen sein, dachte er wieder, sie würden das sonst nicht so einfach machen, er entsann sich an die leisen Gespräche, an die späten Wege der Luschkowska. Jedes Zeitgefühl hatte ihn verlassen, im Zimmer war es schon fast dunkel, er hörte noch immer nichts, wie es weiterging wußte er nicht, der Kater wollte hinaus, aber N. konnte nicht einmal aufstehen. Als die Carabinieri gingen, taten sie es ruhig. N. wagte nicht, nachzusehen, ob sie die Luschkowska mitnahmen.

Er saß noch lange in dem dunklen Zimmer, in der leeren Wohnung, der Kater stand jetzt heiser miauend an der verschlossenen Zimmertür, er ließ ihn nicht hinaus, er saß bewegungslos auf dem Bett. Zehn Uhr, er hörte die Glocken von nahen Kirchen, zehn Uhr, er hatte keine Ahnung, wie lang er so auf dem Bett gesessen hatte. Der Kater war ruhig geworden und sah auf die Tür. N. stand auf und ging zur Flurtür, ließ den Kater hinaus, ging hinter dem Tier her auf die dunkle Straße. Er hatte Hunger. Als er in die Trattoria kam, schaute er sich nach Polizisten um. Während er eine Pasta aß, zählte er sein Geld.

Er hätte es noch einteilen können, aber er war entschlossen zu fahren, obwohl er sich dafür schämte. In die leere Etage ging er zurück mit einem bangen Gefühl, so, als läge in der Wohnung ein Toter. Der Kater war nicht zu sehen. N. packte seinen Koffer, die Kleider rochen muffig, sein Waschzeug war klebrig von Seifenschmiere, Haare vom Rasieren, die verquetschte Zahnpastatube, blind war das Leder des Beutels von seinen Griffen, es ekelte ihn vor seinen eigenen Spuren. Er wagte nicht, etwas zurückzulassen, sogar die leere Tube nahm er mit, keine Spuren, er zog sein Bett ab und faltete die Laken klein zusammen, legte das restliche Geld fürs Zimmer dazwischen. Er gab seinen Koffer auf, im hellen Gewimmel des Bahnhofs, im schützenden Lärm der Stimmen. An einem der Stehtische trank er einen Grappa.

Die Etage der Luschkowska hätte er nicht mehr betreten, um keinen Preis. Nur den Kater wollte er so schnell wie möglich holen. Der wartete schon, im nächtlichen Schatten kaum zu sehen, an der Tür des Hauses. N. wollte ihn auf den Arm nehmen, aber er sprang hinunter und folgte ihm wie immer in einiger Entfernung. Als es N. zu Bewußtsein kam, wohin er gegangen war, stand er schon vor dem winzigen Geviert

der Schmiede. Er wußte, daß Tullio die Tür nie verschloß. Auf dem Holzhocker sitzend, im matten Schein der ausglühenden Kohlen, den Kater zu Füßen, verbrachte N. seine letzte Nacht in Rom.
Auf der Rückfahrt blieb er fast die ganze Zeit allein im Abteil, dem Zugschaffner hatte er sein restliches italienisches Geld gegeben, dafür übersah der den schlafenden Kater in der Ecke. Manchmal wurde er unruhig, dann legte N. ihm ein Stück Zeitung auf den Boden und warf es anschließend aus dem Fenster. Als sie zur Grenze kamen, war es schon dunkel. N. hatte den Kater auf seine Jacke gesetzt und sie unter die Bank geschoben. Er hatte ihm auch ein Stück kaltes Huhn gegeben.
Ihm wurden die Hände feucht vor Angst, als er das Geräusch der auf- und zugeschobenen Abteiltüren hörte, das sich näherte. Er dachte an die Carabinieri in der Wohnung der Luschkowska, fragte sich, ob sie wieder zu Hause sei, versuchte, nicht mehr daran zu denken. Seinen Paß hielt er griffbereit, überlaut war das schnurpsende Geräusch, mit dem der Kater das Huhn zerkaute. N. zitterte, als er den beiden Beamten seinen Paß hinhielt, der Blick aufs Papier, ins Gesicht, aufs Papier, Rundblick durchs Abteil, die bläuliche Nachtbeleuchtung war N.'s einziger Schutz.
Koffer! sagte der eine und drehte dabei das Licht an, N. zuckte zusammen. Das schnurpsende Geräusch war verstummt, N. bekam den Verschluß des Koffers nicht auf, die schmutzigen Wäschestücke hatten sich im Reißverschluß verhakt, avanti, sagte der andere Grenzer, N. zog und hörte ein reißendes Geräusch von Stoff. Er wagte nicht auf den Boden zu schauen, hoffte, Bomba habe vor den fremden Stimmen Angst. Bevor sie dann gingen, schaltete der eine wieder die Nachtbeleuchtung ein, sagte freundlich: buona notte, N. fiel in die harten Sitze und weinte, konnte nicht mehr aufhören, zum erstenmal seit vielen Jahren. Er suchte nach dem Kater, Bomba, sagte er mit verheulter Stimme, er fühlte sich gedemütigt von seiner eigenen Angst, Bomba, sagte er lauter, als könne das Tier aus dem verschlossenen Abteil verschwunden sein. Aber der Kater saß ruhig unter dem Klapptischchen, den Rücken an der Heizung, und betrachtete ihn. Tränen- und schweißverklebt schlief N. auf dem Weg nach Hause. Manchmal hörte er im Halbschlaf, wie

an den Stationen die Tür auf- und wieder zugeschoben wurde.

Natürlich holte ihn keiner ab zu Hause am Bahnhof, er hatte ja niemandem mitgeteilt, wann er käme. Trotzdem war er enttäuscht. Er hatte sich zwar in den Morgenstunden zu waschen versucht, aber er sah in den Glastüren des Bahnhofs ein piratenhaftes Bild von sich, die Haare waren ihm in den Nacken gewachsen, sein Bart hing über die Mundwinkel hinunter, lose saßen seine Hosen und das Hemd an ihm, er hatte abgenommen. Hinter ihm lief, geduckt und ängstlich vor den fremden Geräuschen, aber unbeirrt, der schwarze Kater. N. fühlte sich stolz, auch alt, er hätte gern jemandem von der Reise erzählt, zu Hause würde er das Wichtige nicht sagen können.
Elfriede machte ihm auf, er hatte den Geruch in dem Haus, wo seine Großmutter wohnte, schon fast vergessen.
Bist du aber mager geworden in den drei Wochen, sagte Elfriede. Was ist denn das für ein Vieh?
Ist er endlich wieder da? rief die Großmutter aus dem Wohnzimmer, sie kam nicht so schnell in ihre Schuhe, warum hast du denn so selten geschrieben? Sie schaute ihn an, ein wenig zerstreut wie immer, aber bewundernd, und N. hatte sie lieb in dem Moment, alle hatte er lieb, es war wie eine Erschöpfung, er hätte Elfriede umarmen mögen, und seine Großmutter überblickte die Situation und sagte: Lassen Sie ein Bad einlaufen, Elfriede, und geben Sie diesem Tier ein bißchen Milch, hast du ihn wirklich von dort mitgebracht, er kann ja alle möglichen Krankheiten haben, beißt er, was frißt er, was hast du dir dabei gedacht. Du mußt dir die Haare schneiden lassen. Wir müssen dir etwas Neues zum Anziehen kaufen. Wann hast du zum letztenmal was Warmes gegessen. Sie hätte noch Stunden so weiterreden können, N. wurde nicht müde, ihr zuzuhören, ihren kleinen, hellen Befehlen und Fragen, auf die sie keine Antwort brauchte. Man muß sich halten, sagte sie, im Internat bist du die ganzen Jahre nicht verkommen, obwohl ich's befürchtet habe, aber nun schaffst du's in drei Wochen! Ich war ja gegen Italien. Und dann auch noch dieses Tier. Aber du hast ein gutes Herz, ich hab's deiner Mutter immer gesagt, sie hat es nicht geglaubt. Wie ein Mensch, sieh mal, wie er mich anschaut, und sie bückte sich,

um den Kater zu streicheln. N. zuckte zusammen, erwartete einen Pfotenhieb, aber nichts geschah.

Sie ist in der Buchhandlung, sagte die Großmutter, ich rufe sie an, aber du mußt dich erst waschen und was Warmes essen.

N. hatte erwartet, daß ihn seine Mutter ausfragen würde, vielleicht sogar in ihn dringen, er hätte eigentlich gern davon zu erzählen versucht. Aber sie sagte nur sehr flüchtig: Wie war's? und: Von deinem eigenartigen Souvenir hab ich auch schon gehört!

Da streichelte N. seinen Kater und schwieg gekränkt. Sie hatten sich ohne ihn eingerichtet, unwiderruflich, sie brauchten ihn nicht mehr. Was wußten sie schon von ihm. Zuletzt war er froh, daß er nichts erzählt hatte.

Es wird Zeit, daß du dich um die Uni kümmerst, sagte die Mutter in sein Schweigen hinein. (Was du nur immer für einen verkniffenen Mund machst, Lieber! sagte die Großmutter gleichzeitig.) Ich werd wohl mitfahren, ein Zimmer für dich suchen und einrichten!

Er hatte noch gar nicht angefangen, sich zu wehren, als seine Großmutter bekümmert sagte, der Monatswechsel könne leider nicht sehr groß sein, er müsse aber ein Bad haben, zumindest eine Dusche, sonst verkomme er ja, er müsse dann eben an anderem sparen. Noch vor einer halben Stunde hätte er seiner Mutter wahrscheinlich nur einen erfolglosen, schwächlichen Widerstand entgegengesetzt, die Sache mit dem Bad hätte er vielleicht sogar ernst genommen. Aber jetzt sagte er, er fahre allein, zunächst ohne Gepäck, er suche sich, was ihm passe, seine Sachen und den Kater hole er nach. Und ein Bad sei ihm scheißegal.

Du lieber Himmel, sagte die Mutter, das Männergehabe. Es läßt sich wohl nicht vermeiden. Und die Großmutter sagte, sie sei ja von Anfang an gegen die Italienreise gewesen, er sei ja nicht wiederzuerkennen, und mit dem Vieh finde er sowieso kein anständiges Zimmer!

Ein Glück, sagte seine Mutter, daß du so jung Abitur gemacht hast! Da kommst du ums Militär wenigstens fürs erste herum, vielleicht schaffen wir's mit Attesten bis zum vierten Semester. Nicht auszudenken, was du da noch alles mitbekämst an Albernheiten.

Er hatte nie mit ihr darüber gesprochen, aber es stand für ihn schon lange fest, daß er niemals zum Bund ginge. Nie mehr auch nur mit einem fremden Menschen in einem Zimmer schlafen, niemals diese Kleider anziehen, diese Mützen aufsetzen, den anstrengenden Dreck der Grundausbildung mitmachen, das Internat hatte ihm gereicht! Der erste Brief vom Kreiswehrersatzamt war schon vor seiner Romreise gekommen. Er hatte ihn ungeöffnet ins Klo gespült. Er hatte sich alle Tricks gemerkt: Pervitin und Kaffee, fang dir eine Syph, sag einfach, du bist schwul, du kommst aus dem Internat, da glauben sie's dir eh! Wach bleiben, Zucker in die Pisse kippen, kurzsichtig bist du? das ist eins a, da können sie dir gar nichts. Notfalls, dachte N., mache ich alles auf einmal.

Er wußte, daß er nicht alle Briefe ins Klo spülen konnte, irgendwann muß ich hin, aber erst geh' ich auf die Uni.

Wie bist du eigentlich auf M. gekommen? fragte seine Mutter, es wundert mich, daß du nicht nach Berlin wolltest oder nach München, ich in deinem Alter, sagte sie melancholisch. Zum erstenmal sah N. bei ihr zwei Falten, die, wenn sie den Mund geschlossen hatte, schräg nach unten verliefen und das Kinn rechts und links einrahmten. Das nahm ihrem Gesicht etwas von seiner trägen Undurchdringlichkeit, ließ es manchmal sogar etwas betulich erscheinen. N. freute sich über diese beiden Falten, ohne zu wissen warum.

Es war schwierig, in M. ein Zimmer zu finden. Erstaunt stellte N. fest, daß das Wort »Student« die jeweiligen Vermieterinnen überhaupt nicht beeindruckte, sondern eher zu ärgern schien. Auch die Fragen nach dem Beruf seiner Eltern und der Höhe seines monatlichen Wechsels machten ihn unsicher, vor allem wollten sie immer als erstes von ihm wissen, ob er auch am Wochenende nach Hause fahre. So lernte er ein neues Wort: »Wochenendfahrer«.

Er hatte sich zu Beginn seiner Suche keine Gedanken gemacht, welche Eigenschaften ein Zimmer hat, dessen Zweck es ist, vermietet zu werden. So lernte er auch erst langsam, wie wichtig der Zusatz »sep.« ist, welche Traurigkeit sich hinter dem Wort »möbl.« meist verbirgt, wie unmöglich ihm das sein würde, was als »Badben.« angeboten wurde. Er durchwanderte die Stadt mit dem unhandlichen, flatternden Stadtplan in der einen und der Zeitung in der anderen Hand. Bei

keinem der Angebote hatte er bisher Lust gehabt, von seinem Kater zu reden. Er bemerkte immer mehr junge Männer und Mädchen, die mit einem Stadtplan und einer Zeitung seinen Weg kreuzten. Es sind wieder viele, dachte er mutlos, wie im Internat. Später, am Stadtrand, suchte er noch eine Adresse, ein hügeliger Park mit einem Teich täuschte Luxus vor, die Verkommenheit der großen Villen bemerkte er nicht. Es war ein Viertel, das ihm gefiel, Gärten und kleine, ruhige Straßen, die jetzt, durch das Oktoberlaub, etwas Gedämpftes, wie Gepolstertes hatten. Auch die Namen der Straßen gefielen ihm, An der Rosenhalde, Am Tannenbühl, dreihundert Mark sollte sein Monatswechsel sein, hier sah es teurer aus. Er war überrascht, daß ihm nun zum erstenmal ein Mann die Tür öffnete.
Sie wollen das Zimmer anschauen, sagte er gleichgültig, kommen Sie nur mit. Das Haus lag in einem Garten, erst beim Näherkommen und Hinaufschauen sah N. durch die noch belaubten Zweige die vielen Erker und Türmchen.
Ein Scheißkasten, sagte der Mann, ich hab's geerbt, man kann nichts damit anfangen.
Mir gefällt es, sagte N., und war nun schon nicht mehr erstaunt, daß der Mann bisher keine der üblichen Fragen gestellt hatte.
Er war alt und ging mit nach außen gedrehten Knien und platt aufgesetzten Füßen, aber sein Gesicht sah viel jünger aus, trotz der weißen Haare, und seine Augen funkelten, als er von der Scheißerbschaft erzählte. N. wollte hier bleiben, obwohl er das Zimmer noch gar nicht gesehen hatte.
Sie hätten eine eigene Tür, sagte der Mann, mein Name ist Lukas! stellte er sich zwischendurch vor, und N. war einen Moment lang im Zweifel, ob es sich nicht um den Vornamen des Alten handle.
Man hat das früher so gehabt, sagte der, während er mit dem Schlüsselbund klirrte, es ist immer der letzte, sagte er zum Schlüsselbund und sperrte eine kleine Seitentür auf, die N. gar nicht gesehen hatte.
Das Zimmer ist auf dem Speicher, sagte Lukas oder Herr Lukas, aber Sie brauchen keine Angst zu haben, es sieht ganz manierlich aus, nicht nach Boden! Ein Ofen kommt noch rauf, es ist auch ein Klo da und eine Dusche. N. dachte an seine Großmutter und mußte lachen. Es war das erstemal bei

N.'s Zimmersuche, daß jemand ihm etwas erzählte und ihn nicht ausfragte, es schien Herrn Lukas nicht zu interessieren, ob er am Wochenende nach Hause fuhr.

Allein hätte N. das Zimmer so wenig gefunden wie die Eingangstür unten. Es war fast wie ein Geheimfach, eine verborgene Tür am Ende eines weitläufigen dämmrigen Dachbodens, der ihn an das alte Haus daheim erinnerte. Das Zimmer war aber dann ganz normal, es hatte nur ein ovales, mit weißen Sprossen sternförmig gefächertes Fenster, N. fiel nicht auf, daß keine Möbel in dem Zimmer standen. Es schien ihm das erste bewohnbare Zimmer, das er in dieser Stadt gesehen hatte, durch das Fenster schaute man hinunter in einen bunten Garten.

Ich habe einen Kater, sagte er zu Herrn Lukas, ich muß ihn mitbringen, er ist aus Rom!

Mir ist das egal, sagte Herr Lukas. Er schaute sich auf dem Speicher um, als habe er ihn noch nie gesehen und sagte: Kann sogar gut sein. Wegen der Mäuse. Das Zimmer kostet hundertzwanzig Mark. Es hat schließlich Bad. Der Ofen wird sofort gesetzt, wenn Sie es nehmen.

N. konnte nicht nein sagen, obwohl er genau wußte, daß es für ihn zu teuer war. Da nehme ich mir eben einen Job, dachte er, es war ihm aber nicht klar, daß er gar nicht anders konnte, wenn er dieses Zimmer nahm. Er sagte zu, Herr Lukas schien es von Anfang an erwartet zu haben.

Wie viele Leute wohnen noch hier? fragte er, denn durch die separate Treppe und den Speicher schien das Haus menschenleer. Herr Lukas lachte. Ich! sagte er. Mit Ihnen habe ich angefangen. Schwer zu vermieten, der Kasten! Das Zimmer, hab ich gedacht, krieg ich am ehesten los. Es muß auch umgebaut werden! sagte er und funkelte wieder mit seinen schwarzen Augen. Scheißerbschaft! Er habe ein nettes, kleines Geld gehabt, erzählte er, habe das in Nizza jahrelang friedlich verlebt, sowieso das einzige Klima für seine alten Knochen. Aber da sei ihm das passiert, seine Schwester, viel jünger als er selbst. Sein Frieden sei hin, er habe nie im Leben daran gedacht, sich einmal mit so was herumärgern zu müssen.

Warum haben Sie's dann nicht verkauft? fragte N.

Es ist mein Elternhaus! sagte Herr Lukas mürrisch, das verkauft man nicht! Sie scheinen ganz in Ordnung zu sein! sagte er dann plötzlich auf der Treppe, nicht so vorlaut.

Krach mag ich nicht! Sie können aber soviel machen, wie Sie wollen, setzte er hinzu, da oben können Sie Elefanten dressieren, da hört Sie kein Mensch. Anständig geschnittene Haare, sagte er und funkelte wieder, naja! Ihr macht doch, was euch paßt.
Sie waren schon am Gartentor angekommen, da sagte er noch: Die Mädchen hier in M. taugen auch nichts, Sie werden's schon noch sehen. In Nizza hatte ich eine Freundin, sowas von begabt! Aber ihr Buben merkt das ja noch nicht, habt keine Ahnung. Nix wie rein und raus, wie die Nähmaschinen. Talent, was wißt ihr schon! Und damit drehte er sich um und verschwand im Garten.
Erst auf dem Weg zum Bahnhof fiel N. ein, daß in dem Zimmer nicht ein einziges Möbelstück gestanden hatte, weiße, kahle Wände, in einem winzigen Kämmerchen daneben ein nagelneues Klo und eine Badewanne, sonst nichts. Was braucht man, dachte N., daheim kann ich's nicht sagen, ich werd's schon einrichten, und der Gedanke, in diesem kahlen, hellen Zimmer anzufangen, mit einem eigenen Eingang, mit Bomba und mit Herrn Lukas, freute ihn. Man braucht ja kaum Möbel, als Bett tut's eine Matratze, einen Tisch werd' ich schon finden, man kann auch auf dem Boden sitzen oder auf dem umgekippten Papierkorb, auf welchem Papierkorb? dachte er, ich hab schließlich ein Bad, ich kann gar nicht verkommen! Und er lachte und lachte.
Er hatte zunächst seinen Koffer mit den kleineren Sachen nach M. geschafft, Bücher, Kleider, seine Angel, mit der er auch damals im Internat nie geangelt hatte, die ihm aber als Einrichtungsgegenstand wegen ihrer sportlichen Fröhlichkeit wichtig schien. Eine zweite Ladung war von seiner Muter mit Fracht gekommen: Geschirr und Bettzeug, ein Kocher, Läufer, eine Lampe. Du sollst es doch ein bißchen persönlich haben.
Das Aussehen seiner Umgebung war ihm aber eigentlich gleichgültig, denn er hatte nie die Erfahrung gemacht, sein Ich, sein Inneres, durch die Einrichtung eines Zimmers andern zu erklären. Zuhause, da hatte es das Haus gegeben, unveränderlich, das mit Schönheit oder Häßlichkeit, mit Geschmack oder Grobheit für ihn gar nichts zu tun hatte. Das Zimmer im Internat dagegen war nur eine Unterkunft gewesen. Die kleinen Schönheitsversuche der Internatsschü-

ler, die Plakate und Waffen, billigen Wandbehänge und Pinups hatten ihn nie interessiert.

Herr Lukas erlaubte ihm, im Keller nach Gegenständen zu suchen, die er brauchen konnte.

Machen wir's eben möbliert, Sperrmüll ist modern, hatte Lukas gesagt und ihm den Schlüsselbund in die Hand gedrückt. Da waren die Reste vieler Zimmer zu finden, ein Bettgestell, Regale und Schränke, ein Tisch, Stühle, mehr als er brauchen konnte, ein kleiner geschlossener Kasten, auf den er seinen Kocher stellen konnte, ein Brett hatte er an der Wand befestigt und stellte Kanne, Tassen und Teller drauf. Abends war es dann ein richtiges Zimmer. In der Ecke stand, wie von Lukas versprochen, ein kleiner gedrungener Ofen, neben ihm eine Kohlenschütte, das Ofenrohr glänzte neu. N. hatte noch nie einen Kohleofen geheizt, Lukas hatte ihm die Briketts gezeigt, nun war es seine Sache. Wenig später war das Zimmer grau von Rauch, aber der Ofen brannte endlich ruhig, N. hatte die Kaminklappe gefunden, es begann sich ein wenig zu erwärmen. Eigentlich habe ich nie was gelernt, das ich hätte brauchen können, dachte er. Am nächsten Tag fuhr er noch einmal nach Hause. Die Fragen nach seiner Einrichtung beantwortete er nicht, im Gesicht seiner Mutter sah er Mißtrauen.

Schrecklich, wenn die Kinder erwachsen werden, klagte die Großmutter, es geht so schnell, und man steht daneben und kann nichts tun.

N. bemerkte zum erstenmal, daß sie überall in ihrer Wohnung kleine Rähmchen aufgestellt hatte, samtbezogen oder golden, in denen bis zur Unkenntlichkeit kolorierte Kinderbilder steckten. Er? Seine Mutter? Der Großvater? Sie waren nicht auseinanderzuhalten, wahrscheinlich aber waren es Bilder von ihm selbst, wie eine stumme Mahnung, als sei es seine Schuld, daß er älter geworden war, als sei das Erwachsenwerden eine Gemeinheit gegen die Erwachsenen.

Seine Abreise mit dem Kater kam ihm wie eine Flucht vor. Aber die beiden Frauen wollten ihn bald besuchen, ich muß es schon gesehen haben, mein Lieber, sagte die Mutter, du brauchst jetzt nicht zu denken, du könntest so plötzlich alles allein. N. glaubte, daß sie gekränkt sei, aber sie lachte und sagte, er solle sich nicht so wichtig nehmen. Reisen war der Kater schon gewohnt, wieder lag er ruhig im Abteil, die

Leine war überflüssig, aber N. genoß die Fragen der Mitreisenden, ohne es sich einzugestehen. Nun erst schien ihm der Wechsel vollzogen.

Der Ofen brannte anstandslos, der Kater erkundete den Speicher, N. schaute lang in die Dunkelheit hinter den Sprossen des ovalen Fensters. Sie sahen wie eine Sonne aus. Die Stadt, in der er sich jetzt befand, interessierte ihn bisher noch nicht. Er hatte nur ein paar breite Straßen gesehen, einen häßlichen, von Häusern bedrängten Dom, Gassen, die ihn oberflächlich an seine Heimatstadt erinnerten. Gassen sehen sowieso immer ähnlich aus, wo sie sind, ist nicht so wichtig. In seine Gedanken brachte er aber an diesem Abend keine Ordnung mehr.
Als er gegen Morgen aufwachte, spürte er das Gewicht des Katers auf seinen Füßen und merkte, daß der unter die Decke zu kommen versuchte. N. fror, von der Wand her kam eine Kälte, die es ihm unmöglich zu machen schien, das Bett zu verlassen. Er versuchte wieder einzuschlafen, sein Bedürfnis zu pinkeln hinauszuzögern, der Kater lag nun unter der Decke, ein angenehmes Gefühl an den erstarrten Füßen. Es konnte nicht spät sein, das Licht war noch blau hinter dem Fenster. N. fiel ein, daß er vergessen hatte, Kohlen in den Ofen zu füllen. Er stand nun doch auf, so hatte er nie in seinem Leben gefroren, obwohl es ja erst Herbst war. Der Ofen war ausgegangen, N. hatte keine Ahnung, wie oft er zu füttern war. Es machte ihm Mühe, mit seinen klammen Fingern das Papier zu knüllen und zum Anheizen aufzuschichten, er nahm es noch einmal heraus, weil er vergessen hatte, die kalte Asche auszuräumen. Brenn! sagte er, brenn doch! Von seinem Stolz war nichts übrig. Das schien ihm alles zu teuer erkauft, wenn man fürs Alleinsein damit bezahlen mußte, an tausend Dinge selbst zu denken, die Socken, die Schuhe, der Elektrokocher, Wasser holen, der Nescafé, der Doppelstecker, ein warmer Pullover, eine Rasierklinge, ein Messer, ein Stück Brot. Alles häufte sich um das Eigentliche, um dessentwillen man die Dinge tat, häufte sich solange um das Eigentliche, bis es erstickte und nicht mehr zu sehen war. Er hätte sich gern wieder ins Bett gelegt, das noch immer der Kater wärmte, unsichtbar. Frei sein und faul bleiben! sagte N. laut, ohne zu lachen.

Die Universität von M. lag etwas außerhalb der Stadt auf einem »Berg« genannten Hügel, die Anlage hatte früher als Flakkaserne gedient und so sah sie auch aus. Breite, flache, graue Gebäude, im Geviert um Höfe gruppiert, in deren Mitte Rabatten mit verwelkten Blumen und traurige, trockene Brunnen eine Atmosphäre akademischer Heiterkeit herstellen sollten. N. hatte ein Bündel Papier unterm Arm, das Vorlesungsverzeichnis, die Einschreibungsunterlagen, ein Dutzendmal Beruf des Vaters und Mädchenname der Mutter, Konfession und Impfung, Geburtsdatum, Geburtsdatum. Aber das Vorlesungsverzeichnis hatte N. verblüfft, es las sich für ihn wie eine fortlaufende Geschichte. Ein Professor der Germanistik lehrte zum Beispiel die »Anverwandlung traditioneller Themen im Rosenkavalier«, N. konnte sich nicht vorstellen, daß einer nur darüber ein halbes Jahr reden könne, in winzige Splitter war jedes Gebiet zersprengt, wenn man dies nun nicht hörte, sich jenes nicht aufsammelte, war es vorbei, unwiderruflich, man würde es nicht lernen, nichts davon erfahren. Er fühlte sich bedrängt, fast verzweifelt, als er merkte, daß Stunden sich zeitlich überschnitten, deren Themen ihm unverzichtbar erschienen, obgleich er sich gar nichts unter ihnen vorstellen konnte. Wie verläßlich klang dagegen »Einführung ins Gotische« oder »Einführung ins Mittelhochdeutsche«. N. beschloß, vorne anzufangen, mit Gotisch, leider war das dreimal in der Woche morgens um acht.

Er saß auf einer der langen Bänke vor dem Sekretariat, die andern Anfänger versuchten auszusehen, als seien sie auch nur mal so hier, keineswegs zum erstenmal, N. versuchte es auch, und so schauten sie einander verlegen über die Köpfe und legten Bücher und Zeitungen über die Immatrikulationsunterlagen. Neben N. saß ein großer Neger mit buntem Hemd, gerade ihn bemühte N. sich nicht anzuschauen und drehte seine Augen doch nach ihm, bis sie ihm weh taten. Als er dran war, machte ihn die Eile und Beiläufigkeit dieser Prozedur traurig, die völlige Abwesenheit des Besonderen. Das Mädchen hinter der Barriere sortierte flink Stöße von Papieren, alle sahen gleich aus, sie schaute niemanden an und N. sah seinen Namen unter einem Stapel anderer verschwinden. Aber das Studienbuch freute ihn, mattgrün und glatt lag es vor ihm, sein Name (jetzt hatte er ihn wieder) stand drauf.

Neben sich roch er ein Mädchen, dann schaute er auch, sie war klein und füllig, mit einem Schopf rotblonder Haare und einer runden Brille. Er hätte das Mädchen gern eingeladen, wäre jetzt gern mit jemandem gegangen, vielleicht auch mit dem Neger.

N. hatte beschlossen, keinen nach dem Weg zu fragen, Mensa, Bibliothek und Hörsäle selbst zu finden, einen ganzen Tag lief er über den Campus, niemand beachtete ihn. Mittags folgte er einem ununterbrochenen Zug von Jungen und Mädchen, die aus allen Gebäuden miteinander redend und lachend zum Mensabau gingen. N. beobachtete den Mechanismus, er fürchtete sich immer vor den festen, geheimnisvollen Abläufen, die es überall da gibt, wo viele ein und dieselbe Sache tun sollen. Es irritierte ihn, daß er die Reihenfolge solcher Abläufe nie verstand.

Schon oft hatte er nach geduldigem Warten in einer Schlange vor einem Schalter gestanden und erst am Ende des Wartens erfahren, daß es bloß der Anfang sei und zwar der falsche, weil irgendetwas vorher hätte getan werden müssen. Auch im Mensagebäude stand eine ruhig nachrückende Schlange, die sich sogar über mehrere Treppen hinzog und deren Ende er gar nicht sehen konnte. Aber er reihte sich nicht ein, durch seine früheren Erfahrungen war er vorsichtig geworden, er durchforschte das Gebäude rechts und links der Schlange und fand tatsächlich einen kleinen halbverborgenen Schalter, an dem lila Märkchen wie Kinokarten verkauft wurden. Erst ein solches Märkchen berechtigte dazu, eine Mahlzeit in der Mensa einzunehmen. Es kostete eine Mark fünfzig, das erschien N. billig, hundertzwanzig das Zimmer und für vierzig Mark ein Mittagessen an jedem Wochentag, da blieben ihm noch hundertvierzig Mark für den ganzen Rest, fünf Mark am Tag, und das erschien ihm dann wieder wenig.

Er mußte (nun mit dem lila Märkchen, aber es hätte ja noch etwas anderes fehlen können) nicht allzulange warten, Stufe für Stufe. Auf Treppen zu warten, machte ihn unsicher, er fühlte sich wie auf einem Seil, die dicht gedrängt um ihn Stehenden schienen ihn nicht zu schützen, er hatte Angst, zu fallen. Die vielen lateinischen Wörter, die in der Universität benutzt wurden, waren ihm früher immer heiter erschienen, Mensa und Campus, für ihn lag etwas Vagantenhaftes darin.

Aber nun stand er in dieser Mensa und konnte den kalten Saal nicht mit dem heiteren Wort in Verbindung bringen. Obwohl alles weiß war, die Tische und Stühle, die Decke, der Fußboden und die lange Theke, machte der Raum einen schmutzigen, verkommenen Eindruck, die einzigen Farben, die in dem Weiß um so deutlicher auffielen, kamen von verschüttetem oder halbzertretenem Essen.

Die ersten Wochen auf der Universität vergingen ihm schnell, mit einer Art Betäubung registrierte er sich selbst, seine Wege wiederholten sich wie im Internat, sein Tag war ausgefüllt mit Stunden. Manchmal war zwischendurch eine frei, da saß er dann in der Bibliothek des Deutschen Instituts und las irgendwas, denn um draußen zu sitzen war es schon zu kalt. Gegen Nachmittag ging er dann nach Hause, jeden Tag, der Kater Bomba erwartete ihn schon, schnurrte, und miaute ihm eine Viertelstunde lang etwas vor. Es gab Abende, da war es das einzige Geräusch, das er hörte. Er hatte gelernt, mit dem tückischen Kohleofen umzugehen, jeden Abend legte er Briketts hinein, die er in nasses Zeitungspapier gewickelt hatte, morgens um vier stand er schläfrig auf, um nachzulegen.

Herrn Lukas sah er selten. N. war in seiner Speicherstube ganz sicher, und ungestört konnte auch der Kater auf dem Speicher und auf dem Dach herumstreifen. Von den »Kommilitonen« hatte N. noch kaum jemand kennengelernt. Zwar saß man nebeneinander beim Essen, fragte wohl auch hin und wieder verlegen nach dem Titel eines Buches, dem Termin einer Veranstaltung. Sie waren alle darauf aus, nichts Wichtiges zu versäumen, keinen Vortrag, keine Gastvorlesung, wie in der Schule liefen sie noch eifrig allem hinterher. Es war wichtig, pünktlich zu sein, überall dort zu sitzen, wo die andern saßen, schnell und viel mitzuschreiben. Auch N. tat das, immer mit dieser Betäubung im Kopf, was da gelehrt wurde, verstand er nicht, er brachte die einzelnen Stunden auch nicht miteinander in Beziehung, es war eben wie in der Schule. Er staunte, daß es denen nun gelang, dieselbe Zersplitterung, die es in der Schule zwischen den einzelnen Fächern gegeben hatte, nun in einem einzigen Fach zu machen. Zwischen dem kleinen Herrn, der Benns Gedichte mit einem Schluchzen in der Stimme vortrug und zornig wurde, wenn einer im Auditorium sprach, und dem müden, farblosen Mann, der morgens um acht über die Pund-Pfund-Linie sprach und dem es offenbar gleich war, ob man ihm zuhörte oder nicht, schien genau so wenig Verbindung zu bestehen wie zwischen Chemie und Zeichnen oder Turnen und Deutsch. N. spürte manchmal, wenn er in der Mensa saß und die andern neben sich und um sich essen sah, denselben Zorn wie im Speisesaal des Internats.

Unter all den Leuten, die so alt waren wie er und immerhin Ähnliches planten und taten, fühlte er sich vollkommen allein. Es ging, das sah er, nicht nur ihm so, sondern auch andern, die er allein in der Bibliothek oder in der Mensa sitzen sah, in der Bibliothek hatten sie sogar kleine Festungen aus Büchern und Ringheften um sich aufgebaut, Verteidigungswälle, hinter denen sie sich tief auf die Tische duckten, die Mädchen hatten noch zusätzlich Haarvorhänge, man sah ihre Gesichter oft stundenlang nicht.

Am schlimmsten waren die Sonntage. Er versuchte, sie zu verschlafen, kaufte sich samstags den billigen Rotwein aus dem Konsum, lesen, Radio hören, die Stunden zerdehnten sich, er wagte es noch nicht, nach einer Kneipe zu suchen, dabei hatte er gehört, daß gerade M. berühmt sei für seine Studentenkneipen. Der Kater leistete ihm Gesellschaft, maunzend und schlafend, manchmal lag er stundenlang hinter ihm auf dem Bett und N. spürte die warme, weiche Rundung des Katzenrückens. Bis zum Sonntagabend war er dann ein wenig betrunken.

Wenn er jemanden wie Lise gehabt hätte. Seine Liebesgeschichte, an die er sich ohne ihr Ende erinnerte, kam ihm weit entfernt vor, als sei es Jahre her, daß er mit Lise im Flußnest gesessen, sie umarmt, mit ihr geschlafen hatte.

Oft rief er an solchen Abenden seine Großmutter an, staunend merkte er, daß ihre Stimme ihm wehtat, daß er sich nach ihr sehnte, auch nach Elfriede. Aber auf seine Mutter war er böse, als sei sie an etwas schuld, vielleicht nur an seiner hilflosen Traurigkeit, er hatte immer öfter das Gefühl, im Kreis zu laufen: Aufstehen, den Kater füttern, den Ofen anheizen, viele Stunden in verschiedenen Räumen verschiedenen Dingen zuhören, die er nicht wissen wollte, die ihm ihren Sinn nicht offenbarten.

Eine einzige Vorlesung gab es, die ihm gefiel, die jenes kleinen wütenden Herrn nämlich, der über Benn erzählte. Er schluchzte tatsächlich, wenn er Gedichte rezitierte, manchmal konnte er gar nicht weitersprechen vor zorniger Rührung. N. sah vom Hörsaal aus immer nur den großen Kopf, der oft rot anlief und über dem eine duftige, weiße Haarmähne wie nicht dazugehörig schwebte, sanftes Wolkenhaar über einem knolligen, zornigen Kopf. N. stellte sich die wirbelnden Straßen und Plätze Berlins vor, Englisches Café eins und zwei, und sehnte sich nach etwas, das dem glich. An einem Tag gab der Professor mit murrenden Mahnungen zur Behutsamkeit eine dünne Broschüre durch die Reihe der Studenten, das waren die Morgue-Gedichte in der ersten Ausgabe. N. hielt sie lange in der Hand, bis ihn das Mädchen neben ihm zur Weitergabe mahnte.

An diesem Tag machte er eine Entdeckung. Auf dem Gelände der Universität, halb verborgen hinter einem schmalen Kellereingang, gab es ein Lokal, ein langes, schmales, nach Bier riechendes Gewölbe. Nicht die ersten Semester saßen da, sondern Ältere, auch Korporierte, die ihre Bänder trugen, obwohl das Farbentragen auf dem Unigelände verboten war. N. hatte durch Zufall da hingefunden, es betäubte ihn, als ihm aus der vorsichtig geöffneten, verschwiegenen Tür eine Welle von Lärm und Rauch entgegendrang, er wagte erst hineinzugehen, als er sich in der Scheibe der Tür gespiegelt sah, groß und schwer und nicht jung aussehend. Er setzte sich ganz vorn an einen Tisch. Gerade weil er einen Wald von gelbgefüllten Halblitergläsern sah, bestellte er kein Bier, schon die Farbe war ihm widerlich. Der Wein kostete eine Mark sechzig, und N. trank ohne Mühe vier oder fünf Gläser, war es auch nicht gewöhnt, über Geld nachzudenken. In den folgenden Tagen kam er jeden Nachmittag hierher, in die Taberna, seine finanzielle Lage wurde dürftig, er beschränkte sich auf weniger Wein, aß nur noch einmal am Tag in der Mensa, lebte im übrigen aus den Paketen, die er von zuhause bekam. Einmal saß einer an seinem Tisch, der auch Wein trank, ein Kleiner mit einem mächtigen Bart und Knopfaugen, sein Kopf steckte zwischen hochgezogenen Schultern, so daß er aussah, als ob ihm dauernd vor etwas ekle.

Warum er denn das teure Zeug saufe, fragte der ihn, er habe scheint's keine Ahnung von den Gewächsen der Gegend, was er da trinke, sei aus dem größten See der Welt, dem Kalterer See, und da werde, wie man wisse, der Wein aus Erbsen

gemacht. Er hingegen trinke hier die reine Natur, es wachse gerade um die Ecke, rauh sei es wohl, aber ehrlich, er rate ihm zu einer Umstellung, denn der schwerwiegende Grund komme noch, der Schoppen koste eine Mark, man könne also bei zarter Konstitution schon für fünf Mark ziemlich besoffen sein. Er allerdings brauche, durch jahrelange Gewohnheit, acht bis neun Mark, das sei das Alter.
Was er denn studiere, fragte N., denn der Kleine gefiel ihm. Das fragen die ersten Semester immer, antwortete der andere traurig, er könne es ihm beim besten Willen nicht sagen, er habe öfter die Richtung geändert, was er zur Zeit tue, sei ihm entfallen.
N. dachte, wenn ich schon länger hier wäre, würde er mir den Blödsinn nicht erzählen. Aber er war doch froh, daß sich der andere mit ihm unterhielt, so wie den hatte er sich die Leute an der Uni vorgestellt, nicht wie die langen Reihen eingebauter, grauer Schatten hinter ihren Bücherwehren im Deutschen Seminar.
N. traf ihn öfter in der Taberna, Pat und Patachon, sagte der Kleine, wenn sie sich auf dem Campus begegneten und nebeneinander gingen. Er nannte sich Marnie, hatte einen ziemlich hohen Monatswechsel, eine hysterische Mutter, wie er erzählte, und eine gründliche Verachtung für seinen Vater, von dem er lang nicht sagte, womit der sein Geld verdiente. Kapitalistenschwein, sagte Marnie, Ausbeuter, sein größtes Elend ist, daß er nur mich zum Sohn hat.
Er besuchte N. in seinem Zimmer, lobte es sehr, ich verstehe gar nicht, wie so ein freshman ein solches Glück haben kann. Er erzählte von Artaud und Léautaud, N. kannte davon nichts, wagte aber nicht, Benn zu erwähnen oder Rilke, weil er fürchtete, dann für spießig gehalten zu werden. Den Kater Bomba mochte Marnie. Wenn er ihn sah, wurde er für einen Moment lieb, sagte kleine, kindliche Worte zu ihm und schmuste mit dem Tier. Du bist ja exotisch, sagte er zu N., ein solches Zimmer und einen Kater, das hätt ich damals noch nicht gebracht.
Natürlich sei er Kommunist, sagte er, aber N. konnte nicht antworten, als Marnie ihn nach seinem politischen Standpunkt fragte.
Er dachte flüchtig an seinen Großvater, an den »Spuk«, nach dem er geboren war. Es kommt nie etwas Gescheites dabei

heraus, die blauen Herren von der Partei, geholfen hat einem dann ja keiner, hatte die Mutter gesagt und es klang wie ein Triumph. Da siehst du's, Adenauer war senil, Erhard nicht ernstzunehmen, die Gewerkschaften treiben die Preise, die Kommunisten haben ein Gefängnis aus Deutschland gemacht, der Südwind/ der weht/ und der Stalin/ der steht/ an der Wolga/ da steht er/ voll Bangen/ sein Heer/ ist gefangen/.

Ich weiß es noch nicht, sagte N.

Du hast es schwerer als ich, sagte Marnie nachdenklich, du hast zu wenig mitbekommen, wenn du keinen Vater hast. N. widersprach ihm nicht, das tat er selten, er hörte ihm nur zu. Er war sicher, daß er es schwerer hatte als Marnie, aber aus ganz andern Gründen, die er selbst gerade erst kennenlernte. Er hatte immer noch dieses Unbeweglichkeitsgefühl, dieses Warten, als platze er eines Tages auseinander, als steige er dann selbst aus sich heraus, ein schlanker, wendiger Verstand.

Eigentlich begriff er nicht, warum Marnie von Politik redete, ihn aufforderte, zu Studentenversammlungen mitzugehen, wo immer einer schrie: Zur Geschäftsordnung! und wo er der Folge von Anträgen, Begründungen und langen, ernsthaften Referaten weder folgen mochte noch sie verstand. Es schien ihm wie ein Spiel und so, als wisse nur er davon und der rosablonde, fette Astavorsitzende, der oben in der Aula auf dem Podium saß und nicht zu grinsen aufhörte.

Eines Morgens (es war nun schon längst dunkel, wenn er nach Hause kam, und noch immer, wenn er aufstand), an einem dieser dunklen Morgen sah N., daß es geschneit hatte, ein Licht fiel von der weißen Fläche in sein Zimmer. Der Kater lag zusammengerollt auf der Bettdecke, N. hatte am Abend zuvor sehr spät nachgelegt und das Zimmer war noch angenehm warm. Er blieb im Bett, obwohl es schon sieben war, und die »Einführung ins Gotische« unerbittlich um acht begann, dreimal in der Woche.

Was ist schon, wenn ich nicht hingehe, dachte er, was soll ich da sitzen und mitschreiben, es steht eh alles im Buch, vor der Klausur les ich's mir durch, die eine Stunde, die andern machen's genauso. Tatsächlich hatte sich der Hörsaal von Woche zu Woche geleert, dem Dozenten schien es nichts auszumachen. N. blieb also liegen, schaute in den Garten, streichelte Bomba und genoß sein schlechtes Gewissen. Er beschloß, auch die Philosophievorlesung ausfallen zu lassen, die Ethik des Nikolai Hartmann langweilte ihn, er verstand sie nicht, und die wenigen Dinge, die er verstand, gefielen ihm nicht. In das Benn-Seminar wollte er gehen, das war erst mittags, er mußte also nur in die Mensa und konnte den Vormittag im Bett bleiben. Er kochte sich Kaffee, richtigen, und aß bittere Orangenmarmelade aus dem Glas, süße Kekse dazu und hinterher ein Stück Salami, Vorräte aus den Paketen seiner Großmutter.

An diesem Morgen im Bett, während es langsam heller wurde, dachte N. daran, daß er immer noch kein Mädchen kannte auf der Uni, ein paarmal hatte er in der Taberna mit welchen gesprochen, aber sie gefielen ihm alle nicht, viele waren so mausartig und beflissen und redeten immer übers Philosophikum und wollten es alle über Descartes machen, was N. nicht verstand. Sie schauten ernst und meist durch eine Brille und hatten Sardellenhaare und Faltenröcke. Die »Einführung ins Gotische« war fast hauptsächlich von ihnen besetzt, sie schrieben alles mit, vorgebeugt, mit Zungenspitzen, die zwischen den Lippen den Zeilen folgten.

Es gab auch andere, die schnell und mit fliegenden Haaren über den Campus liefen, mit langen Beinen und winzigen Röcken, sie hatten ihre Bücher nicht in Taschen, sondern mit Riemen zusammengebunden oder in Hebammenköfferchen. Die gefielen ihm, aber er hatte Angst sie anzusprechen, fast immer waren sie auch mit Jungen zusammen, redend und lachend. In der Mensa aßen sie nie allein.

Mit Marnie hatte er darüber erst einmal gesprochen, aber der war, anders als sonst, schweigsam gewesen und etwas verlegen, er hatte nur kurz etwas erzählt von »grade Schluß gemacht«, er habe die Weiber satt, N. werde es auch noch merken. N. dachte an die Luschkowska und es tat ihm weh. Dann mußte er an Heinrich Luser denken und lachte, denn er hatte es streng untersagt, lange im Bett zu liegen, man bekäme nur unnütze Gedanken davon.

Später, als er zum erstenmal seit Wochen sein Zimmer aufräumte, den Boden kehrte, Schuhe, Socken, Keksschachteln und Flocken von Katzenhaaren unter dem Bett hervorzog, wurde er traurig. Sein Zimmer schien ihm plötzlich kalt und feindselig. Es hatte in dem weißen Schneelicht keine

Farben mehr, nur Kippen und Flaschen, Wäsche und Papier waren plötzlich überdeutlich. N. hatte oft im Internat Putzdienst gehabt, deine Frau kann sich mal freuen, sagte seine Mutter. Aber sie wußte nicht, daß er lieber einen Teil seines Taschengeldes dafür gegeben hatte, um es nicht selbst machen zu müssen.

Er geriet in eine Art Panik, als der Schmutz und die störenden Gegenstände nicht weniger werden wollten, als seien sie festgeleimt. Er war nicht gewohnt, sein Zimmer so zu sehen: die Dunkelheit hatte es bisher verschönt. Sein Zimmer im Schneelicht, vielleicht spiegelte es ihn selbst, farblos, ohne Wärme und Schatten, ohne Geheimnis. Er schob Bücher auf einem Haufen zusammen, bezog das Bett neu, die Farbe des Bezugs, ein trübes Rot, machte alles nur noch schlimmer, er legte eine Decke drüber und bemühte sich, sie glattzuziehen. Leere Dosen und Papier sammelte er ein, suchte auf dem Speicher einen Karton, um den Abfall hineinzutun, fand einen und stellte ihn vor die Zimmertür. Seine Wäsche hatte er regelmäßig heimschicken sollen, es waren schon Briefe gekommen. Aber er hatte kein Packpapier, und ein Paket zu packen, schien ihm wie eine unlösbare Aufgabe, andererseits hatte er kaum noch Unterhosen und gar keine Socken mehr. Auch die schmutzige Wäsche packte er in einen Karton und stellte ihn hinaus.

Er schaute sich um, das Ganze sah besser aus, glatte Flächen, ein Besen stand auf dem Speicher, damit kehrte er die Katzenhaare hinaus, dann schwitzte er von all dem und stank. Er badete in der kleinen Wanne, das Bad war kalt an diesem Morgen, an der schrägen Decke glänzte Eis. Seine Haare, rauh und fellartig, fühlten sich stumpf an, sie hingen über den Nacken, er wusch sie mit Seife, dann merkte er, daß er sich schon länger nicht rasiert hatte. Er begann sich zu freuen an all diesen Verrichtungen, das hatte er immer gemacht, wenn er etwas abschließen wollte, wenn er etwas beginnen wollte, immer hatte er versucht, sich für Minuten in seinem ihm sonst so fremden Körper einzurichten, es mit ihm noch einmal zu versuchen. Aber als er sich abseifte, spürte er die Wülste seines fleischigen Rückens, seine ein wenig schlaffe Brust, nicht er war es, der aus all dem zusammengesetzt war, dazu verurteilt, für immer mit diesen Beinen zu laufen, auf diesem Hintern zu sitzen, diesen Hals zu drehen, nicht wirklich er.

Früher hatten sie ihn abgelenkt vom Gedanken an dieses Gehäuse: Laß ihn nur, hatten sie gesagt, ist er nicht niedlich, das wächst sich schon aus.

Als er rasiert war, bis auf seinen Schnauzbart, den er mit der Nagelschere schnitt, die Haare weich und fliegend, saubere Hosen und einen weichen Pullover anhatte, mochte er sich wieder. Bevor er zur Uni fuhr, ging er noch in einen Blumenladen und kaufte einen kleinen, blühenden Kaktus.

Es war kalt geworden, der Schnee lag aber noch dünn und verschwand sofort, wo Leute gingen. Weiß leuchteten nur die Parks, an denen N. vorbeifuhr, der Krankenhausgarten und die Zwischenräume zwischen den Bahngleisen, die der Bus zur Uni kreuzte. Die Hörsäle waren überheizt und rochen nach Mänteln, er schlief fast im Benn-Seminar, die Wärme und die Luft betäubten ihn. Mit Marnie war er in der Taberna verabredet, manchmal pokerten sie oder spielten Skat. Pokern konnte N. gut, Skat verstand er nicht. An andern Tischen spielten welche »Chicago« und grölten, Spiele um Geld waren auf der Uni so streng verboten wie das Farbentragen.

Sein Gefühl des Wartens verstärkte sich von Tag zu Tag. Wenn er den andern beim Trinken und Spielen zusah, nicht darauf hörte, was sie redeten, nur ihren Bewegungen zuschaute, schien ihm, als spielten sie das Trinken, als spielten sie sogar das Spielen, und wenn er dann hinübersah zum Stammtisch des dicken Astavorsitzenden, kam es ihm vor, als ob der das auch wisse, als einziger.

An diesem kalten Mittag sah N. weniger Biergläser, die meisten hatten Glühwein vor sich stehen, es war noch lauter als sonst, und über der Theke drehte sich langsam ein Adventskranz in den Rauchwolken. N. hörte hinter einer der Säulen ein Mädchen sprechen, etwas daran kam ihm bekannt vor, nicht die Stimme, er vergaß es wieder.

Marnie war mit einem Mädchen gekommen, sie setzte sich neben N. und redete freundlich mit ihm, kennen Sie den Verrückten schon lang, sagte sie, immer unter Hochdruck wie ein Dampfkocher, es ist nicht auszuhalten mit ihm, aber sie lachte dabei. N. fand sie nicht hübsch, ein wenig dicklich, mit sehr glatten blonden Haaren, aber ihre träge, freundliche

Stimme gefiel ihm. Sie sei Psychologin, sagte sie, schon vor dem zweiten Examen. N. lachte und merkte, daß ihn der Glühwein betrunken gemacht hatte, ganz plötzlich wie ein Hieb. Er hatte sich noch nie so hilflos gefühlt und spürte, daß er kotzen mußte. Der Weg zum Klo schien ihm endlos, und als er zurückkam, war er blaß und schwitzte. Das Mädchen hinter der Säule schaute ihn an, er erinnerte sich wieder an die Stimme von vorhin, da schau her, sagte sie, der kleine Chef, und auch noch besoffen! und jetzt erkannte er die Stutz.
Ihre stolze Haltung, die sie schon als Kind gehabt hatte, die Königin der Gassen, die Herrscherin der Trümmergrundstücke, war ihr geblieben, ein gelenkiger Körper, ihr blasses Gesicht mit der kleinen, geraden Nase und den hellen Augen fiel nicht auf. Das einzige, was an ihr leuchtete, waren ihre langen, fuchsbraunen Haare.
Sie hatte N. längst auf der Uni entdeckt, schon vor Monaten, aber erst an diesem Abend schien ihr die Gelegenheit richtig, ihn anzusprechen. Sie war sich bewußt, daß sie ihn nur in einer Niederlage ertragen konnte. Es gefiel ihr, wie er da bleich und schwitzend mit unsicherem Gang durch die Taberna stolperte, er erschrak, als sie ihn ansprach. Als er dann aber vor ihr stehenblieb, schämte sie sich, sagte, man könne sich ja später einmal sehen, es gehe ihm scheint's nicht gut, man könne sich ja wieder hier treffen, sie wolle doch wissen, was er in all den Jahren getrieben habe. Eine direkte Anrede vermied sie, weil sie nicht wußte, ob sie ihn duzen sollte.
Was studierst du denn, fragte N. mühsam, es fiel ihm nichts anderes ein, er konnte sie ja nicht gut fragen, ob sie ihre kleine Schwester endgültig ersäuft habe.
Soziologie, sagte die Stutz, ich bin schon im vierten. N. ärgerte sich, weil es ihn beeindruckte, er wußte nämlich noch immer nicht genau, was die Soziologen eigentlich machten, er verabschiedete sich schnell und ging am Tisch der andern vorbei, ohne zu grüßen, in die Kälte hinaus, die seine Übelkeit ein wenig verminderte. Vom Rauch und dem klebrigen Glühwein fühlte er sich wie verschmutzt.
An diesem Abend rief er seine Großmutter an, obwohl er nur noch wenig Geld hatte. Fühlst dich wohl sehr allein, sagte sie, mir geht's auch so, ich denk viel an dich. Er hätte sie gern da gehabt. Wenn sie in der Nähe war, hatte er das Gefühl des

Wartens nicht, nicht einmal, wenn er nur ihre Stimme hörte. Umständlich fragte er nach Elfriede, nach seiner Mutter, die Münzen klapperten in den Telefonautomaten viel zu schnell, die kalte Telefonzelle kam ihm vor wie eine Wohnung, er wollte sie nicht verlassen. Als sie dann mitten im Gespräch getrennt wurden, hatte er den Eindruck, er habe ihr und sie ihm das Allerwichtigste nicht gesagt, aber er wußte nicht, was es war.

Die Weihnachtstage kamen, ohne daß er die Stutz wiedergesehen hatte. Zuhause vergaß er sie fast. Er war mit dem Kater heimgefahren. Die Mutter und die Großmutter verwöhnten ihn, als hätten sie ein schlechtes Gewissen, sie gingen viel mit ihm aus, seine Kleidung wurde erneuert, nicht einmal der Kater störte sie.

Ich muß mir unbedingt einmal dein Zimmer anschauen, sagte die Mutter, was du erzählst, klingt ja ein bißchen nach Spitzweg.

Einmal gingen sie zu dritt auf den Friedhof, weiß lagen die Gräber, wie große Kissen, die Kerzen an Christbäumchen brannten. Sie schauten auf das Geviert mit dem Stein, der in Goldschrift den Namen des Großvaters trug und den Hinweis auf einen Psalm. Die Mutter erzählte von einer amerikanischen Firma, die sich das ehemalige Geschäft des Großvaters, das Lager, sogar den Namen einverleibt hatte, man brauchte in der Stadt einen altbekannten Namen für eine solche Niederlassung, das Amerikanische mochten die Leute hier nicht so.

Der Onkel aus dem Sudetenland sei längst gestorben, sagte sie, seine drei grauen Töchter waren gute Partien, ältlich, aber reich. Das schafft und rafft, sagte die Mutter geringschätzig.

Auf dem Weg hinüber zur Stadt sprachen die beiden Frauen nur über Tote, behaglich und sachlich, als läsen sie aus einem Buch vor, viele davon kannte N. Dieses Abhaken erschreckte ihn, er versuchte, nicht hinzuhören, auch nicht, als sie begannen, die dazugehörigen Krankheiten zu beschreiben.

Silvester blieben sie zu Hause, es ist doch am gemütlichsten, sogar alte Freunde kamen, aber die waren weniger geworden und ihr Lachen klang ein bißchen brüchig. Es wurde nicht viel getrunken. N. hatte das Gefühl, als seien alle mit einem Schlag alt geworden, viele hatte er ja seit seiner Kinderzeit

nicht mehr gesehen, sie wußten nicht, wie sie ihn behandeln sollten und sagten ein ums anderemal, nun sei er also ein Student, es sei ja nicht zu fassen, alt werden wir, Tutti! Aber sie haben nicht gemerkt, dachte N., wie alt sie geworden waren.
Früher, als es nötig gewesen wäre, fuhr er nach M. zurück.

Gegen Semesterende merkte er, daß ihm das Geld ausgegangen war, er hatte einfach nichts mehr, verkaufte sogar ein paar Bücher, etwas anderes von Wert besaß er nicht. Zu essen hatte er genug, die Freßpakete von zu Hause sorgten dafür, aber er konnte nicht mehr ausgehen, er hatte sich sogar von Marnie schon fünfzig Mark geliehen, ohne zu wissen, wie er sie zurückzahlen sollte.
Es war ihm eigentlich nie ernst gewesen mit einem Job, aber nun ging er doch zum Schnelldienst, auch Marnie hatte das schon getan. Laß dir was mit Büro geben, hatte er ihm geraten, und andre meinten, kellnern sei viel besser, man verdiene mehr und habe freie Verpflegung. Es gab genügend Möglichkeiten, Glasfabrik, Gurkenfabrik, Papierfabrik, auch einige Kellnerjobs. N. wollte vor sich selbst nicht zugeben, daß er sich genierte, ihm brach schon jetzt der Schweiß aus, wenn er daran dachte, Bier servieren zu müssen, vielleicht sogar noch Leuten, die er kannte. Aber in den Fabriken fing die Arbeit immer um sieben an, er war ein Langschläfer geworden, er dachte auch an die Trinkgelder, man hatte ihm da von großen Summen erzählt.
Die Stutz grinste, als er davon sprach, der kleine Chef, sagte sie, das wenn sich dein Großvater hätt' träumen lassen, im Grab drehte er sich herum!
Die Kneipe, in der er dann einen Job annahm, lag in der Altstadt. Diese Altstadt war berühmt, aber N. gefiel sie nicht, sie hatte etwas Künstliches mit den engen, bunt angemalten Häusern, zu viele Lokale, vielleicht mochte er aber auch nur den Ton der Leute nicht, die von einer gefährlichen Gemütlichkeit waren. Vor allem an Fastnacht präsentierte sich die Stadt mit drohender Lustigkeit, wehe dem, der sich nicht amüsierte. Das fing immer schon um Weihnachten herum an, Vorbereitungen waren im Gange, einmal im Jahr ließen sich die Leute von M. nichts verbieten, verkleideten sich bunt und schminkten sich: Die untreue Ehefrau, der Ganove, der

Narr, alle durften öffentlich sein, N. war erstaunt, wenn man ihm stolz davon erzählte. Auch Herr Lukas ließ sich anstecken, warten Sie nur, Sie werden schon sehen.
Für diese Zeit sollte N. der Frau Wiese behilflich sein, ihr Lokal war zwar klein, aber wer auf sich hielt, ging hin, suchte sich die Zuneigung der lauten und unberechenbaren Frau Wiese zu erkaufen und, was noch schwieriger war, zu erhalten.
N. hatte ihr anscheinend gefallen, mit dem bekäme sie keinen Ärger, dachte sie wohl. Es hieß, sie habe sich aushalten lassen, das Lokal sei ein Freikauf gewesen. Aber niemand wußte Genaueres. Fest stand, daß sie auf Etikette hielt bei ihren Gästen, in mühsamem Hochdeutsch, und jedermann mit rüden Ausdrücken beleidigte. Auf ihr Aussehen achtete sie sehr, mit ihren fast sechzig Jahren konnte sie im milden Kneipenlicht für eine Vierzigerin gelten. Ihre etwas schwammig gewordene Figur steckte in ordentlichen Korsetts und engen Kleidern, das gab der ganzen Gestalt etwas Bedrängtes, Atemloses. Aber sie hatte gepflegtes Haar und schöne, dunkle Augen. Ihre römische Nase, wie sie sie nannte, steckte zwischen schweren Wangen, ihr Mund verkniff sich leicht, ihr Kinn war rund und flaumig von Puder. Sie lachte nie, nur manchmal, wenn sie es für passend und notwendig hielt, sagte sie ein strenges »Hihihi«, mit unbewegtem Gesicht und schriller Stimme. Sie trank wenig, weil sie fürchtete, die Übersicht im Geschäft zu verlieren und sich zu verrechnen. Ihre einzige wirkliche Leidenschaft war das Geld, sie galt als sehr reich und war wohl auch ziemlich wohlhabend, jammerte aber immer über Geldmangel, damit nicht etwa jemand anschreiben lasse.
N. merkte schon am ersten Abend, daß er auch bei dieser Arbeit ungeschickt war. Der gleitende, mühelose Ablauf, der ihm bei Frau Wiese so einfach und selbstverständlich vorgekommen war, das Aufnehmen der Bestellung, Heraussuchen der richtigen Flasche, des richtigen Glases (Da nimmt man Römer! Römer! Die mit dem grünen Fuß! Haben Sie denn zu Haus keine Lebensart gelernt?), das Eingießen, wer hatte jetzt diesen Wein bestellt? Noch einen, hier einen Bechtheimer, haben Sie was Liebliches? Aschenbecher ausleeren, leere Gläser abräumen, spülen, neue Bestellungen aufnehmen. N. vergaß immer die richtige Reihenfolge.

Außerdem schämte er sich vor den Gästen, Frau Wiese merkte das und ließ es ihn spüren. Sie wies ihn laut zurecht, bis sein Gesicht heiß wurde, sie machte das nicht böse, eher nachlässig lustig.
Manchmal baten ihn die Leute, sich zu ihnen zu setzen. Frau Wiese hatte nichts dagegen, aber er fühlte sich unbehaglich und wußte nichts zu reden. Seinen wenigen Bekannten, vor allem der Stutz, hatte er nicht gesagt, wo er arbeitete. Marnie hatte ihn nicht verstanden, er wolle ihn doch besuchen, klar, es tue N. sicher gut zu jobben, ihm, Marnie, seien auch erst in der Fabrik die Augen über einiges aufgegangen.
Aber die Stutz hatte gleich gemerkt, worauf es ihm ankam, du bist dir zu gut, sagte sie, auch wenn du's nicht wahrhaben willst, mit dem Geld hat das gar nichts zu tun. Sie wollte ihm gern zuschauen in dieser Kneipe, bei der Arbeit, so wie sie ihn auch erst angesprochen hatte, als er bleich und betrunken in der Taberna an ihr vorbeigestolpert war.
Sie war ein paar Abende hintereinander gekommen, mit Freunden, hatte lauter als sonst geredet und gelacht, die Wiese hatte ihr schon gesagt, sie sei eine Gans und solle sich nicht so aufführen. Aber die Stutz hatte an N. nichts finden können, seine Ungeschicklichkeit, über die er selber in Schweiß ausbrach, sah man ihm nicht an. Eines Abends war Marnie gekommen, sein Zorn, sein Haareschütteln und wütendes Spucken wirkte wie immer ein wenig künstlich. Mit der Wiese begann er zu streiten, als er hörte, was die N. zahlte. N. war verlegen darüber, aber Marnie hatte der Wiese gefallen, obwohl sie sonst keine Bärte mochte. Der wird noch mal was, sagte sie, der ist aus gutem Haus, aber nicht so lappig wie du. Sie duzte N. jetzt meistens.
Auf drei Wochen hatte er sich verpflichtet, es waren Semesterferien, tagsüber lag er im Bett, streichelte den Kater und stand nur auf, um etwas zu essen und den Ofen nachzulegen. Eigentlich hatte er eine Seminararbeit zu machen. Auf seinem Tisch lag ein verstaubter Stoß Bücher mit den rosa Schildchen der Unibibliothek, er veränderte ihre Lage nicht, auch das Papier, das er sich in einem ordentlichen Stapel zurechtgelegt hatte, blieb unbeschrieben, und er war erstaunt, wie schnell das oberste Blatt vergilbte. Durch seinen Job in der Kneipe hatte er kein schlechtes Gewissen, schon eine so winzige Verpflichtung, eine einzige kleine Regelmäßigkeit

erschien ihm wie eine erstaunliche Leistung, das Gefühl, irgendwo allabendlich sein zu müssen, machte ihn stolz.
Frau Wiese sah, was mit N. los war, sie hatte anscheinend Lust, sich an ihm für seine Abwehr zu rächen. Kein Geld zu haben ist keine Schande, sagte sie manchmal, aber keins verdienen zu können, kann ich de Leut net verzeihe! (Wenn sie wütend wurde, schimmerte kräftig der Dialekt durch ihr dünnes Hochdeutsch.) Oder: Sie könnten auch ein anderes Gesicht machen, de Gäst werd ja Angst, wenn Se so grimmisch gucke! Solche Dinge sagte sie fast zitternd vor Zorn, mit einer mühsamen Ruhe und Überlegenheit, ihr Korsett gab ihr Haltung, nahm ihr aber den Atem. N. verachtete sie und sie merkte es.
Für ihn war die Arbeit, die jeden Tag wiederkehrende Scham (am schlimmsten empfand er es, wenn er vor den Leuten Gläser spülen mußte) nicht so schlimm wie sein Gefühl, nur das zu haben, worauf er verweisen konnte, er begann die Lähmung, in der er lebte, immer deutlicher zu spüren, auch die Entfernung von dem, was ihn umgab. Am deutlichsten empfand er das, wenn er zuhörte, wie Marnie sich mit andern über Politik unterhielt, in dem Jahr sollten Wahlen sein, N. hatte sich nie besonders dafür interessiert. Die Feindseligkeit seiner Mutter gegen Politik fiel ihm ein. Er hörte zu und bemühte sich, aufmerksam zu sein, aber die Begriffe bewegten seine Phantasie nicht, er brachte sie nicht in Verbindung mit sich, Tariflohn und Kolonialismus, freie Marktwirtschaft und freie Meinungsäußerung, nie hätte er zugegeben, daß das alles ihn langweilte.
Manchmal, wenn er mit dem Kater allein in seinem Speicherzimmer war, fragte er sich, ob die andern, dieser Kreis und die, die an seinem Rand lebten, dazustießen und wieder wegblieben, ihm wichtig seien, mehr noch, ob er ihnen wichtig sei. Merkwürdigerweise schienen die andern ihn mehr zu beachten, seit er bei Frau Wiese arbeitete.
Nachdem er nun Geld verdiente, brauchte er keins mehr, er konnte ein wenig zurücklegen. Zuhause wartete man auf ihn, aber die Fragen, wann er denn käme, waren nicht dringlich genug, er war gekränkt, schrieb, er müsse jobben. Seine Mutter hatte nicht darauf reagiert, seine Großmutter schickte noch mehr Päckchen als sonst, es ging ihm wirklich nicht schlecht.

Ein vergilbtes Blatt hatte er schon weggeworfen von dem Stapel auf dem Schreibtisch, das zweite wurde allmählich genauso gelb. Es war frühlingshaft geworden, die Drei Tollen Tage begannen diesmal spät im Jahr und bei Wetterverhältnissen, die das Gewühl auf den Straßen bis in die Nacht, bis in den nächsten Morgen und wieder in die Nacht anhalten ließen.
Im Lokal der Frau Wiese, in dem kleinen, dunkelgetäfelten Raum, der trotz der Kreppapierschlangen und Papiermonde seine bürgerliche Behäbigkeit nicht verloren hatte, war mehr denn je zu tun. N. hatte seine Verpflichtung schon zum zweitenmal verlängert, er gehörte dazu, er war hier wichtig. Trotz Marnies Ermahnungen brachte er es nicht über sich, mehr Geld von der Wirtin zu verlangen.
Für diese Tage hatte sie sich rotes Haar machen lassen, sie trug sehr kurze, enge, glitzernde Kleider über Netzstrumpfhosen und zeigte gern ihre noch immer schönen Beine. Ihr freudloses, unbewegtes »Hihihi«! hörte man öfter als sonst, die Tür ließ in diesen Nächten immer neue Scharen bedrohlich lachender, verkleideter Leute herein. N. kam nicht nach mit dem Spülen und Flaschenöffnen, unversehens fand er sich auch oft an irgendeinen Busen gedrückt, ein Cowgirl biß ihn schmerzhaft ins Ohr, als er sich gegen die Umarmungen sträubte. Es war nicht ratsam, sich aus der allgemeinen Lustigkeit heraushalten zu wollen. Verkleidet hatte er sich nicht, trotz der heftigen Streitereien mit der Wiese, die darin einen neuen Beweis für seine Arroganz sah.
Als wenn de's net nötig hättst! sagte sie, du werst noch emal einsam sterwe wien Wolf!
Er verdarb ihr diese wunderbaren Tage, sie hatte die Preise erhöht, es gab nicht die lästige Polizeistunde, sogar Professoren kamen heiter und mit lockeren, freundlichen Manieren in ihr Lokal. Sie sagte auch ihnen ihre Frechheiten, wenn auch wohldosiert, deshalb waren sie schließlich gekommen. Alles in allem war hier nur ein ungefährlicher Abglanz von dem, was draußen vor sich ging. Da war nämlich nichts mehr freiwillig, die Tollen Tage bestimmten, wann getrunken wurde und gelacht, geküßt oder geschlagen, alles hatte seinen Platz, sein Kostüm, seine Zeit. Bei Frau Wiese war man in Sicherheit, ohne auf die Fröhlichkeit des Treibens verzichten zu müssen.

Als was gehen Sie denn? wurde N. dauernd gefragt, wenn er mit seinen dunklen Kleidern, ohne Papierhut, sich durch die Menge der Fröhlichen drängte.
Er fühlte sich von all dem ausgegebenen Wein fast die ganzen Tage betrunken. Frau Wiese war glücklich. Wenn die Kneipe dann gegen Morgen leer wurde, hatte sie lange zu zählen und ging mit einer Kassette, die sie fest an ihre gepanzerte Brust drückte, nach oben in ihre Wohnung. N. war froh, als er am Aschermittwoch in der Frühe durch den Park nach Hause gehen konnte. Er fühlte sich nicht gut, schwächlich und zittrig wie nach einer Krankheit, ein verkrampftes Gefühl im Magen ließ ihn immer wieder sauer aufstoßen. Du hast schon richtige Säuferbeschwerden, hatte die Wiese gesagt, du kannst den Wein ja abrechnen, brauchst doch nicht allen zu saufen!
Aber das Gefühl, während er trank, hatte er gern, das Elende, Schwache kam ja erst, wenn er damit aufhörte. Ein Hühnersüppchen hilft dir wieder auf die Füße, sagte die Wiese. Sie war ganz freundlich zu ihm in diesen Tagen, hatte ihm sogar verziehen, daß er nicht mitmachte.
Es ist dein Schade, sagte sie, wenn du nicht lustig sein kannst. Sie hatten noch dagesessen nach dem Aufräumen, immer stand hinter den gelben Butzenscheiben der Kneipe schon ein graues Frühlicht, aber es war nicht kalt draußen. Der Rauch zog in dicken Schwaden hinaus in die sanfte Luft und N. und die Wiese saßen am Tisch und aßen ihre Hühnerbrühe. Jetzt sah sie unter ihren roten Haaren so alt aus wie sie war, sie hatte sich von N. das Korsett aufhaken lassen und erzählte behaglich von zu Hause, von ihrer Zeit während des Krieges, vom Schwarzen Markt, von ihrer kurzen Ehe mit einem Soldaten, den sie kaum gekannt hatte und sehr lobte. Sie ließ N. gar nicht gern gehen.
Als er daheim in die kleine Straße einbog, müde und mit saurem Aufstoßen noch immer, sah er in der Nähe des Eingangs etwas Dunkles liegen. Er ging langsamer und noch langsamer, als wolle er den Moment hinauszögern, wo er das Dunkle genauer anschauen mußte. Der Kater lag auf der Seite, eine Verletzung schien er nicht zu haben, seine Zunge war zwischen den Zähnen sichtbar, aus dem Maul lief Blut. Als N. die Hand auf sein Fell legte, dachte er, wie kalt ein Fell sein kann, eine weiche Kälte, er hatte so etwas noch nie

gespürt. Er ging hinauf mit dem toten Kater auf den Armen, dessen Körper in seiner letzten Biegung verharrte, sich nicht mehr veränderte. Er legte ihn aufs Bett.
Den Rest der Nacht saß N. bei der Leiche des Katers Bomba, manchmal schlief er kurz ein, er legte sich aber nicht hin. Dann ging er ins Vorderhaus und fand Herrn Lukas, den er fragen wollte, was geschehen sei. Er brachte aber kaum ein Wort heraus. Das passiert halt in der Welt, sagte Lukas, schade drum. Ich hab ihn oft durch die Gärten streichen sehen. Viel Autos haben wir ja nicht hier, da war er's eben nicht gewöhnt und jetzt, in der Fastnacht, da geben sie nicht so acht, man kann's ihnen ja auch nicht verdenken. Wenn Sie wollen, können Sie ihn im Garten vergraben.
N. war zornig auf den Mann, ohne Grund, er wartete noch bis in den Abend, legte dann den Kadaver in einen festen Karton, der Körper sah schon schmaler aus, als verschwinde er unmerklich. Er vergrub ihn in dem alten Garten an einer Stelle, die er vom Fenster aus nicht sehen konnte.
Noch immer war das Wetter grau und mild. N. ging in sein Zimmer zurück und legte sich ins Bett. Als er gegen Morgen aufwachte, suchte er mit den Füßen nach dem vertrauten Gewicht auf der Bettdecke, zog sich dann an, nahm sein Geld und fuhr nach Hause, ohne Gepäck, ohne Frau Wiese Bescheid zu sagen, ohne Abschied von Herrn Lukas. Er erwartete nichts von dieser Fahrt, vielleicht konnte er etwas an seinem Referat arbeiten, seine Bücher hatte er mitgenommen. Obwohl er noch weniger als vorher wußte, wozu er das tun sollte, war ihm klar, daß von ihm verlangt wurde, so zu tun, als sei es ihm wichtig.

Seine Mutter schaute ihn nur stumm an, als er versuchte, ihr zu erklären, womit er das Semester verbracht hatte. Es ist wahrscheinlich so, sagte sie zur Großmutter über seinen Kopf hinweg, in den ersten Semestern kugeln sie immer so herum. Über den Tod des Katers konnte er ihnen nicht viel erzählen, weil er seiner Stimme nicht sicher war und etwas empfand wie Schuld, ähnlich wie bei seiner Abreise aus Rom. Er verbrachte seine Ferientage diesmal noch zielloser als sonst, er las, nicht was er hätte lesen sollen, sondern Romane, Kriminalromane, Liebesromane, Spionageromane, es konnten ihm in den Büchern gar nicht genug Ereignisse zusam-

mengehäuft sein. Wie damals als Kind saß er in der Küche, der Tisch war noch der gleiche, wie damals aß er während des Lesens, pausenlos und ohne darüber nachzudenken. Abends ging er manchmal aus, aber er traf niemanden mehr, den er kannte. So saß er fast jeden Abend schweigsam und einträchtig mit seiner Großmutter vor dem Fernseher.
Da sahen sie zusammen auch ein paar geringfügige Ereignisse in verschiedenen Städten, N. fiel es eigentlich erst gar nicht auf, daß sie einander ähnlich waren, miteinander zu tun hatten. Es schien so, als sei eine gewisse Disziplinlosigkeit bei allen möglichen Leuten ausgebrochen, ausländische Studenten hatten öffentlich gegen die Regierung in ihrer Heimat protestiert, es hatte Schlägereien gegeben, junge Leute hatten einen Konzertsaal in Trümmer gehauen, man wußte nicht recht, ob aus Begeisterung oder aus Wut, weil der Sänger, auf den es ihn angekommen war, sich zu kurz gezeigt hatte. Andere junge Leute hatten in einer Großstadt auf der Straße Musik gemacht, nachts, die Polizei hatte sie zur Ruhe bringen wollen. Da war es dann zu »Ausschreitungen« gekommen. N. hatte sich, eher lahm, über die Berichte gewundert, auch das kam ihm wieder vor wie ein Spiel, so, als sei es sehr weit weg. Aber er begann in den nächsten Wochen mehr Ereignisse zu registrieren, die für ihn etwas wie eine Bewegung zeigten, ein Gehen, einen Schwung.
Bewohnern eines Studentenheimes in einer kleineren Stadt im Südwesten war gekündigt worden, als im Zimmer eines Mädchens morgens von der Putzfrau ein junger Mann entdeckt worden war. Unbegreiflicherweise nahmen sie ihre Kündigung nicht hin, sondern veröffentlichten sie, eine Fülle von Stellungnahmen verlangten die Aussetzung dieser Maßnahme, dem Heimleiter, der das alles veranlaßt hatte, wurde eine Fensterscheibe eingeworfen, der Täter blieb allerdings unentdeckt. Der Fall wurde sogar in überregionalen Zeitungen beschrieben, die Sympathien waren auf der Seite des Pärchens. In einer andern Stadt waren die Fenster eines südafrikanischen Reisebüros zertrümmert worden, nachdem in der gleichen Stadt ein Film hatte abgesetzt werden müssen, weil Besucher die Leinwand zerschnitten hatten. Aber es lag alles noch weit auseinander, eins gehörte noch nicht zum andern.
Wenn die Großmutter von derlei Dingen hörte, schüttelte sie

den Kopf, sie unterhielt sich kaum noch mit ihrem Enkel, er machte ihr ein wenig Angst, sie verstand so vieles nicht mehr. Mit seiner Mutter saß er manchmal in der Buchhandlung, aber er wußte nicht, wonach er fragen sollte, er hatte den Eindruck, ihr sei dasselbe aufgefallen wie ihm.

Du hast natürlich angebissen, sagte sie, mit deiner Sucht nach Besonderheit, du mußt ja geradezu Lust bekommen, in eine andere Richtung zu laufen.

Er versuchte ihr zu erklären, daß er sich noch nie bewegt habe, daß er dieses Gefühl des Wartens in sich anschwellen fühle. Aber als sie ihn fragte, ob es diese kleinen Albernheiten gewesen seien, auf die er gewartet habe, schämte er sich und wußte nichts zu sagen. Sie konnten kaum miteinander reden, er begann sich nach M. zurückzuwünschen, ihre Kälte machte ihn unsicher. Er überlegte sich, ob er der Stutz schreiben solle, aber als er vor dem Papier saß, merkte er, daß ihm die Gedanken verschwanden, sobald er Sätze aus ihnen machen wollte, er konnte seinen Eindruck, da bewege sich etwas auf ihn zu, durch ihn hindurch, nicht in Wörter fassen, weil es ihm lächerlich vorkam, sobald es dastand. Auch der Konflikt mit seiner Mutter war zu dünn, zu fein, als daß er ihn in fertigen Sätzen hätte mitteilen können. Was will ich der eigentlich schreiben, dachte N., die versteht mich erst recht nicht.

Er konzentrierte sich fast erleichtert auf seinen Brief ans Kreiswehrersatzamt, denn natürlich hatte es ihm gar nichts geholfen, den Musterungsbescheid damals ins Klo zu spülen, die Briefe, die jetzt kamen, klangen immer bedrohlicher. Er hatte sich monatelang hinter einem Berg von Attesten, Unzustellbarkeitsurkunden der Post und ähnlichem verschanzt, eigentlich hatte er vor der Musterung mehr Angst als vor dem Militärdienst selbst. Er erinnerte sich genau an all die Tricks, die im Internat gehandelt worden waren, aber er konnte sich nicht vorstellen, daß man dort diese Tricks nicht schon längst kannte. Etwas mußte er finden, das ungewöhnlich war, eine Krankheit, die ihn nicht störte, aber nicht zu heilen war, die ihn untauglich machte für alle Zeit. Um die Musterung, das sah er ein, käme er nicht herum.

Vielleicht interessierten sie sich gar nicht so sehr für ihn, aber da war nun einmal sein Name irgendwo, und jetzt lief das alles von selber, nicht schnell, aber unerbittlich.

Er bekam dann einen Termin, plötzlich ging alles sehr rasch, eine Krankheit war ihm immer noch nicht eingefallen. Wie die andern trank er Kaffee, tagelang, aß nichts und betrachtete froh seine zitternden Hände. Das schwebende Gefühl, das sich nach dem Hunger der ersten drei Tage einstellte, gefiel ihm, er nahm auch ein bißchen ab, fühlte sich sehr wohl, zu wohl. Das würden die bei der Musterung auch merken. Er schluckte Weckamine, bis er sein Herz im Hals spürte, aber er fühlte sich immer noch wohl.

Dann stand er mit andern in dem stinkenden Raum, einer schaute in die Akten und sagte, das ist ja der! N. wußte nicht, wie er stehen sollte, seine Unterhose war am Bund naß vor Schweiß. Er merkte zunächst gar nicht, daß ihn einer ansprach, einer, dessen Stimme ihm bekannt vorkam. Bist du nicht der Enkel von der Eisengroßhandlung? Ich hab deinen Großvater gut gekannt. N. dachte an die Bowlenabende damals im Haus. Es war eine fette Stimme. Das war ein Mann, die sterben leider alle aus! Während der Untersuchung breitete sich neben all der hilflosen Wut (Beugen Sie sich vor! Lesen Sie die untere Zahlenreihe! Kommen Sie nicht tiefer? Übergewicht, eine Schande in Ihrem Alter!) in ihm so etwas wie ein Trost aus, der Name seines Großvaters in dieser Umgebung war wie ein Schild, eine unerwartete Hilfe, sie konnten ihm nichts tun.

Was haben Sie denn für einen Blutdruck, sagte eine andere Stimme spöttisch, das mit dem Kaffee und den Tabletten hätten Sie sich sparen können, das kennen wir schon, ziehen Sie die Vorhaut zurück!

Es hilft dir doch nicht, dachte N., hier hilft alles nichts. Wenn er was gefragt wurde, klang seine Stimme kratzig, als habe er sie lange nicht gebraucht. Das Ganze hatte gar nicht lange gedauert, aber N. hatte, als er nach Hause kam, das Gefühl der größten Anstrengung, an die er sich erinnern konnte, eine sinnlose, dumme Anstrengung wie in dem Märchen vom Glasberg. Ihm kamen Rachegedanken wie damals bei Heinrich Luser, kindische Gedanken, er wollte diese alten Geier, die an ihren Tischen saßen, in der feuchten Unterhose zittern sehen, er würde sie auf- und abgehen lassen.

Aber er hätte sich alles sparen können, die Pillen und den Kaffee, es war eine Vier, weil er kurzsichtig war, und vielleicht hatte es auch mit dem Großvater zu tun, aber darüber dachte er nicht mehr nach.

Da ziehen sie dich erst ein, wenn Krieg ist, sagte die Mutter, und dann ziehen sie sowieso alle ein. Nur die Großmutter freute sich, sie wollte ein bißchen feiern mit ihm, auch wenn sie sich in letzter Zeit gar nicht so recht wohl fühlte, sie trank ein wenig Sekt. Sie haben es ja erst ganz lassen wollen, das mit dem Militär, sagte sie nachdenklich, es wäre das beste gewesen. Es war doch immer so, grad hier: Wenn sie eine Spielzeugeisenbahn haben, wollen sie sie auch fahren lassen! Sie schien fast zornig, hatte rote Backen und sah jünger aus als in den letzten Tagen. Als er sich eine Woche später von ihr verabschiedete, war sie anders als sonst, traurig, mit einer Art von Verlegenheit, die er sonst an ihr nie bemerkt hatte.

Auch diesmal fuhr er früher als notwendig nach M. zurück, obwohl er Angst vor dem Zimmer hatte, vor seinem Speicher, den er jetzt ganz allein bewohnte. Am Abend seiner Rückkehr stellte er dann auch nur sein Gepäck ab, das Haus stand noch immer leer, es sah aber freundlicher aus als sonst, denn die belaubten Bäume verbargen teilweise die graue Fassade. Er hatte seinen Koffer nur ins Zimmer geschoben, sah erschrocken, daß auf dem Boden noch die Wasserschale des Katers stand, und wagte nicht, sie anzurühren. Er legte ein Stück Papier drüber wie über etwas Totes.

Dann ging er hinunter zur Altstadt in die Kneipe der Frau Wiese, als Gast, nicht mehr als Kellner. Das hatte er sich schon vorgenommen, als er da gearbeitet hatte: Sitzen wollte er in der Kneipe, nicht herumlaufen. Sie begrüßte ihn nicht unfreundlich, ließ ihn sogar an ihren persönlichen Tisch. N. erkannte einen der Assistenten aus der philosophischen Fakultät neben sich und wurde verlegen. Dieser Dr. Feld war ein ganz bevorzugter Gast der Frau Wiese, ein ungefähr fünfunddreißigjähriger, etwas dicklicher Mann in elegantem Anzug, mit einem runden Kopf und einem genußsüchtigen, feuchten Mund. Er kam vom Land, versuchte, seine schwere, rollende Sprache zu verbergen, und machte schöne, lange Sätze mit vielen Fremdwörtern. N. wußte, daß er sich nicht mit dem Mann unterhalten konnte, er wollte es auch nicht, fühlte sich aber von ihm herausgefordert. Der Philosoph erzählte von einer Fülle neuer Grüppchen, die es an der Uni gäbe, die Studenten kämen

gar nicht mehr zu einer ernsthaften Arbeit. Nachdem die Schule sie quasi als Analphabeten entlassen habe, kümmerten sie sich jetzt um irgendwelche Probleme hinten in der Türkei, je weiter weg, je besser.
N. wußte nicht, wovon der andere sprach, die Ankündigungen der einzelnen Gruppen las er meist nur flüchtig, ihre Plakate und Einladungen kamen ihm so kindlich vor. (Wir singen gemeinsam und diskutieren gemeinsam, Komm auch Du zu unserem Informationsabend, Wir schlagen und tun es bewußt, Bewußt im christlichen Sinn studieren, Gegen den Imperialismus in Afrika, Kiesinger ist ein Hampelmann.) Daß der Mann neben ihm mit dem dicken, feuchten Mund so spöttisch über all die »Grüppchen« sprach, war N. trotzdem nicht recht, er hätte diesem Mann gegenüber gern eine Sache vertreten, irgendeine, aber es fiel ihm nichts ein. So trank er wieder.
Sie können eine Menge vertragen, sagte Feld, eine hervorragende Voraussetzung für eine akademische Karriere. Feld selber wurde betrunken, er sprach über die Studentinnen, eine langweilige Generation, früher seien es weniger Mädchen gewesen, aber dafür schärfer, nicht so grau. Für Verfeinerung hätten sie auch keinen Sinn, sie zögen nur mit ihren trübseligen Studenten herum, möglichst noch dauernd mit demselben.
N. dachte an die Stutz, in seinem Suff wurde er zornig, weil diese Geschichte nichts wurde, die Gans, dachte er, und dann vertrug er sich noch nicht ganz gut mit dem Assistenten. Frau Wiese saß bei ihnen, lachte ihr hartes »Hihihi!« und ließ sich von Dr. Feld die gepanzerte Taille umfassen.
Spät ging N. nach Hause, er konnte nicht verhindern, daß er dauernd über den Bordstein rutschte, es war ihm übel, er legte die Stirn an eine rauhe, kühle Hauswand und kotzte, sauer und gallig schoß ihm der Wein aus Mund und Nase. Über ihm öffnete sich ein Fenster, Saustudente! schrie eine Männerstimme, lernt erst emal saufe, odder reihert woanners! In der Nacht schlief N. angezogen und fühlte sich am nächsten Tag schwach und klebrig.
Noch waren nicht viele aus den Ferien zurück, er hatte sich vorgenommen, in diesem Semester richtig anzufangen, eins ist ja immer umsonst, tröstete er sich, das sagen alle. Aber seine Arbeitsfreude lief ins Leere. Als er das Vorlesungsver-

zeichnis anschaute, merkte er, daß er noch hilfloser geworden war. Die »Einführung ins Gotische« gab es erst wieder im übernächsten Semester, das mußte er sowieso noch einmal machen, jetzt war es Althochdeutsch, auch morgens um acht. Wilhelm Meister und Volksrätsel, Übungen zur philologischen Terminologie und Stefan George, wohin mit all dem, dachte N. Aber er glaubte, daß es an ihm lag, schon früher hatte er Dinge, die andern ganz selbstverständlich als voneinander abhängig und zueinander gehörig erschienen, nur in einem Nebeneinander sehen können, ohne Fäden. Eigentlich hatte er gedacht, daß ihm das Zusammengehören der Dinge auf der Universität klarer würde.

Neben sich in der Unibuchhandlung sah er mehrere mit dem blaßgelben Heft stehen, sie machten schnell und sicher ihre Zeichen an die einzelnen Vorlesungen. Er beneidete die Mediziner, die wußten immer genau, was sie zu tun hatten und wozu es gut war. In diesem Semester würde er »Scheine machen«, dachte er und hatte für einen Moment ein Gefühl von Ernsthaftigkeit und Ehrlichkeit. Aber es fing an wie es gewesen war: Sie saßen nachmittags in der Taberna, Stutz war auch wieder da, sie habe gearbeitet, sagte sie, in einer Gurkenfabrik. Dabei schaute sie noch ein wenig mürrischer als sonst, sie war sehr blaß, ihre fuchsfarbigen Haare lagen matt auf ihren Schultern. Sie erzählte ein bißchen davon, aber unsicher, als traue sie ihrer Erinnerung nicht, die andern hörten bald nicht mehr zu, nur N. schaute sie an. Er wußte noch immer nicht, was er mit ihr anfangen sollte, ein paarmal war er mit Mädchen nach Hause gegangen, aber das vergaß er sofort wieder und erkannte sie, wenn er sie auf dem Campus traf, oft nicht einmal wieder. Es war diese Lähmung in ihm, oder ein unmerkliches inneres Vibrieren, noch immer das Gefühl des Wartens, als müsse die Einmaligkeit, die man dem Kind N. zugestanden hatte, zum Erwachsenen N. wiederkommen. Man denkt immer, man säße noch in der Wochenschau, hatte sein Freund Erich nach dem Abitur gesagt, dabei ist es schon längst der Hauptfilm.

Er vermißte ihn manchmal, ihn hatte es erwischt, irgendwo in einer Kaserne bei Echternach machte er seinen Wehrdienst. Marnie sah er nicht mehr oft. Der ging jetzt in eine andere Kneipe, N. hatte auch schon davon gehört, die Studentengemeinde betrieb sie, aber es trafen sich da hauptsächlich die fortschrittlichen Studentengruppen. Auch die Stutz war wohl oft da mit den andern, nur der dicke Asta-Vorsitzende saß noch jeden Nachmittag in dem düsteren Keller der Taberna und schaute aus kleinen, bösen Augen zu N. hinüber. Das Pack verzieht sich, sagte er einmal mit seiner affektierten Stimme im Vorbeigehen. N. ging jetzt fast regelmäßig zu den Vorlesungen, er kam sich zum erstenmal wie ein richtiger, ordentlicher Student vor. Sein Zimmer sah er fast nur noch zum Schlafen, und sonntags war er froh, wenn er Herrn Lukas sah, der feueräugig und knickbeinig in seinem verwucherten Garten auf und ab ging. Aber meistens lag N. unbeweglich auf seinem Bett, die Backe auf die Kante seines geschlossenen Buches gedrückt, und horchte auf die winzigen Laute, die ihn von der völligen Stille trennten. Kinderstimmen, das gleichbleibende Rauschen weit entfernten Verkehrs, Vogelrufe. Das Knacken einer Diele im Zimmer ließ ihn zusammenzucken. Oder er besah lange und gründlich den Kaktus, den er sich damals gekauft hatte, er wollte sehen, ob irgend etwas an ihm lebte, wuchs, aber er sah nichts. Wenn er einschlief, wunderte er sich beim Aufwachen, wie wenig sich das Licht im Zimmer verändert hatte, wie wenig Zeit vergangen war.

Abends ging er meist zu Frau Wiese, wenn der Philosoph da war, freute er sich sogar. N. war nun ein gerngesehener Gast, er half manchmal beim Ausschenken, mein Kavalier, sagte die Wiese. Einmal nahm er die Stutz mit. Der Philosoph betäubte sie mit Komplimenten. Frau Wiese wurde böse, und die Stutz geriet, als er sie nach Hause brachte, in einen lauten Zorn.

Das sieht dir ähnlich, sagte sie, der Plüschladen mit dem schlamperten Weibsbild und dem geilen Deppen mit seinem hochgestochenen Gered'. Wahrscheinlich kommst du dir da zuhaus vor, so war's ja vielleicht einmal bei euch, das Getu und das Besondere. Mich kriegst du da nie mehr hin, die sterben ja, die stinken ja schon!

N. wehrte sich nicht, er fühlte sich jetzt dort wohl, er hatte keine Lust darüber nachzudenken, warum. Sie redete weiter über Dr. Feld, haßerfüllt, aber von dessen unverhohlener, ironischer Geilheit auch aufgeregt, von den Rabenflügeln hatte er gesprochen und der bestürzenden Lohe und hatte ihre Augenbrauen und ihre Haare gemeint. Sie sei ja nun leider

auch eines jeder ermordeten Geschöpfe, hatte er dabei gesagt und N. spöttisch angeschaut, denen man die Klänge des Walzers und die Seidenschuhe weggenommen habe und sie mit einer Formelsammlung in der Hand unter einem Haufen nutzloser Bücher begrabe.
Haben Sie schon einmal das Wort Zauber gehört, mein Fräulein? fragte er und schob melancholisch seinen dicken, gierigen Mund vor, man hat ihn euch genommen, man hat das Geheimnis getötet, das Bildnis von Sais entschleiert!
Zauber hat's bei uns daheim jeden Samstag gegeben, wenn mein Vater besoffen war, sagte die Stutz wütend und kam sich plump und blöde vor. Unerweckt ist sie! sagte Feld und schaute N. vorwurfsvoll an, lächelnd und den dicken Kopf wiegend.
Verschlagen seien die alle, mischte sich die Wiese ein, auch sie schaute N. an, diese jungen Mädchen, vor allem die Studentinnen, man höre da genug. Mir hawwe unsern Anstand gewahrt, nach dem Krieg! sagte sie und verfiel wieder in ihre frühere Sprache, es is net mit jedem gegange worn, aach wenn unser Männer net da warn!
Ich bin ganz krank von dem Abend, sagte die Stutz. N. hatte den Arm um sie gelegt, sie war viel kleiner und er spürte ihre runde Schulter warm in seiner Achselhöhle, er roch ihre Haare. Sie nahm ihn mit in ihr häßliches kleines Zimmer, ihre Verlegenheit hatte sie vergessen.
Es wurde ihm fast übel, als er merkte, daß er es mit ihr nicht konnte, daß sich nichts bewegte, er war völlig von sich getrennt, nichts führte von oben nach unten in ihm, wie durchgeschnitten. Er versuchte sich die Sommernächte mit Lise vorzustellen, oder wie Feld Frau Wiese auspeitschte, irgend etwas, in rasender Geschwindigkeit. Aber er dachte nur an den toten Kater und an sein Zimmer, an Erich und an die Königin der Gassen, als sie noch ein Kind war.
Das Bett war schmal und sie hielten sich noch eine Zeitlang verlegen umarmt. Sie waren sich im Wege. Wo seine Haut die ihre berührte, juckte es ihn von Schweiß. Sie sprachen nicht miteinander, und N. hoffte, daß sie bald einschlafe. Er wollte sich dann anziehen und heimgehen, vor dem Hellwerden in dem fremden Zimmer hatte er Angst, der Gedanke, es noch einmal zu versuchen, war ihm ganz fremd, er merkte, wie sie sich bewegte und wußte nicht, ob sie lachte oder

vielleicht weinte. Er ging dann, ohne zu wissen, ob sie wirklich eingeschlafen war, zog mühsam seine verknäulten Kleider an. Der Weg zu seinem Zimmer durch den dunklen Park kam ihm sehr lang vor, wo der Weg zur Straße hinauf anstieg, keuchte er wie ein alter Mann.

Das nächstemal trafen sie sich dann erst nach Tagen wieder in der Kneipe der Studentengemeinde, sie stellten sich weit auseinander und schauten sich nur selten an. Alle redeten über Demonstrationen in den größeren Universitätsstädten, da und dort hatte es Auseinandersetzungen mit Polizisten gegeben, die Professoren sprachen in den Seminaren darüber, die meisten mit einem Hochmut von den »Krawallen«.

N. hatte einen persischen Medizinstudenten getroffen, einen kleinen, freundlichen Mann, er war über dreißig und unterhielt sich lange mit ihm im verrauchten Gewirr des Kellers. Als er N. von seiner Heimat erzählte, in der er Offizier war und wegen der Beteiligung an einem Putsch lange inhaftiert gewesen war, schien es N. noch immer nicht möglich, diese langsam und leise erzählte Geschichte für Wirklichkeit zu halten. Er hörte ihm hilflos zu, wollte Fragen stellen und wußte nicht, welche, der Perser krempelte auf einmal seine Hosen hoch und N. sah tiefe, dunkelblaue Furchen an den Beinen. Er versuchte, sich eine Zelle vorzustellen, in der man nicht aufrecht stehen kann, Kälte, Feuchtigkeit, Hunger, Schläge. Aber es gelang ihm nur ein ähnliches Empfinden wie das beim Lesen, in ihm war keine Wirklichkeit, die der des anderen glich. Ich kann es mir nicht vorstellen, sagte er zu dem Älteren. Ich freue mich, sagte der Perser auf einmal und lächelte, ich freue mich jeden Morgen, wenn ich aufwache. Aber das darf ich vielleicht nicht.

Sie hatten alle ziemlich viel getrunken an diesem Abend, und als der Keller zugemacht wurde, wollten sie noch nicht nach Hause. Aber keiner hatte Geld für eins der Nachtlokale, die es unten in der Stadt gab und in denen man zum Bier einen Schnaps trinken mußte. Sechs, sieben gingen den langen Weg von der Uni hinunter, weiterredend und streitend. Sie blieben immer wieder stehen, um zu reden, der Weg dauerte dreimal so lang wie sonst, der Perser ging mit ihnen, aber er hörte den andern nur zu und erzählte nichts mehr, manchmal lächelte er. In der Stadt unten, in der hellen Einkaufsstraße, blieben sie wieder stehen, niemand außer ihnen war noch unterwegs, die Waren in den Schaufenstern leuchteten umsonst in der Nacht, sie achteten gar nicht darauf. N. schaute die Straße entlang, die Stimmen der andern vergaß er, ein Fenster schräg vor ihm war besonders üppig und farbig ausgestattet. Minutenlang schaute er die Farben an, bevor ihm zu Bewußtsein kam, daß es Teppiche waren, die da hingen und lagen, dicke, bunte Berge von persischen Teppichen. Mit verzierter, orientalischer Schrift stand darüber in leuchtenden Farben das Wort »Basar«, ein langer Name dahinter, N.'s Blick wurde von dem Laden festgehalten. Die aufgehäuften Teppiche erschienen ihm obszön, es ärgerte ihn. Er war ziemlich betrunken, fast froh darüber, etwas Sichtbares für seine Wut zu finden, diese kaschemmenartige, luxuriöse Höhle des Teppichgeschäftes, an dem er schon so oft vorbeigegangen und das ihm vorher nie aufgefallen war. Der Perser neben ihm folgte seinem Blick, lächelte wieder und sagte nichts. Alle andern waren jetzt schweigsam geworden, ruhig und abwartend standen sie in der Mitte der breiten Straße, kein Laut war zu hören in der nächtlichen Innenstadt, kein Auto, nur das friedliche, leise Geräusch eines Brunnens. N. sah, wie Marnie sich umschaute, aufgeregt, mit hastigen Bewegungen sich herumdrehte, hierhin und dahin, und nur immer die glatte Decke der Straße sah und die glatten Schaufenster. N. begriff, wonach er suchte, aber da lag nichts lose herum, alles war gut verschlossen vor ihnen. Einer, den N. nur vom Sehen kannte, war in der Zwischenzeit weggegangen und kam nun wieder mit ein paar runden Kieseln, N. erinnerte sich, daß viele dieser Kiesel das Bett des Brunnens bildeten und daß das Wasser über sie floß. Plötzlich waren alle laut, lachten und riefen aufgeregt, zwei spielten Fußball mit einem der Steine, ihre Stimmen waren heller als sonst, auch N. lachte und konnte gar nicht wieder aufhören. Jetzt wird's was zu hören geben! rief Marnie zornig und N. hatte die Bewegung des Werfens gar nicht gesehen, nur ein klingendes Geräusch hörte er und ein Splittern wie von Eis, als ein Netz von Sprüngen sich über die Scheibe warf, nicht laut. N. hob einen der Kiesel auf, glatt und feucht lag er in seiner Hand, jetzt hatte er Angst, aber er spürte, wie er warf. Er hatte nie gut werfen können, Schneebälle oder Schlagball, aber jetzt fühlte er seinen ganzen Körper leicht und in einer schönen Biegung hinter dem Wurf. Die Scheibe fiel, langsam, man konnte zusehen. Machen wir, daß wir wegkommen, hörte er jemand rufen. Aber er blieb stehen und schaute, bis er die Schritte der andern sich entfernen hörte. Komm, du Arschloch, schrie Marnie, und er ging und ließ hinter sich dieselbe Stille, die vorher gewesen war. Vielleicht wohnte hier gar niemand, kein Fenster hatte sich geöffnet.

Nicht lange danach bekam er ein Telegramm, das ihn nach Hause rief. Mit Worten, die in ihrer Verkürzung fremd, fast böse klangen, teilte seine Mutter ihm mit, es gehe der Großmutter schlechter, sie wolle ihn sehen und er möge so schnell wie möglich nach Hause kommen. Er verstand nicht gleich, vor allem das Wort »schlechter« machte ihn unsicher, denn eigentlich schlecht war es ihr ja nicht gegangen, als er sie zum letztenmal gesehen hatte. In der Zwischenzeit waren wohl Dinge geschehen, von denen man ihm nichts gesagt hatte. Aber er folgte der schroffen, dringenden Aufforderung, ohne sich einzugestehen, daß sie ihm gar nicht so ungelegen kam. Vor sich selber versuchte er den nächtlichen Vorfall bei dem Teppichgeschäft herunterzuspielen, eine Kinderei, dachte er, aber er wußte, daß es nicht stimmte. In der Zeitung hatte eine kurze, verwunderte Notiz gestanden, daß man nichts gestohlen hatte, man könne sich nur vorstellen, daß die Täter gestört worden seien. Es ärgerte ihn, daß niemand wußte, wie es wirklich gewesen war. Eine neue Scheibe war längst eingesetzt und nichts erinnerte an jene Nacht.
Er hatte seine Ankunft nicht mitgeteilt, lief vom Bahnhof zur Wohnung der Großmutter, eiliger als sonst, auch ängstlich. Von einem Krankenhaus hatte seine Mutter nichts erwähnt. Als er ankam, war er fast enttäuscht, daß er seine Großmutter bei einer Tasse Kaffee in ihrem gewohnten Sessel sitzend fand, er fühlte sich betrogen, er hatte etwas Dramatisches erwartet. Sie freute sich sehr, daß ihr Enkel sie besuchte, geht das denn mit deiner Schule? sagte sie und vergaß es gleich wieder. Elfriede holte ihn unter einem Vorwand in die Küche. Es schien ihm, als sei sie noch kleiner geworden und ihre Haare waren matt, nicht mehr so blond. Red bloß nicht von dem Telegramm! sagte sie, sie weiß nichts davon, es geht ihr gar nicht gut.

Er saß an diesem Abend allein bei ihr, seine Mutter hatte er noch gar nicht gesehen, sie sei unterwegs, hatte Elfriede gesagt. Die Großmutter begann, von sich zu erzählen.
Er hörte ihr zuerst gar nicht genau zu, beobachtete nur ihr Gesicht, das ihm jetzt verändert schien, unfreundlicher, ihre roten Backen lagen wie fremd auf der Haut. Es geht ihr wirklich nicht gut, dachte er, sie sprach auch anders als sonst, leiser, mit einer tieferen Stimme. Während sie redete, schaute sie ihn gar nicht an, wandte ihre dunklen, ein wenig eingesunkenen Augen hierhin und dahin in die dämmrigen Ecken des großen Zimmers. Sie sprach von ihrer Kindheit, ihren Geschwistern, ihm war, als höre er auch die oft erzählten kleinen Begebenheiten ganz neu. Was sonst lustig gewesen war, klang ihm jetzt ernst und traurig. Der Satz ihres kleineren Bruders, eines Onkels, den er nie gekannt hatte, der früh gestorben war und der als kleiner Bub hinter den klappernden, heruntergelassenen Rolläden gesagt haben sollte: Horch, die Sonne scheint! erschien ihm jetzt todtraurig, vielleicht auch, weil sie die alte Geschichte jetzt anders erzählte.
Du sollst dich nicht aufregen, sagte N. zwischen zwei Sätzen zu ihr, vielleicht bist du müde! Aber er spürte an ihrem erstaunten, ein wenig enttäuschten Blick, daß er das nur aus Feigheit gesagt hatte, und weil er Angst davor hatte, auf die Erzählungen dieser alten Frau reagieren zu müssen. Es ist dir langweilig! sagte sie ein wenig scharf, ich hätte es mir denken sollen! und als er verneinte, schaute sie ihn spöttisch an, ganz anders als sonst.
Über den Großvater sprach sie leicht, in einem belustigten, verzeihenden Tonfall, als beschreibe sie ein kleines Kind. Sie fing mehrere Geschichten zugleich an, machte lange Pausen, wie sie es vorher nie getan hatte. Es ist schön, daß du da bist, sagte sie zwischendurch zu N., haben sie dich geholt? Aber sie schien gar nicht mit einer Antwort auf diese Frage zu rechnen. Er merkte, daß sie jetzt eine Geschichte über ihn selber angefangen hatte, er erkannte sich gar nicht gleich.
Wir wollten alles schön haben für dich, sagte sie in die Zimmerecke hinein, wir haben uns alle Mühe gegeben, es war gar nicht leicht. Warum soll man ein Kind nicht verwöhnen!, rief sie und schaute ihn an, als habe er es ihr vorgeworfen, alle sagen, man soll es nicht tun, aber es hat ja hinterher

nichts anderes. Ich würde es immer wieder so machen, es wird nie böse zu andern werden, wenn es im Mittelpunkt sein darf, wenn man es liebhat.
Ihre Augen waren feucht und N. streichelte ihre Hand, um sie zu beruhigen. Ein wenig fremd und zum Grausen war ihm diese dünne, weiße, kleine Hand mit den rosa lackierten Nägeln, schwerfällig saß er neben ihr und wußte, daß er ihr nicht widersprechen konnte.
Ihr versucht einen doch nur zu ködern, sagte er hilflos, was draus wird, wißt ihr nicht!
Ja, lachte sie, sicher! Alles andere wäre doch viel zu gefährlich, mein Gold!
Und er nahm seinen alten Kindernamen wieder entgegen, verlegen und mit einem Gefühl der Erleichterung.
An dem Abend erzählte er ihr noch ein wenig über die Universität, über seine Freunde, er deutete sogar die Geschichte mit dem Teppichladen an, und sie nickte zu all dem nur lächelnd und wissend, als habe sie sich das seit Jahren schon gedacht und nehme es nicht ernst. Aber er wußte, daß sie mit ihren Gedanken nicht bei ihm war, sondern bei ihren Freunden, bei ihrem Bruder und daß sie die gleichen Geschichten zu hören glaubte wie damals. Sie war nun nicht mehr traurig und ernst, und als Elfriede sie aufforderte, sich hinzulegen, sich zu schonen, bat sie noch um fünf Minuten wie ein Kind, das Angst hat, im Schlaf die schönsten Ereignisse zu versäumen.
Am Morgen darauf blieb sie liegen, er besuchte sie in ihrem Schlafzimmer, sie war nicht geschminkt und sah alt und blaß aus, das hellbraune, störrische Haar war gesäumt von einem scharf abgegrenzten weißen Band nachwachsender Haare. Sie lag in hohen Kissen und atmete mühsam, erst jetzt verstand er, daß es ihr wirklich schlecht ging.
Seine Mutter saß still in der Küche bei Elfriede, er hatte sie gar nicht kommen hören. Schön, daß du da bist, sagte sie müde, du siehst ja selber. Er fühlte sich geschmeichelt, daß sie ihm so begegnete, müde, nachgiebig, ohne Ironie, als könne er in dieser Situation irgend etwas Sinnvolles tun. Was der Großmutter eigentlich fehle, traute er sich nicht zu fragen. Es sei eine Herzkrankheit, sagte ihm die Mutter später, es könne sehr schnell zu Ende sein, es könne aber auch zu einer Erholung kommen, man wisse es nicht. Auf jeden Fall müsse

sie geschont werden. N. glaubte, daß alle denselben Fehler machten wie er am Abend vorher, als er sie nicht hatte erzählen lassen wollen.
Stirbt sie? fragte er nachher seine Mutter in sachlichem Ton, damit sie ihm ohne Spott und Abwehr antworte. Ich bin kein Hellseher, sagte sie, du bist alt genug, um es dir selber auszurechnen.
Er konnte nicht zu ihr kommen und sie nicht zu ihm.
Es waren leere Tage. In der dunklen Wohnung zu sitzen und zu warten schien ihm unanständig, die Großmutter stand jetzt nur noch selten auf. Meist saß er abends mit seiner Mutter allein unter der Lampe, schwieg, las, schaute in das blaue Bild des Fernsehers. Manchmal unterhielten sie sich. Hast du eigentlich einen Freund, fragte er einmal und hatte sich zu dieser Frage sehr überwinden müssen. Er wußte zwar, daß sie nicht alt war, aber er war ihr dankbar, daß sie ihn von ihrem Leben kaum etwas sehen ließ, er schämte sich, wenn er manchmal wie versehentlich daran dachte. Trotzdem fragte er, weniger weil er auf eine Antwort rechnete als weil er sie treffen wollte, auch um ihr seine Lässigkeit zu zeigen, sein Erwachsensein. Gerade sie schien immer zu bezweifeln, daß er erwachsen geworden war, sie schaute manchmal an ihm hoch, als gehe er in Wirklichkeit auf Stelzen, sie betrachtete seinen Bart, als sei er angeklebt.
Hast du einen Freund? fragte er und es war einen Augenblick ruhig.
Wir sind da ein bißchen schlecht dran, antwortete sie und er wußte nicht, wen sie mit »Wir« meinte. In unserem Alter sind sie tot oder Trottel. Oder verheiratet. Sollte sich etwas Wesentliches tun, werde ich dich davon in Kenntnis setzen.
Er spürte, daß sie ihn weiterhin in ihr Leben nicht einließ, er war ihr dankbar dafür, aber es kränkte ihn auch und er freute sich bei dem Gedanken, daß sie genauso wenig von ihm wußte.
Ein paar Tage später fuhr er wieder zurück auf die Uni, weil er es nicht länger aushalten konnte zu warten.
Mußt du wieder in die Schule? sagte die Großmutter, als er sich von ihr verabschiedete, es war schön, daß du da warst. Das Lügen fiel ihm ganz leicht: Wenn ich das nächstemal

komme, bist du wieder ganz gesund. Auch sie log leicht und selbstverständlich und schaute zu ihm hinauf: Ja, mein Gold, sagte sie und er schämte sich und konnte sie nicht wie sonst küssen.

Er hatte gute Gründe gehabt zurückzufahren, in diesem Semester wenigstens wollte er sichtbare Ergebnisse zeigen können, Scheine, Klausuren, Seminarprüfungen. Er fühlte sich ausgeschlossen, wenn er die andern mit vor den Bauch gedrückten Papierbündeln über den Campus laufen sah. In der Mensa hatten sich die Gespräche geändert. Bei vielen ging es um die Weiterzahlung ihrer Studienförderung, die waren am ernsthaftesten und saßen den ganzen Tag hinter ihren Büchermauern in der Seminarbibliothek, neben sich eine Milchtüte mit einem Strohhalm. Er wollte dazugehören, gerade weil er das Gefühl einer Vorläufigkeit nicht loswurde.

Ich studiere Germanistik, sagte er sich manchmal allein in seinem leeren Zimmer vor, aber es half nicht, die Ernsthaftigkeit stellte sich nicht ein, der Respekt, die Achtung vor dem, was er tat. Es war nur ein Spiel, unbegreiflich, daß es außer ihm niemand merkte. Sie alle, der Doktor Feld, die Kommilitonen, die Professoren auf ihren Kathedern waren ernst und sicher, hielten für wichtig, was sie taten, es war ihren Stimmen anzuhören und ihren Gesichtern anzusehen. N. wußte nicht, ob er sie beneidete oder verachtete. Auch die Stutz und ihre Freunde wußten genau, wozu sie auf der Uni waren, sie sprachen darüber wie über etwas Selbstverständliches. N. kam sich ihnen gegenüber manchmal vor wie einer, der sich nicht erklären kann, warum man schreiben lernen muß oder warum man auf seinen zwei Beinen zu laufen hat. Er hütete sich, den andern von seinem Gefühl zu erzählen, spielte statt dessen mit und sah genau aus wie alle, nahm sogar Bücher und Kolleghefte unter den Arm wie die Teile eines Theaterkostüms, er brauchte sie gar nicht.

Er besorgte sich die Bücher, von denen man ihm gesagt hatte, daß er sie zu dem und jenem Thema unbedingt zu lesen habe, er las sie auch, aber innerhalb von wenigen Minuten hatte er vergessen, was er gelesen hatte. Und während er die althochdeutsche Grammatik aufgeschlagen auf seinem Tisch liegen hatte und die Vorlesungstexte, verließ er das alles mit schlechtem Gewissen, setzte sich im Nebenraum des Seminars auf eine Trittleiter, mit einem Wörterbuch des deutschen Aberglaubens, und las Hexengeschichten.

Trotz allem schrieb er in einer Althochdeutsch-Klausur mit, keine der Fragen auf dem hektographierten Blatt verstand er auf Anhieb, auch Abschreiben war ferne Vergangenheit. Er kannte ja niemanden im Hörsaal. Rundrückig und still saßen sie, jeder weit vom nächsten entfernt. Er erinnerte sich einiger Wortketten und Ableitungen, las sich den kurzen Text leise vor, die Lippen taten ihm weh vor Anstrengung. Für kurze Zeit vergaß er sogar sein Gefühl der Unwirklichkeit, des Spiels, schrieb und schrieb wie die andern.

Als sie die Arbeit zurückbekamen, sah er das dünne, rote Wort »befriedigend«, ungläubig und staunend. Er drehte die beiden Blätter herum, schaute auf die Rückseite, als müsse da das Eigentliche stehen, aber es blieb bei wenigen roten, dünnen Strichen und diesem »befriedigend«. Der Erfolg freute ihn nicht, machte ihn eher ängstlich, so, als könne das alles nicht mehr lang gutgehen.

Am Abend saß er zum erstenmal seit langer Zeit wieder in der Weinstube der Frau Wiese, weil er keine Lust hatte, Studenten zu sehen. Du könntest jederzeit wieder bei mir anfangen, sagte sie und er fühlte sich geschmeichelt. Es wird mir langsam zu viel. Sie nahm ihm übel, daß er so lange nicht dagewesen war. Nur zum Ausnutzen bin ich euch gut, sagte sie schrill, wenn's euch gut geht, laßt ihr euch nicht blicken, und N. dachte nicht daran, sich gegen das, was sie sagte, zu wehren, obwohl er seinen Wein dort immer bezahlt hatte.

Er hörte ihre Vorwürfe gern an diesem Abend, schaute sie dabei freundlich an und trank langsam und stetig. Du kannst was vertragen, sagte sie zwischendurch mürrisch und anerkennend. Er merkte, wie gleichbleibend kurz die Pausen waren zwischen dem Heben des Glases, dem Schlucken, dem Absetzen und fast beinahe sofort wieder Aufnehmen. Wenn es leer war, brachte sie ihm unaufgefordert ein nächstes, wie sie es bei all ihren Gästen tat.

N. wurde sehr betrunken, mit einem angenehmen Gipfelgefühl, es war ein anständiger Wein. Feld hatte sich eine Zeitlang zu ihm gesetzt und fragte nach der Stutz. Was sie ihn denn angehe, sagte N.

Sie haben es doch nicht nötig, eifersüchtig zu sein, mein

Lieber! meinte Feld, höflich lächelnd, ich würde Sie gern öfter bei uns im Seminar sehen, da lernen Sie nicht viel, aber vielleicht Gelassenheit! Wenn Sie wüßten, wieviel Subtiles bei den Damen durch Ihre einfache, grobe Jugendlichkeit aufgewogen wird! Schade, daß man's immer gerade dann nicht zu schätzen weiß, wenn man's hat.
N. schaute in sein Glas und suchte nach Antworten, entschloß sich zu schweigen.
Ein wenig Übung in der Mutter der Wissenschaften täte Ihnen gut, nicht so hedonistisch, nicht so kurz denken! Es kann Ihnen doch gar nicht liegen, mit irgendwelchen Wölfen zu heulen!
N. hatte einen kurzen, durch den Wein beförderten Moment, in dem er sich begriff, durch den zufälligen Satz des Älteren genau wußte, daß er nie hatte heulen müssen, mit keinem, und daß er es gern einmal tun würde. Er stellte sich eine körperliche Erfahrung vor, ähnlich wie das Gefühl bei dem Steinwurf in das Teppichgeschäft. Aber er sagte nichts.
Er blieb in der Kneipe sitzen, schaute in sein Glas, schwieg und trank. Das Lokal wurde langsam leerer, er sah es nicht, ein paar späte Gäste hatte die Wiese schon weggeschickt, ihr konntet euch woanders besaufen, da könnt ihr dann auch bleiben! sagte sie. Er hörte sie nicht. Sie kassierte bei ihm, sein Geld reichte knapp, aber es war ihm egal. Er hatte für den Monat kaum mehr etwas, aber er wußte, daß er jederzeit etwas auftreiben konnte. Da ging er eben wieder kellnern, jetzt machte es ihm nichts mehr aus. Vielleicht sollte er, dachte er mit seinem Weinkopf, in den nur noch wenig Gedanken hineinpaßten, die einzelnen aber sehr klar, er sollte vielleicht auch mal in die Gurkenfabrik gehen wie die Stutz, er hatte noch nie eine Fabrik von innen gesehen, nur im Film.
Willst du hier übernachten? fragte die Wiese in das nächtliche Schweigen hinein. Er saß im Dunkeln und hörte die Gläser, die sie spülte, leise im Wasser aneinanderklirren. Ja, sagte er. Na dann, sagte sie.
Er war noch nie in den oberen Räumen gewesen, drei schmale Stockwerke, N. stieg hinter ihr die Treppe hinauf, er war ratlos, er ging hinter dieser alten, gepanzerten Frau, die ihre Abendkasse fest an die Brust gedrückt hielt. Es gelang ihm nicht, sich auch nur annähernd die möglichen Ereignisse

der nächsten Stunden vorzustellen. Zum erstenmal hatte er Angst vor dem Trinken, ohne den vielen Wein wäre er jetzt unbedroht in seinem Zimmer.

Das winzige Haus bewohnte die Wiese allein, sie hatte es vollgestopft mit Samtenem und Brokatenem, Glasschränke und Sitzgruppen verstellten den knappen Platz, sie fühlte sich hier oben selbst nicht recht wohl. Merkwürdig wirkten auch die alten Kohleöfen in all der Pracht. Es gab ein mit üppigen Pelzdecken bedecktes Doppelbett, eine Frisiertoilette mit leeren Glasflakons drauf, an denen Quasten hingen, Kamm, Spiegel und Bürste im Stil Louis XVI.

Das ist mein Bett, sagte sie. Er war froh, als sie das Licht ausmachte und zog sich aus bis auf die Unterhose, kroch zwischen die kalten Leintücher, alles in Sekundenschnelle. Von ihr sah er im schwachen Licht von der Straße nur Umrisse, mit auf den Rücken gedrehten Armen öffnete sie ihre Haken und Reißverschlüsse, sie unterdrückte ihr Keuchen. Komm ruhig näher, sagte sie mit freundlicher Stimme, als sie neben ihm lag, es ist wärmer. Sie roch gut und ihr Fleisch fühlte sich in der Dunkelheit weich und locker an, sie klemmte mit ihren Beinen seinen Hintern auf sich fest, es ging ihm gut in ihr, so gut wie lange nicht, sie bewegte sich und blieb fast stumm dabei. Als er sie küssen wollte, drehte sie ihren Kopf zur Seite, so daß sein Mund nur die Stelle zwischen Ohr und Haaransatz traf, da, wo ihr Duft am intensivsten war. Er blieb lange in ihr, als er kam, hatte er längst vergessen, wer sie war.

Wie er eingeschlafen war, wußte er nicht.

Am Morgen war das andere Bett leer, unten in der Kneipe stand Kaffee auf einem Rechaud, ein Zettel lag daneben, sie sei in der Stadt, er möge den Schlüssel in den Briefkasten werfen. Sie hatte es ihm nicht schwer gemacht, und der Wein gab ihm von seiner Erinnerung nur soviel zurück, wie er vertragen konnte.

Sie haben ein Telegramm, sagte Herr Lukas, als er nach Hause kam. Er hatte auf N. gewartet, das Telegramm war schon am Abend zuvor gekommen. Seine Großmutter sei tot, sagte N., als er es gelesen hatte, am Nachmittag des vergangenen Tages sei sie im Schlaf gestorben. Wenn ich geblieben wäre, dachte er, aber es war ihm in Wirklichkeit

gleichgültig, ob er den Moment ihres Todes gemerkt hätte, wenn er dagewesen wäre, was wußte er schon. Er stand vor Herrn Lukas, der ihn mit seinen schönen, dunklen Augen unter dem weißen Haarschopf anfunkelte. Wie alt war sie? fragte er. N. dachte nach und wußte es nicht gleich.
Sehen Sie, sagte Herr Lukas, drei Jahre jünger als ich! Sie sind schließlich jung! Sieht man daran, daß Sie die Nacht nicht daheim waren! Recht haben Sie! und er lachte knarrend. Seien Sie nicht traurig, sagte er dann und N. hörte seine Stimme bald leiser und bald lauter, wir müssen verschwinden, sonst habt ja ihr bald keinen Platz mehr. Im Schlaf gestorben. Was Besseres kann man sich gar nicht wünschen.
Und während er noch redete, mit einer Harke in der Hand für den gekiesten Gartenweg, ging N. langsam in sein Zimmer, suchte nach schwarzen Sachen und fand nur den einen Pullover, den er sowieso fast immer trug. Dann dachte er daran nicht mehr, sondern an seine Großmutter, und er fragte sich, ob man, wenn man im Schlaf stirbt, seinen eigenen Tod wohl träumt.
Es fiel ihm ein, daß er kein Geld mehr hatte, jedenfalls nicht genug für die Heimfahrt. Das versetzte ihn in Panik, der Schweiß brach ihm aus, er zitterte und begann sogar zu schluchzen, es fiel ihm nichts ein, wie er nach Hause kommen könnte. Es dauerte lang, bis er sich so weit beruhigt hatte, daß er Herrn Lukas um die Summe bitten konnte, seine Möbel seien ja da und seine Bücher, in ein paar Tagen auch er selber. Seien Sie nicht albern, sagte Herr Lukas knarrig, besuchen Sie mich, wenn Sie wieder da sind. Man kennt sich viel zu wenig. Und plötzlich ist es dann aus. Sie sehen ja.
Warum um Himmels willen hast du nicht angerufen? sagte Elfriede, als er am Abend zu Hause ankam. Zu allem anderen auch noch die Sorgen! So groß und so blöd, schimpfte sie und schaute verweint und zornig an ihm hinauf. Deine Mutter kommt später, sie hat viel zu erledigen.
Er sagte nichts, ging ins Zimmer und schaute den Sessel an, die Brille lag da, ein aufgeschlagenes Buch. Ein für kurze Zeit verlassener Ort.
Seine Mutter kam spät, sie war kaum verändert, nur ihr schiebender Gang war müder, noch müder geworden. Sie sprachen nicht, saßen einander gegenüber, Elfriede brachte etwas zu essen und N. schämte sich, daß er so großen Hunger

hatte. Du mußt dir einen Anzug kaufen, sagte die Mutter ein bißchen verlegen, nein, sagte er, ich zieh unter keinen Umständen einen an. Warum bist du so stur? fragte sie müde, es lohnt doch nicht! Er dachte an sich, ungeschlacht in einem Anzug beim Abitur, er hatte wie ein alter Mann ausgesehen, wie einer mit einer Bürostellung. Sie hatte aber schon aufgegeben, ihn zu überreden.

Bei der Beerdigung waren nicht viele Leute, ein schöner Tag, N. sah den Grabstein auf der Seite lehnen neben dem ausgehobenen und mit Tannenzweigen geschmückten Erdloch, der Name des Großvaters war ein wenig blind geworden. N. ertappte sich dabei, daß er darüber nachdachte, wie sie jetzt wohl aussähe, wenn man sie unter diesem Berg von Blumen, diesem Deckel hervorgrübe, er versuchte, den Gedanken zu verscheuchen, aber der war zäh, er spann ihn auch weiter, dachte in die Zukunft, wie wird sie in vier Wochen aussehen, wie in einem Jahr. Immer wieder versuchte er, diese Überlegung zu beenden. Schau, ganz blaß ist er, das ist der Enkel, hörte er schräg vor sich jemanden sagen. Ein paar Stühle standen da, der Pfarrer sprach nur kurz, N. hörte ihm nicht zu, er war ganz damit beschäftigt, seine Gedanken zu bändigen. Die Mutter stand neben ihm, unsichtbar hinter einem schwarzen Schleier. Als eine alte Frau, die N. nicht kannte, ihr die Hand drückte, setzte sie sich plötzlich auf einen der Stühle hinter ihr, ohne sich umzuschauen, als sei sie auseinandergebrochen. Aber sie stand gleich wieder auf, sagte nichts. Wie einer der dunklen, unbewegten Bäume hinter dem Grab blieb sie stehen, als die letzten gegangen waren, N. neben ihr und ein wenig weiter weg eine winzige Gestalt in schwarzem Mantel mit mattblondem Haar, er erkannte Elfriede nicht sofort.

Früher, dachte er, hätten sie jetzt zu Hause gesessen und Wein getrunken, Freunde wären gekommen und man hätte über die Großmutter geredet, wohlig und traurig. Jetzt waren sie allein, die beiden Frauen und er, zu dritt saßen sie in der Küche, denn keiner wollte in das Zimmer, in dem unter dem gelben Lampenlicht der leere Sessel stand. N. wußte nicht, worüber er reden sollte, Elfriede und seine Mutter unterhielten sich leise, sie hatten ein gemeinsames Ereignis, das sie verband, das ihn aussperrte.

Er fahre so bald wie möglich wieder zurück, sagte er zu seiner

Mutter und konnte nicht verhindern, daß seine Stimme ein wenig gekränkt klang, sie hätten jetzt viel zu tun auf der Uni, er wolle seine Scheine machen und hier könne er ja sowieso nichts tun. Die beiden Frauen hörten ihm kaum zu, die Mutter sah oft vor sich hin, schweigend und mit heruntergezogenen Mundwinkeln.

Wir müssen die Wohnung auflösen, sagte Elfriede.

Welche? fragte die Mutter nach einer langen Pause.

Das liegt bei Ihnen, sagte Elfriede mit einer bösen, trockenen Stimme.

Wir werden schon hierbleiben. Solang es geht, werden wir zusammenbleiben, sagte die Mutter zu Elfriede und schaute sie dabei nicht an.

Hier doch, sagte N., um sich zu vergewissern, hier im Haus?

Keine Angst, sagte die Mutter mit ihrer seltsam flachen Stimme, es ändert sich immer nur so viel, wie man aushalten kann. Du mußt übrigens bis zur Testamentseröffnung bleiben. Tutti hat darauf bestanden.

Hat sie's doch gewußt? fragte er erschrocken.

Es ist schon lang her, daß sie das Testament gemacht hat, sagte die Mutter, es ging ihr damals noch gut. Es war nur wegen der Papiere. Jetzt hätten wir mit ihr nicht darüber geredet. Du wirst aller Voraussicht nach in Zukunft dein Studium selbst finanzieren können, wenn du dich etwas einschränkst.

Du hast dich für mein Studium ja sowieso nicht interessiert, sagte er streitsüchtig.

Du etwa? antwortete seine Mutter freundlich. Ich habe mich immer gefragt, welche Art Leben für jemand wie dich vorgesehen ist. Wahrscheinlich wird's so ähnlich werden wie bei mir.

Elfriede schaute zwischen ihnen beiden hin und her, sagte nichts dazu.

Du wirst dich noch wundern! sagte er.

Da kannst du recht haben, antwortete sie friedlich, aber ich glaube nicht, daß ich noch viel Zeit habe, um mich zu wundern.

Zur Testamentseröffnung zog er die gleichen Sachen an wie zur Beerdigung, wieder ging er massig, schwarz und wichtig neben seiner Mutter und Elfriede.

Von der Verlesung verstand er kaum ein Wort, schaute in der muffigen Kanzlei herum, auf den alten, glatzköpfigen Notar, der die Worte vor sich hinspeichelte. Seine Mühe, den Wortlaut zu verstehen, vor allem das, was ihn betraf, merkte er erst, als ihm die Kaumuskeln wehtaten, weil er so mit den Zähnen knirschte. Seine Mutter sah er ein-, zweimal leicht nicken, es war ihm plötzlich angenehm, daß seine tote Großmutter über ihn und sie noch bestimmte, ihm schien, als sei sie erst nach ihrem Tod so streng und wichtig, wie es sich gehörte.

Als sie, kaum eine Viertelstunde später, nach einer Menge von Unterschriften wieder auf der Straße standen, hakte ihn seine Mutter unter, das tat sie eigentlich nie und er wurde verlegen.

Hast du's verstanden? fragte sie ihn und wartete nicht auf Antwort. Für Elfriede also Wohnrecht auf Lebenszeit, und etwas zu ihrer Rente dazu. Ich bekomme alles in der Wohnung, sie hat gewollt, daß ich dortbleibe. Ich will es auch. Es war ihr aber hauptsächlich deinetwegen wichtig, mir geht es da mehr um mich. Das, was sie meinte, kannst du bei mir sowieso nicht haben. Ich bräuchte es selber. Er soll immer wissen, wo er hingehen kann! sagte sie und fing an zu weinen, stockend und wütend. Wieso du? Wieso nicht ich? N. war verlegen und sagte nichts.

Er richtete sich ein Konto ein, die damit verbundenen Geschäftigkeiten gefielen ihm. Mach dich nicht so wichtig! sagte Elfriede, du wirst es schon auf den Kopf hauen. Von Geld hat in dieser Familie noch niemand was verstanden. Sie wird halt auch alt, dachte N. und nahm sie nicht ernst.

An einem Vormittag vor seiner Abreise kaufte er mit seiner Mutter ein. Ich hab gar nichts mehr, hatte sie gesagt. Teure, weiche Schuhe und ganz zarte, dünne Pullover. Stark ist er geworden, der junge Herr! sagte die Ladeninhaberin am Kirchplatz, wie die Zeit vergeht, gell, gnä' Frau! Und das mit der Frau Mutter! Ich darf gar nicht dran denken, eine so eine feine Frau, wie sie gewesen ist. Gut stehn's Ihnen, die Flanellhosen, das ist ganz was Fein's! Es sollten's Ihnen auch amal einen Bläzer dazu probieren. Er hat halt den gleichen guten Geschmack wie der Herr Großvater selig, gelln's, gnä' Frau? Aber ich sag's immer, das Billige ist hernach das Teure!

Seiner Mutter war das Gerede unangenehm, aber ihm gefiel es, er wurde nicht ungeduldig beim Anprobieren und genoß es, wie man ihm fachmännisch Hosen, Pullover, Jacke glattstrich. Er gab sehr viel Geld aus an diesem Vormittag, fast fünfhundert Mark, aber er hatte doch, sagte er sich, die Dinge gebraucht. Seine Mutter kaufte sich beim Pelz-Rosenzweig ein Weißfuchs-Cape, sie drehte sich vor dem Spiegel und ihr fahles, kantiges Gesicht war für kurze Zeit ein wenig weicher.
So hab ich's mir vorgestellt, genau so! sagte Elfriede, als sie mit den neuen Sachen nach Hause kamen.
Ich bin alt genug, sagte die Mutter und ihr Gesicht war wieder so, wie es nach dem Tod der Großmutter stehengeblieben war, fahl und mit heruntergebogenen Mundwinkeln, ich kann auch einmal was Sinnloses tun, oder?
Ich mein ja nur, sagte Elfriede, man wird doch noch was sagen dürfen.
N. kaufte sich, bevor er fuhr, noch einen neuen Koffer, verabschiedete sich ausführlicher als sonst von Elfriede, besuchte seine Mutter im Buchladen, in den er nur selten ging. Ihr Abschied war diesmal anders als sonst. Ich fahr mal zu dir, sagte sie und bemühte sich verzweifelt, aus ihrer Zurückhaltung heraus zu kommen, ich hab dein Zimmer ja immer noch nicht gesehen. Wenn irgendwas ist, ruf an!
Sie umarmte ihn ungeschickt, wie lange hatte sie das nicht mehr getan, und ihr Kopf stieß an sein Kinn, entschuldige, sagte sie, du bist doch eben sehr groß. Sie tat ihm leid und war ihm peinlich in ihrem aufgelösten, ungenauen Zustand, er vermißte ihre spöttische Art zu sprechen, sie hatte einem sonst nie leid tun müssen.
Nachts kam er zurück nach M., in ein kaltes Zimmer, aber er war erleichtert.

In den nächsten Wochen spürte er seine Unbeweglichkeit noch mehr als früher. Seine Arbeit auf der Universität geriet ins Stocken, war sowieso nie wirklich ernsthaft gewesen, ermüdet gab er das Spiel auf und trieb sich nur noch in der Taberna herum, setzte sich manchmal freiwillig an den Tisch des fetten Astapräsidenten, dem seine Gesellschaft nicht unangenehm zu sein schien. In den Studentenkeller ging er nicht mehr, eine unbestimmte Furcht, man könne ihn dort anstrengen, auf ihn einreden, etwas von ihm wollen, wogegen er sich nicht wehren konnte, hielt ihn davon ab. Auch zu Frau Wiese wagte er nicht zu gehen. Die Stutz hatte er lang nicht mehr gesehen, und wenn er versuchte, sich an ihr Gesicht und ihren Körper zu erinnern, gelang es ihm nur mit Mühe.

Hast du Kummer mit den deinen, trink dir einen, sagte der Astapräsident. Haben Sie eine Bank ausgeraubt oder eine reiche Witwe gebürstet? Sie haben dieses Seriöse, da fliegen die Weiber doch drauf!

Ich habe geerbt, sagte N. Eigentlich fand er den Dicken widerlich, er hatte etwas Schleimig-Freches, Marnie hatte gesagt, er sei ein Warmer. Aber jetzt war er ihm der liebste Begleiter. N. war sicher, daß der ihn nicht anstrengen würde, nichts Wichtiges fragen, keine Meinung von ihm wissen wollte. Nicht dieses Bohren und Drängen, das im Studentenkeller so üblich geworden war, es gab dort immer etwas, um sich zu empören. N. hätte sich mit empören müssen, aber er konnte es nicht.

Manchmal kaufte er sich einen Stapel Zeitungen, blieb den ganzen Tag in seinem Zimmer und las Klatschgeschichten. Eine Seminarprüfung, die er nur mitmachte, um sich selbst aus seiner Lethargie zu reißen, half nichts, er saß in der Bibliothek und schlich sich nach einiger Zeit, in der er irgendein Buch angestarrt hatte, wieder zu seinem Wörterbuch des deutschen Aberglaubens. Trotzdem ging er zur Prüfung. Es war eine mündliche Prüfung, N. war aufgeregt wie damals vor dem mündlichen Abitur, er hatte immer ein Gefühl von Scham, wenn er jemandem über etwas Rede stehen sollte. Er betrat das Büro leise, versuchte, sich zwischen den Möbeln und Regalen, Buchstapeln und Rauchtischen, Gummibäumen und Trittleitern einigermaßen geschickt hindurchzubewegen, es gelang ihm aber nicht ganz und der Professor sagte:

Passen Sie doch auf, wo Sie hintreten!

Hinter seinem Schreibtisch war er kaum zu sehen, nur die weißen Haare und die auf die Stirn geschobene Brille. Er gab N. ein Buch und sagte: Da, analysieren Sie mir das mal! Es war ein kurzes Gedicht, Trakl. N. starrte es an und wußte nicht, was er sagen sollte. Es stand viel von Gold und Blau

drin, N. gefiel es, weil es schön klang, aber er hätte nichts darüber sagen können und etwas in ihm wehrte sich gegen die Frage.
Warum sag ich ihm das eigentlich nicht, fragte er sich und schaute den Haarwust des kleinen Mannes da hinter dem Schreibtisch an, aber er schwieg und merkte, wie er unter den Armen schwitzte.
Es geht um – sagte N., fing anders an und sagte: Es ist – aber da fragte der andere mit einer Stimme, die N. vorsichtig machte, nach dem Versmaß, das werde er doch wissen, inhaltliche und analytische Höhenflüge seien ja kaum von ihm zu erwarten. N. sah aber nur die Häkchen und Striche vor sich, wie er sie unter die Zeilen hatte malen müssen, er dachte an »Fisches Nachtgesang« und überlegte, daß Morgenstern vielleicht auch einmal zornig gewesen sei über Häkchen und Striche, die man ihn hatte unter Gedichtzeilen malen lassen. Gehen Sie, sagte der Professor ziemlich laut, gehen Sie schon und rufen Sie den nächsten herein! Vertun Sie nicht meine kostbare Zeit! Warum studieren Sie nicht Maschinenbau? N. schwitzte jetzt auch zwischen den Beinen, ein wahnsinniger Juckreiz, er ging gebückt, solche lächerlichen Minuten und für ein lächerliches Papier. Mehr noch als sonst mißlang es ihm, die Dinge miteinander zusammenzubringen, den kleinen, weißhaarigen, polternden Mann, das süß-träge Gedicht mit dem vielen Blau und Gold, die Gummibäume, der »Schein«. Was hat eins mit dem andern zu tun, dachte er und dachte es den ganzen Tag.

Abends ging er nach langer Zeit wieder in den Studentenkeller, er stand allein an der aus Fichtenbrettern zusammengenagelten Theke, rauchte gegen den dichten Qualm an und trank von dem sauren Kalterer See, das Glas zu achtzig Pfennig. Die Kneipe war voll, aber es war nicht laut wie sonst, sondern einzelne standen beieinander und unterhielten sich leise, manchmal hörte er Lachen, manchmal ging jemand von Gruppe zu Gruppe, etwas wurde geplant, etwas Gemeinsames, es war deutlich zu sehen.
Die Lokalpresse hatte ausgiebig, ein wenig mokant, aber in liebevollen Details über einen bevorstehenden Ball für die Töchter der Gesellschaft in der nahen Kurstadt berichtet. Erst hatte man's überlesen, es gab Wichtigeres. Dann hatte man

sich darüber lustig gemacht, Degoutantinnenball, hatte Marnie gesagt. In das Gelächter mischte sich Zorn, unmerklich, er wurde laut und eindeutig, als man vom Beschluß des Komitees las, die Einnahmen des Abends wohltätigen Zwecken zur Verfügung zu stellen, in diesem Fall einem indischen Waisenhaus. Schon vor Tagen hatten sie eine Demonstration beschlossen, Flugblätter waren verteilt, die Polizei wußte Bescheid. Sie wollten auch ein kleines Fest auf dem weiten Rasen vor dem Kurhaus feiern. Wenn die Debütantinnen und die jungen Herren vorgefahren kämen, wollte man sie mit Wasserpistolen am Betreten des Ballsaals hindern. Diskutieren sollen sie, sagte Marnie. N. gefiel der Plan, den er nach langer Zeit den Wortfetzen entnahm, er sah durch den blauen Rauch die Stutz, drängte sich zu ihr durch und fragte nach Einzelheiten. Geh halt mit, sagte sie, es ist wirklich eine gute Idee, den dummen Weibern die Kleider vollzuspritzen! Sie gab ihm eine grüne, durchsichtige Wasserpistole aus Plastik, die wie ein Delphin geformt war, er kam sich blöd damit vor.

Sie dürfen nicht wie richtige Pistolen aussehen, weißt du, sonst drehen die Bullen durch! N. steckte seine Waffe ein und freute sich auf den nächsten Abend.

Etwa eine halbe Stunde vor Beginn des Balls waren die Demonstranten der Universitätsstadt da, verteilten sich zögernd auf dem von Laternen giftgrün erhellten Rasen, in zwei weiten Bögen liefen die Zufahrtswege auf die flache Freitreppe zu, in der Mitte der Springbrunnen, ein schönes Bild. Es waren nicht so viele gekommen, wie sie gehofft hatten, vielleicht hundertfünfzig oder zweihundert, sie hatten Schilder und Transparente, N. las: Keine Almosen mehr! Solidarität mit der Dritten Welt!

Es sah nun doch schön und bedrohlich aus mit den großen, weißroten Tüchern und den vielen bunt angezogenen Leuten auf dem Rasen. Sie hatten Bier dabei, lagerten sich, das Gras war schon kühl.

Vor der Freitreppe stand unbeweglich, durch die Stufen in die Höhe gestaffelt wie auf einem Schulgruppenbild, eine breite Front Polizisten in einer Dreierreihe. Ganz ruhig standen sie da, viele junge waren darunter, und sie schauten starr über die Köpfe weg. Marnie ging vor sie hin, schaute hinauf: Fangt doch endlich an zu singen! rief er. Es gefiel den

andern, denn die Grünen standen wirklich da wie ein Männerchor. Ein paar andere stellten sich zu Marnie und riefen: Na, dann laßt mal hören. N. lachte, aber er sagte nichts.
Die Studenten fingen an, die Internationale zu singen, zögernd, nur der Refrain klappte, die Polizisten schauten immer noch starr über die Köpfe. Hinten, am Anfang der Zufahrt, tanzten ein paar Studenten, sie hatten ein Kofferradio dabei. Waffen laden! schrie einer und sie standen und hockten um den Springbrunnen und füllten die Wasserpistolen. Wunderbares Gelände, sagte die Stutz neben ihm, es ist wie für uns gemacht. N. war verlegen, aber vielleicht waren es die andern auch.
Die ersten Autos, lange, schwarze, glänzende Wagen, waren fast unbemerkt die halbdunklen Zufahrtswege hinaufgefahren, hastig stiegen die Insassen aus. Die Jungen auf dem Rasen hatten sie kaum gesehen, da hatte sich schon die starre, grüne Reihe der Polizisten geöffnet und wieder geschlossen. Die Demonstranten liefen verwirrt auf dem Rasen herum, waren sie rechts, fuhr schnell und leise links einer der dunklen Wagen die Auffahrt hinauf, die Polizeikette öffnete und schloß sich, sie hatten niemanden gesehen, sie hatten ihre Wasserpistolen nicht einsetzen können, sie wurden wütend. Aber nur die ersten Gäste des festlichen Abends hatten so viel Glück, bald waren es zu viele Wagen, die vorfuhren, sie stauten sich auf der schön geschwungenen Auffahrt, einige stiegen früher aus und hasteten mit über Seidenschuhen gerafften Röcken und gesenkten Köpfen zu Fuß auf die grüne Mauer von Polizisten zu. Junge Mädchen und Damen im Pelz, Herren im Smoking, junge und alte, die Debütantinnen erkannte man an den weißen Roben.
Unverschämtheit, schrien einige Herren, Gesindel, arbeitsscheues Pack, Zumutung, geht doch nach drüben!
Macht aus De-bü-tan-tinnen/Gute De-mon-stran-tinnen! riefen die Studenten fröhlich dagegen, die ersten benutzten ihre Wasserpistolen, man hörte spitzes Gekreisch. Auf dem Rasen tanzten immer noch welche.
N. hatte seine grüne Delphinpistole in der Hand, er kam sich merkwürdig damit vor. An beiden Seiten der Auffahrt waren nun Knäuel entstanden von Autos, Ballgästen und Demonstranten. Euer Gehopse und Eure Scheißwohltätigkeit! hörte N. die künstlich wütende Stimme von Marnie, die weißen

Mädchen hatten den Kopf gesenkt, eins weinte dumm und schniefend. N. fiel plötzlich ein, daß es genauso gut hätte sein können, daß er nun da stünde, auf der anderen Seite, wie diese naßgekämmten Jungen im Smoking, was war es eigentlich, daß er hier mit den andern auf dem Rasen stand, mit einer grünen Plastikpistole?
Verhökert ihr da drin eure häßlichen Töchter? schrie die Stutz.
Scheißweiber! sagte sie, aber sie schaute die Kleider ganz aufmerksam an, ein weißer Fuchspelz hielt ihren Blick lang fest.
Eine Gruppe von Polizisten rückte gegen das Gewirr von Autos und Menschen vor, N. sah, wie ein paar seiner Freunde sich aus dem Gewimmel lösten und zum Brunnen rannten, wie zwei Polizisten hinter Marnie herliefen, der warf sich am Brunnen platt auf den Rasen, andere setzten und legten sich dazu. Ungehindert rollten nun wieder die großen Wagen über die Auffahrt. N. sah, daß Gäste des Balls oben stehenblieben und vom Eingang aus auf das Getümmel schauten. Die werden was zu reden haben, dachte er wütend. Er lief nun auch zu denen am Brunnen, er kam nicht vorwärts, wie immer stand ihm sein Körper im Weg, es stach ihm in der Brust, er fühlte sein Fleisch wie nicht zu ihm gehörig um sich schaukeln, er schien nicht von der Stelle zu kommen. Nur das Bild der Gruppe am Brunnen kam ihm näher, als bewegten die sich auf ihn zu und nicht er auf sie.
Marnie wehrte sich gegen etwas wie ein großer, auf dem Rücken liegender Käfer, mit strampelnden Armen und Beinen. Einer watete durch den Brunnen, ein Mädchen lief weg, schwerfällig wie eine Schwangere durch ein umgehängtes Megaphon, zerbrochen lagen die Stangen der Transparente auf dem Rasen, zerrissen die Plakate. N. änderte die Richtung, lief zum Ende der Auffahrt, er hatte plötzlich den Eindruck, allein durch völlige Lautlosigkeit zu laufen. Es gelang ihm nicht gleich sich zu orientieren. Es fiel ihm nur ein, daß er keinen Gedanken für die andern gehabt hatte, ich muß zurück, dachte er, schließlich bin ich stärker als Marnie, es war doch eine blöde Idee. Ein Mädchen hörte er ganz hell und entsetzt schreien. Ich muß ihr helfen, dachte er, aber er lief in die andere Richtung, zur Straße, er wollte weg von hier.

Der Aufprall erwischte N. an der rechten Seite, er wurde ein Stück weit auf den Rasen zurückgeschleudert und blieb da liegen, man sah ihn von der Wiese aus gar nicht. Der Taxifahrer holte die Rettung über Funk, beriet sich dann mit seinen Kollegen. Der Kerl war ja eindeutig schuld, sagte er.

In den Zeitungsnotizen wurde die Sache beim Debütantinnenball nur kurz erwähnt, auch der tödliche Unfall, man brachte beides aber nur in eine lose Verbindung. Was ist er denn weggerannt? fragten sie im Studentenkeller, der war ja in Panik, es war doch gar nichts.
Herr Lukas telefonierte mit der Mutter, die Polizei habe ihn vom selbstverschuldeten Unfall ihres Sohnes unterrichtet. Sie bat ihn, N.'s Habseligkeiten zu behalten oder zu verschenken, sie wolle zu Hause auf den überführten Sarg warten. Sie hatte am Telefon nicht geweint, nicht nach Einzelheiten gefragt.
Ein paar Wochen nach dem Begräbnis kam die Stutz zu ihr und erzählte, man habe sich Gedanken gemacht über eine Demonstration wegen N., man sei aber davon abgekommen, denn er sei ja wirklich ganz allein und blöd da hinuntergelaufen. Die Mutter sagte nichts dazu. Bald danach wurde ein Student von einem Polizisten erschossen, das ganze Land geriet in Bewegung. Die Mutter blieb in ihrem Buchladen, las, schaute, sprach nicht und wartete auf eine andere Zeit.

NEUE LITERATUR

Im Fischer Taschenbuch Verlag

ILSE AICHINGER
Meine Sprache und ich. Erzählungen. Band 2081

GERHARD ROTH
Der große Horizont. Roman. Band 2082

ELIAS CANETTI
Die gerettete Zunge. Geschichte einer Jugend. Band 2083

PETER SCHALMEY
Meine Schwester und ich. Roman. Band 2084

GÜNTER KUNERT
Im Namen der Hüte. Roman. Band 2085

HERMANN BURGER
Schilten. Schulbericht zuhanden der Inspektorenkonferenz.
Roman. Band 2086

JACQUES CHESSEX
Der Kinderfresser. Roman. Band 2087

ANDREAS HÖFELE
Das Tal. Band 2088

DIETER WELLERSHOFF
Die Schönheit des Schimpansen. Roman. Band 2089

CHRISTOPH MECKEL
Tunifers Erinnerungen und andere Erzählungen. Band 2090

KLAUS SCHLESINGER
Alte Filme. Eine Berliner Geschichte. Band 2091

LARS GUSTAFSSON
Sigismund. Aus den Erinnerungen
eines polnischen Barockfürsten. Band 2092

PETER HANDKE
Der Hausierer. Roman. Band 2093

GERHARD ROTH
Winterreise. Roman. Band 2094

REINHARD LETTAU
Frühstücksgespräche in Miami. Band 2095

KLAUS STILLER
Traumberufe. Band 2096

NEUE LITERATUR

Im Fischer Taschenbuch Verlag

PETER HENISCH
Die kleine Figur meines Vaters. Roman. Band 2097

GÜNTER BRUNO FUCHS
Bericht eines Bremer Stadtmusikanten. Roman. Band 2098

HANNELIES TASCHAU
Landfriede. Roman. Band 2099

CHRISTOPH MECKEL
Licht. Erzählung. Band 2100

KLAUS SCHLESINGER
Berliner Traum. Band 2101

KLAUS STILLER
H-Protokoll. Band 2102

ELIAS CANETTI
Die Stimmen von Marrakesch.
Aufzeichnungen nach einer Reise. Band 2103

JOSEPH BREITBACH
Das blaue Bidet oder Das eigentliche Leben.
Roman. Band 2104

HANNA JOHANSEN
Die stehende Uhr. Roman. Band 2105

LARS GUSTAFSSON
Der Tod eines Bienenzüchters. Roman. Band 2106

GERHARD ROTH
Ein neuer Morgen. Roman. Band 2107

GÜNTER KUNERT
Camera obscura. Band 2108

KLAUS POCHE
Atemnot. Roman. Band 2109

GÜNTER BRUNO FUCHS
Krümelnehmer oder 34 Kapitel aus dem Leben
des Tierstimmen-Imitators Ewald K. Band 2110

EVA DEMSKI
Goldkind. Roman. Band 2111

GUNTRAM VESPER
Nördlich der Liebe und südlich des Hasses. Band 2112

Gabriele Wohmann

Ach wie gut, daß niemand weiß
Roman. 394 Seiten. Leinen.

Paarlauf
Erzählungen. 292 Seiten. Leinen.

Ausgewählte Erzählungen aus zwanzig Jahren
Band 1: Sammlung Luchterhand 296. 212 Seiten.
Band 2: Sammlung Luchterhand 297. 208 Seiten.

Frühherbst in Badenweiler
Roman. 272 Seiten. Leinen.

Grund zur Aufregung
Gedichte. 84 Seiten. Broschur.

Materialienbuch
Herausgegeben von Thomas Scheuffelen. Einleitung von Karl Krolow. Sammlung Luchterhand 184. 150 Seiten.

Ausflug mit der Mutter
Roman. 236 Seiten. Leinen.
Sammlung Luchterhand 213. 144 Seiten.

Schönes Gehege
Roman. 323 Seiten. Leinen.

Paulinchen war allein zu Haus
Roman. Sammlung Luchterhand 219. 236 Seiten.

Ländliches Fest
Erzählungen. Sammlung Luchterhand 204. 130 Seiten.

Entziehung
Materialien zu einem Fernsehfilm. Mit Fotos.
Sammlung Luchterhand 152. 208 Seiten.

Gegenangriff
Prosa. Sammlung Luchterhand 55. 182 Seiten.

Ernste Absicht
Roman. 488 Seiten. Leinen.

Luchterhand